SECRETO R

Una organización secreta gobierna al mundo y a México
desde hace 50 años.
Ésta es la guerra para destruirla.
A todos los que están buscando la verdad.

www.Secreto-R.com

SECRETO R

Conspiración 2014

Leopoldo Mendívil López

Grijalbo

Los personajes y acontecimientos que se narran en esta novela
pertenecen al territorio de la ficción. El contenido está basado en algunos
acontecimientos y personajes reales, históricos y actuales.

Secreto R
Conspiración 2014

Primera edición: julio, 2014
Primera reimpresión: octubre, 2014

D. R. © 2014, Leopoldo Mendívil López

D. R. © 2014, derechos de edición mundiales en lengua castellana:
    Penguin Random House Grupo Editorial, S.A. de C.V.
    Blvd. Miguel de Cervantes Saavedra núm. 301, 1er piso,
    Colonia Granada, delegación Miguel Hidalgo, C.P. 11520,
    México, D.F.

www.megustaleer.com.mx

Comentarios sobre la edición y el contenido de este libro a:
megustaleer@penguinrandomhouse.com

ISBN 978-607-312-380-8

Impreso en México / *Printed in Mexico*

A mi sol, princesa, socia y esposa, Azucena;
a mis increíbles hermanas, a mi padre y a mi tío;
a la Chula, por revelarme el 9-11,
al grandioso Alex,
a mi madre,
a México

Advertencia

Los eventos políticos e históricos que se relatan en esta novela son reales. Por razones de dinamismo narrativo, para acelerar la acción y para aumentar el entretenimiento y el suspenso, los hechos se presentan comprimidos, condensados, re secuenciados y novelados. Algunos diálogos y personajes han sido insertados.

Las recreaciones —acción y diálogo— de algunos personajes reales contienen modificaciones novelizadas por motivos de drama. Se suplica a los interesados disculpen las licencias. El público mundial merece conocer la verdad.

Existe una red.

Esta red controla a grandes bloques del mundo a través de un sistema semejante a un sindicato del que los ciudadanos no saben virtualmente nada. El público cree versiones falsas como la mitología de los Illuminati. La confusión de falsedades y mitos que se difunden en la sociedad actual es una telaraña que oculta la verdadera telaraña.

Sus nombres van a aparecer en este documento, en una forma integrada, en lo que conforma la saga de la nueva era del mundo.

La organización que conforma este sindicato secreto se conoce como la Intraestructura y está integrada por nueve subestructuras o "anillos" que le sirven para controlar a gran parte de los actores políticos del mundo y son los siguientes:

CIA: Agencia Central de Inteligencia de los Estados Unidos.

Grupo Bilderberg: Conferencia anual donde la red reúne a 300 políticos y empresarios del mundo para transferirles líneas de acción, para que las apliquen en sus países.

CFR: Consejo de Relaciones Exteriores de los Estados Unidos. Órgano compuesto en gran parte por empresarios. No es parte del gobierno de los Estados Unidos, pero le da órdenes; éstas se convierten en la política del mundo. No es elegido por ningún votante.

RAND Corporation: Instituto semisecreto del Pentágono. Analiza y desarrolla para la red los planes para modificar países y sembrar campañas en los medios. Fabrica tecnología de guerra.

DARPA: Agencia de Proyectos de Investigación Avanzada de la Defensa de los Estados Unidos. Once por ciento de su presupuesto está destinado a programas clasificados. Es la rama tecnológica de la red.

Skull & Bones: Fraternidad de estudiantes y egresados selectos de la Universidad de Yale (Fraternidad de la Calavera). A esta sociedad han pertenecido algunos de los hombres más ricos e influyentes del mundo, incluyendo a los presidentes George H. W. Bush y George W. Bush. Esta fraternidad tiene vínculos con políticos mexicanos.

G 30: Grupo de los Treinta. Sindicato de banqueros e industriales del mundo. La mayor parte de sus miembros son empresarios. Nadie votó por ellos para tomar decisiones de gobierno. Los estudios que producen son instrucciones económicas para los bancos y para el gobierno de los Estados Unidos.

Comisión Trilateral (TC): Sindicato de los hombres más poderosos —principalmente hombres de negocios— de los Estados Unidos, Japón y la Gran Bretaña. Es una ramificación —o sustitución— del CFR.

ONU: Organización de las Naciones Unidas.

Estos organismos son la red. Sus tentáculos se han extendido hasta todos los continentes y países, absorbiendo a empresarios que no conocen la profundidad o las intenciones de la Intraestructura.

Esta novela-investigación está sustentada en parte sobre la investigación histórica, política, económica, científica y sociológica que han realizado los siguientes autores: Alex Abella, Chris Arsenault, Matthieu Auzanneau, Russ Baker, James Bamford, Will Banyan, Carlos Benavides, Francisco Cárdenas Cruz, Jean-Charles Brisard, Richard Clarke, Magdala Coss Nogueda, Peter Dale Scott, Dolia Estévez, Daniel Estulín, Guillaume Dasquie, Jorge Fernández Menéndez, Gerald Ford, Eduardo Galeano, Julio Godoy, John Goleman, José Armando González V., José Luis Gordillo, Alan Greenspan, Alfredo Jalife Rahme, Juan Ramón Jiménez de León, Michael Kane, Robert Kennedy, Henry Kissinger, Efraín Klérigan, David Landau, Patricia Lee Wynne, Edward Lucas, Jonathan Marshal, Michael Meacher, Carrick Mollencamp, Fernando Montiel T., Michael Moore, Francisco Martín Moreno, Manuel Mejido, Jefferson Morley, George Morris, Richard Nixon, Alexandra

Robbins, Jacques Rogozinski, Carlos Salinas de Gortari, John Saxe-Fernández, Allan Sloan, Anthony Sutton, Gillian Tett, Gordon Thomas, Raúl Tortolero, Eduardo Valle, Jenaro Villamil, Tim Weiner, Bob Woodward.

Esta novela también pretende recordar el monto de bienes robados durante las grandes depresiones económicas. Por ejemplo, la recomendación del Centro Internacional para la Recuperación de Bienes Robados para la Convención contra la Corrupción de la Organización de las Naciones Unidas (UNCAC): "Recompensas de entre 10 y 20% pueden ser pagadas a quienes proporcionen información que conlleve a la recuperación de activos robados". Monto aproximado de dinero que desapareció de cuentas de inversión en todo el mundo como resultado de la crisis financiera global: 22 billones de dólares. Premio para quien localice este monto, si se comprueba que procede de un robo: 2 000 000 000 000 de dólares.

De acuerdo al artículo 31 de la UNCAC [Congelación, captura y confiscación de bienes robados], Apartado 6: "Ingresos u otros beneficios derivados de hechos criminales [...] serán sujetos de las medidas a las que se refiere este artículo [confiscación], en la misma forma y medida como productos del crimen".

Y según el artículo 57 [Devolución y disposición de los bienes confiscados], Apartado 1: "La propiedad confiscada conforme al artículo 31 de esta Convención será dispuesta para inclusive su devolución a sus propietarios legítimos originales".

Esta novela está dedicada a toda la humanidad.

> Y todos los hombres volverán a ser hermanos.
> FRIEDRICH VON SCHILLER / BEETHOVEN

Enfrentando lo invisible

No temamos del camino hacia la verdad.

ROBERT KENNEDY

Ex candidato a la presidencia de los Estados Unidos,
5 de junio de 1968, 10 minutos antes de ser asesinado

La palabra "secrecía" es repugnante en una sociedad libre y abierta, y nosotros como pueblo estamos inherente e históricamente opuestos a la existencia de sociedades secretas, de pactos secretos y de procedimientos secretos. El hombre habrá de ser aquello para lo que nació: LIBRE.

JOHN FITZGERALD KENNEDY

Presidente de los Estados Unidos; hermano de Robert Kennedy,
27 de abril de 1961, dos años y medio antes de ser asesinado

Detrás del gobierno visible descansa un gobierno invisible que no le debe ninguna lealtad ni gratitud a la gente.

THEODORE ROOSEVELT

Presidente de los Estados Unidos, 19 de abril de 1906

Un poder financiero invisible ha poseído al gobierno de los Estados Unidos desde los días de Andrew Jackson.

FRANKLIN DELANO ROOSEVELT

Presidente de los Estados Unidos; sobrino de Theodore Roosevelt,
21 de noviembre de 1933

Algunos de los hombres más poderosos de los Estados Unidos, en los campos del comercio y de la industria, sienten temor hacia algo. Saben que existe un poder oculto, tan organizado, tan invisible, tan observador, que prefieren no hablar en voz alta para condenarlo.

WOODROW WILSON
Presidente de los Estados Unidos, marzo de 1913

Las corporaciones han sido entronizadas, y una era de corrupción en las altas esferas seguirá en el poder, el dinero del país se esforzará por prolongar su reinado, hasta que la riqueza se concentre en unos pocos, y la república sea destruida.

ABRAHAM LINCOLN
Presidente de los Estados Unidos, 1863

Tendrás una revolución, una revolución terrible. Qué curso tome dependerá de lo que el señor Rockefeller le diga al señor Hague.

LEON TROTSKY
Líder de la Revolución rusa, entrevista con
el *New York Times*, 13 de diciembre de 1938

La verdadera amenaza para nuestra república es el gobierno invisible que como un gigante pulpo desparrama sus pegajosos tentáculos a través de la ciudad, a través del estado y de la nación. Este gobierno invisible opera bajo la cubierta de una pantalla auto creada. En la cabeza está John D. Rockefeller con su corporación petrolera Standard Oil, con un pequeño grupo de muy poderosos bancos internacionales. Esta pequeña junta secreta controla al gobierno de los Estados Unidos y a nuestros dos grandes partidos políticos: el Demócrata y el Republicano.

JOHN F. HYLAN
Alcalde de Nueva York, 1922

La depresión [de 1929] fue el despellejamiento calculado de la población por parte de los poderes económicos del mundo y fue planificada para detonarse con la repentina escasez de dinero bursátil en el mercado de dinero de Nueva York. Los líderes del Gobierno Mundial y sus siempre cercanos banqueros han adquirido el completo control del dinero y de la maquinaria de crédito de los Estados Unidos por medio de la creación del Banco de la Reserva Federal, que pertenece a intereses privados.

CURTIS DALL
Corredor de bolsa y yerno del ex presidente de
los Estados Unidos Franklin Delano Roosevelt

La gente no comprende el sistema bancario y monetario de la generación del dinero. Si lo comprendieran, mañana mismo ocurriría la revolución.

HENRY FORD
Creador y fundador de la Ford Motor Company

La historia se está repitiendo; el Martes Negro de 1929.

TARA STEELE
Economic News, 22 de noviembre de 2011

Lo que estamos presenciando es esencialmente el derrumbe de nuestro sistema bancario moderno.

BILL GROSS
Director de administración de inversiones de PIMCO,
28 de noviembre de 2007

[Standard and Poors y Moodies] crearon toda clase de instrumentos financieros [en la década del 2000], llamados DERIVADOS FINANCIEROS; instrumentos que no están basados en nada real, sino sólo en otros pedazos de papel. Y mientras todo esto estaba ocurriendo, ¿quién estaba sentado como presidente de la Reserva Federal? [se refiere al ex presidente de la FED Alan Greenspan].

SHELDON STAHL
Ex economista de la Reserva Federal de los
Estados Unidos, 3 de agosto de 2008

¿Es Allan Greenspan el verdadero villano detrás de la Burbuja de Vivienda?

Peter D. Shiff
Investor Centric, 19 de mayo de 2009

Estamos agradecidos con el *Washington Post*, con el *New York Times*, con *Time Magazine* y con otras grandes publicaciones cuyos directores han atendido a nuestras reuniones y respetado sus promesas de discreción por casi cuarenta años. Pero el trabajo ahora es mucho más sofisticado y prepara la marcha hacia el gobierno mundial. La soberanía supranacional de una elite intelectual y de los banqueros globales es por supuesto preferible a la autodeterminación de las naciones practicada en los siglos pasados.

David Rockefeller
Fundador de la Comisión Trilateral; nieto
de John D. Rockefeller, junio de 1991

Derrocar al gobierno de Irán en 1953 fue hasta entonces el mayor triunfo de la CIA. Habíamos cambiado completamente el curso de un país.

Andrew Killgore
Ex funcionario del Departamento de Estado
de los Estados Unidos, 1976

En nuestro sueño nosotros tenemos recursos ilimitados y la gente se nos entrega con perfecta docilidad a nuestras manos moldeadoras. Las actuales convenciones de la educación desaparecen de nuestras mentes; y libres de la tradición, nosotros trabajamos nuestra propia buena voluntad sobre un pueblo rural agradecido. No trataremos de hacer de estas personas ni de ninguno de sus niños unos filósofos o personas de enseñanza o ciencia.

Frederick Gates
Director del General Education Board creado
por John D. Rockefeller, agosto de 1912

El Estado-nación [los países como son actualmente] se está convirtiendo cada vez menos competente para realizar sus tareas políticas internacionales. Éstas son algunas de las razones que nos presionan para liderar vigorosamente hacia la verdadera construcción de un nuevo orden mundial. Será más pronto de lo que imaginamos.

NELSON ROCKEFELLER
Hijo de John Rockefeller Junior. Gobernador de Nueva York
y aspirante a la presidencia de los Estados Unidos. Artículo
"The Future of Federalism", 1962

…unos cuantos individuos en puestos clave del gobierno y del ejército, de importancia táctica, cuya eliminación resulta obligatoria para el éxito de la acción militar por razones psicológicas.

Cable de la CIA
Enviado a Al Haney, jefe de operaciones de la
Operación Éxito de la CIA para el derrocamiento del
presidente Arbenz de Guatemala, con una lista
de 58 guatemaltecos escogidos para ser asesinados,
enero de 1954

La Agencia Central de Inteligencia —CIA— se ha convertido en un cáncer para la humanidad. Voy a romperla en mil pedazos y voy a esparcirlos en el viento.

JOHN F. KENNEDY
Presidente de los Estados Unidos, abril de 1961

Es imposible ocultar por más tiempo a la opinión pública los planes de la CIA para asesinar a líderes de países extranjeros.

LAURENCE SILBERMAN
Juez federal del Departamento de Justicia de los
Estados Unidos, memorándum al presidente de
los Estados Unidos, Gerald Ford, 3 de enero de 1975

Denme 25 000 dólares y compraré cualquier jefe africano.

GERRY GOSSENS
Agente de la CIA en Rodesia en 1977

Algo ha sucedido dentro del funcionamiento de la CIA. Su destino primigenio fue el de ser instrumento de información para el presidente. Su actuación ha determinado el ensombrecimiento de nuestra postura histórica, y ese algo debe ser rectificado.

HARRY S. TRUMAN
Presidente de los Estados Unidos, 12 de diciembre de 1963

Nos hemos visto obligados a crear una industria de armamentos en funcionamiento permanente y de vastas proporciones [...] Sólo en el capítulo de seguridad militar, gastamos más que los ingresos netos de todas las sociedades industriales del país [...] Me atrevo a decir que la estructura misma de nuestra sociedad se encuentra en peligro.

DWIGHT EISENHOWER
Presidente de los Estados Unidos, 17 de enero de 1961

Todos los grupos organizados de ciudadanos democráticos [sindicatos] existentes hoy en este y en los demás países deben ponerse en contacto para prestar ayuda a las fuerzas clandestinas [de la naciente CIA].

WILLIAM GREEN
Presidente de la American Federation of Labor tras
la dominación de Samuel Gompers, abril de 1950

La CIA posee a todos los que tienen alguna significación en los mayores medios de comunicación.

WILLIAM COLBY
Director general de la CIA, 12 de abril de 1996

Teníamos informantes de la CIA en todas las dependencias del gobierno mexicano [...] El hecho de que la embajada de los Estados Unidos en México sea la más grande del mundo ayuda a explicar esta relación especial [...] Fuentes en altas posiciones del gobierno mexicano estaban en la nómina de la CIA.

JULIÁN NAVA

Embajador de los Estados Unidos en México
durante el sexenio de José López Portillo, entrevista
con Dolia Estévez para su libro *El Embajador*

[El presidente mexicano] actuará en la mayoría de los casos como se le solicite. [Se refiere a Gustavo Díaz Ordaz.]

WINSTON SCOTT

Jefe de la CIA en México, comunicado 104-10516-10061
dirigido hacia las oficinas centrales de la CIA, 25 de octubre de 1963

Sarah, si los americanos hubieran sabido alguna vez la verdad sobre lo que los Bush hemos hecho a esta nación, nos habrían perseguido en las calles, nos habrían linchado.

GEORGE H. W. BUSH

Presidente de los Estados Unidos, director general de la CIA en 1976
entrevista con Sarah McClendon, diciembre de 1992

Tanto los Bush, como los Harriman y los Rockefeller, estaban ligados por completo a la hermandad Skull & Bones [de la Universidad de Yale, fundada en 1832]. Prescott Bush y la Standard Oil [de John D. Rockefeller] decidieron invertir su abundante capital en intereses nazis. John D. Rockefeller contribuyó con 32 millones de dólares entre los años 1929 y 1932 [...] Los hermanos Dulles [John Foster, más tarde secretario de Estado, y Allen, más tarde director de la CIA] tenían tratos con los Rockefeller [...] Los dos hermanos Dulles representan los intereses de los Bush, de los Harriman y de los Rockefeller.

ANTHONY C. SUTTON,
6 de julio de 1999

Carta a su hijo John:

Qué Providencia es el que tu vida esté ahí para tomar las responsabilidades de lo que he iniciado. Hace años no lo habría podido soñar. Irás más allá, en la contemplación de nuestra actitud hacia el mundo. Hay mucho para ti por realizar en el futuro.

JOHN D. ROCKEFELLER
Iniciador de la Dinastía Rockefeller; creador de Standard Oil;
precursor de las actuales corporaciones globales Exxon Mobil,
Chevron Texaco, JP Morgan Chase Bank, Citibank y Arco
Petroleum, así como de las siguientes instituciones de política
mundial: Organización de las Naciones Unidas, Consejo de
Relaciones Exteriores, Comisión Trilateral y Agencia Central de
Inteligencia, 12 de septiembre de 1918. Golf House. Lakewood,
New Jersey

Lo que antes eran guerras militares, ahora son guerras económicas. Son competencias por mercados. Los ejércitos modernos son las empresas transnacionales.

CARLOS SLIM HELÚ
Hombre más rico del mundo, mexicano, Punta del
Este, Uruguay, 2007

Y por este destino habremos de actuar.
Lo que es pasado es el prólogo.
Lo que viene, tú y yo lo habremos de efectuar.

WILLIAM SHAKESPEARE
Escritor del Imperio Británico, 1611

0

Soy Axel Barrón, tataranieto del soldado y espía mexicano Simón Barrón Moyotl.

Estoy investigando el centro de la Intraestructura, el Secreto R.

Mis primos Claudio, Magdala, Pedro, Ariel y Valentino están en México. Saben que una fuerza exterior está manipulando las elecciones. Se está repitiendo lo que ocurrió en 1910.

Pero esto es mundial. Ellos derrumbaron sus propias Torres Gemelas. Ellos manipularon la economía. Ellos son los que causaron esta crisis financiera del mundo. Es algo invisible. La gente no lo ha visto. La Intraestructura nunca ha sido más poderosa e impenetrable. Tienen el control de los medios. Tienen el sistema bancario. Tienen a sus espías en todos los rincones de la tierra, con sueldo de la Corporación R. Tienen a nuestros políticos comprados, con sobornos de la Red Wotan. Cualquiera que nos rodea puede ser parte de la Intraestructura. La búsqueda de la verdad nos está llevando hacia un punto muy extremo.

Yo no quiero escapar.

Yo quiero saber la verdad.

Y quiero que esta verdad se sepa, porque esta verdad, y sólo ésta, va a cambiar al mundo.

En este momento me encuentro en un ducto muy profundo. Tengo un brazo torcido. En este punto del mundo no hay luz. Estoy rodeado de un líquido negro. Arriba me están esperando hombres que tienen gases para provocarme cáncer.

Si estás en internet, viendo este video, busca a mi prima Magdala. Búscala en Facebook. Dile que esto no empezó el 11 de septiembre de 2001, con el autoataque a las Torres Gemelas; ni siquiera comenzó el día en que ellos asesinaron al presidente John F. Kennedy. Esto inició antes, hace 425 años, en el origen de la familia que hoy está controlando al mundo.

1

El origen, hace 425 años

Cámara de las Estrellas (Star Chamber) [inquisición secreta de Inglaterra] Inglaterra, 8 de febrero de 1587

La noche aplasta las paredes de picos de la Cámara de las Estrellas, la abominable y aún desconocida inquisición secreta controlada por los reyes de Inglaterra, más cruel y sádica que la institución a la que tanto atacan: la Inquisición española.

María Estuardo, bella y morena, de ojos color castaño, está encadenada a un poste en el salón de tormentos; tan enorme en tamaño como en oscuridad y maldad. Es el templo del miedo creado por su tío abuelo Enrique VIII para reprimir a los que piensen distinto. Tiene la forma dura de Polaris, la Estrella Polar. El techo es una cúpula pintada de estrellas. En medio hay un ojo que lo ve todo; está rodeado por las líneas entrecruzadas de tres triángulos entrelazados.

La columna al centro —a la que está encadenada María— es un pilar con alas. La llaman *Saxum Stapol* o "Irminsul", el poste de los sajones, la columna del mundo. Las alas que salen de ella son las alas del casco de Wotan, el dios supremo de los antiguos sajones, y parecen retorcerse en el espacio oscuro como las articulaciones de una enorme araña.

María es la verdadera reina de Inglaterra, sobrina nieta del rey Jaime V de Escocia, y también del nefasto asesino Enrique VIII de Inglaterra. Ahora está atrapada y encadenada al borde de una cornisa flotante de esta columna que surge desde el abismo; la tienen suspendida sobre este precipicio los hombres de su amargada y cadavérica tía, Elizabeth, la usurpadora del trono de Inglaterra, hija ilegal de Enrique VIII.

Los tacones de cristal de las zapatillas de su tía resuenan en el pasillo de roca, al otro lado del abismo. Elizabeth, de cabello rojizo, nariz ganchuda, largos dedos encorvados, es una sombra azulada que cojea en la oscuridad con la pierna deformada. A su lado avanza, casi flotando, su brujo negro, el tenebroso mago John Dee, cerebro secreto de un plan para la creación de lo que pronto será conocido como "Imperio Británico" e "Imperio del Mundo".

María Estuardo, la bella morena de ojos caoba, amada por los pueblos de Escocia, Irlanda e Inglaterra, mira a su sádica tía, ahora engrandecida por el brujo pagano que ha urdido sus planes. En la silueta de Elizabeth, María observa un adorno de seda, una maraña que parece el capullo de un insecto. El vestido tiene pintados muchos ojos y orejas arrancadas. La voz que llena el espacio proviene del mago envuelto en su manta negra:

—María, María, María… —emite un garraspeo que produce ecos en la cueva—. ¿Cómo te atreves a conspirar contra tu propia tía? ¡¿Acaso no entiendes que tu tía es la reina de Inglaterra?! ¡En su nombre te ordeno por última vez que renuncies a la Iglesia católica romana! ¡Renuncia a Roma ahora! ¡Es una orden! ¡Renuncia a tu obediencia al Papa! ¡Póstrate ante tu tía y admite que ella es ahora la única autoridad de Dios sobre la tierra!

María inclina el rostro hacia el abismo. Elizabeth, desde la oscuridad, entrecierra los ojos para observar la reacción de su sobrina. El mago negro insiste:

—María, María… —con la suela de su zapato aplasta una pequeña piedra, que provoca un eco alargado en la cámara cerrada—. La Iglesia verdadera ya no es el Papa de Roma. La voz de Dios sobre la tierra ahora es tu tía. ¿Lo entiendes? Tu tío abuelo inició esto. Lo estableció el Acta de Supremacía de la Corona Anglicana. Dios ya no está en el Papa, Dios está en la Corona de Inglaterra —susurra perturbadoramente—, en la sangre de Wotan. Como tal, tu tío abuelo aprobó su casamiento con tu tía Ana Bolena, y la hija de tu tía Ana Bolena es Elizabeth. Ahora no tienes ningún derecho al trono de Inglaterra —con sus largas uñas se acaricia las uñas de la otra mano—. Ahora ningún católico podrá aspirar jamás a la Corona de Inglaterra. Lo establece el acta: ¡No a los católicos! Y quien no acate nuestra nueva religión de Inglaterra, la Anglicana, será torturado en esta sala.

María Estuardo guarda silencio y sigue sin levantar la mirada del abismo, hasta que al fin algo la conmueve, levanta el rostro y observa al mago John Dee y a la reina Elizabeth que maquina a la distancia:

—Esa acta es inconstitucional. Esa acta es maldita y diabólica. Mi tío abuelo asesinó a dos de sus esposas —reta al brujo, que tiene un manto cuyo pico se tuerce hacia abajo, hacia el precipicio—. Olvide mi trono. Mi tío abuelo asesinó a 30 de sus más cercanos amigos, al cardenal John Fisher sólo porque se opuso a su demencia imperialista, porque le juró morir católico. Mandó asesinar a 72 000 personas sólo porque no se tragaron su mentira. ¿A cuántos mandó cortarles las orejas, mutilarlos vivos en esta Cámara de las Estrellas? ¿Cuántos han gritado aquí, frente a usted, cuando los estaban torturando, porque usted y Thomas Cromwell se dedicaron a convencer a mi tío para iniciar esta pesadilla? ¿Cómo puede un asesino autonombrarse la voz de Dios? ¡¿Qué obligación tenemos de creer en este infierno que ustedes dos inventaron?!

El mago, con su bastón de duro cristal negro, violentamente destroza las rocas del borde del abismo.

—¡¿Insistes con ser reina?! —la señala con ese largo cetro negro semejante al vidrio—. ¡¿Blasfemas contra Enrique VIII?! ¡¿Blasfemas contra la autoridad de Dios en la tierra, contra la voz de Dios, contra la sangre de Wotan?!

María guarda silencio y observa la rígida postura de su tía, quien le sonríe desde la oscuridad.

María centra su atención en el mago:

—Tú eres la semilla de esta maldad. ¿Y llamas a esto "cristianismo"? Tú eres quien sembró estas basuras del nuevo paganismo en la mente de mi tío abuelo.

El hechicero John Dee aprieta el puño de su bastón:

—María, María… Cuando naciste el mundo era uno. Ahora son dos —levanta los brazos que dejan al descubierto una serie de ornamentos con símbolos sajones antiguos—. Ahora el poder de la raza anglosajona, la raza de Wotan, se erige al fin sobre la tierra. ¡Hoy comienza la guerra final por el control del mundo! ¡Hoy comienza el exterminio de los católicos en Europa y en el resto del planeta! ¡Acabaremos con Roma! —empieza a alzar la voz hasta que María escucha con claridad, casi en un grito—: ¡Wotan, Wotan, *Veit ec at ec hecc vindga meiði a netr allar nío, geiri vndaþr oc gefinn Oðni*, Wotan, Wotan, Wotan!

En lo alto, la bóveda comienza a crujir. El sonido de un trueno recorre las paredes. María se horroriza al descubrir que John Dee vocifera hacia las estrellas teñidas en el techo que cruje.

—¡¿Está usted gritando hechizos?! ¡¿De dónde los saca?!

El bastón de poder del mago parece ahora una cruz, con un espejo de negra obsidiana brillante en la cabeza. De ese espejo María distingue ahora dos cuernos cristalinos. Por debajo del bastón emergen dos colas, también de vidrio.

—Me sacrifico en ofrenda hacia mí mismo —dice John Dee, y centra su atención en la cabeza de la enorme columna con alas a la que se encuentra atada María—, en el árbol cuyas raíces se extienden desde lo desconocido.

—¿Qué diablos está diciendo? ¿Un conjuro a Wotan?

—María, María… —le susurra el hechicero—, póstrate ante tu tía —señala hacia la siniestra Elizabeth I—. Híncate.

María no le responde. John Dee azota su enorme vara contra las rocas, de las que salen polvos luminosos, casi chispas.

—¡Póstrate ante tu tía! ¡Obedece! ¡Obedece! ¡Obedece! ¡Obedece!

María comienza a sentir el miedo que nace de su corazón. Por detrás de John Dee, de la misma reina Elizabeth, emergen cuatro hombres tenebrosos, vestidos de mantas que tienen aferrados extraños herrajes, acompañados por sirvientes africanos de ojos tan blancos que parecen poseídos. El primero de los caballeros se dirige hacia María, y se inclina ante ella.

—Por favor, acepte la divinidad de su tía. Salve su vida. Sólo debe decir que renuncia para siempre al trono de Inglaterra y a la Iglesia católica de Roma.

—Sé quién es usted —le dice María—. Usted es John Davis, el capitán real de mi tía. Usted es el hombre que explora para ella los mares del norte, los glaciares hacia América, la ruta ártica llamada Polaris, para encontrar una forma de rodear las colonias españolas en América, para colocar ahí a las nuestras; para rodearlos, para proceder contra España, para quedarnos con sus tierras.

El capitán John Davis, de mirada de águila, le responde:

—María, no tome partido por el lado equivocado —observa hacia la reina Elizabeth como si esperara de ella una respuesta—: No existe duda alguna: somos nosotros, los anglosajones, la raza de los redimidos, somos la raza predestinada por la Gracia del Señor para ser enviados hacia los gentiles más allá de los océanos —abre entonces los brazos y señala el techo pintado de estrellas—. ¡¿No hemos sido nosotros, la nación de Inglaterra, colocados en el Monte de Sion para derramar nuestra luz sobre el resto del mundo?! ¡Inglaterra! ¡Inglaterra! ¡Inglaterra! Sólo nosotros —al decir esto se acerca a María, casi tanto como lo permite el abismo—. Nosotros, radiantes mensajeros del Señor, sólo nosotros —extrae entonces de entre sus ropajes una nueva Biblia de Inglaterra que aferra mientras observa de soslayo a la reina Elizabeth—. Ésta es la nueva doctrina de Calvino: no es el bien que hagamos lo que nos salvará. Hagamos lo que hagamos, hemos sido siempre sus Elegidos —la fría cabeza de Wotan vigila sobre los dos—. Dios ya tiene predestinados a sus Elegidos.

Al fin el capitán muestra la portada de la nueva Biblia de Inglaterra y María se sorprende al encontrar la efigie de Elizabeth, quien ostenta su corona dentro de un óvalo de poder detenido por un diablo.

María aparta la vista del objeto y sus ojos buscan la serena frialdad de Elizabeth:

—Tía, ¿por qué te pusiste en la portada de la Biblia? ¿No debería estar ahí Jesucristo o Dios Padre o Dios Espíritu Santo? ¿Por qué pusiste tu rostro? ¿Fue idea de tu brujo el mezclar estas leyendas paganas?

Elizabeth no se inmuta, pero tal parece que da otra orden porque de su zaga emerge otro hombre, demacrado, con una incipiente joroba. Se acerca también hasta María y le ordena:

—Inclínese por favor ante la voz de Dios sobre la tierra —con su temblorosa mano señala hacia Elizabeth—: ¡Es Inglaterra, y no otro, el verdadero pueblo elegido por Dios para gobernar a las razas menores! —extiende otro libro, *El Libro de los Mártires*, anexo de la nueva Biblia de Inglaterra, aprobado por Elizabeth—: ¡La raza blanca anglosajona! ¡Somos la raza elegida para el dominio del mundo! ¡Es la voluntad de Cristo!

María entrecierra los ojos para distinguirlo:

—Sé quién es usted, es el señor John Foxe, presbítero de mi tía en la catedral de Salisbury. Usted y sus predicadores están alterando la religión cristiana y la están convirtiendo en esta cosa maligna. Por favor no haga esto por mi tía. ¿Cuánto les están pagando los Consejeros por alterar la Biblia? ¿Saben con qué poderes se están metiendo?

El presbítero comienza a gritarle:

—¡No blasfeme contra su tía! ¡El pueblo elegido es Inglaterra! ¡Inglaterra! ¡Inglaterra! ¡El Santo Grial está en Inglaterra! ¡Lo trajo hasta nuestra sagrada isla el protector de Jesucristo, José de Arimatea! ¡Trajo con ese vaso la promesa, la promesa del dominio anglosajón sobre la tierra! ¡Somos los elegidos, los elegidos de Cristo. Nuestra raza anglosajona tiene la promesa de Dios mismo para dominar el mundo. Éste es nuestro destino. Este destino se está manifestando en nuestro avance. Es nuestro destino manifiesto. Fuimos sus elegidos. Somos el faro del mundo.

María permanece callada y al fin suelta una sonrisa.

—¿De verdad cree estas cosas que me está diciendo? —dirige ahora la mirada hacia John Dee—: ¿Tú inventaste todo esto? Eres brillante. ¿A quién crees que engañas? —vuelve el rostro hacia su tía Elizabeth y con un tono de voz que quiere apelar al diálogo, le dice—: Por favor, no deformes la Biblia. No te metas en terrenos que no son para que los distorsionemos los humanos. Esto que nace aquí es maligno —el abismo a sus pies le parece más frío y próximo, una corriente de aire viene desde el fondo y ruge como si fuera aire traído desde la costa—. Nada de esto que estás creando viene de Dios. No puede provenir de Dios. Lo que estás creando procede del abismo.

Elizabeth al fin abre la boca, con descontrol:

—¡Maldita! ¡Silencio! —se cubre la boca con sus dedos atiborrados de anillos. Su vestido trae pintados ojos y orejas desde la parte superior hasta la bastilla—. ¡No puedo defenderla! ¡Hagan con ella lo que quieran!

El mago negro John Dee se le adelanta y le susurra a María:

—Tu amado rey de España, el joven Felipe, está construyendo una tremenda flota de barcos de guerra para atacarnos, para invadir Inglaterra, para venir a salvarte. ¿Crees que vamos a permitirle lograr eso? Desde hace 30 años venimos trabajando todo esto. En un trato secreto de tu tía con los más peligrosos criminales y piratas de los mares, hemos asaltado los barcos de España, que vienen desde América cargados de oro de los nativos aztecas —y eleva en el aire su terrorífico cetro de negra y brillante obsidiana azteca—. Éste es mi espejo: *Monas Hieroglifica*, hecho de obsidiana azteca traída desde la colonia que ellos llaman la joya de la Corona, la Nueva España —el espejo refleja una luz de la bóveda de estrellas—. Esta obsidiana es Tezcatlipoca, el espejo de humo del más poderoso hechicero azteca. ¡En este espejo puedo ver el futuro y el pasado al mismo tiempo, los espectros que deambulan nuestro mundo en este momento, y las fuerzas ocultas que constantemente están generando lo que vemos en nuestro espacio visible del universo! *¡Neos Bios! ¡Exo Kosmos! ¡Bios Afisiké! ¡Num Arkeum!* María, María... un nuevo imperio está naciendo. Lo llamaremos Imperio Británico —suavemente le sonríe mientras acaricia su torcido cetro de mando—. Hemos robado a España más de 90 toneladas de oro de los nativos aztecas. Ese dinero lo necesitaban para volverse el poder central de Europa; para pagar los cientos de galeones de guerra que Felipe está armando a costa de las reservas de España. Sin ese oro, España se precipita hacia la bancarrota, hacia la muerte final de su imperio. ¡Con ese oro, con su propio dinero azteca los vamos a destruir, a ellos y a todas sus colonias, y crearemos un imperio del mundo: el Imperio Británico! ¡Crearemos una leyenda negra sobre los españoles! ¡Los venderemos al mundo como tiranos ignorantes y crueles, ante sus propios colonos, para que se les rebelen y se anexen a nosotros, para que nos obedezcan a nosotros como sus salvadores, los anglosajones!

—¡Felipe no te va a permitir nada de esto! ¡Nunca vas a poder arrancarle sus colonias!

—María, María… nuestros piratas protegidos ya están explorando para tu tía los mares gélidos del norte —amistosamente mira al capitán John Davis—, la ruta Polaris es la clave. Vamos a instalar colonias en la parte norte de América, al norte de las españolas. Se van a llamar Nueva Inglaterra y Virginia, en honor a la reina. ¡Colocaremos más colonias en el sur, en el Caribe, en esa zona llamada Belice, para aplastarlos desde abajo, desde ambos lados! ¡Sembraremos rebeliones en las demás colonias, incluyendo su Nueva España, haremos que los pobladores los ataquen siguiendo nuestros planes hasta arrancarles esas tierras y hacerlas nuestras! ¡El mundo será un imperio marítimo planetario, y ése será el Imperio Británico, el reinado de Wotan!

El brujo negro comienza a reír en forma espeluznante. La reina Elizabeth se acerca a los hombres de espectaculares atuendos metálicos que estaban escondidos detrás del capitán John Davis. A medida que pasa frente a ellos los hombres se inclinan:

—Caballeros de los mares —los toca uno a uno sobre los hombros, con sus largas uñas azules y rojas—: capitán John Davis, explorador real de los mares del norte; capitán Francis Drake, comandante general de la operación para incendiar la flota de guerra de Felipe; capitán Humphrey Gilbert, explorador del borde norte de las Américas para la fundación de Nueva Inglaterra; capitán Walter Raleigh, explorador del borde norte para la fundación de Virginia: descubran más, exploren más y encuentren esas regiones remotas, esas tierras bárbaras que aún no son poseídas por príncipe cristiano alguno —dicho esto una leve sonrisa, curvada, casi fantasmal se delinea en los labios de la monarca—. Ustedes son los pioneros. Ustedes inician esta historia…

—No te ufanes tanto, tía. No has visto la flota que está armando Felipe. Está levantando cientos de acorazados de guerra para invadir Inglaterra. Veintidós de ellos son galeones blindados tan grandes como castillos. Cuando venga a rescatarme, todo este sueño tuyo y de tu triste mago pagano van a desaparecer. Inglaterra se va a transformar en una parte más de España.

John Dee se adelanta a la respuesta de Elizabeth, alza los brazos hacia la parte alta de la columna llamada *Saxum Stapol*, y grita en sajón antiguo:

—*¡Oðni,Wotan, Wotan, Wotan! ¡Sialfr sialfom mer, a þeim meiþi, er mangi veit, hvers hann af rótom renn!* ¡Nos confiamos a Wotan! ¡Wotan se sacrificó en ofrenda hacia sí mismo en este árbol cuyas raíces se extienden desde lo desconocido! ¡Somos su pueblo elegido! ¡Wotan levantará tormentas para nosotros, sus hijos! ¡Wotan alzará las olas para estrellar los barcos de Felipe contra los acantilados de Inglaterra! ¡Wotan encumbrará a su hija Elizabeth, para que Inglaterra tome el control de todos los mares, y de todas las razas y civilizaciones, para proteger a los inferiores!

Los sirvientes de los navegantes, con un rictus de ansiedad y euforia empiezan a gritar alegres, como simios. En una de las paredes estaba cincelado el barco del ancestral Hengist, padre de los sajones que llegaron a Inglaterra para invadirla. Debajo, en símbolos sajones antiguos, María lee: "Invadirás el país hacia el que navegas, lo traicionarás con tu cuchillo y en 15 generaciones lo habrás arrasado hasta que no quede nada". Sobre el barco hay un tosco ídolo con cuerpo de hombre y cabeza de vaca, un diablo. Sus letras dicen: *Wotan Uruz Mannaz. Wodani hailag*.

María empieza a desfallecer, a darse cuenta de que no tiene escapatoria, que esta sesión terminará con su muerte, y pensar que tenía una posibilidad, que pudo ser reina, que pudo rescatar el trono de Inglaterra para la Santa Iglesia católica. Pero aún hay esperanzas. Observa que también al fondo están algunos de sus sirvientes y una de sus parientes, su querida criada y amiga, Jane Kennedy.

—¡Póstrate ante tu tía, la reina de Inglaterra! ¡Póstrate ante la cabeza de la Iglesia! ¡Póstrate ante la voz de Urman sobre la Tierra!

María permanece inmóvil. En lo alto se perfilan con la luz de las antorchas las cabezas de gárgolas y calaveras. Su tía le sonríe desde la oscuridad.

—La maldad que está naciendo este día, por muy grande que sea, terminará también algún día. Volverán más de nosotros para enderezarlo. Ustedes van a torturarme —deja caer sus hombros y se dirige hacia Elizabeth—: van a matarme en esta sala de tormentos, frente a tus ojos. Vas a gozarlo. Van a despellejarme. Lo has hecho ya a tantos. Pero tengo mi fe. No voy a traicionarla por nada. Soy católica y moriré hija de la Iglesia —se persigna y echa de menos la cruz que le había regalado hace mucho tiempo, la que siempre se llevaba a los labios para recordar su fe. Después se concentra en John Dee y le dice—: el imperio que estás creando va a estar basado en racismo y brujería. Eso determinará su derrumbe. Mi fuerza no es Wotan; mi fuerza es Dios. La libertad renacerá.

Elizabeth finalmente aprieta los labios, decidida, y repite:

—No puedo defenderla. Hagan con ella lo que quieran.

Por detrás de la reina se arrastra encadenada la joven criada de María, Jane Kennedy:

—¡Su Majestad, reina Elizabeth! ¡Déjeme morir por ella! ¡No la mate! ¡Déjeme morir por ella!

La reina se vuelve hacia la criada escocesa y le dice:

—Mátenla junto con su reina.

De lo alto caen siete escaleras de madera con tubos de hierro que forman una red de postes sobre la profundidad de la Cámara de las Estrellas. Hombres con máscaras de hierro y trajes con picos se acercan a María con herramientas. La toman por los brazos y la empiezan a jalonear. Otros hombres prensan a Jane por los brazos y las piernas, también para sacarla al patio de la Cámara de las Estrellas.

Afuera el frío les hiere la piel, que está mojada. María y Jane ven las antorchas colocadas en el muro llamado Fotheringhay Wall. Jane abraza a la morena Estuardo y le entrega un trébol de cuatro hojas, suave al tacto, pero casi dulce en ese momento de tribulación.

El fuego de las antorchas del patio se proyecta hacia las estrellas, hacia la constelación del Cisne. Tres hombres fornidos, con los pechos desnudos y con máscaras de tela se colocan en el centro, alrededor de un enorme bloque de madera. El mago negro John Dee sigue gritando invocaciones diabólicas hacia las estrellas; conjura con este asesinato la destrucción del catolicismo de Roma y el nacimiento del Imperio de Inglaterra. Alza hacia el cielo su gran cetro de obsidiana azteca, el signo metafísico llamado *Monas Hierogliphica*.

—¡*Sialfr sialfom mer, a þeim meiþi, er mangi veit, hvers hann af rótom renn!* ¡Wotan, Wotan, Wotan!

Otro hombre encapuchado jala a María por los cabellos y la arrodilla frente al madero que huele a sangre seca. Comienza a caer la lluvia. El verdugo la toma fuertemente por la cabeza y la empuja hacia la superficie fisurada por las hachas. María observa por última vez al brujo negro John Dee. En su manto negro resplandece la cabeza con truenos de Rowena, la heredera de Hengist y Wotan.

El mago le sonríe a María y continúa con sus burlas:

—¡¿Dónde está ahora tu Papa de Roma?! ¡¿Dónde está tu primo Felipe de España?! ¡¿Dónde están ahora que vas a morir?

Desde atrás, Jane Kennedy le responde:

—¡Éste no será el final, amada reina mía! ¡Esta noche nace el mal, pero esta noche nace también la esperanza de que un día toda esta pesadilla terminará! ¡Y el sol volverá a brillar! ¡Volverán más de nosotros en nuevas generaciones y ellos restaurarán la libertad!

María deja caer suavemente la frente sobre el madero. En sus manos prensa el trébol de Irlanda que acaba de darle Jane. A su oído se acerca el labio de su verdugo, que suavemente le susurra en la oreja:

—Reina María, pídame lo que quiera, excepto salvarla.

María entrecierra los ojos y pide:

—Salva a Jane Kennedy. Llévatela a Irlanda. Escóndela con granjeros. Ella es ahora la semilla de la esperanza. Es la heredera de mi familia. De ella surgirá la nueva era. Ella sabe todo lo que yo sé.

El verdugo vuelve a ver hacia Jane Kennedy y con una leve inclinación de su mano ordena a unos hombres que la detengan en su camino a la muerte. Al fin se concentra en el duro cuello de María, en los cabellos castaños que resbalan sobre el hombro izquierdo de la mujer. El verdugo alza su arma, pesada, hecha para esos brazos.

El hacha corta el cuello de María Estuardo y así comienza el reinado marítimo de la Gran Bretaña. Mientras el mago John Dee se aleja, los esbirros del verdugo también se llevan a Jane del sitio donde acaba de rodar la cabeza de María, de ese cuerpo ahora exánime. "Salva a Jane Kennedy. Llévatela a Irlanda. Escóndela con granjeros."

Inglaterra obtuvo colonias en todos los continentes y sembró revueltas políticas y religiosas en los asentamientos de las otras potencias. Esas colonias entraron en guerra civil y se independizaron con ayuda y control de la Corona Británica. Los sajones de América del Norte crearon su propio reinado, reemplazando a la propia Inglaterra, y ese reinado fue llamado Estados Unidos de América.

Ésa es la era que hoy estamos viviendo.

Los herederos del poder y de la riqueza concentrados del mundo a partir de esa noche son un pequeño grupo de personas y estructuras que en este libro se llaman Intraestructura. Ese núcleo decide lo que le ocurre a millones de seres humanos.

Su control se consolidó hace 50 años.

2
Hace 50 años

Noviembre 22 de 1963, 12:30 p.m.

Un sol seco distorsiona el aire sobre el asfalto caliente de Olive street, en Dallas, Texas. A unas cuadras del oscuro y misterioso Dallas Petroleum Club y de la estación secreta de la Oficina de Servicios Clandestinos de la CIA, un automóvil negro se frena frente a la puerta giratoria del imponente y cristalino hotel Sheraton Dallas, en la esquina de Olive street y Oak street. La puerta se abre y un hombre de rostro anguloso y cejas anchas baja con ayuda. Voltea nerviosamente hacia su alrededor. Sabe perfectamente que algo fuera de lo común está a punto de suceder.

Su portafolios tiene un pequeño emblema redondo con alas que dice: "Zapata Oil. Operation Scorpion. Cay Sal Island", y tiene el emblema de un faro.

A nueve cuadras de ahí, el nuevo líder de los Estados Unidos, el joven y progresista John Fitzgerald Kennedy, descendiente de granjeros irlandeses, es el primer presidente católico de los Estados Unidos. Su negra limusina sin techo SS-100X da vuelta para enfilar por la calle de Houston. Se dirige hacia un extraño edificio de ladrillos rojos, el Depósito de Libros Escolares de Texas. Las aceras están abarrotadas por una multitud que le aplaude, con niños sobre los hombros que poco sirven para protegerse del sol que cae a plomo.

La limusina gira hacia la izquierda en la curvilínea y enigmática Elm street, rodeada por dos grandes colinas de pasto. El presidente saluda a la multitud. Su esposa repite el gesto a la gente que los ovaciona desde el lado izquierdo de la avenida. Al fondo hay un puente, por encima corren las vías del tren.

33

Un hombre con un aparato pegado a la oreja escucha por la radio: "El presidente Kennedy acaba de anunciarlo: no va a haber guerra en Vietnam; no va a haber guerras en Laos ni en Cuba. El presidente instruyó al embajador Averell Harriman para establecer un increíble primer tratado de paz y de desarme nuclear con la temible Unión Soviética".

En lo alto del abandonado y misterioso edificio del Federal Building Annex, frente al Depósito de Libros, un hombre en traje negro brillante mira por la ventana la caravana que se acerca y le susurra a otro:

—Los contratos por aviones TFX de General Dynamics Convair y por helicópteros Bell iban a ser por 12 000 millones de dólares. Íbamos a producir 15 millones de toneladas de municiones para Vietnam: iban a ser 30 000 millones de dólares, y 7.3 millones de toneladas de bombas para arrasar Vietnam, por 7 000 millones de dólares para nosotros, y un millón de barriles de combustible diarios para los aviones y los tanques mientras durara la guerra —enciende un puro que huele a gasolina, y mira hacia la multitud—. Este Kennedy está destruyendo todo lo que hicimos con el general LeMay y con el ex presidente Eisenhower.

Más abajo, en el segundo piso del Depósito de Libros Escolares, junto al humilde comedor de los empleados, un policía llamado Marrion L. Baker ve a un hombre delgado y demacrado llamado Lee Harvey Oswald, que está metiendo una moneda en la máquina de refrescos.

Lee Harvey Oswald oprime el botón que dice Coca-Cola. Una lata llena de líquido cae sobre la bandeja inferior de la máquina.

Afuera, cerca del túnel de concreto hacia el que se dirige la limusina del presidente, un individuo disfrazado de constructor, con un casco de protección y con anteojos de seguridad que le ocultan la mitad del rostro, acompañado por un hombre fornido que sostiene un Walkie Talkie, se coloca detrás de una pequeña cerca de madera hacia la que se aproxima el vehículo del presidente.

El hombre del casco levanta con lentitud un objeto oculto dentro de un saco: un rifle calibre 6.5 milímetros para proyectiles expansivos. Lo coloca entre dos postes de la cerca y apunta hacia el rostro de John F. Kennedy.

La puerta del elevador se abre en el piso 22 del Sheraton Dallas Hotel, a sólo nueve cuadras de distancia del sitio donde pasará el presidente. El hombre de cara huesuda y cejas pobladas, empresario petrolero y socio del conglomerado de armas y aviones militares Harriman, avanza por el oscuro pasillo de madera que conduce hacia las habitaciones, con su portafolios que dice "Zapata Oil. Operation Scorpion. Cay Sal Island".

En el piso debajo del Federal Building Annex, el empresario de traje negro le dice al otro:

—El discurso que Kennedy acaba de dar en Fort Worth fue para tranquilizar a la gente de General Dynamics, hace cuatro horas. Les dijo que sí vamos a hacer los TFX, aunque no haya guerra en Vietnam.

El otro empresario le responde:

—Ya es tarde para eso —pero éste observa hacia la ventana—. Los de General Dynamics ya le dieron una maleta con 100 000 dólares al vicepresidente Lyndon Johnson. Ya pactaron con Johnson. Kennedy les ha estorbado todo el tiempo. Ya no van a hablar con Kennedy ni con su hermano. Los sabios de Georgetown y los del grupo 8F ya le explicaron todo a Johnson.

3

Veinte kilómetros hacia el norte, dentro de la misma Dallas, el vicepresidente Johnson salió de la enorme mansión de tejas del poderoso petrolero Clint Murchison —la hoy llamada Glen Abbey Estates—. Sus escoltas le colocaron su saco y se dirigió solo hacia su vehículo, donde su chofer de raza negra Robert Parker le abrió la puerta.

En el interior estaban los petroleros Clint Murchison, Sid Richardson y Haroldson Lafayette Hunt, así como el banquero del Chase Manhattan Bank, John McCloy; el fabricante de armas y constructor de puertos y plataformas petroleras del nuevo conglomerado Halliburton, Brown and Root, George Rufus Brown; el ex alcalde de Dallas, Robert Lee Thornton; el director general del FBI, Edgar Hoover —que insólitamente estaba ahí y no en Washington—, y el ambicioso adversario de Kennedy, derrotado por él en las elecciones, Richard Nixon.

De camino hacia su asiento, el vicepresidente Johnson llamó a su chofer *Nigger* —por su raza negra—, pero lo detuvo del brazo una bella mujer de cabello castaño esponjado. Era su amante, Madeleine Duncan Brown. La había conocido a kilómetros de ahí, en el hotel Adolphus, en Dallas, 15 años atrás.

—¿Lyndon? ¿Qué diablos haces aquí? ¿Por qué no estás con el presidente? —le puso enfrente a un pequeño adolescente de 14 años.

—Dile a Mark quién es su padre. ¡Dile a Mark quién es su padre!

El vicepresidente los miró a ambos de arriba abajo, con desprecio —era su hijo—. Le sonrió a su amante y pensó: "Después de mañana estos malditos Kennedys no van a volver a humillarme jamás. Esto no es una amenaza. Es una promesa".

En la parte alta del puente, en el barandal, los hombres seguían con la mira en la caravana que se acercaba. Entre las ramas de los árboles los pájaros se desbandaron. En la cerca de madera, el hombre del casco acarició el gatillo frío del arma.

Los dos hombres en el piso de la Federal Building Annex observaron sus relojes y asintieron.

—Tienen una operación para asesinar a presidentes de otros países. Todo lo maneja la CIA, la gente de Allen Dulles. Acaban de asesinar al presidente Diem. Fuimos nosotros. Fue el Cable 243: la orden clasificada hacia nuestra embajada en Vietnam para que detonaran el golpe, que les dieran el dinero y el armamento a los que rodean a Diem. La orden la dio Harriman, a espaldas del propio presidente Kennedy.

—¿Qué hizo Kennedy? ¿Qué va a hacer con Harriman?

—El presidente está en shock por todo esto. Su hermano acaba de decirle a George Ball que todo lo está moviendo Harriman sin autorización del presidente, que "el gobierno se está partiendo en dos en una forma muy perturbadora". El presidente gritó: "Esta mierda tiene que parar ya". Le dijo a Forrestal que no debió proceder con esto sin órdenes estrictas de McCone, el director de la CIA. Forrestal le presentó la renuncia.

—¿Pero qué diablos es lo que quieren? Si es Harriman el que está detrás de todo esto, ¿por qué no actúa sobre Harriman?

—Con esto quieren detonar la guerra en Vietnam. El presidente no quiere esta guerra, pero ellos la van a tener. Diem fue asesinado. Ahora Vietnam está en peligro. La guerra en Vietnam ya no puede evitarse. Todo esto lo están operando a través de la CIA —señaló hacia abajo, entre la ciudad, hacia la sede encubierta de la CIA en Dallas, debajo de un soleado y misterioso estacionamiento entre Harwood street, Ross avenue y San Jacinto—. Ellos contrataron a John Roselli y a los mafiosos de Chicago para coordinar la logística, los próximos asesinatos. No sólo piensan asesinar a Fidel Castro.

—¡Diablos! ¡¿Esto es real o lo estás inventando?!

—¡McGeorge Bundy y Walt Rostow les transmitieron la orden a las cabezas de la CIA, a Richard Bissell y a Bill Harvey! ¡Bill Hervey es amigo personal de Roselli, el operador de la mafia de Chicago! Se llama Operación Mangosta. Tienen una instalación secreta en el Caribe, en una isla, Cay Sal Island. Su nombre clave es Zapata.

—Dios… ¿La mafia trabaja con la CIA?

—El agente encubierto de la CIA, Robert Maheu, le dio a Roselli las pastillas, los 150 000 dólares; los dos hablaron de esto con Giancana, el jefe de la mafia de Chicago. Maheu opera para la CIA, para el millonario Howard Hughes, y también para Wotan. ¿Comprendes? También está con ellos Robert Kennedy.

—¡¿Robert Kennedy?! ¡¿El hermano del presidente?!

—Éste no es el problema —miró hacia abajo—. El problema es el siguiente: el FBI acaba de recibir una advertencia anónima. Alguien dentro de la CIA y dentro del Pentágono está desviando la Operación Mangosta para asesinar al propio presidente, y después a su hermano.

—Dios… ¿Quién está detrás de todo esto? ¿Quién es Wotan? ¿Es por las armas? ¿Quién diablos es Wotan?! —lo tomó por las solapas—. ¡¿Quién es el agente encubierto de la CIA que en este momento está hospedado en el Sheraton?! —observó dos cuadras hacia el sureste, hacia el edificio de cristal del Sheraton Dallas Hotel.

4

En la habitación 2230 de dicho hotel, el teléfono sonó. El hombre del portafolios que en dorado tenía rotulado el emblema de "Zapata Off-Shore Oil Company" levantó la bocina:

—¿Hola? —sigilosamente se asomó por la ventana. Miró en la distancia el lejano parque de pasto por donde iba acercándose la caravana del presidente. Al otro lado de la línea, una misteriosa voz se distorsionó por medio de un dispositivo electrónico:

—Escucha con atención.

—¿Wotan?

En el parque, el reloj Chevrolet del edificio del Depósito de Libros marcaba las 12:30 horas.

En el cuartel general del FBI, en Washington, D. C., el general brigadier Rusell Bowen les dijo a los hombres en la mesa:

—Zapata Oil es una fachada de la CIA. La CIA está operando para el conglomerado de las armas. El hombre en el Sheraton pertenece al Domestic Contact Service, de la CIA.

Uno de los individuos en la mesa le respondió:

—Harriman es la verdadera mente detrás de CIA. Harriman la creó, no el general Bill Donovan. Es su pariente. La hermana de Harriman, Mary, fue la esposa de Charles Rumsey, primo político de Donovan. El dinero con el que surgió la CIA fue una transferencia ilegal, secreta, planificada. Desviaron fondos del Plan Marshall, que controlaba Harriman, que era para reconstruir Europa después de la guerra mundial. El 5% del Plan Marshall, 685 millones de dólares, acabó siendo desviado para operaciones secretas, para sembrar grupos de agitación y armamento, para generar levantamientos. El desviador de todos estos fondos es un amigo personal de Harriman, Irving Brown, agente en la CIA. Usan como cubierta para estos traspasos el Congreso de Organizaciones Industriales de la American Federation of Labor, los sindicatos. Harriman le dijo a Frank Wisner, director de Operaciones Encubiertas de la CIA, en el hotel Talleyrand: "Mete la mano en el Plan Marshall, saquen lo que necesiten". El presidente Kennedy lo corrió diciéndole: "voy a despedazar a la CIA, la voy a partir en mil pedazos y los voy a esparcir en el viento".

—Dios, ¿cómo alguien como Kennedy se enfrenta con los hombres de la CIA? ¿Todo esto lo está haciendo Harriman? ¿Harriman es Wotan?

—Detestan al presidente católico. Kennedy quiere detener todas estas guerras. Kennedy está acabando con el racismo. Por eso no lo quieren. El hombre que se dice director general de Zapata Oil pertenece a la Fraternidad de la Calavera, de la Universidad de Yale. Se hace llamar Magog, que es la bestia del Apocalipsis.

—Diablos.

—Ésa es la fraternidad secreta a la que pertenecen también William Harriman y McGeorge Bundy. Magog es un operador secreto de la CIA que trabaja para Harriman, para detonar una guerra de gran escala contra Cuba, y después otra contra Vietnam. Va a cumplir lo que está profetizado en su nombre. Va a desatar el Apocalipsis. El padre de Magog también es amigo de Harriman desde la universidad, en Yale. También pertenece a la Fraternidad de la Calavera; impuso en el Congreso los submarinos nucleares Polaris de la empresa General Dynamics Electric Boat Corporation. Electric Boat perteneció en parte a Harriman. Los aviones caza TFX los está haciendo General Dynamics con Convair. Convair pertenece a AVCO. AVCO pertenece a Harriman.

—¡Diablos! ¿Harriman es Wotan?

En su limusina, el presidente Kennedy levantó la tercera página del discurso que estaba a punto de pronunciar en el Centro de Comercio de Dallas, a 14 cuadras hacia adelante: "En menos de tres años hemos aumentado 50% nuestro gasto en submarinos Polaris".

Debajo de ese documento revisó el mensaje que acababa de leer cuatro horas antes ante la Cámara de Comercio Fort Worth. Su principal oyente había sido el vicepresidente de dicha cámara, que también era el vicepresidente de la poderosa fábrica de armamento General Dynamics, Marion Hicks: "Estamos creando con ustedes una estructura militar que va a defender los intereses vitales de los Estados Unidos. Al desarrollar el mejor sistema de aviones caza del mundo, el TFX, Fort Worth está haciendo su parte".

Levantó la vista y observó hacia adelante. Tal vez la ira de los otros ya no iba a poder contenerla, ni siquiera con esos discursos. El sol lo deslumbró. Se tapó la cara. Lentamente alzó el brazo para saludar a la gente. Distinguió a una señora rubia, vestida de rojo. Le sonrió.

En la entrada del humilde comedor de empleados del segundo piso del edificio del Depósito de Libros Escolares, el policía Marrion L. Baker continuó observando al delgado Lee Harvey Oswald frente a la misma máquina de refrescos. Oswald se llevó la lata de Coca-Cola hacia la boca. Dos hombres de raza negra, llamados Junior Jarman y Harold Norman, le pasaron por los lados.

Oswald comenzó a tragar el líquido. En la roída pared de ladrillos leyó una placa de hierro que estaba mojada en grasa. Decía: "Este edificio es propiedad de David Harold Byrd. Empresas petroleras Byrd. Dallas Petroleum Club".

David Harold Byrd era miembro del grupo 8F y amigo del hombre que estaba en el Sheraton. También era socio de Bell Helicopters y era el diseñador del avión de guerra A-7 Corsair para la guerra de Vietnam. Ellos le habían conseguido a Oswald el empleo que ahora tenía en ese edificio.

Abajo, en el soleado parque lleno de gente que festejaba al presidente, la limusina recorrió la curva de Elm street. Con gran lentitud pasó justo por el centro imaginario de un triángulo que comenzaba en la oculta cerca de madera donde estaban los tiradores del grupo uno, frente al parabrisas.

De la cerca asomó un tubo metálico de calibre 6.5 milímetros. Era el cañón de un rifle. De su boca se disparó una bala semejante a un misil. Giró en el aire. Se dirigió hacia la garganta del presidente Kennedy.

5

En México, el canoso y atlético jefe de la CIA, Winston Scott, hombre que en secreto controlaba al embajador estadounidense, al presidente de México —Adolfo López Mateos—, a su secretario de Gobernación —Gustavo Díaz Ordaz— y a su jefe de policía bajo la operación LI-TEMPO, le sonrió al alto y delgado hombre que tenía sentado frente a su escritorio. Le leyó:

—Las habilidades de mi amigo David Atlee Phillips, su comprensión de los seres humanos y su gran conocimiento de técnicas de acción encubierta y sabotaje, así como su fluido español, lo hacen extraordinariamente valioso aquí en México para las actividades de la CIA. Es el más sobresaliente oficial de acción encubierta con el que yo alguna vez haya trabajado. Recomiendo que David Phillips sea convertido a la brevedad en mi segundo hombre aquí en México.

David Phillips se puso de pie. Le sonrió. Comenzó a aplaudirle.

En su despacho, el presidente de México, Adolfo López Mateos, le susurró a su secretario:

—Ya se los dije a los peces gordos de la CIA, a Allen Dulles y a Dick Helms: en México no vamos a apoyar ningún golpe contra Fidel Castro.

Los mexicanos no van a permitirme hacer algo así con los pinches gringos. No, no. Debe haber otra manera. Diles lo siguiente: hay muchas cosas que podemos hacer, pero no abiertamente. Tiene que ser debajo de la mesa.

—El problema es que ahora ya nos mandaron aquí a este David Phillips. Phillips es el que dirigió el programa encubierto y acabó derrocando al presidente Arbenz en Guatemala. Sobornó a los medios, compró a los generales. Les dio las armas, manejó los sistemas secretos, les dio los aviones, los Thunderbolt; les dio 150 000 dólares para corromper a los malditos militares. De un día para otro Arbenz no tenía amigos. ¿Quieres eso aquí?

El presidente López Mateos guardó silencio. No se oía nada en la habitación, nada que pudiera ponerlo en alerta, las manos le sudaban, se aflojó un poco la corbata:

—David Phillips no vino a aquí para derrocarnos —le sonrió a su interlocutor—. Vino para derrumbar a Fidel Castro y de eso no vamos a saber nada.

Su secretario se le aproximó:

—Adolfo… Kennedy le pidió a David Phillips detener estos ataques a Cuba. Kennedy no está autorizando ninguno de estos ataques. Los hombres de la CIA están haciendo todo esto por su cuenta. Kennedy está tratando de firmar un tratado de paz con los soviéticos —y se ajustó sus gruesos anteojos—. El grupo de David Phillips, Alpha 66, acaba de disparar contra los barcos rusos que están llegando a la costa de Cuba.

El presidente de México suspiró con fastidio mientras su secretario agregaba:

—Dijeron que la orden se las había dado el mismo presidente Kennedy. ¿Comprendes? Kennedy pidió que arrestaran al líder de Alpha 66, Antonio Veciana. Alguien dentro de la CIA, o arriba de ella, quiere sabotear al gobierno mismo de los Estados Unidos; evitar que sean firmados los tratados de paz que Kennedy está buscando concretar con la Unión Soviética.

El presidente de México se dirigió hacia la ventana.

—Diablos. ¿Los misiles? —miró a su secretario.

—Adolfo, si empieza una guerra de gran escala en Cuba, va a llover fuego sobre México.

6

En Florida, el líder del grupo clandestino Alpha 66, Antonio Veciana, dentro de una celda húmeda, susurró:

—Él me contactó desde la CIA. Se llama Maurice Bishop —escupió sangre.

—¿Maurice Bishop es David Phillips?

—Bishop es su nombre código. Su verdadero nombre es David Phillips, el directivo de la CIA. Me dieron 235 000 dólares.

—¿Para asesinar a Fidel Castro?

El hombre asintió.

—¿Y le dieron un rifle de alto calibre con mira telescópica a Rolando Cubela, también para matar a Castro?

—Rolando Cubela también está operando para la CIA —carraspeó para desprender las mucosidades en la garganta que tanto le molestaban—. Su nombre código es AMLASH. El 5 de septiembre se reunió con otro agente, Néstor Sánchez, también de la CIA. Néstor es el enlace de Cubela hacia los niveles superiores.

—¿Como David Phillips?

—Hace tres semanas, el 29 de octubre, Cubela se encontró en París con Desmond Fitzgerald, el director adjunto de la CIA. Fitzgerald le dijo que si alguien preguntaba algo, el cerebro de todo esto va a ser Robert Kennedy, el hermano del presidente.

—¿Lo de matar a Castro?

Veciana miró a su interrogador en silencio. Tragó saliva.

—Diablos… Cambiaron el objetivo de la operación, ¿no es cierto? ¿Van a matar al propio Kennedy? ¿Van a matar al propio presidente de los Estados Unidos, con la maquinaria de la CIA que se llama Operación Mangosta, que crearon primero para matar a Fidel Castro?

7

En la cerca del parque verde de Dallas, el hombre con el rifle detrás de los maderos observó su bala destruyéndole a Kennedy la tráquea. Lentamente separó el ojo de la mira telescópica. Comenzó a recargar el arma de nuevo sobre la barda. Su cargador hizo un crujido metálico, y luego un rechinido. El vehículo se aproximó más hacia ellos.

En el parque soleado de Elm street, la bala proveniente de la cerca de madera se estrelló contra la garganta de John Kennedy. El presidente sintió el crujido de su tráquea. Se llevó las manos hacia el cartílago. El sol los golpeaba con rudeza. Por detrás, desde otro de los edificios de la plaza, una segunda bala lo impactó justo en el centro de la espalda. Sintió un poderoso empujón hacia adelante. El proyectil metálico se incrustó a través de la cuarta vértebra del tórax. Su cabeza fue arrojada hacia adelante. Su esposa comenzó a gritar:

—¡¿Jack?! ¡¿Jack?!

En el asiento delantero, el gobernador de Texas, John Bowden Connally, recibió un balazo en la muñeca. Se le destrozaron los huesos. Comenzó a gritar:

—¡Dios! ¡Nos van a matar a todos!

La limusina aceleró.

Desde la cerca de madera debajo del túnel, un nuevo proyectil —ahora una bala expansiva diseñada para estallar tras el impacto— salió desde la boca de un arma de mayor calibre hacia la parte frontal de la limusina, directamente hacia la cabeza del presidente.

La bala de alto poder avanzó como un tornillo por el aire y se impactó contra John Kennedy en la cabeza, en el cabello, del lado derecho de la cabeza, por encima de la frente. El impacto le arrojó la cabeza hacia atrás, hacia el asiento, impeliendo todo su cuerpo contra el respaldo. El cerebro le estalló por atrás. Salió proyectado hacia la cajuela, explotando como pedazos de gelatina adheridos a fragmentos de la tapa del cráneo. La mitad de la masa cerebral del presidente se desprendió de su cabeza. Su esposa Jacky comenzó a gatear hacia atrás, sobre la cajuela. Gritó. Comentó a buscar con la mano los pedazos del cerebro de su marido, que rodaron hacia la parte trasera del vehículo.

Metros atrás, desde un opaco vehículo, el jefe de la mafia Salvatore Bonanno, hijo del poderoso jefe de Nueva York Joseph Bonanno, le susurró a su amigo y cómplice Joseph Magliocco:

—Yo hablé de todo esto con Roselli —señaló hacia adelante—. ¿Ves esa pequeña coladera? Ahí debe estar Roselli —le sonrió a Magliocco—. Rosselli trabaja para Robert Maheu de la CIA. Se conocieron en el Hilton de Nueva York, el 14 de septiembre de hace tres años. Ahora tú encárgate de Lucchese y de Gambino. Yo voy a encargarme de Magaddino. La era de los Kennedys está terminando hoy.

8

En el calabozo de Florida, el compañero de Antonio Veciana, Julián Rubiales, estaba ante un nuevo interrogatorio. Lo habían golpeado y de su rostro fluían un par de hilos de sangre.

—Nos encontramos en Dallas, hace tres meses. Maurice Bishop, Lee Harvey Oswald y yo.

—¿Lee Harvey Oswald? ¿Quién es Lee Harvey Oswald?

—Su nombre código es LICOZI-5. Es un espía doble. Los LICOZI se vuelven dobles.

—¿Trabaja para David Phillips, el directivo de la CIA? ¿Lee Harvey Oswald es parte de la Operación Mangosta de la CIA?

—Lo enviaron a Rusia para infiltrarse con los soviéticos, para transmitirles mensajes a los militares del Soviet. Su operador es otro agente, un empresario petrolero. Pertenece al Dallas Petroleum Club. Pertenece al grupo 8F de Dallas. Se llama George de Mohrenschildt.

—¿El geólogo?

—De Mohrenschildth estuvo en Yugoslavia y luego en México. Lo enviaron a México para espiar los yacimientos vírgenes, para operaciones estadounidenses de extracción de crudo. Lo enviaron encubierto. Los mexicanos lo descubrieron. El general Maximino Ávila Camacho lo expulsó del país. De Mohrenschildt controla a Lee Harvey Oswald. A Oswald lo vieron en el restaurante de la ciudad de México que se llama Sanborns, junto a la embajada de los Estados Unidos, en la avenida Reforma, debajo del Hotel Sheraton que está anexo a la embajada, junto al Ángel de la Independencia. Ahí se reúnen los espías con sus contactos de México. George de Mohrenschildt es muy amigo de Clint Murchison y también del presidente de Zapata Off-Drilling Corporation.

—Diablos. ¿Oswald es parte de esta Operación Mangosta de la CIA? ¿Quién le da las órdenes a De Mohrenschildt? ¿Quién es la cabeza? ¿El hombre de Zapata Corporation?

Julián Rubiales lo miró fijamente:

—La Operación Mangosta es de David Phillips —desvió los ojos hacia la pared—. David Phillips recibe sus órdenes de otro hombre.

9

En Dallas, a tres pisos de la calle donde el presidente estaba siendo acribillado, el agente doble Lee Harvey Oswald bajó la lata de Coca-Cola. Un hombre se le acercó. Era corpulento, de raza negra. Estaba vestido con overol de limpieza. Se le aproximó y le dijo:

—Ellos tienen a tu esposa.

—¿Perdón? —abrió los ojos.

—La tienen en esa casa. Tal vez hoy le hagan daño.

—¿Qué estás diciendo? ¡¿Quién eres?!

El hombre le sonrió. Le brillaron los ojos.

—Ellos tienen a tu esposa en esa casa. Ellos son gente de la CIA.

—¡Eso yo lo sé! ¡Yo los conozco!

El hombre de raza negra le mostró los dientes.

—Hoy todo ha cambiado.

Oswald se quedó petrificado.

—¿De qué estás hablando? —arrojó la lata de Coca-Cola al suelo—. ¡¿Quién diablos eres?! ¡¿Me estás amenazando?!

El hombre con vestimenta de limpieza se le acercó y le susurró:

—Hoy todo ha cambiado. Van a acusarte por el asesinato.

Lee Harvey Oswald abrió los ojos. El fornido hombre se dio la vuelta. Comenzó a avanzar hacia el comedor de los empleados. En su espalda tenía pintado con marcador un enorme crucifijo negro. Debajo decía: "Juan 8:32. La verdad os hará libres".

Oswald escuchó gritos provenientes de las ventanas. Volteó hacia los cristales, en medio de los arcos de ladrillos. Comenzó a sentir un profundo calambre en los brazos. Se tocó su overol. Escuchó patrullas, sirenas en la calle. En la parte baja escuchó los primeros gritos dentro del edificio. Volteó hacia las escaleras. Escuchó pasos que venían hacia arriba. En su overol encontró un bolígrafo. Tomó su billete de un dólar. Lo apoyó contra la máquina. Colocó la punta metálica de su bolígrafo sobre la pirámide del billete; en el ojo de luz que está sobre la pirámide.

—Conoceréis la verdad, y la verdad os hará libres.

Luego agregó:

"Nuevo gobierno, ojo de luz, cueva de estrellas, olas telarañas. Busca bajo la roca. 832."

Observó por última vez el ojo luminoso por encima de la pirámide. En su base decía "MDCCLXXVI" —el año de la independencia de los Estados Unidos, 1776—. Debajo, sobre la tierra, un curvado listón decía en latín: *Novus Ordo Seclorum* —Nuevo Orden de los Siglos—. Comenzó a enrollar el billete. Miró hacia el muro.

10

En México, el jefe de la estación de la CIA, Winston Scott, se levantó de su asiento. Entró a su oficina su asistente Anne Goodpasture:

—¡Acaban de disparar contra el presidente Kennedy! ¡Ya conocen al sospechoso y van tras él! ¡Se llama Lee Harvey Oswald! ¡Charlotte Bustos, de nuestra central en Langley, está diciendo que acabamos de enviarles las fotos y audios de este Oswald, desde aquí de México!

Winston Scott permaneció extrañado.

—¿Oswald?

—¡Lee Oswald, el sujeto gordo y rubio que fotografiamos hace casi dos meses, el 1° de octubre! ¡Lo captaron nuestras cámaras espías frente a la embajada de Rusia! ¡Este Oswald entró a la embajada rusa aquí en la ciudad de México! ¡Pasó seis veces frente a los sensores de las cámaras! ¡Mandamos todo esto a Washington, a Langley, junto con las grabaciones de sus llamadas; también las interceptamos!

—¿Grabaciones? —le preguntó Winston Scott.

—Este Oswald también llamó telefónicamente a la embajada rusa. Tenemos las grabaciones. También las enviamos a Washington.

—¿Qué dice en las grabaciones?

—¡Quería su visa para ir a Cuba, para ir a ver personalmente a Fidel Castro!

Winston Scott frunció el ceño.

—¿Y dices que es un tipo gordo, rubio?

—Una mujer de la embajada de Cuba aquí en la ciudad de México dice que atendió a este señor Oswald. Ella misma ya está dando su testimonio. Oswald le dijo que quería matar al presidente Kennedy, que el plan viene directamente de Moscú, del premier Krushov.

—Esto significa un nuevo estado de guerra —les sonrió a ambos el alto David Phillips.

—Ella se llama Silvia Durán.

Winston Scott levantó el teléfono. Miró hacia el cuadro en la pared —el primer embajador de los Estados Unidos en México, un hombre arrugado, con sombrero de hebilla, que lo estaba mirando a los ojos, Joel

Roberts Poinsett—. Marcó un número de cinco dígitos. Tragó saliva. Esperó a que le contestara la voz:

—¿Secretaría de Gobernación?

—Quiero hablar con el secretario.

—Un segundo, señor Scott.

—Soy Gustavo Díaz Ordaz. ¿Winston? ¿Estás bien?

—Necesito que me ayudes.

—¿Perdón?

—Quiero que busques y arrestes a una mujer de la embajada de Cuba aquí en México. Se llama Silvia Durán. Quiero saber todo lo que ella sabe.

—No hay problema. El expediente lo debe tener mi jefe de la policía, Fernando Gutiérrez Barrios.

David Phillips, con el dedo, colgó el teléfono. Miró a Winston a los ojos.

—No avances más en esto.

—¿Perdón?

Le sonrió sutilmente. Sonó otro teléfono.

—¡Señor Scott! —le gritó su secretaria desde afuera—. ¡Lo llama su jefe desde Langley, el director para América Latina, John Whitten!

Scott asintió y le pidió a la secretaria que le pasara la llamada. Observó su propio aparato telefónico. La luz estaba intermitente, roja. David Phillips suavemente quitó el dedo.

—¿Hola? —preguntó Winston Scott.

—No arrestes a Silvia Durán.

Winston Scott intercambió miradas con David Phillips.

—¿Perdón?

—No arrestes a Silvia Durán —le insistió su jefe en el teléfono—. Detén esta orden. No avances más en esto. Ponte de acuerdo con David Phillips.

—No entiendo. ¿Qué diablos está pasando?

—Escucha con atención —le dijo John Witten en el teléfono—: si arrestas a Silvia Durán podrías generar implicaciones muy graves para los Estados Unidos. Esta orden proviene de Tom Karamassines, el subdirector de Operaciones Encubiertas de la Agencia. No preguntes.

11

Nerviosamente, Lee Harvey Oswald comenzó a bajar las escaleras, trotando. La gente comenzó a correr a su lado, enloquecida. Las mujeres estaban gritando:

—¡Acaban de dispararle a John Kennedy! ¡Le dispararon al presidente!

12

En la embajada de Cuba en México, un hombre llamado Eusebio Azcue se acercó a la atractiva Silvia Durán. Los dos, estupefactos, observaron el primer reporte en la televisión:

—¡Diablos! —le gritó Eusebio Azcue—. ¡Están diciendo que el que hizo estos disparos es el mismo que tú y yo conocimos aquí en la embajada, con el que luego te fuiste a una fiesta!

Silvia Durán observó la fotografía de un sujeto delgado, de cabello negro. Su compañero de trabajo le gritó:

—¡Este tipo que están mostrando aquí no es el Oswald que tú y yo conocimos! ¡Es otra persona!

En Miami, Estados Unidos, una imprenta clandestina comenzó a rodar un tiraje de emergencia. Los volantes decían: "Lee Oswald fue enviado por Fidel Castro: Atentado a Kennedy es complot soviético para desestabilizar a los Estados Unidos". El jefe de rotativas tomó un ejemplar fresco. Lo olió. Le sonrió a su asistente:

—Ahora difúndelo por todo el mundo.

Sobre su escritorio había un cheque por 25 000 dólares. Decía: "Para el Directorio Revolucionario Estudiantil Anticomunista; subvención mensual confidencial". Abajo estaban las siguientes firmas: "George Joannides, Jefe de Guerra Psicológica de la CIA —unidad JMWAVE" y "David Phillips, Operación Zapata, CIA".

13

En Dallas, Lee Harvey Oswald se metió a tientas a una oscura sala de cine. En la pantalla vio las enormes palabras "War is Hell". Escuchó la fanfarria de inicio de la cinta. Cautelosamente se acomodó en un sucio asiento de terciopelo que olía a traseros. Miró hacia los lados. Por detrás, una voz le susurró en el oído:

—Qué bueno que viniste. Todo va a estar muy bien.

—¿Qué está pasando? ¿Por qué me están acusando a mí? ¿Qué diablos ocurre?

—Tranquilo. Todo está perfecto. Lo importante es que tú no digas nada. Tienen a tu esposa, recuérdalo.

Desde el costado del cine un hombre con gabardina gritó, como si lo conociera:

—¡Ése es Lee Harvey Oswald!

La gente se movió y de inmediato, como si todo estuviera planeado, se encendieron 30 linternas. Treinta hombres uniformados corrieron hacia Oswald.

—¡Arréstenlo! ¡Captúrenlo! ¡Llévenlo a la estación de policía!

Oswald se levantó. Lo embistieron desde los lados.

—¡Espósenlo!

Le torcieron el brazo y les gritó:

—¡No estoy resistiéndome al arresto! ¡No estoy resistiéndome al arresto!

Edgar Hoover desvió la llamada hacia uno de los asistentes claves de la Casa Blanca, Walter Jenkins:

—Verás… Lo que nos preocupa ahora a mí, al FBI, y al procurador general Katzenbach es lo siguiente: no tenemos la maldita prueba que pueda convencer al público de que Lee Harvey Oswald es el verdadero asesino, ¿me entiendes? ¿Entiendes lo que la gente puede pensar? ¿Es decir, sobre lo que le está haciendo su propio gobierno?

14

En México, Winston Scott señaló hacia la pantalla del televisor. Estaban transmitiendo en vivo el arresto de Lee Harvey Oswald, en el cine. Le gritó a David Phillips:

—¡Diablos! ¡Ese sujeto que está ahí no es el individuo que fotografiamos aquí frente a la maldita embajada soviética! —le aventó la fotografía a la cara, la del gordo rubio—. ¡¿Quién diablos es este sujeto que vino a México?! ¡¿Un impostor?! ¡Vino con un pasaporte que dice: "Lee Harvey Oswald"; con una tarjeta de turista para México con el número FM824085, que es el folio siguiente al FM824084, que se lo dieron a William Gaudet, agente nuestro, de la CIA! ¡¿Son hombres tuyos?! ¡¿Vinieron juntos?!

En Washington, el consternado hermano del presidente, Robert Kennedy, levantó el teléfono.

—¿Esto lo hizo uno de tus hombres? —esperó con el auricular pegado a su oído.

Al otro lado de la línea, el joven cubano Enrique "Harry" Ruiz-Williams, de la CIA, permaneció callado. Miró a los ojos al periodista Haynes Johnson, que estaba frente a él, observándolo. En la parte alta del muro había un enorme mapa cartográfico de Cuba. Decía: "CIA-Operación Zapata-Invasión de Cuba". Harry Ruiz-Williams le dijo al fiscal general Robert Kennedy:

—No sé de qué está usted hablando. ¿De qué habla, señor Kennedy?

El hermano del presidente le susurró:

—Esto lo hizo uno de tus hombres. ¡Esto lo hizo uno de tus malditos hombres! —colgó el teléfono, temblando. Miró la fotografía de su hermano—. Dios… ¡No, Dios!

15

En el hotel Sheraton Dallas, el hombre del portafolios que decía en dorado "Zapata Off-Shore Oil Corporation" miró hacia la ventana. La ciudad comenzó a volverse un caos. Empezaron a sonar ambulancias por todos lados. Al fin extrajo de su portafolios una fotografía; era la de un hombre gordo, rubio, que se llamaba Lee Harvey Oswald.

Lee Harvey Oswald —el delgado de cabello negro—, con una delgada camiseta blanca, fue arrojado violentamente a un pasillo lleno de periodistas, en el cuartel central de la Policía de Dallas. Tenía el ojo derecho inflamado, con la piel morada. Los oficiales lo empujaron hacia el fondo, donde pudieron verlo los reporteros. Le colocaron 12 micrófonos frente a la boca.

Oswald miró hacia el techo. Lo deslumbró una intensa luz blanca.

—No sé de qué se me acusa —recordó el mensaje que escribió en la pirámide de un dólar. Recordó la pared detrás de la máquina de refrescos—. Nadie me ha dicho de qué se trata todo esto, más que por matar a un policía.

—¿No sabe de qué se le acusa? ¿Está hablando en serio?

—No me han permitido conseguir un abogado. Necesito que alguien me ayude, para darme asistencia legal —distinguió entre los periodistas a tres hombres de la CIA.

—¿Usted disparó contra el presidente Kennedy?

Miró a los agentes en medio de los flashes de las cámaras. Pensó en la cara de su esposa.

—¿Usted disparó contra el presidente?

—Yo no maté a nadie. Me detuvieron sólo porque estuve en la Unión Soviética.

—¿Qué le pasó en el ojo?

—Me golpeó un policía.

Dicho esto terminó el interrogatorio ante la prensa y los policías lo internaron en la estación de policía. Oswald iba confuso, tenía sed. Lo internaron en un cuarto con paredes blancas en el que había sólo una mesa y una silla. La puerta se cerró. Un hombre colosal permaneció afuera.

Adentro, los interrogadores miraron fijamente a Oswald.

—No debiste haber dicho esas cosas.

—¿Perdón?

El interrogador se le acercó.

—Te estamos tratando bien, Lee —le sonrió—. Nadie te está acusando de atentar contra el presidente. ¿Por qué te pusiste a la defensiva?

Oswald miró hacia los lados.

—¿Por qué no se está grabando este interrogatorio? ¿Qué me están haciendo?

16

En su lujosa habitación del Sheraton Dallas, el hombre de la Fraternidad de la Calavera de la Universidad de Yale, cuyo portafolios decía en dorado "Zapata Oil. Operation Scorpion. Cay Sal Island", se colocó la plástica bocina del teléfono frente a la boca.

Lentamente murmuró:

—Soy el presidente de Zapata Off-Shore Drilling Company.

—Soy el agente Graham Kitchel, del FBI. En qué puedo servirle.

—Verá… Dirijo una operación en el Caribe, en una pequeña isla de las Bahamas. Solicito que por ningún motivo usted revele mi identidad. Anote lo que le voy a decir.

En su automóvil, el obeso director general del FBI, Edgar Hoover, miró a su acompañante.

—Demonios. El hombre que está en el Sheraton pertenece a la CIA. Pertenece a una sociedad secreta en Yale. Su nombre clave es "Magog".

—¿Magog? ¿Qué está haciendo en este instante en Dallas?

—Aquí tengo el cable —lo sacudió sobre sus gordas piernas—. Su operación petrolífera en las Bahamas se llama Scorpio. Es una tapadera. Todo lo están controlando desde la Agencia —se colocó los anteojos—. Investigué esa maldita isla abandonada. Es una base de la CIA. Están entrenando gente, cubanos que escaparon de Cuba cuando tomó el poder Fidel Castro. Eran la elite de Cuba. Ahora están con la CIA. Quieren invadir Cuba. Quieren Cuba, quieren Vietnam —miró hacia su acompañante—. Esto va a ser grave. Misiles Polaris, tanques, submarinos. Imagina cuánto significa esto en miles de millones de dólares.

Su acompañante frunció el ceño:

—¿Quién es el hombre del Sheraton? ¿Cuál es su verdadero nombre? Hoover lo miró con ojos vidriosos:

—El cable aún no lo dice.

Edgar Hoover miró por la ventana hacia afuera. El teléfono sonó. Su acompañante contestó.

—Sí, señor —le dijo a Hoover—: es el vicepresidente Johnson.

Hoover tomó el teléfono. Le tapó la bocina.

—Ahora él va a ser el presidente. ¿En qué puedo servirle, señor vicepresidente?

En el aeropuerto de Dallas, el vicepresidente, sentado en la parte trasera del silencioso y estacionado avión Air Force One, acarició el escritorio del presidente Kennedy. Le susurró a Hoover por teléfono, con acento texano:

—Me preocupa lo que ya está pasando en el Congreso —e hizo una pausa—. ¿Estás enterado?

—Sí... Quieren hacer un grupo que investigue el asesinato.

—Quieren crear una comisión independiente para investigar el asesinato de Kennedy.

—Es verdad —le susurró Edgar Hoover.

—Eso sería malo, ¿no te parece?

—Eso sería muy malo, muy malo, señor vicepresidente. Comenzaría una jauría de investigaciones. Sería un circo de tres pistas.

El alto y tortuoso Lyndon Johnson se levantó del escritorio jalando lo más posible el cable del teléfono.

—La única manera para detener esto es que nombre a unas cuantas personas, personas que voy a escoger, de mi equipo, y decirles a los del Congreso y del Senado que detengan sus investigaciones. ¿Estás de acuerdo con esto? ¿Estás de acuerdo?

Hoover miró hacia su acompañante:

—Desde luego, señor vicepresidente —pero negó con la cabeza. Acarició sus papeles.

17

A 570 kilómetros de distancia, en un frío bosque de Michigan, el general del Pentágono Curtis LeMay, mando supremo del Comando Aéreo Estratégico —enemigo de John F. Kennedy y a cargo de la defensa aérea, espacial y nuclear de los Estados Unidos—, con un puro en la boca, levantó su rifle. Lo apuntó hacia un ganso. Comenzó a apretar el gatillo. El radio de su acompañante sonó.

—Acaban de matar al presidente Kennedy.

—Ya lo sabía —disparó.

18

El cuerpo de John Kennedy, trasladado a Washington en un avión SAM 26000 —un Boeing 707 de 60 toneladas—, entró en una camilla con ruedas al Hospital Naval Bethesda. En el pasillo hacia la habitación llamada "Trauma Room 1", durante la unción que le hicieron los padres católicos Oscar L. Huber y James Thompson, una mujer con uniforme de enfermera se le acercó entre forcejeos a los médicos y los militares. Observó en el dedo gordo del pie del presidente una delgada etiqueta. Decía: "Cuerpo Número 24740". Respiró el formol que emanaba de él.

Lentamente sacó de su bata un pequeño trébol. Entre los muchos médicos y militares introdujo su brazo.

19

En la cabeza del presidente asesinado, el pasante de medicina Paul Kelly O'Connor deslizó su guante de plástico, por debajo de la pulpa de cabellos.

—No siento hueso. Se perdió la mitad del cerebro —miró a los doctores—. Esto no pudo hacerlo una bala. Esto fue otra cosa. Esto fue una explosión desde adentro.

En la base Andrews de la Fuerza Aérea de los Estados Unidos, un operador recibió una llamada:

—El general LeMay está en una aeronave C-140. Últimos números son SAM 497. Special Air Mission 497. Nombre clave Grandson. Quiero hablar con el general LeMay. Soy el coronel Dorman, su asistente, Comando Aéreo Estratégico.

—¿Grandson? Muy bien. Tenemos problemas con Air Force One. Veremos qué podemos hacer.

—Si no puede comunicármelo ahora después va a ser muy tarde. En media hora el general LeMay va a haber aterrizado.

A las 13:46, tiempo de Dallas, el operador de la base Andrews registró oficialmente el despegue del avión C-140 del general Curtis LeMay —enemigo de John F. Kennedy—, de Toronto hacia Andrews, Washington. Cuatro minutos después, el operador registró como destino final Wairton, California. A las 15:25 el operador registró: "LeMay despega de Wairton hacia Andrews". A las 16:00 horas registró: "LeMay aterriza en DCA", Aeropuerto Andrews, en Washington, D. C.

20

En el hospital, la enfermera le tocó los ojos a John Kennedy. Le susurró:

—Amado de Cristo, descendiente de María Estuardo de Escocia, de Jane Kennedy. Este día no es el final, sino el principio. Vienen otros. Terminarán lo que iniciaste. Tu sangre seguirá corriendo por el mundo —la enfermera de ojos castaños le sonrió al cadáver de Kennedy, desde detrás de los militares, atrapada por dos soldados—. Volverán más de nosotros para restaurar la libertad. Ahora estás afuera. *Neos Bios. Exo Kosmos. Num Arkeum. Bios Afisiké.* Ahora estás en el Mundo Real.

—¿Quién es esta mujer? —preguntó uno de los militares—. Sáquenla en este instante.

El joven pasante Paul Kelly O'Connor salió apresurado al corredor. La orden se la dio el doctor: recibir al poderoso hombre que estaba por llegar para supervisar la autopsia del presidente.

Por el pasillo entró el hombre: fornido, de baja estatura, con un traje militar de color azul, lleno de condecoraciones; con el puro entre los dientes. Se acercó rodeado de militares.

—Mata a suficientes de ellos. Dejarán de luchar —les sonrió a los hombres a su lado. Le dio una larga calada al puro—. Bombardearemos Vietnam hasta regresarlos a la edad de piedra —se ajustó el traje de la Fuerza Aérea—. Señores, hemos creado la RAND Corporation dentro del Comando Aéreo Estratégico, junto con Douglas Aircraft, para resolver todas estas cosas por medio de la ciencia. En adelante todo va a ser planificado.

—Bienvenido, general Curtis LeMay —lo saludó el pasante Paul Kelly O'Connor—. Pase por este lado.

A nueve kilómetros de distancia, en Arlington, Virginia, dentro de un oscuro centro de cómputo secreto, en las instalaciones clasificadas de la RAND Corporation, cuatro hombres —Ed Feigenbaum, Allen Newell, Herbert Simon y Cliff Shaw— teclearon temerosamente: "Computadoras y Cerebro. The Mind System".

En la pared siguiente, un hombre que tenía una foto de sí mismo abrazando a su poderoso ex jefe del Plan Marshall, William Averell Harriman —Thomas Crombie Shelling—, escribió: "Buscar a Gene Sharp para investigar creación de movimientos de resistencia civil. Derrocar gobiernos"

En la pared siguiente, los analistas Russell Betts y Frank Denton escribieron: "Memorandum RM5446-ISA/ARPA. Destrucción química en Vietnam. Si el enemigo se oculta en bosques, necesario destruir bosques. Necesario destruir gran parte de la economía. Crear agente biológico que destruya grandes bosques. Desarrollar Agente Naranja".

22

En el hotel Sheraton Dallas, el hombre de Zapata Oil Corporation permaneció callado, mirando hacia la ventana. Sostuvo la bocina del teléfono pegada a su boca. Al otro lado, el consternado agente del FBI Graham Kitchel le insistió:

—Señor, necesito que me diga su nombre.

—Yo necesito que mi identidad permanezca confidencial en su reporte.

—Su identidad va a permanecer confidencial, pero yo necesito que me diga su nombre.

El hombre de rostro huesudo silenciosamente miró hacia el centro de Dallas. Al fondo escuchó sirenas. Lentamente acarició el plástico del teléfono. Le dijo:

—Voy a permanecer aquí en el Sheraton Dallas hasta mañana.

—¿Cuál es su nombre, señor?

23

En la estación de policía, el delgado Lee Harvey Oswald avanzó por un pasillo de paredes descarapeladas. Miró hacia arriba, hacia las luces blanquecinas. Estaba esposado. Los policías lo empujaron hacia la salida, hacia el estacionamiento subterráneo. Lo estaban esperando los reporteros con sus cámaras, con sus destellos.

—¡¿Mató usted al presidente Kennedy, señor Oswald?! ¡Estamos transmitiendo en vivo! ¡¿A dónde lo están trasladando ahora?! ¡¿Por qué hay tanto hermetismo aquí en la estación de policía?! ¡¿Quién está a cargo?! ¡¿De qué han hablado con usted en los separos durante todas estas 12 horas seguidas, sin testigos, sin grabar los interrogatorios?!

Al fondo había una camioneta blanca.

—¿Señor Oswald? —le preguntó el reportero—. Éste es el momento para decir la verdad. ¿Alguien más participó en el asesinato? ¿Quién dio la orden de matar al presidente Kennedy? Si hay una oportunidad, es en este instante.

Oswald detuvo su mirada por un segundo en el reportero y luego volteó hacia la cámara y a su alrededor. Podía percibir el estrés en el aire. Los policías parecían congelados en una sola toma, pero entre los reporteros reconoció a cuatro agentes de la CIA. Sintió en la piel de la cara el calor de los reflectores. Comenzó a sudar. Sus labios vacilaron, como si estuviera por responder a las preguntas del hombre de la televisión. "Espero que después de esto liberen a mi esposa."

Un reportero gritó:

—¡Va a hablar! ¡Lee Harvey Oswald va a hablar!

Le empujaron los micrófonos hacia la boca. Por detrás de ellos, un hombre robusto, de sombrero blanco, se le abalanzó a Oswald:

—¡Oswald! —le disparó en la boca del estómago con una pistola de calibre 38 milímetros, frente a las cámaras de televisión.

Delante de un televisor, una boca con un bigote canoso susurró:

—Ya está hecho. Jack Ruby conoce a Oswald a través de Mangosta —observó al hombre de sombrero blanco—. Ruby es de la mafia de Thomas Eli Davis III, de Johnny Roselli. Todos están operando para la CIA, para la gente de Mangosta. Ahora nadie va a saber nunca la verdad.

24

Afuera del hospital Naval Bethesda, en la barda, un periodista de México, corresponsal del periódico *Excélsior* —Juan Manuel Barrón, también llamado John Barrón; nieto del espía y soldado mexicano Simón Barrón—, violentamente se aferró a las rejas metálicas. Comenzó a sacudirlas. Le gritó al policía:

—¡Déjanos entrar, maldita sea! ¡Somos la prensa! —el policía observó a los otros reporteros. Eran los corresponsales extranjeros—. ¡Llama a tu superior, maldita sea! ¡Ahora mismo! ¡Soy el secretario de Prensa Latina! —le gritó John Barrón. El policía comenzó a sudar. John Barrón le mostró nuevamente su gafete. Decía: "Comitiva de Prensa. RAND Corporation".

El policía miró hacia su teniente, quien le dijo:

—Nadie entra.

El reportero se soltó de las rejas.

—Maldita sea —caminó furiosamente entre los corresponsales—. *This is all shit, fuckers!* —se dirigió hacia su socio de la Agencia Griega de Noticias Athenaiko Praktoreio Eideseon. Era Ioannides Spiro. También estaba pegado a las rejas.

—No nos van a dejar entrar —le dijo John Barrón.

Su colega le sonrió.

—Van a matarlos a todos.

—¿De qué hablas?

—Esto no va a terminar. Van a eliminarlos a todos.

—¿Perdón? —se le acercó John Barrón—. ¿De qué estás hablando? —miró a la adolescente de largos cabellos negros que estaba al otro lado de las rejas, llorando, abrazada de sus papás, con una rosa roja en la mano.

—Van a matar a todos los Kennedy —le dijo el corresponsal de la Agencia Griega de Noticias—. Esa niña que ves ahí, sobrina del presidente. Los hijos del presidente —miró hacia su derecha—; el hermano del presidente. Los van a matar a todos, a toda la familia. Los Kennedy son la única familia de poder que se ha enfrentado a la Intraestructura. Son los que pueden cambiar todas las cosas.

John Barrón observó a los parientes del presidente. El hombre de la Agencia Griega de Noticias comenzó a zafarse su propio anillo. Suavemente se lo pasó a John Barrón. Era un anillo ancho, pesado, dorado. En el frente tenía un enorme escudo: una escuadra y un compás; el símbolo mundial de la masonería. Arriba decía en letras delgadas: "Grand Lodge of Albion" —Gran Logia de Albión. En medio había un ojo.

—Hoy está surgiendo algo maligno. Algunos estamos en contra de todo esto. Sólo juntos podemos cambiar el futuro.

John Barrón —Juan Manuel Barrón, mi padre— comenzó a colocarse el anillo. Su colega de la Agencia Griega de Noticias le dijo:

—Van a exterminar a toda esta familia —miró hacia la adolescente de cabellos negros—. Ella se llama María Patricia. Tiene 13 años. Es la última de la línea secundaria. Llévatela a tu propia tierra. No permitas que la encuentren. Cámbiale el nombre.

—Pero…

—Hazlo por el lustre de tu familia, los Barrón siempre han apoyado las causas contra los verdaderos dictadores. En México la chica estará a salvo… la historia se repite, como hace más de 400 años.

25

En el Sheraton, en Dallas, el presidente de Zapata Off-Shore Corporation le susurró al agente Kitchell:

—Mi teléfono de la oficina es CA 2-0395. Mantenga confidencial mi identidad. El hombre que quiso atentar contra el presidente Kennedy se llama James Parrott.

—¿Perdón?

El hombre del Sheraton acarició su anillo, que tenía un cráneo dorado y los caracteres "322. YALE".

—Mi nombre es George H. W. Bush.

26

En el Mar Caribe, en el archipiélago de las Bahamas, en una diminuta isla deshabitada, ubicada a 50 kilómetros de Cuba —un atolón llamado Cay Sal, o "Placer de los Roques"—, un hombre enorme, de cabeza rapada, con tatuajes en la cara, cerró una escotilla en el costado de un antiguo y despostillado faro destartalado. Por encima de la escotilla, labrado en la piedra, había un triángulo con un ojo.

Debajo decía: "MDCCLXXVI. Novus Ordo Seclorum".

La escotilla se cerró. Conducía hacia una instalación profunda, subterránea, de la CIA. Por afuera, la escotilla brilló con letras de oro: "Zapata Off-Shore Oil Drilling Corporation".

27
Hace 13 años

Septiembre 11 de 2001, 8:00 a.m. / 36 segundos

—American Once heavy, mi reloj registra ocho en punto de la mañana con 36 segundos. Soy radar de salidas Boston. Contacto contigo. Buen día.

En la atmósfera, un gigantesco avión Boeing 767, de 170 toneladas, respondió a la transmisión de radio:

—Soy American Airlines Vuelo Once rumbo a Los Ángeles. Soy capitán John Ogonowsky. Buenos días.

—American Once, en tu radar estoy detectando tráfico cerca de ti, a tus 10 en punto, dos millas. Tienes un Cessna Skyland maniobrando a 3 500. Lo estoy viendo en el radar. Está volando fuera de reglas de maniobra.

—Lo tenemos a la vista —le respondió el capitán John Ogonowsky, del vuelo American Airlines Once, procedente del aeropuerto Logan, en Boston.

28

A 340 kilómetros de distancia, en Nueva York, dentro de una oficina de cristales del piso 92 de la Torre 1 del World Trade Center —la Torre Norte de las Torres Gemelas—, estaba yo, Axel Barrón, hijo de Juan Manuel Barrón y de Mary Patricia D'Oport.

Mis padres me miraron desde sus lugares en la mesa a la cual se encontraban hombres con mucho poder en los Estados Unidos.

—Nos hemos permitido invitar a nuestro hijo a esta junta —les dijo mi padre—. Creemos indispensable la transmisión de los conocimientos de este grupo a las nuevas generaciones.

Mi padre se llevó de manera instintiva la mano para acariciar su dorado anillo masónico que decía "Grand Lodge of Albion". Mi padre trabajaba para, lo supe después, la Intraestructura: la mejor manera de conocer a los enemigos era siendo sus amigos. Revisé, uno a uno, los títulos de las personas que estaban sentadas a lo largo de la mesa. Nunca antes las había conocido.

Sus títulos decían: "Council on Foreign Relations", "Brookings Institution", "Yale Russell Trust Association", "Central Intelligence Agency", "NASA", "RAND Corporation" y "Georgetown University".

El hombre al que correspondía este último letrero era un sacerdote gordo, de lentes anchos, con un traje negro, católico. Su letrero decía: "Pedro López Moctezuma, IHS. Societas Jesu". Era un sacerdote jesuita. No había dejado de prestarme atención desde que entramos al salón.

Sentí calor y ardor en el cuello. Me jalé la corbata hacia abajo. Me aflojé el nudo. Mi padre desvió la mirada de mis afanosos intentos por sentirme más cómodo en ese sitio. Se llevó la mano al cuello, como si quisiera indicarme que no debía quitarme la corbata.

"Oh, con un demonio", pensé. "¡Qué importante eres, papi! De grande quiero ser como tú. No lo entiendes, padre. Sólo soy un inadaptado. No nací para usar corbatas. Perdóname por ser yo. ¿Me perdonas por haber nacido? No soy digno de ser llamado hijo tuyo. Soy indigno de los genes que me has dado."

En su dedo nuevamente resplandeció el anillo masónico de la Gran Logia de Albión, pero mi padre ya no me prestaba atención, sino que se dirigía a los hombres en la mesa.

—Señores. Los convoqué esta mañana porque está comenzando un cambio en nuestro grupo —nuevamente me miró por encima de sus lentes.

De uno de los muros colgaba un enorme cuadro, muy perturbador: una noche de tempestad sobre una montaña. Su cima era el cuerpo gigantesco de un águila de cabeza blanca, con las alas extendidas, iluminada por un relámpago. Su ojo estaba dentro de un triángulo de luz: era un ojo humano, con ceja y pestañas. En la base de la montaña decía: "MDCCLXXVI. Novus Ordum Seclorum", y una letra "R" que apuntaba hacia la izquierda y hacia la derecha.

—¿Qué me ves, imbécil? —le pregunté al ojo en el cuadro.

—Está ocurriendo algo muy malo en el mundo —les dijo mi padre a todos. En el letrero, en la parte superior del cuadro, rodeando al águila y a la montaña, decía "ANNUIT COEPTIS". Discretamente metí la mano dentro de mi bolsillo. Saqué un billete de un dólar que estaba arrugado.

"¿Será lo mismo?", me pregunté. Cuidadosamente observé por encima de la pirámide que está en el dólar. Por encima del "Ojo que Todo lo Ve" leí las palabras romanas "ANNUIT COEPTIS".

"Santos enigmas fundacionales, Batman."

Mi padre les decía a los hombres de la mesa:

—Esta mañana me he permitido traer a mi hijo Axel. Llegó el momento de pasar la antorcha de este grupo a una nueva generación. Hijo —me observó por encima de sus anteojos—, te presento a estos hombres. Tú no sabes quiénes son, pero ellos saben quién eres tú. Lo saben desde antes de tu nacimiento.

Me quedé pasmado.

—¿De veras? —le pregunté. Los sujetos me observaron como si yo fuera un feto, detenidamente me auscultaban. Pensé: "No querrán que diga algo… Estoy a cuatro segundos de que descubran que soy la vergüenza de mi papá."

29

—Ese tipo de ahí abajo debe ser un verdadero imbécil —le dijo a su compañero el gordo empleado de limpieza que estaba arriba, ajustando con su llave el tubo concentrador de drenaje del piso superior. Estaba por encima de la rejilla, por encima de los plafones del techo. Sus ruidos apenas se escuchaban abajo, en nuestra mesa.

Su compañero, un flaco de cabellos rojos y dientes saltados, como de caballo, se asomó tímidamente hacia las rejillas:

—Ese tipo de allá abajo debe ser un verdadero imbécil.

—Diablos —el gordo continuó apretando la rosca de compresión del tubo—. ¿Tienes que imitarme en todo lo que digo? ¿Por qué no tienes pensamientos propios?

El delgado de dientes de caballo siguió apretando la otra rosca del tubo.

—Encontré una salida. Ya solucioné todo —palmoteó al gordo.

—¿De qué estás hablando, maldita sea?

—Ya resolví todo. Sólo somos dos humildes limpiacacas.

El gordo, que se llamaba Rob Troll, negó con la cabeza.

—¿Por qué tengo que estar contigo?

—Orgullosamente limpiacacas —siguió ajustando la rosca. De la rosca comenzó a salir un líquido de color café, que olía a excrementos humanos.

—Sólo hay una cosa peor que ser tú. Es el ser yo y tener que pasar la vida contigo.

Una mujer morena, delgada, que los acompañaba sólo hizo un gesto de fastidio por el olor que provenía de los desechos y por el horror de haber sido asignada con esos hombres.

30

En el avión Boeing 767 de American Airlines vuelo 11 un pasajero bostoniano miró hacia atrás, hacia los baños, entre las butacas.

—Está vacío el avión —le murmuró a su vecino de asiento—. En éste caben más de 270 personas. ¿Dónde están todos?

Su vecino le sonrió.

—Los jueves son los días de la mala suerte en las aerolíneas.

—¿Mala suerte? ¿De qué estás hablando?

Su vecino se le aproximó.

—En las alas llevamos 10 000 galones de gasolina. Son 38 toneladas de explosivo. Una pequeña chispa, y ya sabes. "Pum." Nos vamos. ¿Te imaginas? —volvió hacia la parte de adelante—. Arderías como un pollo.

El sujeto de adelante, en el asiento 8D —moreno, de ojos negros, grandes, de cara dura, de ojeras negras, muy marcadas—, observó el trasero de la aeromoza mientras ésta acomodaba los hielos en pequeñas bandejas sobre el carro de bebidas.

—Señorita —le susurró en voz baja, rasposa.

—Ahorita lo atiendo —le respondió la chica sin volverse.

El hombre tragó saliva. Analizó las pelusas de tela del asiento delantero. Levantó la vista hacia arriba, hacia la salida del aire acondicionado. En la ranura de la cubierta de plástico se estaba asomando una bolsa negra. Él mismo la había colocado.

El sistema de sonido produjo un anuncio semejante a una campana: "A continuación nuestro equipo de asistentes aéreos les distribuirá las bebidas de su preferencia. American Airlines les desea un muy buen viaje."

31

Seiscientos treinta kilómetros hacia el suroeste, en el anillo E del Pentágono, tercer piso, habitación 3E880, el poderoso secretario de la Defensa, Donald Rumsfeld, acercó su mandíbula hacia el delgado micrófono del podio. A sus espaldas una enorme proyección de video decía: "Rebuilding America's Defenses. Project for a New American Century". El secretario de la Defensa cuidadosamente analizó a los legisladores.

—Señores —se ajustó los anteojos—. América necesita estar preparada para algo inesperado.

Se hizo un silencio. Uno de los legisladores le preguntó:

—¿Algo inesperado, señor secretario?

El secretario Rumsfeld le cedió el control de la conferencia al huesudo y relamido Paul Wolfowitz, quien se encontraba cerca de él y a quien le indicó con un gesto "tú sigue".

—Señor secretario —le insistió el legislador—, ¿es verdad que esta mañana, 11 de septiembre, los más importantes centros militares de comando aéreo de los Estados Unidos, los NORAD de Roma, en Nueva York, y de la Cheyenne Mountain, en Colorado, están llevando a cabo un simulacro llamado "Vigilant Guardian", y que si hoy mismo sucediera un ataque real los radares de dichos centros no los van a poder detectar porque están transmitiendo y registrando, en todos los radares y centros de comando, imágenes falsas llamadas *imputs* o "huellas falsas", que están siendo generadas digitalmente por una computadora, desde el Pentágono, por el programa llamado "simulación de ataque"?

El secretario permaneció inmóvil. Lentamente frunció el ceño.

—¿De dónde sacó usted esta información?

—Señor secretario —le insistió el legislador—. Los dos centros de control aéreo de los Estados Unidos, que son los ojos y oídos del mundo, en términos de radar y de visión de satélites, están recibiendo hoy señales falsas en sus radares, que están siendo fabricadas en las computadoras del Pentágono, para este programa Vigilant Guardian. Todos estos *imputs* están apareciendo en los radares como si fueran reales. ¿Esta simulación no pone en peligro a los Estados Unidos?

El secretario lo miró fijamente, por encima de sus anteojos. Le sonrió en forma extraña.

—¿Cuál es su pregunta, representante?

—Señor secretario —comenzó a levantarse el legislador, de raza negra—, ¿es verdad que este simulacro electrónico a nivel nacional,

Vigilant Guardian, a cargo del jefe de los mandos militares conjuntos, consiste en un ataque falso a los Estados Unidos. ¿De quién es la idea de correr un simulacro como éste justo hoy que ha habido advertencias de un posible atentado terrorista de Al Qaeda?

El secretario Rumsfeld endureció la quijada.

—No sé a qué rumor se refiere —se ajustó de nuevo los anteojos. Cuatro musculosos hombres uniformados en las esquinas del auditorio, con sus boinas verdes, parecían disfrutar de los cuestionamientos aunque permanecían inmóviles.

—Señor secretario —le preguntó el legislador—, si los radares del ejército de los Estados Unidos esta mañana están detectando señales falsas creadas por la computadora, ¿cómo van a saber los operadores de radar qué señales son reales y cuáles son *imputs* digitales plantados por la computadora desde el Pentágono?

El secretario empezaba a fastidiarse. ¿Quién había invitado a ese legislador a la conferencia?

—Todo esto es información de seguridad nacional.

Un piso abajo, en el corredor de paredes blancas amarillentas 2E del mismo Pentágono, el general retirado Wesley Clark —ex comandante supremo de las Fuerzas Aliadas de la OTAN en Europa hasta el año 2000; un alto hombre canoso de gruesas cejas negras—, avanzó con pasos apresurados hacia la oficina de puertas metálicas y cristales que decía: "Oficina 2E872-Jefatura Superior de los Mandos Militares Conjuntos de los Estados Unidos".

Entró a la pequeña recepción y una secretaria lo recibió.

—Por favor pase, lo está esperando —le dijo.

El general Wesley Clark se introdujo entre dos enormes soldados que se le emparejaron. Lo acompañaron por detrás hacia la puerta interior. El espacio cavernoso al que llegó estaba a media luz. Al fondo un anciano general sostenía un cigarro en la oscuridad, imposible en un sitio en el que se prohibía fumar.

—Quiero que veas este documento —le dijo a Clark.

Wesley se aproximó hacia el escritorio.

—¿Perdón, señor? —en los muros observó las condecoraciones, las fotografías del comandante con presidentes.

—Acércate a aquí, Wesley. Quiero que conozcas este maldito plan. Clark avanzó entre las sillas.

—¿Plan? —debajo de la poderosa luz vio un brillante pedazo de papel. En la parte superior decía "CLASIFICADO".

—¿Qué es esto? —le preguntó al comandante de los Jefes Militares Conjuntos.

—Este memorándum lo describe todo. Vamos a derribar a siete países en cinco años. Es un plan secreto. Vamos a comenzar por Irak. Después vamos a derribar Libia, Sudán, Somalia, Líbano, Siria, y al final de todo, Irán. Va a ser el dominio final del Medio Oriente. La petrozona primaria.

El general Wesley Clark entrecerró los ojos.

—¿Alguien más sabe sobre esto?

—Todo esto es clasificado. No va a ser público.

El general Wesley Clark miró hacia las bolas de humo que se formaron por debajo de la poderosa lámpara.

—¿Quiénes están detrás de esto?

—Todo esto es clasificado.

—¿Quiénes son?

El comandante lo miró.

—El secretario de la Defensa, Donald Rumsfeld; el vicepresidente Richard Cheney; ellos son parte de la cara visible de lo que ahora se llama New American Century.

32

En Nueva York, en las Torres Gemelas —Torre Norte, piso 92—, yo, Axel Barrón, comencé a leer nuevamente el extraño texto en latín que estaba en el cuadro del águila, en la base de la montaña: "Novus Ordo Seclorum". Oprimí el botón "Buscar" en mi teléfono celular. El resultado de Google fue "Nuevo Orden de los Siglos; concepto de los antiguos romanos para describir el nuevo orden del mundo".

Observé la base del cuadro. El piso que salía de la montaña, en la oscuridad de esa noche de tormenta, era una interminable telaraña. Llegaba hasta el horizonte, en la negrura. En la parte de arriba, alrededor del ojo del águila, decía: "ANNUIT COEPTIS". Escribí estas dos palabras en mi celular. Pulsé "Buscar". El resultado de Google fue: "Él nos aprueba; lema romano derivado de la *Eneida* de Virgilio. El dios Júpiter favorece a Eneas para fundar Roma y crear el Nuevo Orden del Mundo".

El ojo del águila echaba rayos. Un hombre extraño me estaba observando desde la mesa. Junto a sus manos, su identificador decía: "Ion Spear. Project for a New American Century (PNAC)".

Cuidadosamente observé el diseño de mi billete de un dólar. En la parte de la derecha tenía un águila de cabeza blanca, con las alas abiertas. Era el símbolo mismo de los Estados Unidos. En la parte central del billete estaba la enorme palabra "ONE" —de "un" dólar—. Arriba decía "IN GOD WE TRUST".

—En Dios confiamos… —murmuré en voz baja.

Noté algo muy extraño en el fondo mismo del billete. El tapiz —por detrás de la pirámide; por detrás del ojo; por detrás del águila— era una oscura red de una telaraña negra que lo abarcaba todo.

—Feorror… —me susurré—. ¡El diseño del billete de un dólar es una maldita telaraña! —miré hacia mi padre—: ¡esto es feorrible!

No me entendió. Ni se alarmó. Estaba dirigiéndose a todos esos hombres importantes, con la esperanza de que yo me integrara. Una vez más, yo no prestaba atención. "Papá, tengo ADD. Tú sabes que los sermones me aburren."

—Señores, hoy está ocurriendo algo diferente, algo que no se había dado antes en nuestro grupo —miró hacia el fondo de la mesa, hacia el sacerdote jesuita que me había sonreído, el gordo de anteojos gruesos, el padre Pedro López Moctezuma—. Mi esposa y yo somos amigos de John P. O'Neill, que es católico, irlandés, y que desde hace un mes está a cargo de la seguridad de estas Torres Gemelas. Llegó aquí porque tuvo que renunciar en el FBI. Es el mayor experto mundial en Al Qaeda, y está seguro de que hoy va a ocurrir un ataque aquí, en los Estados Unidos.

—¡Absurdo! —le sonrió un anciano arrugado cuyo letrero decía "RAND Corporation"—. O'Neill se volvió paranoico.

—O'Neill nos dice a mi esposa y a mí que el hombre dentro del gobierno que le advirtió que dejara de investigar a Al Qaeda también está implicado en lo que viene.

—¡Esto es ridículo! ¿Qué hombre?

—Esto lo habló también con los periodistas expertos en terrorismo Jean-Charles Brisard y Guillaume Dasquie. Les dijo que el principal obstáculo contra su investigación fueron las corporaciones de petróleo de los Estados Unidos. Las representa ese hombre.

—Un momento, señor Barrón —le dijo el hombre arrugado de la RAND Corporation—. John O'Neill se volvió paranoico y por eso fue expulsado del FBI. Sus opiniones ya no deben ser consideradas.

—Si O'Neill es tan tonto, ¿por qué lo contrataron para hacerse cargo de la seguridad de estas Torres Gemelas? —se apoyó sobre la mesa—. Hace apenas dos semanas el gobierno talibán de Afganistán, a través de su secretario de relaciones exteriores, Wakil Ahmed Muttawakil, envió a aquí, a los Estados Unidos, un mensaje para advertirnos que va a haber un ataque; que ellos no lo están planeando ni lo respaldan; que el responsable es Osama Bin Laden con su organización Al Qaeda. El mulá de Afganistán, Mohammad Omar, está haciendo público que el gobierno de Afganistán no respalda a Al Qaeda; que si Al Qaeda atacara a América, todo el Medio Oriente va a sufrir una venganza de los Estados Unidos.

El hombre siniestro de la RAND Corporation se inclinó hacia adelante:

—Señor Barrón, ¿por qué le obsesiona de pronto el tema de Al Qaeda?

—Señor Grith, Osama Bin Laden y su organización terrorista fueron entrenados por nuestro propio gobierno, por la CIA, por los Estados Unidos —violentamente se volvió hacia el enviado de la CIA—: ustedes entrenaron a todos esos muyahidines. Les dieron las armas para que atacaran a Rusia. Operación Cyclone, 1980, con telarañas hacia Pakistán. Son una criatura de la CIA. Hasta este momento los manejan. Éste es el momento en el que los estadounidenses lo deben saber. Ustedes mismos crearon Al Qaeda.

—Esto es totalmente falso, señor Barrón —le sonrió el hombre de la RAND Corporation, y buscó el respaldo del representante de la CIA.

Mi padre se dirigió hacia el enviado del Council on Foreign Relations —el Consejo de Relaciones Exteriores de los Estados Unidos, que es un grupo de muy poderosos empresarios que aconseja al gobierno de los Estados Unidos.

—Hace cuatro semanas el gobierno de Israel nos advirtió que detectó, aquí dentro de los Estados Unidos, nuestro territorio, una célula de 200 terroristas, y que estos terroristas están preparando una "gran operación", para actuar aquí mismo —se volvió hacia el hombre de la Brookings Institution—. En Jeddah, Israel, nuestro jefe de visas Michael Springman dice que la CIA —ahora las miradas recayeron en el enviado de la CIA—, que ustedes les han estado dando estas visas a los terroristas, enemigos declarados de los Estados Unidos desde 1987, para entrenarlos aquí mismo, en sus campos de entrenamiento, aquí mismo en los Estados Unidos, para volar nuestros aviones.

—¡Diablos! ¡Todo esto es mentira!

—No, no es mentira —le dijo mi padre—. ¿Los están entrenando en instalaciones militares? ¿En nuestros propios campos aéreos?

—¿Qué le ocurre, señor Barrón? —le sonrió el hombre arrugado de la RAND Corporation—. ¿Se volvió paranoico como John O'Neill? Al parecer esto se contagia —se sonrió con los otros hombres en la mesa.

—No, Grith. Mossad nos dio la maldita lista —se volvió hacia mi madre—: ¿Por qué nadie está arrestando a esas personas? ¡Son 200 terroristas, maldita sea! —dio un manotazo sobre la mesa. Su anillo dorado brilló, con el grabado masónico de la Gran Logia de Albión—. ¿Quién está entrenando aquí a todos estos terroristas para volar nuestros propios aviones?

—Señor Barrón... —le susurró el representante del Council on Foreign Relations—. Todo esto son conjeturas. ¿Tiene alguna prueba de todo esto?

—Don, tú lo sabes tanto como yo lo sé: el ex presidente George H. W. Bush, padre del actual presidente, fue director del CFR, al que tú perteneces, entre 1977 y 1979, y antes fue el director general de la CIA, entre 1976 y 1977. Lo que está ocurriendo con el mundo no fue definido en ningún momento por los ciudadanos de los Estados Unidos, ni por los del mundo; ni siquiera por nuestro propio gobierno. Se ha estado cocinando desde hace cuatro décadas, por un puñado de seres humanos; por un grupo de empresarios que está controlando los cables tensores del mundo —mi padre me observó de reojo—, dirigidos por un solo hombre.

33

Arriba, por encima de la rejilla de la ventilación, el sujeto gordo de mantenimiento —el que se llamaba Rob Troll—, le susurró a su flaco y pelirrojo compañero de dientes saltones, el llamado "Tim Dim":

—¡Lo sabía! ¡Lo sabía! —violentamente lo agarró por la solapa—: ¡Soy un limpiacacas, pero siempre he creído en esta conspiración! Yo no fui a la universidad; ni siquiera fui a la secundaria —miró hacia los hombres en la mesa—, pero tengo acceso a internet. No soy un idiota. Sé quiénes son los masones. Sé quiénes son los iluminatis, el Nuevo Orden Mundial. ¿Sabes lo que esto significa?

—¿Más trabajo?

—No, Tim. Nunca pensé que iba a ver algo como esto. Nunca nadie me creyó. Ninguna mujer jamás ha tomado en serio lo que yo pienso. A nadie le importa lo que piense un limpiacacas. Todo esto es real.

Por encima de su cabeza estalló la junta metálica del tubo de drenaje. Se soltó un duro chorro de excremento con agua que le pegó a Tim Dim en la cara.

—¡¿Qué está pasando?! ¡¿Qué está pasando?!

Rob Troll le dijo:

—La vida como la conocías ha terminado. ¡Les va a caer toda esta caca a los señores de abajo! La caca en la que han vivido habrá de salir al descubierto —comenzó a desenfundar su llave de perico—. La caca que les va a caer ahora somos nosotros.

34

En Nueva York, dentro del piso 92, mi madre me gritó:

—¡Hijo querido! ¡Hijo querido! Lo que va a ocurrir en los próximos minutos es sólo el principio de algo mucho más profundo y gigantesco. No dejes que lo logren.

Los asistentes a la mesa habían reaccionado al grito de mi madre y ahora me analizaban con ojos desagradables; aunque algunos estaban riéndose de mí. Sólo estaban amigables el sacerdote jesuita de la cabecera —López Moctezuma— y el sujeto del "Project for a New American Century (PNAC)" —Ion Spear—.

Mi mamá me dijo muy inquieta:

—Busca a los masones, a los amigos de tu padre. Busca a los jesuitas.

35

En el avión Boeing 767 de American Airlines, sobrevolando la costa atlántica, el antiguo poblado británico de Salem Massachusetts, el piloto John Ogonowsky recibió un nuevo mensaje:

—American Once heavy, soy radar de salidas de Boston. Asciende. Mantente a uno cuatro mil.

El capitán Ogonowsky comenzó a presionar la palanca hacia abajo. El inmenso artefacto empezó a impulsarse hacia arriba. Los pasajeros escucharon un zumbido.

—American Once heavy, soy Radar de Salidas Boston. Vuelve hacia tu derecha, con dirección hacia dos dos cero.

El capitán Ogonowsky se extrañó. Lentamente presionó hacia un lado la palanca.

—Radar Boston, soy American Once. Dos cero.

—American Once heavy, gira a tu derecha, con dirección hacia dos siete cero.

—¿Dos siete cero?

—Contacta a Boston. Aproxímate hacia uno dos siete punto dos. Buen día.

El capitán Ogonowsky cuidadosamente observó el reloj electrónico arriba de su cabeza, en los controles del techo. Los dígitos rojos marcaban las 8:04:27.

Suavemente presionó otro botón en la consola.

—Aproximación Boston, te saludo; soy American Once. Ya estoy contigo. Pasando a través de uno cero mil para uno cuatro mil —a través de la ventana miró hacia abajo, hacia las colinas de Egg Rock, hacia el nacimiento del río Concord.

—American Once heavy —le respondió otra voz, distorsionada—, buen día; soy Aproximación Boston. Vuela con dirección hacia dos siete cero.

—Aproximación Boston, dos setenta.

36

En México, en la entrada del World Trade Center de la ciudad de México, en la avenida Insurgentes Sur, el recién nombrado presidente Vicente Fox, acompañado por su joven secretaria de Desarrollo Social, Josefina Vázquez Mota, y por un asesor de imagen, se introdujeron a un amplio salón. El letrero decía: "INEGI-TIDAP. Seminario Tecnologías de la Información para el Desarrollo de la Administración Pública".

Caminaron hacia el presídium. Su asesor de imagen comenzó a susurrarle en el oído:

—No olvides lo que te indicó Alan Stoga.

—No lo olvido —le respondió en voz grave.

—Tienes que ofrecer un modelo totalmente diferente del que México ha experimentado durante su historia moderna.

—El cambio —el presidente les sonrió a los cientos de burócratas que lo estaban esperando en sus butacas, gritándole: "¡Fox! ¡Fox! ¡Fox!"

—Tienes que convencer a la gente de tu país de que mientras Labastida podía sin duda traerles el pasado del PRI, tú puedes traerles el futuro.

—De acuerdo —le dijo Fox.

—Todo lo que digas y hagas debe estar planeado para reforzar estos dos conceptos. El cambio. El cambio es el sentido que tienen tú, tu campaña y tu gobierno.

—De acuerdo —les sonrió a las personas que estaban esperándolo en el presídium.

—Sólo si los mexicanos empiezan a pensar en sí mismos de un modo diferente va a ocurrir el cambio.

—Todo diferente.

—Te corresponde a ti definir el cambio en una forma que no sólo los rete, sino que los emocione.

—Que los emocione —comenzó a subir los últimos escalones.

—Debes emocionar a México, Vicente —le sonrió su asesor de imagen—. Éstas fueron las indicaciones de Alan Stoga.

Alguien de los hombres de la prensa —en la parte de abajo del presídium, detrás del fotógrafo de la presidencia— escuchó las palabras "Alan Stoga".

—¿Sabes quién demonios es ese "Stoga" que maneja a todos esos asesores del presidente?

Por detrás, otro reportero le respondió:

—Alan Stoga es un gringo. Es de la RAND Corporation.

—¿RAND Corporation? ¿Qué es "RAND Corporation"?

—Una rama secreta del Pentágono.

—Diablos. ¿Dijiste "del Pentágono"? —miró hacia el presidente Fox. Sus ojos se desviaron hacia las piernas de la secretaria de Desarrollo Social, Josefina Vázquez Mota, quien estaba sonriendo y aplaudiendo hacia el público.

—En Argentina dicen que Alan Stoga desencadenó el "Efecto Tango", el "Corralito Financiero". Millones de argentinos perdieron sus trabajos. Alan Stoga es experto en el Medio Oriente. Lo enviaron a Irak para que negociara con Saddam Hussein. Se dedica a visitar naciones que tienen reservas de petróleo, de interés para los Estados Unidos.

—Diablos, ¿y ahora está en México?

El otro sujeto miró hacia el nuevo presidente de México.

—Tú no crees que los 70 años del PRI, la "prictadura", se acabaron el año pasado sólo por que ya hubo democracia, ¿o sí? El presidente Zedillo pactó con los gringos. El negociador fue el que ahora es el secretario de Relaciones Exteriores, Jorge Castañeda Gutman.

—Diablos. ¿Jorge Castañeda? ¡Estás diciendo una mentira, demonios!

—¡Lee a Raymundo Rivapalacio! Hay cosas que la gente nunca va a saber, porque los matan. Jorge Castañeda Gutman fue un agente de la CIA.

—No te creo.

El sujeto lo apretó dolorosamente del brazo:

—¡Lee a Miguel Anguiano! Es por Jorge Castañeda que Vicente Fox contrató a Alan Stoga. Alan Stoga y Jorge Castañeda son parte de una estructura de los Estados Unidos. Todo esto es una operación para abrir los candados de la reserva de México.

37

En Washington, en la calle 22, dentro del dorado y cristalino hotel Ritz-Carlton, un grupo de hombres en trajes de seda comenzaron a subir por la escalinata roja hacia el vestíbulo, escoltados por ocho guardias de seguridad.

—Mi hijo ahora es el nuevo presidente de los Estados Unidos —le sonrió uno de ellos al otro—. Pero los Bush no nos vemos a nosotros mismos como una dinastía. Los Bush no nos sentimos con derecho a nada —trotó hacia la alfombra roja.

Entraron a un suntuoso salón dorado. En lo alto decía: "Carlyle Group. Annual Conference". Había globos. Junto a su letrero, en la mesa que le correspondía, había otro que decía: "DIRECTOR DE BIN LADEN GROUP. SHAFIG BIN LADEN".

38

—¡Son socios, maldita sea! —le gritó mi madre al hombre de la RAND Corporation—. ¡George H. W. Bush, el padre del actual presidente, antiguo presidente de Zapata Oil Corporation, con la operación en las

Bahamas, es socio del maldito medio hermano de Osama Bin Laden, el terrorista que dirige ahora Al Qaeda!

—Contrólese, señora —le sonrió el hombre arrugado—. No hay nada de qué preocuparnos.

—¡¿Ustedes sabían esto?! ¡¿Lo sabe la población de los Estados Unidos; que el mayor terrorista del mundo está vinculado así con el ex presidente de los Estados Unidos; que su hermano y nuestro ex presidente son socios; que todo esto es una maldita telaraña!?

Mi padre le dijo:

—Carlyle Group es una fábrica de armamento. Compraron United Defense y Bofors Weapons Systems. United Defense está preparando ahora la fabricación de tanques Paladín M109A6 —se quitó los anteojos—. Esto debe ser un plan conjunto —en la mano le brilló el anillo masónico.

—¿Para qué van a ser esos tanques? —les gritó mi madre—. ¿Para qué van a ser estos malditos tanques? ¿Están preparando una guerra?

39

Al otro lado del mundo, en el oscuro Valle de Rocas, entre las montañas de Asia Central, un hombre rubio de ojos azules, con la cara angulosa, debajo de una potente luz blanquecina, miró hacia abajo, hacia las personas en la mesa:

—Soy representante de UNOCAL, y de otros conglomerados industriales de los Estados Unidos. Me pidieron transmitirles a ustedes una opinión reprobatoria contra el gobierno del mulá Mohammad Omar aquí en Afganistán.

Los enviados del mulá Omar se inquietaron.

—¿Perdón? ¿"Opinión reprobatoria"?

—Me refiero a su prohibición para producir opio aquí en el territorio de Afganistán.

—¿Y eso es malo?

El ejecutivo de UNOCAL se inclinó sobre la mesa, por debajo de la lámpara incandescente:

—Señores, su mulá Mohammad Omar entró al poder en Afganistán en 1996, y en 1999 decretó la prohibición total para producir y traficar opio, que es el precursor principal de la heroína. Esto afecta la economía.

Los enviados del mulá Omar se miraron unos a otros, extrañados.

—El Islam no es compatible con el narcotráfico. No estamos aquí para envenenar al mundo. El gobierno talibán de Afganistán prohíbe estrictamente la producción de opio.

El hombre de UNOCAL comenzó a echarse hacia atrás. Empezó a negar con la cabeza, por debajo de la lámpara incandescente.

—Si ustedes prohíben el producir opio aquí, en Afganistán, están destruyendo una gran parte de la economía del mundo —los enviados del mulá permanecieron perplejos. El sujeto rubio se inclinó sobre la mesa—. Su maldito decreto está eliminando 3 000 toneladas de opio del mercado del mundo. Están paralizando una parte importante del sistema.

—El mulá Omar sólo quiere la salud de los afganos, de las personas del mundo. La reducción en la producción ya es de 94%. Nos lo había pedido la ONU.

—Señores, les voy a decir lo que me pasa. Hace dos años la onza de opio valía 40 dólares —levantó un tallo seco, una flor de amapola—. El decreto del mulá Omar ha elevado ese precio a 300 dólares. Hace un año Afganistán producía 75% del opio del mundo. Hoy la cifra es de sólo 10%. Sólo 185 malditas toneladas.

El funcionario afgano se consternó:

—¡No entendemos! ¿Ahora quieren que aquí haya narcotráfico? ¿Ahora ustedes quieren el narcotráfico?

El hombre de la Corporación R comenzó a levantarse:

—Señor Al Mittal. El gobierno de los Estados Unidos nunca ha estado contra el narcotráfico. Cada año nuestros bancos mueven 500 000 millones de dólares en todo el mundo. La mayor parte de ese dinero no existe. No representa cosas reales. La cantidad de dinero circulante que imprimen los bancos, como billetes o monedas, son cinco billones de dólares. Pero lo que tenemos en las cuentas de ahorros de los ciudadanos del mundo es 12 veces más: 60 billones de dólares. La gente cree que todo ese dinero lo tiene en sus cuentas de ahorro.

El hombre árabe comenzó a entrecerrar los ojos:

—¿No existe esa riqueza? —miró a sus acompañantes.

—La capa tres del dinero, M3, que son los fondos de inversión a largo plazo que nuestros bancos han vendido a las transnacionales y a los gobiernos del mundo, así como los derivados financieros, es 22 veces la riqueza del mundo.

Los funcionarios afganos se miraron unos a otros.

—¿Usted está bromeando? ¿Han vendido riqueza que no existe?

—Señor Al Mittal —comenzó a caminar por detrás de él—. Su dinero sucio, el de su antiguo opio, el del narcotráfico global, genera un billón y medio de dólares. Nosotros lo blanqueamos. Eso es lo que mantiene a la maquinaria funcionando. Nuestros cientos de bancos laterales en todo el mundo se encargan de todo esto. La CIA hace todo el blanqueamiento mediante un hombre, Amadeus. ¿Quiere saber cómo se llama nuestro socio mayoritario, para que no tengan problemas en empezar la producción? Amadeus es un hombre. Amadeus es George Herbert Walker Bush.

Al Mittal respingó y pasó saliva. No le gustaba el cariz de la entrevista, los nombres que se decían, las posibilidades de todo aquello. Veía venir la guerra, pronto, contra ellos.

—Señor Al Mittal —insistió en Afganistán el hombre rubio de cara angulosa, debajo de la luz incandescente—, Afganistán se va a convertir de nuevo en un narcoestado. Van a producir 3 000 millones de dólares anuales en opio. La heroína va a ser su economía. Ustedes van a envenenar al mundo, y nos van a hacer ricos a nosotros. Por última vez le voy a hacer la oferta que me pidieron presentarle los hombres de UNOCAL. ¿Va a darnos a nosotros el contrato para construir el oleoducto Turkmenistán-Afganistán-India, que va a pasar por todo su territorio?

Los enviados del mulá Mohammed Omar se miraron unos a otros.

—Argentina nos pide sólo 22% de las ganancias. Ustedes nos exigen 43%. No podemos quitarle este sustento a nuestra población, que es pobre. Este contrato va a ser para Bridas, de Argentina, no para UNOCAL.

El hombre rubio de cara angulada se volvió hacia abajo.

—Busquen a Hamid Karzai. Ya les ofrecimos una alfombra de oro. Ustedes la han rechazado. Ahora les ofrecemos una alfombra de bombas.

En los Estados Unidos, dentro del salón de conferencias magnas de la RAND Corporation, el afgano alto, de cabeza rapada, Hamid Karzai —ex directivo de UNOCAL—, trotó hacia arriba los escalones, hacia el micrófono, en medio de los aplausos.

—Muchas gracias a todos —les sonrió—. Agradezco a mi distinguido amigo de la RAND Corporation, Zalmai Khalizad, por invitarme a hablar hoy aquí ante ustedes. Estoy aquí para hablarles sobre el futuro de Afganistán.

40

La sesión se iba caldeando.

—Eres un psicópata —le gritó el señor Grith a mi padre—. Nunca debimos reclutarlo. Es un error de la Intraestructura —miró a los otros hombres en la mesa.

Tragué saliva. "¿Debo defender a mi padre?" Miré a mi mamá. No me indicó nada. Pensé: "Si me encolerizo contra este sujeto, voy a avergonzar a mi padre". Escuché un rugido. Vi claramente una sombra cadavérica atravesando la sala de la reunión, por detrás de los hombres que estaban en la mesa; levantando una gran hoz, cubierta con un manto antiguo, de estrellas y rayas; con una corona de joyas en la cabeza, con la piel momificada, con un ojo arrancado. Me miró por un segundo. Su tórax era una "R" que apuntaba hacia los dos lados, la izquierda y la derecha.

—Él es Arnhöfdi Hoárr —me dijo mi padre—, el cabeza de águila, el de un solo ojo, procedente de las 13 estrellas, el rector oscuro de los Estados Unidos —a mi padre lo rodeó una profunda oscuridad. Comenzó a envolverlo la criatura con su larga cuchilla. Su manta tenía rayas blancas y rojas, y arriba 13 estrellas—. Todo esto está sumido en el origen mismo de los Estados Unidos, Axel, en los inmigrantes de Inglaterra que llegaron a Salem; en los marineros anglosajones que colonizaron Massachusetts.

—¿Padre? —abrí los ojos.

—El secreto está en las ruinas de Salem, en la isla.

—¿Padre? Nunca me has hablado así —presté aún más atención en el cuadro, sus frases, los símbolos. Ahora sólo estaba brillando el ojo dentro del triángulo, con su ceja y sus pestañas—. ¿Arnhöfdi Hoárr? ¿Qué es eso, padre? ¿Cabeza de águila? ¿El de un solo ojo?

—Axel, América está construida sobre el mito de un destino manifiesto —brilló con más intensidad la letra "R" que estaba apuntando hacia ambos lados —izquierda y derecha—. Axel, el mito es que Dios escogió a los Estados Unidos y a los anglosajones y a sus dirigentes para el dominio del mundo —en el dólar que yo tenía en mi mano comenzaron a brillar las palabras "IN GOD WE TRUST".

—¿"God"? ¿El mito se basa en algo real? ¿Dios realmente eligió a los anglosajones?

—No es Cristo.

—¿Perdón, padre? —abrí los ojos. Detrás de mi padre comenzó a contorsionarse la mortuoria criatura del ojo arrancado, con la piel putrefacta, con su manto de estrellas y rayas sujeto por su corona de joyas—. ¿Padre?

—Axel, Cristo no es el dios que está en el billete. Por eso no lo ves en el billete. Nunca estuvo en el billete.

Con las manos temblando, hormigueando, comencé a revisar el billete.

—Es verdad, padre. No está Jesucristo. No hay ninguna cruz; ningún símbolo de Cristo.

—Axel, la palabra "God" es germánica, anglosajona, anterior a la era cristiana. Es la palabra de los Goth, los godos. Goth es su Dios. Los anglosajones son el pueblo de Wotan. La palabra "God" se deriva de Wodan, Odin, Wotan. God es Wotan.

Miré de nuevo el billete. En el centro, por encima del oscuro diseño de la telaraña, vi las tres letras gigantescas: "GOD".

—No, padre. Esto no puede cierto. ¡Esto no es cierto!

—El dios de los Estados Unidos aparece en el billete. Su rostro.

—¿Su rostro?

La sombra detrás de mi padre comenzó a abrir la quijada. Su único ojo comenzó a salirse de su piel marchita.

—Wotan se arrancó el ojo y lo lanzó al pozo del abismo, la raíz de Mimir —miré hacia el cuadro, hacia el ojo dentro del triángulo. Luego vi el mismo ojo en el billete. El "Ojo que todo lo ve"—. Es el ojo que ve lo profundo, el destino de sus hijos, los anglosajones; la raza de Wotan; el destino planetario: su dominio final del mundo. Arnhöfdi Hoárr es el águila de un solo ojo. Arnhöfdi Hoárr es Wotan.

—Dios… —cautelosamente miré de nuevo hacia el billete, hacia el águila que estaba con las alas extendidas, debajo de una nube de 13 estrellas—. ¡No, padre! ¡Éste no puede ser el dios del billete! ¿El águila de los Estados Unidos es un dios pagano? ¿Es Wotan?

—Arnhöfdi Wotan nunca fue un dios. Wotan fue un hombre —en el cuadro de la pared vi una lápida, con la letra "R" apuntando hacia ambos lados. En la roca estaba la inscripción romana CCCXXIX-CCCLXXXVIII (329-388 d.C.)—. Wotan fue el rey de los daneses de Sajonia, llamado Bodo o Wodan de Sajonia; ancestro de todos los anglosajones de Inglaterra y de los Estados Unidos. Él mismo inventó su conversión en dios y el mito de la supremacía de su propia sangre.

Escuché una voz que susurró como un rechinido: "Broedr muno beriaz; ok at bonom verdaz; ádr verold steypiz; Ragnarok".

Significa: "Los hermanos se harán la guerra, se asesinarán el uno al otro, y el mundo se pondrá de cabeza, el día del Ragnarok". En el muro la "R" doble resplandeció. Mi padre me dijo:

—Axel, muchos monarcas descienden de Wotan. Sus nombres esconden el nombre de Wotan: Wittekind von Wettin, Frederick II von Wettin, Jorge I de Hanover-Sajonia, Elizabeth II de Hanover-Saxe.

—¿La actual reina de Inglaterra?

—El verdadero rector oscuro de los Estados Unidos, hoy, en este mismo día, está dirigiendo los destinos del mundo, hijo: el Ragnarök. La sangre del rey dios es la cabeza de la Intraestructura. El secreto está en el origen mismo de los Estados Unidos, en las ruinas de Salem, en la isla. El secreto está en la sangre de Wotan. Secreto R es un hombre. Secreto R es la sangre de Wotan...

En ese momento reaccioné.

Seguía ahí.

Mi padre seguía hablando, sólo que de otras cosas, nada de lo que parecía haberme dicho. ¿Lo había hecho? ¿Lo acababa de soñar? ¿Siempre lo había sabido? Sudaba copiosamente, me sentía muy cansado, como si hubiera realizado un largo viaje.

La sesión seguía, el silencio en la sala aún imperaba, la incomodidad, como si todo lo que acababa de escuchar hubiera sido un sueño:

—¿Estás bien, hijo? —los hombres de la mesa me auscultaban. Uno de ellos dijo:

—Al parecer este muchacho tiene ADD. Se distrae en las juntas.

Y soltaron una carcajada.

41

En el Pentágono, el general Wesley Clark caminó velozmente por el pasillo 2E del anillo E.

—¿Qué sabes sobre estos hombres del "Project for a New American Century"? —le preguntó al coronel que venía acompañándolo.

—Son de un proyecto milenarista. Su objetivo es "promover el liderazgo global de los Estados Unidos". Son WASP, supremacistas blancos, republicanos.

—¿Quién está detrás de esta iniciativa?

—Tiene ligas con la Brookings Institution, con Yale. Puede ser que sea una criatura del Council on Foreign Relations.

—¿Quién está detrás? Dime el nombre de una persona.

Su acompañante comenzó a desdoblar un papel:

—Esta carta se la enviaron al presidente Clinton antes de que se fuera. Firman, entre otros, Donald Rumsfeld y el actual vicepresidente, Richard Cheney.

Querido presidente Bill Clinton. Escribimos a usted hoy 26 de enero de 1998. Pronto vamos a enfrentar una amenaza desde el Medio Oriente peor que cualquiera que hayamos conocido desde el final de la Guerra Fría. Si usted actúa ahora para remover las armas de destrucción masiva en esos países estará actuando en el mayor interés de la seguridad nacional de los Estados Unidos. La estrategia debe ser el derrocamiento de Saddam Hussein en Irak. Si aceptamos el actual curso de debilidad y deriva del gobierno que usted encabeza, colocaremos en riesgo los intereses de los Estados Unidos.

Wesley Clark miró hacia adelante, hacia la puerta al final del pasillo.

—Ésta es la forma en la que un pequeño grupo de personas está manipulando desde hace décadas al gobierno del país más poderoso del mundo —miró al coronel—. El poder no lo tiene la gente.

42

Debajo, a 700 kilómetros de distancia hacia el noreste, fuera del territorio de los Estados Unidos, en un espacio turbulento del Atlántico Norte, en medio de un horizonte de olas que estallaron una contra otra, lejos de cualquier costa, emergió, rugiendo como un monstruo, un enorme casco metálico negro. Chorreó 300 litros de agua por los lados. Lo iluminó todo un relámpago.

Era una torre. En un costado tenía siglas, números de serie en un idioma extranjero. Al frente tenía una gigantesca "R" de hierro, que apuntaba hacia ambos lados.

Era un submarino. Ningún radar de los Estados Unidos lo detectó como "objeto real". En las consolas de los operadores de radar se le consideró como un *imput* electrónico "falso" del programa de simulación de ataque Vigilant Guardian. La compuerta de la parte superior comenzó a abrirse, con un estridente rechinido, con crujidos metálicos semejantes a los de una matraca.

—¡Activación de inicio en cero, cuatro, cuatrocientos! —gritó un hombre descomunal desde el puente de mando, con un nudo de triángulos tatuado en el pecho, y con una "R" doble abarcándole la cara. Se llevó los binoculares a los ojos. Al fondo observó en colores verdes eléctricos, una costa, una ciudad—. Buenos días, Washington.

Su largo cabello gris y retorcido lo tenía recogido en una larga cola, abrazada por medio de sujetadores con la forma de serpientes.

43

En el avión, el capitán John Ogonowsky susurró hacia su micrófono:

—Centro Boston, soy American Once. Te copio. Estoy subiendo a nueve cero. Mantendré nivel de vuelo en nueve cero —miró hacia arriba, hacia los dígitos rojos del reloj. Marcaban las 8:10:13.

Su copiloto observó el indicador de nivelación y agregó:

—Veintiún mil pies. Vamos hacia Los Ángeles.

El capitán escuchó la voz ronca en su audífono:

—American Once, soy Sector 46. Detecto tráfico cerca de ti. No lo identifico.

—¿Cerca de mí? —el capitán Ogonowsky miró hacia la ventana, hacia ambos lados—. No veo nada. ¿Qué tráfico tienes en pantalla?

—Tu tráfico está a… ehhh… a tus dos en punto, cero millas al suroeste. No lo identifico.

—¿Cero millas al suroeste? No veo nada —le preguntó a su copiloto—: ¿Tú ves algo?

En el aire comenzó a formarse una pequeña burbuja —aire presurizado.

—Dios… ¿qué es esto? ¿Qué demonios es eso…?

La torre de control les respondió:

—American Once, acabamos de identificar el objeto. Oh. Es un… bound MD-80, tres una. Es un McDonnell Douglas.

El piloto volteó a ver a su copiloto.

—Soy American Once, copio.

Dentro del pasillo de pasajeros, la azafata Betty Ong suavemente colocó una Coca-Cola de lata, muy fría, envuelta dentro de una servilleta, sobre la mesita plegable de un viajero.

—Buenos días, señor. ¿Desea pistaches o cacahuates?

El hombre imponente de rostro anguloso y grave, de párpados demacrados, rojos; de ojos negros, no le respondió nada. Su asiento era el 8D. La miró fijamente, como si él mismo fuera un robot. Betty Ong, perturbada, torció la boca.

—Disculpe—.Tomó su carrito y siguió hacia atrás—. Que tenga usted un buen día —se despidió.

El hombre levantó su largo brazo hacia la ranura de plástico del aire acondicionado. De la oquedad sacó una extraña bolsa negra. Delicadamente la colocó sobre su mesita. Su vecino lo observó muy extrañado.

—¿Es una bolsa para vomitar?

Con su enorme mano, el hombre agarró un objeto de plástico, que estaba dentro de la bolsa. Era una sierra, con picos.

—Dios… ¡¿Es un cuchillo?! —le gritó su vecino.

—Ahora regreso —le dijo el hombre. Se puso en pie. Caminó hacia adelante.

Por detrás, su vecino comenzó a gritar:

—¡Ese hombre tiene un cuchillo!

Lo detuvieron dos aeromozas: Bárbara Arestegui y Karen Martin.

—Señor, ¿a dónde se dirige? ¿Tiene algo en la mano?

—Con permiso. Debo hablar con el piloto.

—No, señor. Usted no puede pasar a la cabina.

—Disculpen.

En la puerta de la cabina decía: "Sólo tripulación". De dos rápidos tajos cortó los cuellos de las dos aeromozas. Cayeron aún mirándolo, salpicando chorros de sangre de sus yugulares.

Los pasajeros detrás del hombre comenzaron a gritar.

Adentro de la cabina, el capitán John Ogonowsky miró por última vez hacia los dígitos rojos del reloj. Marcaban las 8:13:47.

—Control, avanzo hacia derecha, 20 grados.

—American Once, soy sector 46R. Sube a tres cinco cero y mantén nivel de vuelo. Treinta y cinco mil pies. ¿Me escuchas?

El reloj marcó las 8:13:57.

—American Once, soy Centro Boston. ¿Me escuchas? —el gigantesco avión 767 continuó volando sobre el enorme bosque desierto de

Hubbardston, por encima de Gardner, Massachusetts—. American Once, soy Centro Boston. Responde, demonios —miró hacia el punto de luz verde en su radar. Decía "American Once"—. American Uno Uno, soy Centro Boston, ehh... —el operador del Centro Boston se volvió hacia su compañero—. American Once no responde —se volvió hacia el micrófono—. ¡American en la frecuencia!, ¡¿me escuchas?! ¡¿American Once?!

44

Al otro lado de la masa continental de los Estados Unidos, en Nueva York, en el flamante piso 92 de la Torre Norte del World Trade Center, sobre la cristalina mesa de juntas, mi madre azotó su mano contra el vidrio:

—¡Ayer nuestro amigo John P. O'Neill, jefe de seguridad de este edificio y ex jefe de contraterrorismo en el FBI nos dijo que hoy va a ocurrir algo muy importante, relacionado con Al Qaeda!

—¡Señora Barrón! —le gritó el arrugado hombre de la RAND Corporation.

Mi padre insistió:

—Ayer a media noche, allá abajo, en el China Club —señaló por la ventana—, John O'Neill les dijo a Robert Tucker y a Jerry Hauer: "Algo muy grande está a punto de ocurrir".

45

Trescientos ochenta kilómetros al norte, dentro de los bosques, en un gigantesco edificio de concreto, en la apartada población de Roma, dentro del estado de Nueva York —antigua Base Griffiss de la Fuerza Aérea—; dentro de un oscuro salón de color verde, debajo de un enorme letrero que decía: "NEADS OPERATIONS COMMAND CENTER-AIR NATIONAL GUARD'S NORTHEAST AIR DEFENSE SECTOR-NORTH AMERICAN AEROSPACE DEFENSE COMMAND-NORAD", un hombre de traje militar azul marino caminó con mucha prisa hacia una oficina de cristales.

—Alan Stoga ahora está en México. Está a cargo del presidente local, Vicente Fox —abrió la puerta.

Debajo, en el corredor, los operadores de radar, vestidos con trajes verdes militares, de mangas cortas, se adhirieron a sus pantallas triples de la computadora, iluminados por los focos ardientes de sus cubículos. La teniente coronel Dawne Deskins miró en la lejanía del pasillo al teniente Jeremy Powell. El asistente de piso de la teniente les gritó a los operadores:

—¡Señores! ¡Lo que están viendo ahora en sus computadoras y en sus radares son imágenes falsas, insertadas digitalmente desde el ordenador central del programa de simulación Vigilant Guardian, en el Pentágono! ¡Esto es sólo un ejercicio! ¡No crean lo que van a ver en sus radares! ¡Las aeronaves y misiles que van a ver en los próximos minutos, no existen! ¡Sólo son "sims" digitales, que se van a mezclar con los elementos del mundo real, que registran nuestros verdaderos radares!

—¡Suboficial! —le preguntó uno de los operadores de radar—. ¿Cómo vamos a saber qué es del mundo real y qué del digital?

—A partir de este momento no lo van a saber. De eso se trata esta simulación. Dentro de los próximos minutos, en todos los sistemas de radar de los Estados Unidos vamos a simular un ataque falso proveniente de Rusia, en el que Rusia secuestra nuestros propios aviones para atacarnos. Estos aviones secuestrados van a ser utilizados como bombas contra nuestros edificios. Todo lo que verán es ficción. Insisto, señores: no se alarmen ante lo que observen en sus pantallas. Es sólo una simulación a nivel nacional.

Los operadores se miraron unos a otros. El operador de raza negra comenzó a levantar la mano:

—Suboficial, ¿qué ocurriría si hoy mismo sucediera un verdadero ataque? ¿Cómo lo sabríamos?

La teniente coronel Dawne Deskins sólo levantó las cejas.

Trescientos cincuenta kilómetros hacia el suroeste, a cuatro millas del aeropuerto Dulles de Washington, en Chantilly, Virginia, en las coordenadas 38.88 norte y 77.45 oeste, por debajo de un enorme letrero que decía: "NATIONAL RECONNAISSANCE OFFICE-NRO", a los pies de un reloj digital que marcaba las 8:30:00, un hombre de traje militar color café caminó por debajo de un alto techo de tubos. Les gritó a los oficiales de las consolas:

—¡Compañeros! ¡Somos la central de comunicación aeroespacial más importante de los Estados Unidos! ¡Somos los ojos electrónicos del mundo! ¡Estamos a cargo de los satélites de telecomunicaciones que administran el aparato global de defensa; las telecomunicaciones de la red civil! ¡Somos la última defensa de la paz en el mundo! La mayor parte de ustedes pertenecen a la CIA y al Departamento de Defensa. ¿Saben qué ocurriría en este instante si una aeronave enemiga o bajo control de algún enemigo se estrellara contra nuestro edificio, contra estas mismas instalaciones, contra la NRO?

Sus operarios lo miraron completamente extrañados.

—¿Qué harían, compañeros, si se nos estuviera aproximando un avión secuestrado, tal vez un Federal Express, o un Lear Jet, para destruirnos, para destruir nuestras instalaciones, nuestras cuatro torres? ¿Qué haríamos?

Los operadores comenzaron a levantarse de sus asientos.

—¿Qué está diciendo, comandante?

El uniformado se llevó a los ojos su reloj. Consultó en la pared el enorme reloj que estaba debajo del lema Supra et Ultra. Marcaba las 8:31:00.

—¡Compañeros! —les gritó por último—. ¡A partir de este momento estamos bajo ataque! ¡Abandonen el maldito edificio! ¡Corran! ¡Corran! ¡Saquen sus malditos traseros de estas instalaciones! ¡Evacuen! ¡Éste es un simulacro de ataque!

—¿Simulacro de ataque? —se alarmó un joven de cabello amarillo.

—¡Corran, compañeros! ¡Corran, bastardos! ¡Evacuen este maldito edificio!

Los operadores comenzaron a chocar unos contra otros. En los extremos de los pisos hombres vestidos de negro comenzaron a bloquear las escaleras y salidas de emergencia con barras de acero y candados.

—¡¿Esto es un simulacro?! —le preguntó el joven de cabello amarillo al comandante.

—¡¿No escuchaste, idiota?! ¡Lárgate! ¡Vete a tu maldita casa! ¡No quiero verte aquí hasta mañana! ¡Abandona este maldito edificio! —con su dedo le señaló hacia la puerta de los elevadores.

—¡Señor! ¡¿Nos está pidiendo abandonar nuestros puestos de trabajo, los monitores de defensa aérea?!

—¡Evacua el edificio, maldita sea! ¡Esto es una orden! ¡Lárgate! ¡Lárgate! ¡Lárgate! —lo empujó hacia la salida—. ¡Se acabó la jornada! ¡Váyanse a sus malditas casas!

—¡Señor! ¡¿Quién está dando esta orden?!

46

En la atmósfera, un segundo avión —un Boeing 757 de 90 toneladas—, el vuelo 77 de American Airlines, comenzó a torcer hacia su derecha. El piloto informó a la torre:

—Soy American Siete Siete. Acabo de dejar pista 30 del aeropuerto Dulles, en Washington. Me dirijo hacia Los Ángeles. Buen día.

En el Boston Air Route Traffic Control Center, en Nashua, New Hampshire, dentro del oscuro corredor lleno de terminales del Sector de Altitud Máxima BOS 46, el operador de radar Peter Zalewsky se colocó sobre el micrófono.

—¡American Once, soy Centro Boston! ¡Responde! ¡Si me escuchas identifícate! —volteó hacia un compañero—: no responden.

Su compañero miró los números verdes en la pantalla. Decían: "American Once".

—El avión está aquí —tocó el pequeño punto en movimiento—. ¿Estás en la frecuencia correcta? ¿Y si cambiaron la frecuencia? Intenta de nuevo.

El operador miró hacia el reloj central en el panel. Indicaba las 8:20 a. m.

—American Once, soy Centro Boston. Si me escuchas identifícate por favor para reconocimiento.

—¡Diablos! ¡American Once no responde!

—Momento… Se está nivelando a 29 000 pies.

—American Once, soy Centro Boston. Si me escuchas… re contacta Centro Boston en uno dos siete punto ocho dos. Estoy cambiando de frecuencia.

—Es American Once, uno dos siete ocho dos. Sintoniza.

—¡Dios! ¡Es American Once! American Once, soy Centro Boston. American Uno Uno. ¡Diablos! ¿Qué está pasando?

—Insiste. Puede ser una interferencia.

—American Once, soy Centro Boston. Si me escuchas identifícate, por favor. American Once, soy Centro Boston. ¿Estás ahí?

—Insiste.

—American Once, soy Centro Boston. American Uno Uno. ¿Nos escuchas?

—Diablos…

—Un momento… —acercó el dedo a la pantalla—. La altura ya no aparece. Apagaron su transponder.

—Diablos.

—Sin el transponder no vamos a poder conocer su identidad en los radares.

—Es un secuestro. Llama de inmediato a la Fuerza Aérea.

47

En un sombrío corredor azulado de la Fuerza Aérea de los Estados Unidos, un almirante canoso, de mandíbula saliente, le dijo a un oficial frente a una pantalla:

—¿Están recibiendo algo, maldita sea? ¿Qué pasó con ese avión?

—El vuelo American Once apagó su transponder —le respondió el oficial. Se reacomodó el auricular—. Sin él, el avión no emite su código de identidad. Se volvió invisible en la pantalla. No hay forma de saber si es él.

—Pero lo seguimos viendo en radares, ¿no?

—Creemos que sigue siendo American Once. Puede ser cualquier otra cosa que vuele. Estamos infiriendo que es él porque nuestros satélites pueden hacer un cálculo burdo de su altitud y al parecer está continuando su trayectoria.

—Carambas. ¿Hacia dónde se dirige?

—Si es este punto que está aquí, está subiendo a 30 400 pies. La dirección no ha cambiado. Van hacia el noroeste.

—¿Hacia Los Ángeles?

—Un momento —se ajustó de nuevo el audífono—. Señor, está comenzando a cambiar de dirección.

—¿Qué dices?

—Está desviándose hacia el sur —puso el dedo en la pantalla—. Si es el American Once, está girando hacia el sureste. Mire. Está descendiendo.

—¿Descendiendo? ¡¿Hacia dónde se dirige?!

—Está descendiendo. Ahora está a 29 000 pies.

—¡¡Hacia dónde se dirige, carambas?!

En la población de Roma, Nueva York, dentro del enorme edificio de concreto del NORAD NEADS Operations Command Center, un operador de radar observó en la pantalla un fantasma digital del programa Vigilant Guardian.

—¡Tengo un scud ruso en mis dos cuarenta y cinco! ¡Va a atacarnos con misiles en T menos cuatro! ¡Estas simulaciones son mejores que el nintendo!

Su teléfono sonó. Levantó las cejas. Lentamente comenzó a aproximar la mano hacia el auricular. Volteó a ver a sus compañeros. Descolgó la bocina.

—NEADS Roma, ¿quién habla?

—¡Diablos, por qué nadie contesta! ¡¿Qué están haciendo en ese edificio?! ¡Soy Centro Boston TMU, Control Aéreo, FAA! ¡Tenemos un problema aquí, una aeronave secuestrada!

—¿Aeronave secuestrada? —volteó a ver a sus compañeros—. ¿Esto es parte de la simulación?

—¡No es una simulación, demonios! ¡Tenemos una aeronave secuestrada! ¡Se dirige hacia Nueva York! ¡Necesitamos que ustedes… necesitamos que alguien de ustedes arregle unos aviones caza F-16 o algo semejante para cazar al avión secuestrado, necesitamos ayuda!

El operador se quedó serio. Comenzó a voltear hacia su pantalla.

—¿Esto es real o es parte del simulacro? ¡¿Teniente?! —volteó hacia ambos lados del pasillo—. ¡¿Teniente?!

En el Centro Boston, el hombre a cargo del Sector 46 observó una banda rosa comenzando a parpadear en la pantalla.

—¡Diablos! ¿Qué es esto? ¡¿Qué diablos es esto?!

—Dios… es American Once tratando de llamarnos.

Al compañero le brillaron los ojos.

—Bendito sea Dios…

—¡Deben ser ellos!

—¿Qué frecuencia?

—Uno dos siete —rápidamente comenzó a ajustar los dígitos en su perilla—. ¡Uno dos siete! ¡Ajusten perillas! ¡Vamos a recibir señal del American Once.

De las bocinas salió una voz distorsionada, con interferencia:

—Tenemos algunos aviones —dijo la voz extraña—. Permanezcan tranquilos. Todo va a estar bien. Estamos retornando al aeropuerto.

—¿Dios, es el piloto?

Su compañero golpeó la consola.

—No, idiota —miró el reloj. Marcaba las 8:24:38.

—¿Qué está pasando?

—No sé —oprimió el botón—. ¿Quién es usted? —preguntó al micrófono. Todos en la sala escucharon el diálogo—. ¿Quién es el que está tratando de llamarme a aquí?

No hubo respuesta. La bocina sólo transmitió ruido de estática con interferencia.

—No responden.

—American Once, soy Boston. ¿Me estás tratando de llamar? ¿American Once? ¿Quién es usted?

De la bocina salió una voz con acento árabe:

—Nadie se mueva. Todo va a estar bien. Si alguien de ustedes trata de hacer cualquier movimiento, van a ponerse en peligro ustedes y la aeronave. Sólo permanezcan tranquilos.

48

En el avión Boeing 767 —vuelo Once de American Airlines—, los pasajeros escucharon un sonido agudo, eléctrico. Salió por las bocinas. Después del chirrido emergió una voz muy ronca, con acento árabe:

—Por favor nadie se mueva. Vamos de regreso hacia el aeropuerto. No intenten hacer ningún movimiento estúpido.

El reloj en las pantallas de televisión de los asientos indicaba las 8:33:59. Los pasajeros comenzaron a gritar.

—¡¿Qué está pasando?!

La azafata Betty Ong sintió un gas picante, caliente, dentro de su nariz, dentro de los ojos. Era una sustancia tóxica. Vio sobre la alfombra los tres cadáveres que estaban junto a la puerta hacia la cabina: eran el capitán y sus compañeras aeromozas. Comenzó a toser, a arrojar un líquido rojo por la boca. Tomó el auricular del teléfono del módulo de emergencia.

—¡Contesten! ¡Tenemos una emergencia! —miró hacia adelante. La alfombra estaba mojada.

—¡La escucho! ¿Quién habla?

—¡Hola! ¡Hola! ¿Estoy llamando al Centro de Reservaciones Raleigh, American Airlines? ¡Tenemos una emergencia! ¡Auxilio!

—No la escucho. Soy Vanessa Minter. ¿Quién habla?

—¡Hola! ¡Hola! —se tapó la otra oreja.

—Hola, soy Craig Marquis, supervisor gerente. ¿Qué ocurre allá arriba? ¿De qué vuelo nos llama?

—¡¿Me escucha?! ¡La cabina no está respondiendo el teléfono de servicio! ¡Hay personas adentro! ¡Hay personas apuñaladas aquí en primera clase! —se tapó la boca—. ¡Creo que rociaron gas mostaza! ¡No podemos respirar! —se escucharon toses en la bocina—. ¡Creo que nos están secuestrando!

—¿En qué asiento está usted?

—¿Perdón?

—Señorita, ¿está usted ahí? ¿En qué asiento está?

Los pasajeros estaban gritando, llorando, el caos se extendía entre los asientos, por las ventanillas junto con la sustancia tóxica.

—¿En qué asiento está usted? —Betty Ong sintió un descenso. Su estómago se revolvió. Comenzó a ver la ciudad por las ventanas—. Creo que esto es Nueva York.

Las turbinas empezaron a acelerar hacia atrás para el descenso.

—No sé qué está pasando —por la ventana se podían ver los edificios de la ciudad, el inmenso parque central, las delgadas avenidas. No podía controlar la agitación que le detenía las palabras, el miedo.

—Señorita, ¿en qué asiento está?

—¿Eh? —miró hacia su antebrazo. Estaba sangrando—. Estoy en el asiento de salto en este momento.

—¿De qué vuelo nos llama?

49

En el colosal edificio de concreto del NEADS NORAD Operations Command Center, en Roma, Nueva York, el sargento técnico Jeremy Powell tomó el teléfono:

—¿Esto es real? ¡¿Es la realidad o parte de la simulación, demonios?!

—¡Hablamos de la FAA, del Centro Boston! ¡Tenemos una aeronave secuestrada! ¡Esto es real! ¡Necesitamos que ustedes rescaten este avión! ¡Manden unos aviones caza, unos F-16! ¡Está entrando a Nueva York! ¡Ayúdenos con esto, por Dios!

El sargento Jeremy Powell miró el reloj en la pared. Marcaba ya las 8:40 a.m. Se volvió hacia la teniente coronel Dawne Deskins.

—¿Tienes algo sobre este avión? ¡Dame lo que tengas sobre este maldito avión! ¡Esto es real!

La teniente corrió entre los hombres de las consolas.

—¡Necesito que me encuentren ahora mismo un Boeing 767 de American Airlines! ¡Está entrando a Nueva York!

—¿Esto es simulación o es la realidad?

—¡Esto es real, demonios! ¡El Boeing cortó su transponder! ¡No transmite código de identidad! ¡Puede ser cualquier elemento sin identificación en margen sur de Nueva York! ¡Encuéntrenlo en sus radares!

Uno de los operadores observó la inmensa pantalla de controles. Estaba llena de objetos digitales creados por la computadora ubicada dentro del Pentágono.

—¡Demonios! ¡Hay 5 000 elementos aéreos en la zona! ¡¿Cuáles de éstos son reales?!

En el Pentágono, un enorme cubo eléctrico continuó titilando en silencio. En la parte superior decía: Vigilant Guardian. Una mano suavemente se posó sobre su cubierta.

—Lo estás haciendo muy bien.

En NORAD, el operador de radar le preguntó a la teniente coronel Dawne Deskins:

—¿Cómo se quita el programa? ¿Cómo se quitan los malditos *imputs* falsos de las pantallas?

La teniente coronel miró hacia el sargento técnico Jeremy Powell:

—Alguien está aprovechando este simulacro para atacar a los Estados Unidos.

El sargento técnico Jeffrey Richmond comenzó a gritar:

—¡Detengan el maldito programa! —golpeó la consola con la palma—. ¡Desconecten el maldito programa! ¡Apaguen los malditos switches! ¡Los switches están en la parte superior del codificador, donde dice "Imput Signal"!

Los operadores de radar comenzaron a bajar todos los switches que decían "Imput Signal" en sus consolas.

Se activó instantáneamente la sirena de alerta. "Violación a comando central-alert NORAD".

—¡Los sims no se quitan! —gritó uno de los operadoras—. ¡Las malditas señales no se quitan! ¡Sigo viendo los misiles rusos en mi radar!

El sargento se le acercó.

—Dios santo... —observó en la pantalla una constelación de aeronaves enemigas aproximándose, de muchos colores. Miró al operador.

—Sargento —dijo al fin con resignación—, los radares de Cheyenne Mountain Colorado ven lo mismo que nosotros. Tampoco ellos van a poder responder a lo que sea que está pasando.

Debajo, en la parte inferior de la pantalla leyó la matrícula de secuencia: "Vigilant Guardian. Inicio de simulación Q-93: 1400Z Sept 6 2001 to endex: Sep 13".

50

—Alguien está corriendo un simulacro con señales falsificadas en todos los sistemas satelitales y de radar de los Estados Unidos justamente esta mañana —les dijo mi madre a los hombres en la mesa de cristal—. ¿Quién está dando esta maldita orden?

El piso comenzó a moverse de un lado al otro, por el viento. Observé la ciudad de Nueva York por las ventanas.

—¡El simulacro está en todos los sistemas NORAD! —les gritó mi mamá—. ¡Se trata de supuestos aviones comerciales de los Estados Unidos, de aerolíneas como American Airlines y United, como si hubieran sido secuestrados por terroristas, para estrellarse contra edificios militares de los Estados Unidos! ¿Por qué justamente hoy, cuando John O'Neill ha advertido a todo el mundo, igual que Mossad de Israel, que alguien está preparando un ataque para detonarse ya, en cualquier momento?

El hombre arrugado de la RAND Corporation comenzó a levantarse de su asiento.

—Señora Barrón, señor Barrón —se ajustó el saco—. La solución a todas sus preguntas se está aproximando hacia nosotros —me volteó a ver—. Tú eres un error. Eres parte de un experimento. Todos tus miedos han sido creados. Tu personalidad ha sido recortada en la televisión.

Comencé a ver una serie de imágenes en mi cabeza: Popeye comiendo espinacas; el cerdo Porky entrando a una caverna; el doctor Bruce Banner con los ojos saltados, convirtiéndose en Hulk. El hombre de la RAND Corporation me dijo:

—Todo lo que piensas; todo lo que eres ha sido fabricado por nosotros

—noté un brillo eléctrico en su ojo—. Tu generación ha sido fabricada por nosotros. Tus deseos y tus sueños han sido creados. Te modelamos para que nunca creyeras en ti mismo. Por eso sabes que no cuentas.

Recordé al grupo Kiss rompiendo una guitarra eléctrica en el escenario. Recordé al grupo Pink Floyd en su video donde una rosa se convierte en un río de sangre, donde un joven es encerrado dentro de un muro cilíndrico de ladrillos. Recordé el letrero parpadeante de MTV y la tonada de "¿Para qué luchar?" Recordé un recorte de periódico en el despacho de mi padre: "Presscott Bush, George de Mohrenschildt y Newton Minow de la RAND Coporation, directores globales de CBS y de CBS-Columbia records y William Averell Harriman, dueño de la CBS, contrata a William Paley. Paley, director de la CBS confiesa trabajar para la CIA, sistema de manipulación masiva RF3-Rand Corporation se mantendrá clasificado".

Volteé a ver a mi padre.

—¿Quién soy? —le pregunté.

Mi padre permaneció callado. Comenzaron a humedecérsele los ojos. En su mano brilló el anillo dorado de la Gran Logia de Albión.

—¿Quién soy, padre? —comencé a observar a los otros hombres en la mesa. Por detrás de ellos sentí a la presencia cadavérica; a la entidad muerta de la manta antigua de seda, con las rayas rojas y blancas, y arriba, 13 estrellas.

51

En Cape Cod, Massachusetts, en la base Aérea Otis de la National Guard, el piloto Daniel Nash tiró sus cartas de navegación sobre la mesa. Se volvió hacia la ventana, hacia la costa.

—¿Timothy? —le preguntó al otro piloto de turno, Timothy Duffy—. ¿Te puedo preguntar una cosa?

Comenzó a sonar la alarma:

—¡Pilotos de guardia! ¡Se aproxima avión American Airlines secuestrado hacia Nueva York! ¡Aborden Eagles F-15 cuatro y seis! ¡Intercepten y desactiven el avión!

Daniel Nash, de 35 años, robusto, rapado, le gritó a su compañero:

—¡Corre, corre, vamos! —corriendo comenzó a colocarse el traje. Al fondo vio su grisácea aeronave.

52

En el piso 92, mi padre se acercó a mí y me apretó el hombro. Se veía finalmente derrotado, como una farsa que ha sido sostenida durante demasiado tiempo:

—Hijo, tu verdadera concepción ocurrió cientos de años antes de que nosotros existiéramos para tenerte —miró hacia mi madre—. El mundo que has visto hasta ahora es una mentira —abajo se extendían las populosas calles de Nueva York, toda esa gente apretada al cruzar por las esquinas, los vendedores de falafel, los hombres en los puestos de revistas, ejecutivos y criados por igual—. La fabricaron ellos que incluso, para que todo continúe, están dispuestos a inmolarse —señaló hacia el hombre de la RAND Corporation, y luego hacia el muro, hacia el cuadro de la montaña. Comencé a ver el águila de Wotan, hacia la corona de joyas en el cráneo del dios hombre. "Bodo de Sajonia". Observé al sujeto arrugado de la RAND Corporation. Me estaba mirando.

—Axel, hay algo oculto, muy oscuro, que la gente no sabe. Empezó con una reina asesinada en un calabozo, continuó con muchas guerras e intrigas, pasó en México en 1910, ocurrió de nuevo en nuestro país en 1929, en la Alemania de Hitler, en la gran devaluación de ese año. La gente no ha visto la Intraestructura. Sigue la telaraña hasta la cueva de Wotan. La verdad está encerrada. Debes sacarla. Conocerán la verdad y la verdad los hará libres.

—¡No te entiendo, padre!

—Busca el origen mismo de los Estados Unidos —de nuevo se volvió hacia el cuadro en el muro, hacia el ojo dentro del triángulo luminoso—. El proyecto final se llama Transgen FAO-13. Busca en las ruinas de Salem. Busca en la isla donde comenzó todo. El pasado es el futuro. El secreto está en la sangre de Wotan.

—¡Padre! ¿Por qué me dices todo esto?

El edificio comenzó a temblar. Los cristales empezaron a castañetear.

—Axel, un solo hombre tiene el gobierno del mundo. Secreto R es un hombre. Secreto R es la sangre de Wotan —con sus dedos hizo un signo masónico, sin dejar de mirarme: apuntó su pulgar y su índice hacia el cielo, formando una "J" inclinada. Los demás dedos los mantuvo cerrados—. Axel, tú eres la voz en el desierto. Prepárale un camino.

Una luz muy deslumbrante lo llenó todo desde la ventana. Volteamos. Me quedé petrificado. No pude comprender lo que estaba ocurriendo. En la ventana un círculo de acero comenzó a volverse muy grande, una esfera metálica de plata, azulada. De los lados le salieron dos enormes líneas de luz enceguecedora. Se aproximó hacia varios pisos arriba de nosotros, con el estridente ruido de un trueno, de poderosos motores de avión acelerando para encontrarse por primera vez con la rígida estructura de los edificios.

El salón de juntas, los ventanales; todo se llenó de calor, de luz. Calor naranja. Fuego. Una succión gigantesca. Un agujero negro. Un terremoto. El calor me derritió la piel de los brazos. Mi ropa comenzó a arder en llamas. Los cristales se volvieron de líquido, el hombre de un solo ojo danzó en aquellas llamas.

53

En la atmósfera, dos brillantes Eagles F-15 surcaron el espacio aéreo, dejando una turbulenta cola de queroseno, hacia la costa de Nueva York.

—Sector de Defensa Aérea Noreste, tengo visión de Manhattan. Estoy viendo las Torres Gemelas —dijo el piloto Daniel Nash desde la burbuja de cristal de su F-15—. No veo blanco primario en este momento. Aún no aparece en mi espacio aéreo. Momento. Estoy viendo una columna de humo.

En el Centro de Operaciones de Comando NEADS NORAD de Roma, Nueva York, el controlador de llamadas 1227Z tomó violentamente el micrófono:

—¡Pilotos! ¡Estamos recibiendo reporte de CNN! ¡Lo estamos viendo en la pantalla, en la televisión! ¡Un avión acaba de estrellarse contra la Torre Norte del World Trade Center! ¡¿Lo están viendo?!

En la Torre Uno, en el océano de fuego, en las explosiones, yo dejé de existir por aproximadamente cuatro minutos. No volví a despertar en los próximos 13 años. Mis compañeros, sin embargo, los que estaban en ese momento arriba, en las rejillas de ventilación del entrepiso, viéndome desde arriba, los empleados de mantenimiento Rob Troll y Tim Dim, se aferraron de los tubos hirvientes. De alguna manera venían preparados. Sus trajes no se incendiaron al instante, sino que soportaron el fuego. La mujer que seguía junto a ellos, callada durante todo ese tiempo, también parecía preparada.

—¡Santas pesadillas infernales! —gritó Rob Troll. Las bolsas de plástico que tenía amarradas a su cinto de plomería, que contenían dos huevos cocidos y dos bolillos, comenzaron a derretirse en sus pantalones—. ¡Sálvame, Dios mío!

54

En Florida, en la soleada ciudad costera de Sarasota, donde su hermano era el gobernador del estado, dentro de una brillante limusina negra modelo Cadillac DeVille, el presidente de los Estados Unidos, George W. Bush, comenzó a llevarse hacia la nariz el dedo meñique. Discretamente, mientras observaba hacia uno y otro lado, extrajo con cautela de su fosa nasal un material gomoso de color verde y comenzó a acercárselo a la boca.

El vehículo pasó entre dos largas alineaciones de palmeras.

—Señor presidente —le dijo su capitana de la US Navy, Deborah Loewer, con su celular en la mano—: un avión acaba de estrellarse contra la Torre Uno del World Trade Center.

El presidente abrió los ojos. Miró hacia la ventana, hacia el soleado mar.

—Señor presidente, es posible que estemos bajo un ataque. Le sugiero considerar opción de emergencia, abortar la agenda. Le sugiero cancelar su agenda.

El vehículo y la caravana que lo seguían se frenaron frente a la escuela primaria Emma E. Brooker. Afuera había cuatro filas de niños de segundo grado, esperando al presidente. El presidente le dijo a su asistente militar:

—No vamos a dejar aquí parados a estos chiquillos —se bajó ceremoniosamente de la limusina, ajustándose el botón del saco. De un vehículo posterior salió corriendo su semicalvo secretario de prensa, Ari Fleischer. Lo pescó por el antebrazo:

—¡Señor presidente, un avión acaba de estrellarse contra las Torres Gemelas! —tenía también su celular en la mano. Detrás de él venían corriendo el pequeño Karl Rove y el joven Dan Bartlett.

—Debe ser un accidente —les dijo el presidente. Siguió caminando hacia los chicos de segundo grado—. ¿Cómo están, muchachos?

—¿Señor presidente?

El secretario de prensa Ari Fleisher observó al lado del presidente a la asistente militar que estaba cargando el poderoso teléfono STU-III, conectado con todo el gobierno de los Estados Unidos y con el gabinete de seguridad.

—Diablos… ¿por qué nadie está haciendo llamadas? —volteó a ver al pequeño Karl Rove—. ¿Señor presidente?

El presidente calmadamente saludó a los niños con ambas manos. Caminó entre los infantes, jugando con sus movimientos. Se metió al plantel dando pequeños saltos. Discretamente le dijo a su asistente:

—Comunícame con Condoleeza Rice. Ahora.

La asistente militar digitó dos botones. Obtuvo línea inmediata. Le pasó el auricular al presidente. George W. Bush le susurró a su poderosa asesora de Seguridad Nacional:

—Mantenme informado —luego, dirigiéndose a los niños—: ¿Cómo vamos a comenzar esta clase?

La profesora Kay Daniel les sonrió a los estudiantes:

—A ver, chicos, vamos a leerle *El chivito mascota* al señor presidente.

Un pequeño comenzó a cantar:

"Una niña adoptó un chivito. El chivito comenzó a comerse todo. Se comió las latas y los perros. Se comió todo todo sin parar."

Por detrás de los alumnos comenzó a caminar, como flotando, una sombra oscura: la sombra de Wotan.

55

En el edificio en llamas, los cristales y las paredes intermedias del piso 92 desaparecieron. Los cinco pisos superiores se convirtieron en una bola de fuego líquido. Las alfombras ardieron en llamas. Empezó a suceder una secuencia de explosiones.

Mi cuerpo fue expelido por un sifón de aire caliente hacia la pared trasera de la sala de juntas. Se destrozó junto con los cuerpos de mis padres. De la parte alta, del entrepiso, gritando, sangrando, con algunas zonas de sus extremidades en carne viva, los empleados de limpieza Rob Troll y Tim Dim resbalaron por un tubo que se había doblado hacia abajo.

Venían con una chica de piel morena, de grandes ojos negros, orientales, con el cabello recogido por detrás en una larga cola de caballo.

Ella también tenía desgarrado el uniforme gris de mantenimiento, pero estaba en mucho mejores condiciones. Lentamente se inclinó sobre mí y me susurró:

—Volverás a ser quien eres.

Por detrás de ella apareció corriendo un enorme hombre que estaba envuelto en una manta azul de estrellas. Su barba era brillante. Pasó entre las bolas de fuego, entre las explosiones, entre las llamas. Detrás de él aparecieron más personas, con bastones que estaban emitiendo detonaciones.

—¡Súbanlo a la camilla! —les gritó—. ¡Sáquenlo vivo!

La chica me levantó con violencia. El hombre me puso la mano en el pecho. Me dijo:

—Sobrevivirás.

Estuve de pie, escuchándolo todo. Me observé a mí mismo. Mi boca estaba destrozada, tenía quemaduras. Mis padres se encontraban muy cerca de mí, pero noté que habían muerto o estaban en una inconsciencia que los llevaría a la muerte. Estaba tan confundido que el miedo y la tristeza, la ansiedad y el coraje se agolpaban dentro de mí de manera confusa; no podía respirar, pero quería toser, no podía pasar saliva, pero quería vomitar, todo era confuso. Mis padres ahí: ¿ahora sí estarías orgulloso de mí, padre? La mitad de mi cuerpo estaba convertida en una gelatina de tejidos o eso parecía porque el dolor eran tan grande, tan uniforme, que parecía que yo estaba todo compuesto sólo de eso: de nervios heridos por el fuego, por la onda expansiva de peligro que descendía de las Torres Gemelas hacia la calle.

—¡Presión de perfusión coronaria 24 milímetros! —me gritó el hombre barbado—. ¡Fibrilación ventricular 17 mili volts! —sentí dos gigantescos truenos en mis pulmones—. ¡Eyección sistólica en menos 15%! ¡Presión coronaria en cesación cero! ¡Perfusión cerebral en 50 mmHg, en banda gamma; 70 pulsos por segundo!

Un vacío negro de enorme succión comenzó a absorberme violentamente hacia abajo, hacia la materia. Caí sobre un piso de rocas, fracturándome todos los huesos de la espalda. Quise gritar. No me funcionaron los pulmones. El hombre de la manta de estrellas se inclinó sobre mí. Me dijo:

—Éste no es el final.

Por los lados entraron hombres vestidos en trajes de color verde, armados con barrenas, con taladros. Comenzaron a golpear al hombre de la manta, a sus acompañantes. Lo arrojaron hacia las llamas. El hombre barbado comenzó a levantar los brazos. Eran cátodos electrónicos. Las ráfagas voltaicas comenzaron a envolverlo todo, con tronidos. Todo ocurría al mismo tiempo, realidad, imaginación, confusamente las imágenes se peleaban ante mis ojos. ¿Estaba ocurriendo lo que observaba?

Por los costados comenzaron a entrar más hombres, con barrenas. Comenzaron a apelmazarse alrededor de las columnas de carga. Sumieron las puntas de sus barrenas contra el concreto. Comenzaron a taladrar, en medio de los estallidos. El lugar se convirtió en un infierno.

—¡Introduzcan las cargas! ¡Activación desde C-Q! ¡Evacuen por uno quince! ¡Detonación remota en cuarenta!

56

Enfrente, en la otra torre —la Torre Sur—, un hombre arrojó su celular contra la pared.

—¡¿Por qué no tenemos comunicación con los pisos dañados de la maldita torre?! ¡¿Por qué no está funcionando el conmutador de emergencia?! —desde la ventana podían verse con claridad las lenguas de fuego y humo negro expandiéndose desde el piso 93 de la otra torre. El suelo comenzó a temblar. Él había visto con incredulidad al inmenso avión abalanzarse como un kamikaze contra el edificio, con el potente sonido de sus turbinas a toda velocidad.

—Dios… ¿Quién está a cargo de la seguridad en las malditas Torres Gemelas?

Su asistente le dijo:

—La empresa es Stratesec. La dirigió el hermano del presidente.

—Diablos, ¿Jeb? ¿Jeb Bush?

—No. Marvin. Marvin Bush. Ahora dirige HCC Insurance, la aseguradora de este complejo, de las Torres Gemelas.

Ambos miraron hacia la ventana, hacia la pared de fuego que se levantaba siete pisos hacia el cielo. Sintieron el calor. Escucharon los tronidos de las llamaradas.

—Diablos… Ahora su empresa aseguradora va a tener que pagar por todos estos daños. ¿Te imaginas cuánto significa esto en millones de dólares?

Su asistente lo volteó a ver.

—Van a ser ellos mismos los que van a controlar la investigación. Esto puede ser un autoataque.

En Nashua, New Hampshire, dentro del complejo de tráfico aéreo zbw, un hombre sudoroso tomó el micrófono:

—¡Soy Centro Boston, maldita sea! ¡Tenemos otro Boeing 767 sin transponder! ¡United Airlines, vuelo 175! ¡Destino original Los Ángeles; se está desviando!

—¡¿Se está desviando!? ¿Hacia dónde?

—¡Parece que hacia el sur! ¡No tenemos señal, no tenemos nada! ¡Nadie está contactado con él!

De las bocinas comenzó a emerger una voz distorsionada:

—Todos permanezcan en sus asientos.

Todos en el pasillo de control enmudecieron.

—No otra vez —el operador aéreo intentó localizar el avión en la consola verde. Ahí estaba el vuelo, parpadeante—. Esto va a ser grave. Son varios vuelos.

En los aviones de combate F-15, los pilotos Daniel Nash y Timothy Duffy recibieron una señal por sus auriculares:

—¡Hay otro avión secuestrado!

—¿Perdón?

—¡Cácenlo! ¡Vuelo UA-175! ¡Regresen a zona de impacto! ¡Se dirige hacia Manhattan!

—¿Manhattan? —Timothy Duffy enfiló el poderoso caza hacia el norte—. Ya estamos a 200 millas de Manhattan.

—¡A toda velocidad, demonios! ¡Colócate a Match 1.2, 900 millas!

Duffy empujó su palanca. Le dijo a Nash:

—No te preocupes por nada —con la mano se acercó el micrófono a la boca—. Control, ¿dónde está el enemigo en este momento? ¿También va a atacar las Torres Gemelas?

—Tu contacto está volando por encima del Aeropuerto Kennedy, Nueva York.

—Okay —curvó las alas hacia la costa—. Sé dónde está. Torcemos hacia Long Island. Estamos a 155 millas de las Torres Gemelas.

58

A 90 kilómetros de distancia, lejos de las costas, en medio del Océano Atlántico, en una tormenta de oscuras olas, arriba de una poderosa columna metálica negra, que era la torre del submarino, un hombre de brazos enormes, rapado, con un negro tatuaje abarcándole la cara, bajó los prismáticos electrónicos. Uno de sus ojos estaba cortado por una sutura del tamaño de su mejilla.

—Preparen lanzamiento.

Su larga cabellera gris, atada por detrás como una cola, se onduló por el viento.

—¡Misil preactivado! —le gritaron.

—Esperen sincronía con los radares. Esperen generación de espacio vacío. A mi señal ocupen espacio vacío —revisó su celular en el que estaban corriendo los códigos de la Administración Federal de Aviación de los Estados Unidos.

Dentro del colosal submarino, traspasando sus paredes de tres pulgadas de acero, un objeto redondo de siete toneladas y 10 metros de largo, que en un costado decía P-700 Granit Missile-Kursk K-141, comenzó a vibrar desde adentro, con la velocidad de un rotor aéreo. Su poderosa máquina KR-93 se encendió hasta rotar a Match 2. Su afilada nariz en forma de cono plateado dentro de un anillo de compresión de corona comenzó a succionar el aire a alta presión.

—¡Inicien combustión! ¡Obturen cámara de presurización, doble compuerta! ¡Destapen boca exterior de lanzamiento! ¡Activen conteo de ignición!

En la parte superior, en la torreta, el hombre rapado de coleta canosa observó Washington desde sus binoculares. Vio el distante edificio del Pentágono. Susurró para sí mismo:

—Los hermanos se harán la guerra, se asesinarán el uno al otro. El mundo se pondrá de cabeza. Éste es el día del Ragnarok.

En su cara tenía tatuada la "R" doble, que apunta hacia la izquierda y hacia la derecha. Revisó la pantalla de su celular. Leyó los códigos de la FAA. Leyó el último registro: "CENTRAL NY ACABA DE PERDER SEÑAL DE AERONAVE 77 EN LOS RADARES".

Miró por última vez hacia Washington:

—Detonen. Llenen el espacio vacío.

De la compuerta por debajo del agua salió el monstruoso Granit P-700, escupiendo fuego. El lanzamiento hizo temblar al submarino.

En los radares, en el Centro Nueva York de Control Aéreo, en Long Island, un hombre violentamente se acercó el micrófono a la boca:

—¡Tenemos otro impacto contra las Torres Gemelas! —el reloj en la pared marcaba las 9:03:00—. ¡Dios mío, respondan! ¡Centro de Comando, Sistema Nacional de Control de Tráfico Aéreo! —buscó apoyo en el hombre a su derecha—. No responden.

—Esto se está complicando. Ahora son varios aviones. Esto está escalando muy grande. ¡Necesitamos que los militares se involucren en esto! ¡Hay un tercer avión secuestrado!

—Terminal de Aproximación Nueva York. ¿Me escuchas?

—Escucho. Tenemos aquí en pantallas a alguien que está costeando. No sabemos quién es. Parece que se dirige hacia uno de los aeropuertos del litoral.

—Espera un segundo. Estamos tratando de identificarlo aquí. Aquí está. Espera un segundo.

—¿Qué tipo de aeronave?

—No lo sé. Lo tengo fuera de nueve quinientos, nueve mil ahora. Está descendiendo.

—¿Sabes quién diablos es? ¡¿Quién diablos es?!

—Estamos… diablos, no sabemos quién es. Estamos apenas obteniendo una señal… esperen. ¡Diablos! ¿Es siquiera un avión? ¡¿Es un misil?!

59

En la caliente Florida, dentro del azul salón de clases de la escuela primaria Emma E. Booker, el presidente de los Estados Unidos, George W. Bush, con una pierna cruzada sobre la otra, siguió escuchando los versos de *El chivito mascota*. Lentamente comenzó a observar los dibujos de los niños en las paredes. Escuchó: "el chivito se estaba comiendo todas las cosas. Se comió las latas y se comió los perros". Se le aproximó por la espalda su asistente Andrew Card. Le susurró en el oído:

—Señor presidente, otra aeronave se acaba de estrellar contra la Torre Sur del World Trade Center.

El presidente alzó las cejas.

—¿La Torre Sur? —trató de esconderse en la historia que le decían los niños, no pensar en la gente, sino en el chivito que se comía todo, los perros, las latas, alguien se estaba comiendo la ciudad de Nueva York.

—Es el vuelo 175 de United Airlines. Le sugiero abandonar este lugar, iniciar opción de emergencia.

El hijo de George H. W. Bush no le respondió. Permaneció callado, sin moverse de su silla. Observó los dibujos. Había una casita en medio de una pradera. Había un dragón rojo, muy grande, saliendo del mar, escupiendo fuego sobre la tierra. Sus ojos estaban muy abiertos, con las pupilas rojas.

Permaneció en ese estado durante los siguientes 24 minutos.

60

En el Pentágono, piso tres, anillo exterior E, corredor Eisenhower, la secretaria de la Defensa, asistente para Asuntos Públicos, Victoria Clarke, acompañada por el joven Larry Di Rita —jefe de la oficina del secretario de la Defensa Donald Rumsfeld—, caminó violentamente entre las oscuras paredes de madera, sobre los cuadros ajedrezados del piso hacia la oficina del secretario, el hombre de la dura mandíbula, Donald Rumsfeld.

—Señor secretario —miró hacia la pared, hacia el reloj digital. Marcaba las 9:03 a. m.—, un segundo avión se acaba de estrellar contra la Torre Sur.

El secretario de delgados lentes se recargó hacia atrás, sobre su asiento de piel negra.

—¿De verdad?

Ella insistió:

—Señor, el sistema de manejo de crisis está comenzando. Le sugerimos abandonar este sitio.

—Comprendo —buscó con los ojos la Casa Blanca—. ¿Sabes? Ustedes vayan. Los alcanzo en un momento —permaneció callado por unos momentos—. Vayan al Centro de Soporte Ejecutivo —delicadamente observó su reloj—. Yo tengo que recibir aquí a mis informadores de la CIA.

Detrás de su cabeza había un diploma. Decía: "Donald Rumsfeld, presidente de la RAND Corporation. 1981-1986, 1995-1996".

En el pasillo se acercó velozmente hacia él su informadora de la CIA, la agente Denny Watson.

—¡NEADS NORAD, habla Colin Soggins desde el Centro Boston! ¡Soy enlace militar aquí!

Le contestó la aviadora senior Stacia Rountree:

—Soy Stacia Rountree, sector noreste de defensa aérea, ¿en qué puedo ayudarle? —su reloj marcaba las 9:20:57.

—Soy Scoggins, enlace militar, Boston Center. Acabo de tener otro reporte. El American Once está todavía en el aire.

La aviadora Stacia Rountree se quedó petrificada. Volteó a ver a su compañero.

—¿El American Once? ¿No es el que se acaba de estrellar contra la Torre Norte? ¿Todavía está en el aire?

—Todavía está en el aire —le dijo Scoggins—. Se está dirigiendo hacia el sur, hacia Washington.

—¡¿Hacia Washington?! —se aproximó hacia la pantalla de televisión. CNN estaba proyectando las Torres Gemelas ardiendo.

—Te estoy escuchando, Centro Boston.

Colin Scoggins insistió en el auricular:

—La de la torre fue otra nave. American Once sigue en el aire.

—¿Lo estás viendo en tus radares?

—Evidentemente, fue otra aeronave la que se impactó contra la Torre Uno.

—¡Diablos! ¡¿Estás seguro de esto?!

—Éste es el último reporte que tenemos. Creo que está en algún punto sobre Nueva Jersey, en algún lugar más hacia el sur. Voy a tratar de confirmarte la identificación de la nave que ahora está en el aire.

—Okay, Scoggins.

Stacia Rountree violentamente colocó la mano sobre su intercomunicador y le dijo a sus compañeros:

—¡American Once sigue en el aire! ¡Me reportan que se dirige hacia Washington! ¡¿Ven algo en estos radares?!

—¡No! ¡Aquí no hay nada! ¡Este tipo está viendo visiones!

El enlace militar en el Centro Boston, Colin Scoggins, se acercó el micrófono a la boca:

—No, él es el secuestrado.

—¿Perdón? —Stacia volvió a soltar su intercomunicador—. ¿Te refieres a American Once? ¿American Once sí es el secuestrado?

—Sí.

Stacia Rountree miró a su supervisor:

—¿Qué diablos está pasando?

Scoggins le dijo por el auricular:

—Ésta podría ser una tercera aeronave.

Stacia tapó su micrófono. Le dijo a su supervisor:

—¿Será cierto esto? —miró hacia su radar. Se acercó el micrófono—. Okay, eh… American Airlines está aún en el aire. American Once, el tercer sujeto, se está dirigiendo hacia Washington, ¿okay? —gritó por el intercomunicador—. ¡Tenemos que sacar un escuadrón de cazas de la base de la Base Langley ahora mismo! ¡Llamen a los militares! ¡Voy a sacar unos aviones caza de la Base Otis! ¡Traten de encontrar a este tipo, a esta aeronave secuestrada, en los radares! ¡Que lo cacen, que lo derriben, maldita sea! ¡Yo no puedo encontrarlo en estas pantallas!

En la atmósfera, bordeando la costa del Océano Atlántico, a una velocidad de 900 kilómetros por hora, el misil de siete toneladas Granit P-700 encendió sus cuatro turbinas laterales KR. Se disparó a sí mismo hacia adelante, contra la ciudad de Washington, D. C.

—¡American Once sigue en el aire! —le gritó un operador NEADS NORAD a su verificador, por el micrófono—. ¡Lo tengo en el radar! ¡Acaba de aparecer en mi radar! ¡Está bordeando la costa!

—¿Qué diablos? ¿No se estrelló contra la Torre Norte del World Trade Center? ¡¿De qué estás hablando?!

—¡Lo está reportando ZBW Scoggins, desde el Centro Boston! ¡Debe haberlo visto en sus radares! ¡Ya informó a Sector Noreste!

—¿De dónde sacó este dato? ¿Lo tiene en su radar? ¿Quién es este ZBW Scoggins?

—No sé —revisó sus anotaciones—. ¡Scoggins dice que esta información se la dieron desde el Centro Washington! ¡Alguien lo llamó! ¡Le dijeron que esa sombra es American Once!

—¡Diablos! ¿Quién en el Centro Washington? ¿Quién, demonios?

—¡American Once está aún allá arriba, maldita sea! ¡Lo tienen secuestrado, se dirige hacia Washington, D. C.! Se está dirigiendo hacia… diablos, ¿escuchas esto?

El verificador se inclinó sobre su pantalla. Comenzó a formarse una pequeña mancha de luz.

—Dios, ¿qué es esto? ¿Está aún aquí…? ¿Es American Once?

—Espera… El Centro Boston acaba de perder de radar otra nave.

—No, demonios.

—¡Ayúdenme a encontrar esta señal primaria!

—¡Diablos! ¡Estamos buscando aquí! ¡No hay ninguna señal, no hay nada de American Once en el radar! ¡ZNY no tiene nada sobre American Once! ¿De dónde sacó Scoggins que esta aeronave está aún en el aire? ¿Quién está creando este fantasma?

62

Los pedazos del poderoso avión, que luego supe era el American Once, estaban derritiéndose sobre mi cabeza, entre los costillares de concreto destrozados del piso 93. Las turbinas estaban fragmentadas a través de cinco pisos, por encima de mí. Yo tenía trozos de metal dentro de mi cuerpo.

63

En el Centro NEADS NORAD, un hombre se levantó bruscamente de su asiento:

—¡Sigo viendo scuds rusos en mi pantalla, maldita sea! ¡¿El programa de simulación sigue activado?! ¿Cuántos aviones secuestrados hay realmente? ¡Alguien ayúdeme!

El sargento Richmond le gritó:

—¡Demonios! ¡Todos bajen sus malditos switches! ¡Corten el maldito programa! ¡Se acabó Vigilant Guardian! ¡Alguien nos está atacando ahora!

—¡Ya bajé el switch! ¡Sigo viendo los sims del programa en mi pantalla!

En el Centro Boston, una mujer de mangas cortas se acercó hacia el enlace militar Colin Scoggins:

—¡Dime dónde viste el maldito American Once! ¿En tus radares? ¿De dónde sacaste que American Once sigue en el aire?

—Ehh —Scoggins evadió la reprimenda y empezó a enviar un mensaje de texto. La mujer lo tomó violentamente por las solapas.

—¡Te estoy hablando ahora, maldita sea! ¡Estás confundiendo a todo el sistema aeroespacial de los Estados Unidos! ¡Dime quién demonios te llamó para que dijeras a NORAD que American Once está en el aire y que está entrando a Washington! ¡¿Lo viste en tus malditos radares?! ¡¿Viste algo en tus radares?! ¡¿Quién te llamó desde el Centro Washington?!

El militar Colin Scoggins inclinó la cabeza. Eran curiosos los adornos de los mosaicos.

—Es una corazonada —le respondió.

La mujer, perpleja, lo soltó de las solapas.

En el espacio aéreo de Washington, un objeto de siete toneladas, de 10 metros de largo, activado con turbinas KR-93, entró al área estratégica llamada P-56.

—Misil Granit en camino, entrando a radares —susurró un hombre dentro del submarino—. Inicien sustitución de señal en los radares federales. Control Aéreo debe creer que es AA77.

A ocho millas hacia el oeste, en una capa vibratoria de la atmósfera, el poderoso misil Granit P-700, de siete toneladas, fabricado en Reutov, Rusia, rescatado secretamente por los Estados Unidos del submarino nuclear ruso Kursk K-141, hundido en el mar polar de Barents el 12 de agosto de 2000, activó la segunda carga de sus cuatro propulsores laterales. Giró violentamente hacia el norte.

En el aeropuerto Dulles, la controladora Danielle O'Brien vio en la pantalla un objeto no identificado. La mancha de luz verde se aproximó en el mapa a la Casa Blanca. Danielle O'Brien cerró los ojos. Lentamente los abrió de nuevo. La mancha ya no estaba. ¿Qué estaba ocurriendo?

—¿Desapareció? —miró hacia atrás, hacia su supervisor—. ¡¿Desapareció?!

Todos comenzaron a gritar:

—¡Desapareció! —el supervisor comenzó a gritar en el teléfono—. ¡¿Todos bien en la Casa Blanca?!

—¡Debe ser uno de nuestros aviones cazas! ¡Uno de los nuestros! ¡Un F-16 o un F-15!

—Espera… —le indicó Danielle a uno de sus compañeros—, el objeto está girando hacia la derecha. Dios…

—¿Qué está pasando?

—¡Está girando trescientos sesenta grados! ¡Está dando la vuelta completa!

64

A 50 kilómetros de ahí, en las afueras del Pentágono —un edificio anular de 400 000 toneladas de concreto reforzado, compuesto por cinco anillos concéntricos interconectados, cada uno de siete pisos—, un grasiento vendedor de hot dogs, mexicano, ubicado justo afuera de la reja que decía "Prohibido el paso-Sólo personal militar", observó cuidadosamente, mientras silbaba una canción ranchera, cómo estallaban y crujían en su plancha caliente las burbujas de grasa de un retorcido tocino.

—¡Si pudieras quererme... perra malosa...!

Por detrás de sus orejas oyó un soplo, un zumbido infernal comparable con un "demonio".

—¡Santo Cristo! —violentamente se tapó los lados de la gorra. Todo un muro del Pentágono estalló en pedazos. Un objeto penetró consecutivamente, generando un agujero exterior de 30 metros de ancho, los anillos E, D y C de la estructura, derrumbando seis pisos, 100 metros dentro del complejo, a una velocidad de 530 millas por hora. El hombre de los hot dogs suspiró.

Vio una enorme bola de fuego estallar, salir del edificio como una emanación del infierno, convirtiéndose en un gigantesco hongo de luz con nubes de ceniza negra. Las ráfagas de aire caliente se expandieron hacia las rejas.

—¡Diosito santo! ¡No me hagas nada! —se tiró al piso sobre sus rodillas—. ¡Yo no te hice nada!

En su oficina del tercer piso, anillo cinco del Pentágono —anillo E—, al otro lado del impacto, el poderoso y temible secretario de la Defensa, Donald Rumsfeld, aproximó su dura y grande mandíbula sobre el congresista de California Christopher Cox. Lo miró por encima de sus delgados anteojos transparentes:

—Créeme, Christopher —miró el reloj. Marcaba las 9:37 a.m.—. Va a suceder otro ataque aún más grave. Tal vez va a ser sobre nosotros.

—No entiendo, señor secretario. ¿Otro ataque? ¿Como lo que está pasando en las torres?

—Estamos vulnerables, Chris. Clinton redujo todos los gastos de defensa. Estamos indefensos. Eso no debe hacerse. América necesita una defensa fuerte. El país está en peligro. Si permanecemos vulnerables a un ataque de misil, cualquier grupo terrorista o cualquier gobierno exterior maligno va a poder tenernos como rehenes para un ataque nuclear.

—¿Para un ataque nuclear?

El secretario volvió a aproximarse hacia el congresista Cox:

—El presupuesto de la defensa se redujo demasiado. América está indefensa ahora contra cualquier ataque terrorista. Necesitamos un presupuesto fuerte para volver a sentirnos seguros —le sonrió—. Créeme. He estado mucho tiempo por aquí. Va a haber otro ataque.

El estallido provocó un terremoto dentro de la oficina del secretario.

Por el Corredor Eisenhower, afuera de su oficina —entre las oscuras paredes de madera—, se aproximó corriendo su asistente militar, el vicealmirante Edmund Giambastiani:

—¡¿Señor secretario, está usted bien?!

El poderoso secretario salió moviendo vigorosamente los brazos y con una ligera sonrisa.

—¿Qué demonios está pasando?

65

En la atmósfera, los tripulantes del verdadero vuelo 77 se sumergieron dentro de una oscura trayectoria hacia lo desconocido, hacia un punto localizado en medio del Atlántico, dentro del espacio marítimo de las Bermudas.

66

En un salón oscuro, un largo dedo comenzó a descender por encima de un botón de plástico rojo. Decía: "Detonación Secuenciada. Proyecto 9-11". Con delicadeza presionó el botón. Lo hundió dentro de su acoplamiento de cristal que estaba lleno de cables. Sonó suavemente un "click".

En la calle, la multitud miró hacia arriba, hacia las bolas de fuego que en lo alto estaban saliendo de ambas Torres Gemelas. El reloj exterior de Vesey street marcaba las 9:59:05. Al otro lado de Wall Street, el paramédico Joseph Fortis sintió un temblor en el suelo, "como un tren", una serie de explosiones. Afuera del hotel Marriot, el paramédico Lonnie Penn también sintió el crujido. En Vesey street, dentro del Buró de Servicios Médicos de Emergencia —EMS—, Bradley Mann sintió la sacudida en el piso. Dentro del lobby del Marriot, el jefe de batallón Brian O'Flaherty escuchó un "terrible sonido".

Dentro del complejo, en el corredor hacia la Torre Norte, el policía de la Autoridad Portuaria Will Jimeno sintió una poderosa sacudida en el pasillo. Se detuvo por un instante. Se asomó por la ventana. Una inmensa bola de fuego comenzó a expandirse hacia la calle, desde el nivel del suelo, hacia las aceras.

—¿Por qué está estallando aquí abajo? —preguntó un hombre de mantenimiento—. ¿También hay explosivos aquí abajo?

Dentro de la Torre Dos —Torre Sur—, Ronald DiFranco corrió hacia afuera, hacia la puerta principal del lobby, hacia la calle, hacia Church street. A sus espaldas escuchó un gran crujido. Logró salir. Volteó hacia su derecha, hacia Liberty street. Desde la parte inferior del edificio empezó a expandirse una enorme bola de fuego.

—¡Están estallando explosivos aquí abajo!

En la calle, el periodista Pete Hamill escuchó una secuencia de explosiones, tronidos sucesivos. El paramédico Julio Marrero escuchó un estallido. En el lobby de la otra torre —la Torre Norte—, el bombero Keith Murphy escuchó tres estallidos distantes, tres explosiones. La luz eléctrica se apagó. El bombero Craig Carlsen escuchó una secuencia de detonaciones provenientes de la Torre Sur. Diez detonaciones. Los bomberos Thomas Turilli y Stephen Viola oyeron el sonido de bombas estallando, alrededor de siete bombas. Desde el otro lado de la calle, desde el *Wall Street Journal*, el reportero John Bussey vio a través de las ventanas "explosiones perfectamente sincronizadas ocurriendo en cada piso, una tras otra, de arriba hacia abajo".

—¡Diablos! ¡Alguien está demoliendo estos edificios! ¡Los aviones que se estrellaron arriba son una pantalla!

El comisionado asistente de bomberos Stephen Gregory observó en la parte frontal del edificio destellos de luz de bajo nivel, "destello tras destello tras destello", en secuencia. El jefe de batallón Brian Dixon vio el estallido en la base del edificio.

—Dios… alguien plantó aquí explosivos.

El bombero Timothy Burke vio el estallido en la panta baja, muy por debajo de los impactos:

—¡Dios mío! ¡Hay un dispositivo secundario aquí abajo!

Frente a las televisoras del mundo, los soportes estructurales de la Torre Dos —la Torre Sur—, estallaron en los pisos 76, 75 y 74, justo por debajo de donde había ocurrido el impacto del avión 175. Los pisos superiores comenzaron a venirse abajo.

Veintinueve minutos después, el paramédico Jason Charles escuchó una poderosa explosión al nivel de la calle.

—¡Oh, shit! —gritó. Miró hacia arriba, hacia la Torre Norte. Comenzó a escuchar metales retorciéndose. El reportero Mike Sheehan escuchó un estallido ensordecedor.

El teniente de bomberos Gregg Hansson escuchó un estallido semejante al de una bomba. El bombero James Ippolito escuchó la explosión. Miró hacia arriba.

La Torre Norte comenzó a despedazarse.

Comenzó la noche del mundo.

67

Yo no volví a ver la luz en 11 años.

Desperté después de un largo sueño. Abrí los ojos. Vi manchas. Manchas doradas. Burbujas. Luces moviéndose delante de mí, encima de mí, remolinos de luz.

No escuché voces.

—¿Padre?

Mi padre y mi madre estaban conmigo, cargándome en hombros. Yo tenía cinco años. Estábamos en el Rockefeller Center, al pie de la estatua de Atlas.

—Pensé que estaban muertos —les dije.

Escuché un crujido. Por encima del gigantesco Atlas de bronce, los titánicos aros metálicos que el monstruo estaba sosteniendo sobre sus hombros, con los símbolos de las constelaciones, comenzaron a girar. Vi un ojo, un ojo enorme. Su pupila era una "R" que estaba apuntando hacia la izquierda y hacia la derecha. La estatua comenzó a inclinarse hacia abajo. Su ojo era el de Wotan.

Sentí descargas en las puntas de los dedos, en las yemas de los pies, en las manos. Comencé a gritar.

Mi garganta estaba dentro de agua. Comencé a ahogarme.

—Está despertando… —le susurró un hombre a otro. Era el hombre de barba gris brillante, de la gabardina de estrellas, que me había salvado.

En el pasillo exterior tres empleados de mantenimiento —con sus uniformes grises, con sus cinturones de plomería, con sus herramientas para destapar escusados— se aproximaron apresuradamente hacia el salón donde yo estaba. Uno de ellos era una mujer, una chica delgada y morena. Tenía el cabello recogido por detrás en una coleta.

—Hagan sólo lo que les dije —les indicó ella—. Recuerden todo lo que está en juego.

El gordo se volvió hacia un lado. Le dijo al delgado de dientes saltones:

—Haz sólo lo que ella te dijo. No quiero que falles. Un error que cometas y te parto el cerebro.

El pequeño Tim Dim se excitó:

—¡Estoy feliz! ¡Nadie sospecha de un plomero sanitario! ¡Orgullosamente limpiacacas! —se acarició el traje que decía: "Clean and Shine".

Rob Troll miró hacia el techo:

—Dios mío, ¿tendré que convivir por siempre con este idiota?

Algo sujetó mi cara. Me jalaron hacia arriba, fuera del agua. Comencé a toser. El agua estaba dentro de mis pulmones, dentro de mi tráquea. Me metieron un tubo de plástico por la boca, hasta el esófago.

—Drenar por ventilador. ¡Succión en seis, cuarenta!

Sentí una aspiradora dentro de mi cuerpo. Sentí líquido en mis brazos. No pude moverlos.

—Te mantuvieron con vida —me dijo una voz femenina—. Reemplazaron partes de tu cuerpo. Vas a ver suturas en tu tórax y en tus antebrazos, pero tu mente sigue siendo tuya.

Comencé a abrir un ojo. Vi una mancha brillante, una luz azul. Por delante de la luz vi moviéndose una silueta. No sabía nada, acababa de despertar. ¿Dónde estaban mi padres?

—Ellos comenzaron una guerra —me dijo la voz femenina—. Levantaron una coalición de países. Llevaron la guerra a Afganistán e Irak. Murieron 500 000 personas. La guerra precipitó una crisis económica global. Ellos la planearon. Ahora están levantando a millones de jóvenes contra sus propios gobiernos en Túnez, en Libia, en Egipto, en Siria. Está comenzando el plan global Transgen FAO-13.

68

En México, en las afueras de la capital del país, dentro de una universidad de los jesuitas —la Universidad Iberoamericana—, un hombre gordo, alto, de anchos anteojos —el sacerdote Pedro López Moctezuma, con la mitad de la cara cicatrizada—, miró hacia afuera por la ventana.

—Tu primo está despertando del coma. Hoy nuestros hombres lo deben rescatar de las manos de la RAND Corporation.

Frente a él estaba mi prima, Magdala Barrón Garza-García, de largos cabellos negros, brillantes; de cara delgada, de enormes ojos negros.

—¿Cómo dice, padre? —comenzó a levantarse del asiento. Hacía mucho que nadie le hablaba de mí. Sólo sabían que había desaparecido junto con mis padres.

—Su formación reticular del tallo encefálico ya comenzó a producir acetilcolina —le sonrió—. Axel ya está despertando del coma.

Afuera, los estudiantes comenzaron a gritar: "¡Fuera Peña! ¡Fuera Peña! ¡Fuera Peña!"

La explanada de la universidad estaba atestada de jóvenes con carteles de protesta.

69

Apreté los ojos para sacarme los líquidos de los párpados. Sentí hielo en mis globos oculares. Dentro de mi cabeza se activó un pequeño crujido eléctrico. Se inició un zumbido. Escuché una lenta burbuja, el sorbo de un popote.

La voz femenina me dijo:

—Están usando a los jóvenes para iniciar las revoluciones —comenzó a tallarme, a limpiarme los líquidos con una especie de esponja. Presionó un botón en el muro. Alcancé a ver a dos personas en el fondo—. La clave es el manual que fabricó Gene Sharp: 198 métodos de acción no violenta para derrocar gobiernos. Gene Sharp entrenó a las guerrillas para derrocar al gobierno de Birmania en 1988, junto con el coronel del Pentágono Robert Helvey. En 1990 se infiltraron en Lituania, en el Tíbet, en Estonia, en Bielorrusia. Entrenaron a los rebeldes. Fueron operaciones secretas. Son operaciones para crear golpes de Estado. Todas éstas han sido puras operaciones del Pentágono —se me acercó. Tenía los ojos grandes, almendrados, muy exóticos—. En 2003 sembraron la rebelión "rosa" en Georgia, al sur de Rusia. Al norte están los pozos de Baku, una de las petrozonas más ricas del mundo.

Comenzó a sonar una alarma. Vi luces azules encendiéndose y apagándose en consolas cercanas. Sí, estaba despertando. Era la misma chica que había visto en la Torre...

—¡Apúrense, imbéciles! —les gritó la chica a los dos sujetos, que después me presentaron como Rob Troll y Tim Dim, empleados de mantenimiento. La chica volvió a ponerme atención—. En 2004 lo hicieron en Ucrania y en Venezuela. Entrenaron a cientos de jóvenes para armar manifestaciones en Caracas, para derrocar a Hugo Chávez. No digo que Chávez sea un héroe. Es un tirano —se me acercó. Olí su perfume de sándalo—. Se llamó "Súmate". Es la Operación Guarimba. Gene Sharp se entrevistó con los líderes en Boston. En 2011 comenzaron a estallar las revoluciones en todo el mundo árabe. Ya cayeron los gobiernos de Túnez, de Libia, de Egipto. Ahora quieren Siria.

Leí el letrero que ella tenía en el pecho, en su overol de mantenimiento: "Clean and Shine".

—¿Quién eres?

Me dijo:

—Tu padre es la clave de todo —me comenzó a enjuagar las piernas con aquella esponja—. Gene Sharp trabajó con Thomas Shelling. Thomas Shelling trabajó para la RAND Corporation. Su protector fue el creador de la CIA. Tu padre trabajó con ellos, tú tienes lo que necesitamos

Miré hacia la pared. Distinguí un letrero. Decía: "INSTITUTO TECNOLÓGICO DE MASSACHUSETTS".

—Axel —sus ojos tenían cierta claridad, un brillo distinto—: todo lo que estamos viviendo es la consecuencia de un crimen, un crimen que se cometió hace 50 años. La gente del mundo aún no ha resuelto ese crimen. Todo lo que estamos viviendo, todo lo que tú y yo somos, es la consecuencia de ese golpe de Estado. Los hombres que cometieron ese crimen son hoy el gobierno del mundo.

—Diablos. ¿Qué crimen?

—Son los hombres que crearon la CIA. Los hombres que mataron a John F. Kennedy son los que hoy están en el poder.

70

En México, en la Universidad Iberoamericana, el sacerdote jesuita le dijo a mi prima:

—Tu primo Axel va a llamarte. Va a contactarte. Va a necesitar de ti para que le ayudes a encontrar algo que está aquí en México.

—¿Algo que está aquí en México? —se acercó a la ventana. Desde su cubículo se podía observar con suficiente claridad a los estudiantes agolpados en la plazuela por donde debía pasar el candidato. Los gritos de "¡Fuera Peña! ¡Fuera Peña! ¡Fuera Peña!" invadían la explanada junto con el sol que era inusual para esos días del año.

El sacerdote se le aproximó a mi prima Magdala:

—¿Te parece casualidad que esté empezando aquí un movimiento de jóvenes, justo cuando comienza la guerra por el futuro? El 11 de septiembre yo estuve con Axel, en la Torre Norte —Magdala observó la piel cicatrizada en la mejilla del jesuita—. Tres mil personas murieron esa mañana. Noventa testigos que estuvieron presentes, que vieron lo que ocurrió, que vieron cómo ocurrió, han sido asesinados y desaparecidos —el cura pasó su mano sobre la cicatriz—. Danny Jowenko, Beverly Eckert, David Graham, Prasanna Kalahasthi, supuesto suicidio. Michael Doran, accidente aéreo. Christopher Landis, suicidio. El general David Wherley, choque de tren. Suzanne Jovin, experta en Bin Laden, asesinada. Bertha Champagne, atropellada. Kenneth Johannemann, suicidio. Ezra Harel, jefe de seguridad de aeropuertos de Israel, ataque cardiaco. Perry Kucinich, hermano del congresista que pidió la nueva investigación sobre los atentados del 11 de septiembre, muerto en su departamento, con la cara hacia abajo, sin sangre, el 18 de diciembre de 2007. Pero tu primo Axel ha sido preservado. El equipo médico con el que está siendo salvaguardado lo ha estado subsidiando el propio gobierno de los Estados Unidos. Lo quieren con vida.

Magdala comenzó a fruncir el ceño. El sacerdote le preguntó:

—¿Por qué crees que a tu primo Axel lo quieren vivo?

—No lo sé… ¿Porque su papá era masón? —no tardó en descubrir en la mano del sacerdote un anillo en el dedo que decía: "Gran Logia de Albión".

—Magdala, una parte del gobierno de los Estados Unidos, un pequeño pedazo, está siendo controlado por personas que quieren cambiar las cosas; que quieren saber qué ocurrió realmente el 11 de septiembre. Es la clave para entender lo que está pasando ahora. ¿Me entiendes? —miró hacia afuera, por la ventana—. Me refiero a quiénes son el gobierno verdadero, el Nuevo Orden del Mundo.

Magdala tragó saliva. Su cabello era negro y largo, muy brilloso. Se volvió hacia el jesuita.

—¿Quiénes son el Nuevo Orden del Mundo?

—Observa lo que está ocurriendo aquí afuera —señaló hacia la ventana—. Cientos de jóvenes que están aquí abajo gritan y levantan sus enormes letreros que dicen: "Fuera Peña Nieto" y "Si hay imposición, habrá revolución".

Una persona con un megáfono comenzó a gritar desde la explanada: "¡Se suplica a todos los que se están manifestando que despejen el paso para el candidato! ¡Por favor permitan el paso para la comitiva!"

El sacerdote le dijo a mi prima:

—Magdala, lo que está ocurriendo hoy aquí esta mañana no está desconectado. Es parte de algo mucho más grande. El candidato del PRI no está hoy aquí, en esta universidad, por casualidad.

—No entiendo, padre —observó a la gente que en lugar de dejar pasar al candidato parecía formar una valla—. ¿Qué me está diciendo? ¿Por qué debo ayudarlo? ¿Yo? ¿Mis primos? ¿Mi familia?

—Magdala, el juego final del mundo está comenzando —comenzó a leer un reporte—. Oxford Press. Escuela Smith de Empresas y Sustentabilidad: "En 2015 las reservas de petróleo del mundo van a iniciar su curva final hacia el agotamiento. Los yacimientos más grandes ya están virtualmente vacíos. Fueron vaciados durante la segunda mitad del siglo XX para convertirse en la riqueza del núcleo financiero que hoy manejan los sistemas militares del globo. En los próximos años la extracción de petróleo va a costar más que la energía que contiene. Las plantas eléctricas que se mueven con petróleo se van a detener. La industria global se va a paralizar. La fabricación de alimentos se va a detener, así como la luz eléctrica en las ciudades y los servicios en los hospitales".

—Diablos… ¿Se puede acabar el petróleo?

—Es materia orgánica aplastada, Magdala. Formó lagos de compresión muy laminares debajo de muy contadas placas geológicas en el mundo.

—¿Y la energía alternativa?

El sacerdote le sonrió:

—¿Te refieres al sol? ¿A las hélices en las montañas? ¿A poner ratones a correr en bobinas en tu casa? —el sacerdote arrugó el reporte—. Nada va a igualar la energía que contiene un barril de petróleo. La naturaleza compactó toneladas de materia orgánica en pequeñas moléculas que tienen orbitales sp3 hibridizados y enlaces dobles. Son resortes. Dios mismo los puso aquí para esta era del hombre. Ya se acabaron. Se los acabó una sola familia. Esos hombres envenenaron la atmósfera con los gases y hoy, con todo ese dinero, están controlando la política del mundo. Sólo quedan siete reservas. Las quieren para ellos. México es una de ellas.

Magdala empezaba a sentirse aburrida. Los jóvenes, su primo Axel, ¿ella qué relación tenía con todo eso? Había crecido, como todos los Barrón, escuchando las historias de sus antepasados, de alguna forma todos habían sido entrenados para eso, pero desde hacía años nadie buscaba a su familia para ello.

—¿Quieren imponer en México a Enrique Peña Nieto como presidente? ¿Eso es lo que quieren?

Afuera, los jóvenes comenzaron a gritar con mucha fuerza: "¡Si hay imposición, habrá revolución, si hay imposición, habrá revolución, si hay imposición, habrá revolución!"

—Magdala…, lo que está por ocurrir es mucho más profundo que el petróleo y una candidatura. Es algo mucho más negro, mucho más oscuro. Va a cambiarlo todo. Se llama Transgen FAO-13. Deben buscar a las personas adecuadas que les informen, deben encontrar la información. Hay una red que los ayudará, no estarán solos.

—¿Y eso qué es? —detrás del sacerdote, en la pared, estaba colgada una imagen de Jesucristo, con carrilleras, como rebelde mexicano, levantando un arma hacia el cielo.

—Magdala. Te va a llamar tu primo Axel. Mantén tu teléfono encendido.

—Un momento, padre… ¡¿De qué me está hablando?!

El sacerdote le dijo:

—Tu primo Axel está despertando. No es casualidad que ocurra justo esta mañana —se volvió hacia la ventana—. Axel Barrón va despertar y va a decir lo que sabe. Le inyectaron betanecol en la base del cráneo. Yo mismo he visto esos informes, son muy clasificados, pero también tengo mis espías. Esa sustancia es demoledora y tiene un fin: que alguien hable.

—¿Lo están despertando del coma? ¿Es inducido?

El sacerdote jesuita levantó sus dedos pulgar e índice. Con ellos apuntó hacia el cielo, formando una "J" inclinada.

—Tú eres la voz en el desierto. Prepárale un camino.

En su dedo brilló el anillo dorado.

—¡¿Usted es parte de este grupo?! ¡¿Usted es de los que lo han estado manteniendo vivo?!

—Magdala: la telaraña te va a conducir hasta la cueva de Wotan. La verdad está encerrada. Conocerán la verdad. Y la verdad los hará libres.

Afuera, en el pasillo del edificio, los estudiantes se arremolinaron alrededor del cubo de las escaleras, desde los pisos inferiores se podía observar la muchedumbre. Magdala escuchó los gritos de protesta. Los chicos se apretaban como una manada de focas hacia el centro, con sus carteles de protesta, desde el segundo y el tercer piso. Comenzaron a gritar:

—¡No vas a traer la dictadura! ¡Fuera Peña! ¡Fuera Peña! ¡Asesino! ¡Asesino! ¡Asesino!

En medio de los estudiantes estaba acorralado un hombre de cabello relamido, de 46 años. Había sido gobernador del Estado de México. Era el candidato del PRI a la presidencia de México, Enrique Peña Nieto.

Miró hacia arriba y hacia la explanada. Por ambos lados encontró miradas agresivas; pancartas; puños cerrados. Le gritaron en su cara:

—¡Asesino! ¡Asesino! ¡Fuera Peña! ¡Fuera Peña!

Se volvió hacia uno de sus guardias de seguridad. Debían encontrar una sala aunque ésta fuera los sanitarios.

Adentro, en su cubículo, el sacerdote Pedro López Moctezuma le acercó un papel a Magdala:

Cable 09-MEXICO-212-188895. Septiembre 24, 2009. "El monopolio Televisa está detrás del gobernador Peña Nieto."

—¿Qué es esto, padre?

El sacerdote le extendió el papel y le dijo:

—La empresa Zimat hizo la estrategia de prensa. Crearon el sistema de medios. Crearon el ídolo. Este plan lo concibieron hace seis años. Se reunieron en secreto, en una cabaña, en las montañas de Valle de Bravo. Se llama Hotel Rodavento. 2 de febrero de 2006. Estuvo presente un ex director general de la CIA. Todo esto es una operación para el control de México.

—¿Un ex director de la CIA?

—Busca a Jenaro Villamil, de la revista *Proceso*. Él sacó a la luz esta información. Hubo más personas en esa reunión. Zimat es una ramificación de Televisa. Realmente pertenece a un consorcio multinacional, Golin Harris, que es parte de Interpublic Group of Companies, uno de los conglomerados globales de los medios. Magdala, averigua quiénes son los verdaderos dueños de Televisa. El ex presidente de Interpublic Group of Companies fue un hombre de la RAND Corporation.

—¡Diablos, padre! ¡¿RAND Corporation?! ¡¿Qué es?!

—Busca el Tentáculo Madre. Busca al enviado con el que están controlando el destino de México. Todo esto está siendo planeado. Busca en los sótanos de la embajada. Espera la llamada de Axel. Él te va a dar los códigos para abrir las compuertas. Son el legado de su padre.

Sentí una mano en mis mejillas. La chica morena de grandes ojos, cuyo overol gris de limpieza decía en el pecho "Clean and Shine", me dio una dura bofetada en la cara.

—Despierta, Axel Barrón —luego les gritó a los sujetos que estaban detrás de ella—. ¡Vístanlo! ¡Pónganle el uniforme! Axel, en México, donde están tus primos, hay un documento —los sujetos de mantenimiento comenzaron a ponerme un overol gris como el de ellos. Estaba sucio, con plastas de grasa—. Lo escribió el jefe de la CIA en México, Winston Scott. Winston Scott descubrió que la CIA envió a México a un hombre que fingió en todas partes ser Lee Harvey Oswald y visitar la embajada rusa. Esta mentira la han creído todas las naciones hasta ahora. Esto es lo que usaron para acusarlo, para asesinarlo. Winston Scott descubrió quiénes son los que enviaron a ese hombre, y quién les dio la orden.

Me quedé pasmado.

"Feorror…", pensé.

—¿Tú sabes quién es el que dio la orden?

La chica me miró como si yo fuera un imbécil.

Tim Dim le dijo a Rob Troll:

—¡No cabe duda; este tipo es un verdadero idiota! —me colocó la bota de plástico—. ¡Si supiéramos el nombre, no estaríamos aquí!

—Enviaron a Jesús Angleton —me dijo la chica—, de la Fraternidad de la Calavera, subdirector de contrainteligencia de la CIA. Angleton se apoderó del documento. Winston Scott murió de ataque cardiaco el 26 de abril de 1971. Quedó una copia. Tu padre sabía dónde estaba esa copia.

No sabía qué pensar. Todas las noticias que me daba eran amenazantes. Acababa de despertar de un largo sueño, mis extremidades estaban cansadas, atrofiadas. Aún dudaba si podía caminar. ¿Qué era eso que sentía?

—Vamos a necesitar de tus familiares en México. En ese documento está el secreto de la Intraestructura.

Y comenzó a digitar un número telefónico en su celular.

72

En México, en la Universidad Iberoamericana, mi prima observó los ojos brillantes del sacerdote Pedro López Moctezuma, detrás de sus gruesos anteojos. Sintió una vibración en su bolsillo. El jesuita sonrió con un dejo de orgullo.

—¿Te están llamando?

Magdala sacó su celular, que era rosa, con puntos naranjas. No conocía el número, pero no era de México, lo supo por el dígito de larga distancia.

—Es un mensaje.

El padre López Moctezuma comenzó a abrir los ojos.

—¿Qué dice?

—"Tu primo Axel ha despertado. Necesita un código que está en la embajada de los Estados Unidos. Preséntate en el Hotel Sheraton, estacionamiento cuatro, cajón 99, junto a los tubos. Leonardo te está esperando."

Magdala se quedó perpleja.

—¿Leonardo? ¿Quién es Leonardo? Padre, ¿por qué nosotros? ¿Por qué yo y Axel?

—Lo traen en sus genes, Magdala, las aventuras de su familia se remontan hasta más de 100 años en el pasado, cuando un pariente tuyo recibió del general Bernardo Reyes un dispositivo para cambiar a México... tú lo sabes, es hora de que tu generación ayude.

73

En el sur de la ciudad de México, en la avenida Ángel Urraza, bajo el calor del sol, una mujer de 51 años, de cabello castaño, de ojos almendrados, comenzó a descender de su vehículo, rodeada por sus guardias de seguridad.

Arriba, en la parte alta del estadio de futbol llamado Azul, del equipo Cruz Azul, sobresalían algunos edificios desde los que, lo sabía muy bien, mucha gente aprovechaba para mirar los partidos.

El retumbar de las matracas y tambores la regresó a su realidad. La multitud comenzó a gritar: "¡Josefina! ¡Josefina! ¡Josefina!"

Era Josefina Vázquez Mota, la antigua secretaria de Desarrollo Social del ex presidente de México Vicente Fox. Ahora era la candidata de su partido —el PAN— para la presidencia de México.

Era su primer acto de campaña.

Dentro del estadio, las bocinas comenzaron a tronar: "¡Ésta es la Sonora Margarita! ¡Ésta es la Diosa de la Cumbia y estamos aquí sentadas más de 30 000 personas, esperando a Josefina! ¡Esto es un escándalo, un escándalo!"

Un reportero gritó hacia la cámara:

—Una vez más, el destino de México está en juego. Los tres partidos políticos más importantes del país, el PAN, el PRI y el PRD, ya tienen a sus candidatos: el partido de derecha, Partido Acción Nacional, va a presentar hoy aquí a su candidata Josefina Vázquez Mota, que tiene hasta este instante un retraso de más de dos horas —consultó su reloj. Miró hacia arriba, hacia el sol vertical que le estaba quemando la piel de la cabeza—. Aquí en el estadio Azul hay gente esperando a la candidata desde las 9:00 a.m. En este momento ya son las trece horas con cinco minutos. La gente está desesperada —había banderas azules y blancas cayendo desde lo alto. Un chorro de agua de origen desconocido comenzó a mojarle la cabeza. Se llevó la mano hacia la frente. Se olió los dedos. Era orina.

En el pasillo subterráneo, por debajo del escenario, la candidata caminó trotando, rodeada por su personal de campaña.

—¡La gente se está desesperando, licenciada! —le gritó una de sus asistentes—. ¿Por qué tardaron tanto?

Detrás de Josefina Vázquez Mota venían corriendo el coordinador general de su campaña, el joven Roberto Gil Zuarth; el presidente nacional del PAN, Gustavo Madero, y la candidata panista para ser la jefa del gobierno del Distrito Federal, Isabel Miranda de Wallace.

—¡Dios santo! —le gritó a la candidata uno de los organizadores—. ¡La gente se está rostizando aquí afuera!

Josefina salió hacia el escenario. El escenario era muy grande, había banderolas en todas las gradas, su nombre se repetía como en un mosaico irregular: Josefina, Josefina, Josefina.

El estadio rugió. Josefina se sintió saludada por las miles de personas que comenzaron a ondearle sus banderas azules. Arrojaron pelotas hacia el aire. Le gritaron: "¡Josefina presidenta! ¡Josefina presidenta! ¡Josefina presidenta!" Con los pies comenzaron a patear el piso. Con sus tambores empezaron a producir un terremoto. Estaban haciendo temblar el estadio.

Josefina se acercó a los micrófonos.

—Buenas tardes, jóvenes. Buenas tardes, mujeres —alzó el brazo para saludar—. ¡Hombres del campo y de la ciudad! ¡Buenas tardes a los migrantes, a ese pedazo de México que vive en el extranjero y que nunca se ha ido para siempre! Me da gusto saludar a los adultos mayores. Gracias, querida Margarita Zavala, esposa del presidente de México, Felipe Calderón, por estar aquí esta tarde —la miró. Estaba sentada en el presídium, junto con los dirigentes del partido—. Muchas gracias por tu aliento, gracias por tu solidaridad. Te pido que hagas llegar un saludo muy cariñoso al presidente de todos los mexicanos, al presidente Felipe Calderón Hinojosa —entonces Josefina comenzó a percibir un fenómeno extraño.

El público empezó a comportarse en una forma inesperada.

Josefina entrecerró los ojos. Lentamente empezó a alejar la boca del micrófono. No podía creer lo que sucedía.

En Jalisco, en el oleaje del mar Pacífico, a orillas de Puerto Vallarta, en un yate llamado *Sofía*, el presidente de México, Felipe Calderón Hinojosa —un hombre de nariz brillosa—, observó la televisión, en la cubierta. Se apretó los dedos contra la barbilla.

—Señor presidente —le dijo su asistente militar—. Está ocurriendo algo en el estadio.

En el estadio, Josefina comenzó a escuchar un zumbido. En el aire voló un águila. La candidata observó hacia las gradas. La gente empezó a levantarse de sus asientos. Se formaron ríos de personas moviéndose hacia las salidas. Josefina volvió el rostro para preguntar en silencio a Gustavo Madero qué era lo que ocurría.

El hombre calvo y barbado le sonrió desde su asiento.

Josefina comenzó a gritar:

—¡Tenemos un partido que ha cambiado a México en los últimos 12 años! ¡Nuestro partido, el Partido Acción Nacional, con los presidentes Vicente Fox y Felipe Calderón, ha terminado con la censura! —comenzó a notar que las salidas del estadio estaban convertidas en hormigueros. La gente se estaba yendo. Volteó a ver a su coordinador de campaña, el joven Roberto Gil Zuarth. Él le contestó con un gesto perturbado.

En el yate *Sofía*, entre las olas, el presidente Felipe Calderón continuó viendo la pantalla. Su asistente militar le insistió:

—Señor presidente, se están saliendo del estadio.

El presidente de México comenzó a entrecerrar los ojos. Se llevó el filo de un vaso escarchado hacia la boca.

Josefina seguía gritando en el micrófono:

—¡Hoy no hay un presidencialismo exacerbado, como lo hubo en el pasado! —buscó apoyo en Margarita Zavala, la esposa del presidente, que también estaba angustiada—. ¡Hoy hay un equilibrio de poderes! ¡Hoy nuestros hijos no están endeudados como lo estaban en el pasado! —las butacas del estadio se habían vaciado y ella aún no llegaba a leer ni siquiera una hoja del discurso. El estadio estaba virtualmente vacío. Las banderolas que minutos atrás ondeaban para ella ahora yacían en el suelo, como basura que habría que recoger. Pronto comenzaron a estallar los flashes de las cámaras.

Afuera, los camiones que formaban tres anillos alrededor del estadio hicieron rugir sus motores. Un hombre con un megáfono empezó a gritar:

—¡Nos ordenan desalojar el estadio en este instante! ¡Aborden inmediatamente los camiones, ahora! ¡El que no aborde su camión en este instante se va a quedar sin transporte!

Dos mujeres de Oaxaca corrieron atemorizadas, con sus cubetas, jalando a un niño:

—¿Agarraste tus cosas, hijo? ¡Nos dejan!

Los ríos de gente se empujaron dentro de los camiones, gritándose. Tres chicas del PAN trataban de detener a la multitud.

—¡¿Qué está pasando aquí con los camiones?! ¡Detengan estos malditos camiones!

En el yate *Sofía* de Puerto Vallarta, el presidente Felipe Calderón observó cuidadosamente la pantalla de la televisión.

—¿Quién les dijo que se fueran? —le preguntó desde atrás su asistente militar—. Señor presidente, ¿sabe usted quién les está dando esta orden?

Calderón se acercó el vaso escarchado y le dio un trago al líquido.

Arriba, en las gradas que ya estaban vacías, sujetos no identificados, vestidos de blanco, se acercaron a las pocas personas que aún estaban en sus butacas:

—¡Sálganse del estadio! —Josefina seguía hablando sola en un escenario vacío—. ¿Qué hacen aquí todavía, idiotas? ¡Váyanse! ¡Súbanse ya a los malditos camiones! ¡En cinco minutos se van a ir todos!

Josefina Vázquez Mota encontró en el sol, su único escucha. La intensidad de la luz la obligó a cerrar los ojos.

En el centro de la ciudad, dentro de un hotel antiguo, frente a una enorme ventana desde la cual se veía toda la metrópoli, un hombre de cabello rojizo y nariz bulbosa observó a la candidata en una gran pantalla de televisión.

Suavemente meneó los hielos de su whiskey. Se llevó el vaso a la boca.

—Que pongan esto en todas las televisoras. Que lo repitan en los bloques, tres veces por segmento —con los dedos comenzó a escribir algo en el aire—: "En su primer acto de campaña, los panistas abandonan a Josefina en el estadio. Inicia su derrota".

El sujeto se volvió hacia el hombre de anteojos que lo estaba acompañando:

—En 20 minutos acabamos con ella. Difúndelo a todas las agencias extranjeras. Se acabó su campaña.

En el yate *Sofía*, el presidente de México, Felipe Calderón, observó el último pedazo del discurso de su candidata:

—¡El PAN nunca se ha rendido! —gritó Josefina hacia el estadio vacío—. ¡Hoy, como la candidata de Acción Nacional, me comprometo a trabajar sin descanso, a trabajar sin medida, a trabajar por mi amor a México! ¡Que sea el amor a México lo que mueva las almas, lo que mueva la pasión, lo que logre el mejor siglo de toda nuestra historia!

El presidente Felipe Calderón ordenó que apagaran el monitor.

74

Yo fui vestido con un overol de mantenimiento de la empresa Clean and Shine. El chico delgado de dientes saltones me dijo:

—¡Ahora vas a saber lo que es ser un limpiacacas! —comenzó a ensartarme en el cinturón un juego de desarmador, pinzas, llave de perico y cinta aislante. Me gritó—: ¡Orgullosamente limpiacacas! ¡Nadie sospecha de un plomero sanitario! ¡Orgullosamente limpiacacas!

La chica morena empezó a peinarme los cabellos.

—Tu prima Magdala va a ayudarnos en México —me revisó los dientes, por ambos lados—. Ya contestó que pondrá manos a la obra. Tú y yo vamos a ir a donde tu padre te dijo hace 11 años.

Miré hacia un lado.

—¿Hace 11 años? —apreté los ojos—. Ni siquiera me acuerdo de qué hice ayer.

El chico de mantenimiento le gritó al gordo:

—¡No cabe duda! ¡Este tipo es un verdadero imbécil!

—Te grabaron todo este tiempo —me dijo la chica y señaló hacia atrás, hacia los equipos electrónicos. Arriba había cuatro cámaras de video. Comenzaron a rotar hacia nosotros—. Lo repetiste muchas veces en tus sueños: "El secreto está en el origen de los Estados Unidos, en los primeros colonos que llegaron desde Inglaterra. El secreto está en las ruinas de Salem, en la isla donde comenzó todo".

Me rasqué la cabeza. Miré hacia Rob Troll, que estaba metiendo una barra de acero dentro de una ranura de la pared, presionando con mucha fuerza hacia abajo. Tim Dim estaba amarrando un cable rojo a un objeto cuadrado, metálico.

—¿Todo eso dije?

—Dijiste más —me dijo la chica—: "El secreto está en la sangre de Wotan. Secreto R es un hombre. Secreto R es la sangre de Wotan".

Sentí la presencia de un cadáver en la sala que caminó entre los chicos de mantenimiento y la chica. Tenía un ojo arrancado, la piel momificada. Estaba cubierto con una manta de rayas rojas. En la parte superior era azul. Tenía 13 estrellas. Pasó por detrás de la chica.

—¿Arnhöfdi…? —le murmuré a la criatura. Me volví hacia la chica—. Arnhöfdi Hoárr es Wotan —me llevé la mano al muslo—. Diablos —miré a Rob Troll y a Tim Dim—. ¿Quién de ustedes se robó mi cartera?

La chica me dio otra bofetada.

—¡Despierta! ¿De qué diablos estás hablando?

Tim Dim comenzó a reírse de mí:

—¡Este tipo es el más idiota de todos los limpiacacas!

Le dije a la chica:

—Estoy buscando mi dólar. Está en el billete de un dólar. Arnhöfdi Hoárr es el águila. Es Wotan. Está en el dólar, en el sello de los Estados Unidos. Hay un mensaje oculto dentro del billete de un dólar.

—Axel —me dijo la chica—: el hombre que fundó la CIA con los fondos secretos del Plan Marshall es parte de la descendencia de Wotan —me sujetó por la solapa del overol—. William Averell Harriman.

—¿Harriman? ¿Harriman es la sangre de Wotan?

—Te voy a llevar al punto donde comenzó todo. Es el lugar que describiste en tus sueños. El espacio 3603.

—¿Espacio 3603…? —recordé tres aros gigantescos, de bronce, girando en el espacio, con los símbolos de las constelaciones—. ¿Atlas?

—Salem es un hombre, Axel. Tu padre se estaba refiriendo a una persona real, que está viva, que se encuentra en este momento en el espacio 3603. Su nombre clave es ExCub.

—¿ExCub?

—Es un exiliado cubano. Dirigió a los cubanos enemigos de Fidel Castro para derrocarlo, para invadir Cuba. Fue la Operación Zapata de la CIA, Bahía de Cochinos.

—¿Bahía de Cochinos…?

—ExCub dirigió las instalaciones secretas de la CIA en las Bahamas, donde entrenaron a los exiliados cubanos. Las instalaciones fueron parte de la compañía petrolera Zapata Oil, de George H. W. Bush.

—Diablos. ¿Bush…?

—Axel —me acarició la chica—, ExCub dirigió la expedición de la CIA que en 1967 capturó y mató al Che Guevara en la selva de Bolivia. En 1985 dirigió la operación de la CIA que se llamó Irán-Contras. Protegió a los narcotraficantes de Colombia, de Honduras, de México, para que lo ayudaran a meter armas a Nicaragua, para derrocar al gobierno. Coordinó el campo secreto que la CIA tuvo dentro del rancho del narcotraficante Rafael Caro Quintero en Veracruz. Todo esto lo apoyó el gobierno de los Estados Unidos. El vicepresidente George H. W. Bush supo todo. Bush mismo comandó esta operación. Su "brazo negro", ExCub o "Salem", en 1985 estuvo a cargo de capturar al agente de la DEA que descubrió la liga entre la CIA y el narcotráfico en México, Enrique Camarena. Lo torturaron. Lo asesinaron. Él estuvo presente. Todo esto lo hizo diciendo que su protector fue el ex presidente.

Miré hacia un lado.

—Ese tipo "Salem", ¿trabaja para George H. W. Bush?

Rob Troll desensambló un segmento completo del muro. Lo colocó a un lado. Comenzó a gritar:

—¡Dios no me hizo licenciado! ¡Dios me hizo limpiacacas! ¡Sí, Señor! ¡Tú me hiciste limpiacacas y yo vine a salvarlos!

Detrás quedó un agujero con ductos. Tim Dim comenzó a introducir el objeto metálico que tenía amarrado a un cable.

—Harriman y Bush son Thor y Magog en la Fraternidad de la Calavera de la Universidad de Yale —me dijo la chica.

—¿Magog...?

La chica miró hacia arriba, hacia las cámaras de video.

—Magog es la bestia que aparece en el libro del Apocalipsis 20-8: "Satanás va a escapar de su prisión y vendrá a engañar a las naciones de la tierra, Gog y Magog, para llevarlas a la guerra". En Ezequiel 38 y 39 dice: "Hijo del Hombre, dirige tu cara contra Gog, de la tierra de Magog, príncipe de Meshech y de Tubal. Dile: 'Así dijo el Señor: Estoy contra ti, Gog' ". Gog y Magog personifican a las fuerzas del demonio.

Los chicos de limpieza seguían trabajando en aquellos ductos.

—Todo esto es tan positivo. Me dan ganas de vivir —me revisé las mangas de mi overol de limpieza. Tenían manchas de excremento. Feorror... y le dije a la chica—. ¿Magog es Bush o Harriman?

La chica comenzó a acercarse a Rob Troll. Se limpió el sudor.

—Ya está todo listo. Podemos irnos de esta cloaca.

Su compañero Tim Dim nos gritó:

—¡Ya está todo listo! ¡Ya resolví todo!

—Axel —me dijo la chica—, Johannes Aventinus escribió en 1525 que en la Antigüedad hubo un hombre llamado Gothus, que entró a Europa y fundó Gothaland, la región de origen de los godos, los actuales anglosajones. Johannes Magnus lo llamó "Gothus" y "Gethar", primer rey de los godos o sajones, también llamado Gogus o Gog por los israelitas, hijo de Magog.

La chica comenzó a jalarme. Empezó a empujarme hacia el agujero en el muro. Yo me sentía cansado, pero al mismo tiempo tenía control total sobre mis músculos, ese líquido en el que estaba era sorprendente.

—Gothus es Wotan. Magog es la sangre de Wotan.

—Diablos. ¿Tú quién eres?

—Debemos ir a Salem, a ese sitio, el espacio 3603. Ese lugar ahora es un despacho de la Intraestructura. El que lo dirige es ExCub. Vas a hablar con él. Sólo a ti te dirá su secreto.

—¡¿Qué lugar?! —me metí al nicho de cables y tuberías. Había otro hueco. Estaba caliente. Era el comienzo de un túnel.

—Salem está en el espacio 3603.

Me entró vapor incandescente en los ojos.

—Diablos, ¿quién eres tú?

—Mi nombre es Alak. Alak Bin Laden.

75

En los Estados Unidos, dentro de la Casa Blanca, el presidente Barack Obama se metió dentro de un pasillo oscuro hacia la esquina suroeste del ala oeste. Lo dirigieron hacia el ultrarrestringido Cuarto de Situación, debajo de la Casa Blanca.

Abrió la puerta. Arriba había dos luces superiores blanquecinas, parpadeantes.

—Lo estábamos esperando, señor presidente.

Tomó asiento.

El general David Petraeus, de cara alargada y demacrada —con muchas condecoraciones en el pecho—, le acercó un documento.

—Señor presidente, la amenaza para los Estados Unidos no ha terminado aún en Afganistán.

—¿Perdón?

—Afganistán se va a convertir otra vez en un santuario de Al Qaeda. Va a amenazar la vida y la seguridad de millones de ciudadanos estadounidenses. Usted debe autorizar el envío de más soldados, más tropas —con los dedos golpeó el documento.

El presidente Obama observó a todos en la mesa.

—¿Me está diciendo usted que después de nueve años de guerra debemos aún expandirla más a pesar de las críticas en el mundo?

El vicepresidente Joe Biden —un católico irlandés de 70 años— se dirigió hacia el presidente:

—Señor presidente —miró al general Petraeus—, nuestras fuerzas actuales en Afganistán no han encontrado ningún rastro de Al Qaeda, ni de los Talibanes. Acabo de estar personalmente en Kandahar. Ésta es la opinión del general David McKiernan —encendió su grabadora. La colocó sobre la mesa.

"No hemos visto a ningún árabe aquí en Afganistán, al menos no por muchos años."

Se escuchó un ruido de interferencia, un lejano helicóptero.

"Aquí en Afganistán no hay celdas de Al Qaeda. No hemos localizado ningún rastro de Al Qaeda ni de los Talibanes. No están aquí. Nunca han estado aquí."

Todos en la mesa se quedaron perplejos. El vicepresidente Biden se inclinó sobre la mesa:

—Señor presidente, cada soldado que hemos llevado cuesta anualmente un cuarto de millón de dólares. Comida, armamento, instrumental médico, provisiones, equipos. Todo esto lo están fabricando tres empresas —miró hacia el general Petraeus.

Joe Biden volvió a presionar el botón de su grabadora.

"General McKiernan, ¿esto ya lo sabe alguien en el Pentágono?"

McKiernan le respondió:

"Sí, señor. Esto ya lo saben todos. El núcleo de Al Qaeda nunca ha estado ni en Irak ni en Afganistán. Siempre lo han sabido. Esto siempre lo ha sabido el ejército."

El presidente Barack Obama se quedó perplejo y se volvió hacia el general David Petraeus.

76

A cinco kilómetros de distancia, en un restaurante semivacío, mientras veía a los vehículos moviéndose detrás de la ventana, el presidente de Pakistán, Ali Zardari, colocó los dedos alrededor de la caliente taza de café.

Por un instante se perdió en el aroma que expedía el grano y en la suave espuma de su bebida. Levantó los negros ojos hacia el hombre que tenía enfrente: el ex embajador de los Estados Unidos en Afganistán, Irak y en las Naciones Unidas durante la administración de George Bush: Zalmay Khalilzad.

Le dijo:

—He estado esperando mucho tiempo para tener esta entrevista con el presidente Obama, para hablar con él sobre todo esto.

El ex embajador Khalilzad entrecerró los ojos:

—¿Qué es exactamente "esto"?

El presidente Zardari le susurró:

—Los ataques de los Talibanes dentro de mi propio territorio los están arreglando desde uno de dos países: la India o los Estados Unidos.

Khalilzad frunció el ceño.

—¿Perdón?

El presidente de Pakistán lo observó fijamente.

—Usted sabe a qué me refiero. No es la India —extrajo de la bolsa interior de su saco una fotografía de su esposa, la ex presidenta de Pakistán, Benazir Bhutto. Suavemente la colocó sobre la mesa—. Ustedes son los que tienen a mi país en este estado de peligro. Mataron a mi esposa —miró a Khalilzad con cierta rudeza—. Asesinaron a mi esposa. No es la India. Son los Estados Unidos.

El ex embajador se quedó paralizado.

77

Afuera de la Casa Blanca, dentro de una limusina, el presidente de Afganistán, el calvo y barbado Hamid Karzai, se preguntó detrás de qué cristales se encontraba la oficina del presidente Obama.

Colocó su mano sobre el antebrazo del hombre delgado que estaba a su lado.

—El presidente Barack Obama ya está enterado —observó al hombre.

—¿A qué se refiere?

El presidente de Afganistán se ajustó las mancuernillas de su traje.

—El ataque a las Torres Gemelas —miró hacia el Obelisco. En la parte superior, en la "Pirámide", resplandeció un ojo dentro de un triángulo—. Los ataques —permaneció callado por un segundo—. Los ataques del 11 de septiembre a las Torres Gemelas… Los Estados Unidos están detrás de los ataques.

78

Habían pasado algunas horas desde que nos encontrábamos en aquel túnel, 400 kilómetros hacia el suroeste, de Washington. El túnel era un lugar común: oscuridad, humedad, polvo. Alak Bin Laden apuntó su linterna hacia arriba:

—Aquí es —me dijo—. ¡Levanten la coladera! —les ordenó a los empleados de mantenimiento. Se volvió hacia mí—: Vas a tener que ser valiente. Él te va a tratar de manipular. Se va a dar cuenta de que eres débil, de que no sabes quién eres. Si te dejas descubrir, él te va a destruir.

—Diablos. ¿Puede ser otro día? Me acabo de despertar de un coma.

La chica me tomó por la solapa:

—Este hombre ha torturado personas. Lo entrenaron para la guerrilla. Es un asesino, un paramilitar. Ha vivido en la selva comiendo lombrices, esperando para capturar y torturar al Che Guevara. Dirige narcotraficantes en toda América Latina. Mueve el mercado de armas clandestinas.

Rob Troll me dijo:

—Yo voy a entrar contigo, pero no vamos a llevar armas. Nos van a quitar todo. No dejan meter armas. Ni siquiera vamos a poder meter las herramientas.

Quitó la coladera. Me ofreció la mano.

—Sube —me ordenó.

Coloqué mi bota en el peldaño metálico de la escalerilla. Miré hacia arriba, hacia la luz. La chica me dijo:

—El espacio 3603 es la oficina donde nació la CIA, en octubre de 1941, durante la segunda Guerra Mundial. La orden la dio William Harriman. Se instalaron en este edificio.

Asomé la cabeza hacia la calle. De un lado vi árboles y el inmenso muro de una catedral. Sus picos y vitrales se extendieron hacia los cielos.

—¿San Patricio…? ¿La catedral de San Patricio? —en lo alto de la torre central vi un gigantesco crucifijo.

Al otro lado vi un edificio muy alto, un rascacielos. Al pie de su cristalería descubrí una estatua de cinco metros, hecha de bronce, un monstruo de seis toneladas.

—Yo he estado aquí… —me dije a mí mismo. Me vino una imagen instantánea de mi padre, diciéndome: "Busca en el origen".

La estatua estaba sobre un pedestal de roca de cuatro toneladas, de tres metros de altura. Parecía estar quebrando el piso a causa de su peso. En la parte alta, el musculoso engendro sostenía sobre sus hombros cuatro gigantescos anillos metálicos. Tenían los símbolos de las constelaciones.

—¿Atlas…? —miré a Alak Bin Laden.

Estábamos llegando al Rockefeller Center. La chica comenzó a caminar.

—Los aros son las fuerzas del universo. Es una versión Art Noveau de los triángulos entrelazados. El triángulo que nunca termina. El tejido del cosmos. Se llama Valknut.

—¿Valknut?

—El nudo de Wotan.

—Dios, no —troté detrás de ella. Su uniforme de "limpiacacas" no le quitó autoridad. Los otros, Troll y Dim, venían detrás, como perros. Le dije—: con todo respeto, esta estatua no tiene nada que ver con Wotan. Atlas es un dios griego.

—Atlas y Wotan son la misma figura mitológica —me dijo ella—. Son el *axis mundi*, el eje del mundo. Los sajones ponían columnas enormes en sus bosques, apuntando hacia la estrella polar, Tyr, que es el hijo de Odín, o Wotan. Las llamaban Irminsul, la columna de jörmun o "fuerza", que es el propio Wotan.

—¿Jörmun?

—Jörmun es la raíz de Hermann y "germania", ¿te suena conocido? Y también de "Harriman" —alzó la ceja como si dijera "qué casualidad, ¿no?"—. Les prendían fuego a estas columnas que llamaban Polaris. En ellas sacrificaban a los enemigos capturados, para Wotan. Los colgaban. Les abrían las espaldas. Les sacaban los pulmones por detrás para que parecieran las alas de un águila. Éste es el regalo a Wotan. Lo llamaban Blódörn, "Águila de Sangre".

Miré hacia arriba, hacia el rostro enfurecido de bronce de "Atlas".

—Qué feorror.

—Esta escultura también apunta hacia la estrella polar —señaló 43 grados hacia arriba, hacia las ventanas del edificio—. ¿Sabes qué es lo que hay justo allá, detrás de esas ventanas?

—Déjame imaginar. ¿El infierno?

—Axel, en este punto del mundo Polaris nunca se pone. El mundo gira pero la estrella polar siempre permanece en ese lugar. Noche y día está fija ahí. Por eso la usaron los marineros del capitán Davis, para buscar la ruta del Norte para la reina. Detrás de todo esto —señaló de nuevo hacia la dirección de Polaris—, en el edificio que está justo allá atrás, estaba la CBS, cuyo verdadero dueño fue William Harriman. Su protegido Prescott Bush dirigió la CBS de 1948 a 1963, junto con su amigo George de Mohrenschildt, el hombre que metió a Lee Harvey Oswald a la CIA.

—Diablos. La CIA está metida en todo, ¿cierto?

—¿Has visto el escudo?

Me quedé pensativo.

—Claro que lo he visto.

—¿Qué es lo que domina en él?

—Déjame pensar… ¿un águila? ¿Arnhöfdi?

—La cabeza de un águila. ¿Qué más?

Recordé el círculo azul. Le dije:

—¿Una estrella?

—Una estrella marítima de 16 picos. Polaris.

—Oh —miré hacia arriba—. ¿Qué es lo que hay detrás de esas ventanas? —señalé hacia el edificio.

—La oficina 3603. El lugar adonde vamos. El lugar donde nació la CIA.

79

En México, mi prima Magdala Barrón se abrió paso entre miles de jóvenes que comenzaron a gritar: "¡No a la imposición! ¡No a la imposición!" Estaban bajo el sol. Era una marcha que se había lanzado el mismo día que el candidato había visitado la Ibero. Había 25 000 jóvenes. La avenida Reforma estaba abarrotada. Los carteles que se levantaban en el aire decían: "¡No somos acarreados!"

Entre los gritos, Magdala miró hacia arriba. En la parte alta de la columna en medio de la avenida la deslumbró el sol. Entre los reflejos de luz vio el "Ángel de la Independencia" —una mujer dorada con alas, en posición de emprender el vuelo—. Detrás vio el letrero del edificio de paredes blancas y vidrio. En color rojo decía: "Hotel Sheraton María Isabel".

Tragó saliva. A un costado del edificio había otra construcción, de muros rocosos, rodeado por varias docenas de guardias armados. Decía: "Embajada de los Estados Unidos". Magdala comenzó a entrecerrar los ojos. Observó el escudo de los Estados Unidos: un águila con las alas abiertas, con las garras llenas de flechas.

En lo alto, en los árboles, encontró siete cámaras de video apuntando hacia ella. Se activaron.

—Cristo, ayúdame —cerró los ojos.

Comenzó a caminar. Observó la puerta de columnas para entrar al hotel. Un cartel afuera decía: "Visita Guanajuato. Disfruta México". La imagen era una momia contorsionada. Decía: "Momias de Guanajuato".

Lentamente avanzó hacia la escalinata. En los flancos la recibieron tres soldados mexicanos. La miraron de arriba abajo.

Uno de ellos dejó de mascar su chicle. La miró fijamente. Suavemente tocó el mango de su mazo. Sin mover casi los labios susurró al micrófono en su boca:

—Ya está aquí.

Magdala volteó hacia un lado, hacia el restaurante que está justo dentro del edificio. Los ventanales apuntaban hacia la calle.

—Quiero bajar al estacionamiento —les dijo a los soldados. Vio hacia adelante el letrero de "Elevadores"—. Ya vi por dónde. Gracias —les sonrió.

El soldado le respondió:

—Permítanos acompañarla —apaciblemente la tomó por el brazo.

—¿Usted es "Leonardo"?

80

En Nueva York, nosotros avanzamos por debajo del monstruoso "Atlas". El engendro de seis toneladas nos vio pasar por debajo de sus masivas piernas, con una expresión de furia. En lo alto, por encima de sus hombros de bronce, sus aros metálicos de siete metros de diámetro, grabados con los símbolos de los planetas y de las constelaciones, parecieron girar en la dirección de la estrella polar.

Dentro del lobby, Alak Bin Laden, vestida como empleada de limpieza, y seguida por nosotros tres, que estábamos uniformados como "limpiacacas", preguntó:

—Venimos a hablar con el director del Holding de Abogados Internacionales Off-Shore, oficina 3603.

La recepcionista, que usaba corbata, la miró de arriba abajo.

—Ya tenemos nuestra empresa de mantenimiento.

Alak Bin Laden se inclinó hacia la mujer:

—No venimos a limpiar su oficina, señorita. Tenemos una cita.

La recepcionista, sin dejar de ver a Alak, comenzó a digitar su teléfono. Me miró a mí, también de arriba abajo.

—Unos señores de la empresa Clean and Shine vienen a hablar con el señor Salman —con asco observó a Rob Troll y a Tim Dim.

La voz le dijo algo que nosotros no pudimos entender. Colgó.

—No tienen cita. Lo siento. Que pase el siguiente.

Alak se indignó.

—Escuche, imbécil. Tengo una cita especial con el señor Gondul Salman. Dígale que traigo conmigo a Axel Barrón y que mi código de acceso es "Amadeus-leyenda".

La señorita se quedó pasmada. Tomó el teléfono. Comenzó a marcar. Le susurré a Alak:

—¿"Amadeus-leyenda"?

—Es un código secreto de la CIA. Significa: "Tengo información sobre George H. W. Bush".

81

En México, mi prima Magdala caminó en la oscuridad, en el estacionamiento del Hotel Sheraton María Isabel, acompañada por cuatro soldados mexicanos. Iluminaron hacia adelante con sus linternas.

Se volteó hacia ellos.

—Disculpen, ¿hacia dónde me están llevando? —se alació el cabello—. ¿Alguno de ustedes es "Leonardo"?

Los soldados no contestaron. Le echaron la luz de las linternas a la cara.

—Avance.

Magdala siguió caminando hacia adelante, entre los automóviles llenos de polvo. Estaba en el sótano más profundo. Llegó a una pared que se curvaba hacia el fondo, por dentro del edificio. Vio una enorme estructura de tubos, con bombas, con válvulas que estaban vibrando, funcionando. En medio había un pasaje, entre las tuberías.

—¿A dónde me llevan? —les preguntó—. Mis primos saben dónde estoy. Les mandé un mensaje. Les avisé dónde estoy. Mi cuñado es jefe de oficina en la PGR.

Los soldados suavemente colocaron sus ametralladoras en la espalda de Magdala.

—Avance. Coloque sus muñecas por detrás de la nuca. Espósenla. Sus primos también están aquí.

82

Permanecí mudo dentro del apretado elevador de paredes transparentes. Los números de los pisos comenzaron a marcarse en el panel.

—Estamos subiendo —me dijo Alak Bin Laden, pasaban veloces los números de los pisos que dejábamos atrás en el contador del elevador.

Observé a Rob Troll y a Tim Dim. Tim Dim me hizo una mueca. Rob Troll me dijo:

—Te dije que nos iban a quitar las herramientas. Para ellos nuestros utensilios de trabajo no son herramientas. Son armas —se volvió hacia Tim Dim, quien me dijo:

—Para ellos nuestros utensilios de trabajo son armas, no herramientas —miró hacia Rob Troll—. Nadie sospecha de un limpiacacas —se dio una palmada en su etiqueta del pecho.

Alak Bin Laden permanecía seria, como si estuviera preparándose para lo siguiente.

—No tengo la menor idea sobre hacia qué me estás llevando. ¿Qué me estás haciendo?

—No cabe duda: este tipo es un verdadero idiota —dijo Tim Dim, quien comenzó a reírse de mí. Su gordo y alto compañero le respondió:

—No vuelvas a hablar mal sobre Axel Barrón —me extendió la mano—: Mi nombre es Rob. Yo no fui a la universidad, ni a la escuela secundaria. Dios no me hizo licenciado. Soy un limpiacacas. Me eduqué en un orfanato. Jugué con ratas. Pero consulto internet —miró hacia Alak Bin Laden—: Yo sé sobre esta conspiración. Siempre he creído en ellos. Ellos están controlando las cosas. Yo estuve en el techo. Te vi desde las tuberías el día que murieron tus padres.

Alak carraspeó:

—Axel, tu padre fue uno de los hombres más eminentes de la comunidad masónica. Su grupo se llama Gran Logia de Albión. Son una red de logias masónicas del mundo que están en contra de lo que está ocurriendo a nivel mundial, del control con el que nos tienen. Ellos quieren saber la verdad. Quieren saber quién está detrás de todo. Quieren evitar el Nuevo Orden Mundial.

De su bolsillo comenzó a sacar un anillo dorado.

—Me pidieron que te diera esto —me lo entregó. No pude creerlo. Vi su brilloso grabado. Era una escuadra sobre un compás abierto. Estaba dañado por un lado, rasgado. Tenía las marcas del fuego. Decía

"Grand Lodge of Albion". En medio había un ojo. Mi padre. Mi madre. ¿Dónde estarían enterrados? Se encontraban orgullosos de mí en aquella junta. Ellos, como yo, habían dormido, pero yo seguía vivo, yo iba a encaminar su lucha. Recordé los rostros de las demás personas de aquella junta, al maquiavélico hombre de la RAND Corporation, al jesuita—. Ellos quieren que tú encabeces lo que tu padre dejó sin terminar.

Observé bien el anillo, era mío, siempre lo había visto en el dedo de mi padre, siempre ese anillo, fiel símbolo del poder de mi padre, de su sabiduría. ¿Habrían quedado sus cuerpos entre aquella destrucción? La imagen de mi madre me reconfortó. Miré hacia los números electrónicos en el panel. Estábamos ya en el piso 24, pero el tablero estaba marcado con el número 36. Sentí el peso del anillo en mi dedo.

—Wow —le dije—. Esto es un honor. No entiendo en qué diablos me estás metiendo. ¿Qué quieres de mí?

Tim Dim me sonrió:

—Desde ahora eres un limpiacacas. Vas a meter tus manos en los escusados. Vas a cepillar lo que la gente tira por sus anos. Vas a oler caca. Vas a oler a caca. Vas a meterte a los tanques sanitarios. Vas a bucear en la caca humana. Vas a convertirte en caca.

—Axel —me sostuvo Alak Bin Laden por los antebrazos—, los que están manejando el tablero ya están acomodando las últimas piezas en el mapa. Están derrocando a los últimos gobiernos que se oponen a la dinastía sajona. Están absorbiendo a todas las empresas del mundo dentro de sus nueve corporaciones, dentro de sus nueve anillos.

—¿Nueve anillos? ¿Nueve corporaciones? —miré hacia el panel—. ¿De qué demonios estás hablando?

—Los nueve anillos de la Intraestructura. Axel —me apretó los brazos—, los sajones no nos ven a los demás como sus iguales. Siempre se han creído diferentes a nosotros, superiores. Para ellos todos los demás somos inferiores, "razas no elegidas". Todo esto lo inventó el primer rey de los sajones, Bodo de Sajonia. Pasó a la historia como "Wotan". Ni siquiera les permitió mezclarse con otros pueblos germánicos. Les dijo que ellos son los elegidos por Dios. De ahí proviene la sangre real de Wotan. ¿Me entiendes? "La sangre de Wotan." John Forsyth describió el plan para desaparecer de América a todas las razas mestizas, "ante la superioridad del hombre blanco". El "hombre blanco" son ellos. Para ellos todos los demás somos excremento. Les ensuciamos el mundo. El explorador John Davis lo dijo con otras palabras, para la reina de Inglaterra: "Nosotros, los ingleses, los redimidos, somos el pueblo predestinado por la Gracia del Señor para ir hacia los mares, hacia los gentiles, para esparcirles la luz. ¿No hemos sido puestos por Él en el Monte de Sion?" Lo que hicieron con el petróleo del mundo es sólo el principio. Esto no es el final. La dinastía Wettin tiene otro final para todo esto, para el destino manifiesto.

—¿Cuál es el final?

Me miró fijamente.

—Se llama Proyecto R. El destino manifiesto.

—¿Proyecto R? ¿De qué estás hablando?

—Proyecto Transgen FAO-13.

—Diablos, ¡¿qué demonios es eso?!

—Tiene que ver con la raza, con tu raza. Tiene que ver con tus genes; con lo que tú no eres.

—Dios santo, ¡háblame claro!

El ascensor se detuvo. La puerta se deslizó sobre sus rieles. Vi el piso 36, completamente oscurecido. Los balastros de neón titilaron en el silencio, zumbando como insectos. En el techo de concreto vi colgando un letrero electrónico, con una flecha que apuntaba hacia la derecha. Decía "Oficina 3603".

—Axel —me dijo la chica—, lo que está por ocurrir es mucho más negro, mucho más oscuro, mucho más profundo que todo lo que ha pasado. Va a cambiarlo todo. La gente no lo sabe.

83

En México, la candidata a la presidencia Josefina Vázquez Mota caminó alrededor de la silla donde tenían sentado a su coordinador de campaña, el semicalvo Roberto Gil Zuarth:

—Roberto, ya aceptaste tu error por esto, públicamente, en los medios —miró hacia los otros hombres, quienes interrogaban al hombre—. Roberto hoy me presentó su renuncia por lo que ocurrió en el estadio. Yo no la acepto.

Uno de los hombres le gritó al coordinador:

—¡Que responda a la pregunta! ¿Quién dio la orden de que se fueran los camiones? ¿Querían sabotear tu primer acto de campaña? ¿Quién dio la maldita orden?

La candidata suavemente le tocó el hombro a Roberto Gil Zuarth. Le dijo:

—Roberto, eres mi colaborador —en su gesto había una declaración de paz, de levantarse del infortunio—. Todos cometemos errores. Hoy comenzamos de nuevo.

Su coordinador le sonrió.

Roberto Gil Zuarth se dirigió hacia otro edificio: el cuartel general del Partido Acción Nacional; el centro de comando del presidente nacional del partido: el calvo y barbado Gustavo Madero.

—¡¿Qué diablos me está diciendo?! —le gritó Roberto Gil Zuarth a un contador que estaba detrás de un cristal. Arriba decía: "Tesorería-PAN".

El contador detrás de la ventanilla sudaba, vestía un traje que le quedaba grande, pero se sostuvo.

—No hay dinero —le mostró unos papeles que tenían largas cantidades que Gil Zuarth no podía entender.

—¡Nos autorizaron 280 millones de pesos para los gastos de la campaña de la licenciada Josefina! ¡No podemos hacer una campaña presidencial sin este dinero! ¡¿Por qué demonios nos están restringiendo ahora estos fondos?!

La persona detrás del vidrio le susurró con nerviosismo. Era evidente que estaba al límite de su equilibrio. La voz le temblaba:

—Señor Gil Zuarth, son órdenes del licenciado Gustavo Madero.

Roberto se retrajo. Además del contador había más hombres y mujeres del partido que parecían mantenerse alejados de la discusión, pero que de alguna manera no perdían detalle de las palabras que Gil Zuarth intercambiaba con el administrador.

—¡Diablos! ¡¡Diablos!! ¡Nos están atacando! ¡La campaña necesita estos malditos fondos ahora!

La persona se encogió de hombros. El cristal que los separaba, por un momento reflejó la imagen del líder de la campaña de Josefina Vázquez Mota.

—Señor Gil Zuarth, la licenciada Josefina no es la única candidata de este partido —el hombre titubeó al decir esto, pero no esperaba la reacción de Gil Zuarth.

—¿Perdón? ¿Qué diablos está usted diciendo?

El contador ya no sabía dónde esconderse.

—Estas elecciones también son elecciones para diputados, para senadores de nuestro partido.

El coordinador hizo un gesto de querer golpear al hombre, se llevó las manos al rostro como queriendo arrancárselo:

—Si perdemos la presidencia lo perdemos todo —no podía admitir tal desfachatez en el jefe de la tesorería del partido—. ¿Ustedes van a quitarle a su candidata a la presidencia 100 millones de pesos que en este momento le urgen para defenderse de los ataques que le están preparando los otros candidatos?

—Estos fondos deben ser distribuidos equitativamente entre nuestros candidatos.

—¡Estos fondos estatutariamente le corresponden a Josefina!

—Señor Gil Zuarth... cálmese. El licenciado Gustavo Madero ha dado una instrucción directa: "No vamos a endeudar al partido".

En la suite de un hotel, un hombre de cabello rojizo, con la nariz bulbosa, miró hacia la ventana, hacia la dorada estatua del Ángel de la Independencia. Los gritos de los jóvenes que se manifestaban contra el candidato Peña Nieto se podían escuchar a cientos de metros a la redonda.

El hombre se acercó el vaso de café a la boca.

—No van a poder hacer nada sin dinero —se volvió hacia su acompañante—. La ley le prohíbe a Josefina conseguir financiamiento externo. No va a poder recurrir a empresas ni a amigos ni a gobiernos de otros estados. Todo va a tener que ser a través del partido, a través de Gustavo Madero. Y él no lo va a autorizar.

84

En los Estados Unidos, en el poblado de Nashua, New Hampshire, dentro del laboratorio de tecnología automotriz del Nashua Community College, el presidente Barack Obama caminó entre los vehículos de prueba. Tenían los cofres abiertos, mostrando sus motores. Se colocó frente a una gran camioneta negra.

—¡Los Estados Unidos consumimos más del 20% del petróleo del mundo —se encontraba frente a un grupo amplio de estudiantes que lo observaban azorados—, pero sólo tenemos actualmente el 2% de las reservas mundiales de petróleo!

Acarició suavemente uno de los costados del vehículo.

—Vamos a poner a todos y cada uno de los miembros del Congreso en esta demanda: o estás con las compañías petroleras o estás con el pueblo estadounidense —centró su atención en un estudiante—. Tu gobierno cada año está perdonándoles a las empresas de gas y petróleo impuestos por 4 000 millones de dólares. Esto es inexcusable. Estoy exigiéndole al Congreso, en este instante, que elimine este privilegio de las compañías petroleras, inmediatamente.

En el Senado, en uno de los pasillos laterales, debajo de los candelabros, los senadores republicanos John McCain y Lindsey Graham, miembros del Comité del Senado sobre Fuerzas Armadas, rodearon al robótico general Stanley McChrystal. El alto y canoso senador John McCain, de piel rojiza, suavemente lo tomó por el brazo:

—¡A la guerra! ¡A la guerra! General McChrystal, sólo hay una opción que el presidente Barack Obama debe considerar, y ésa es la de ganar. ¿De acuerdo? ¡Métele esto al presidente! ¡Dile: "Así es como ganamos"! ¿O te están presionando? ¿Te están presionando políticamente para que no impulses la guerra? ¿Te están colocando bajo presión política? —lo miró muy duro a los ojos—. No cedas, Stanley. No cedas.

El general Stanley McChrystal permaneció inmóvil por un segundo. Detenidamente observó algo extraño en los ojos del senador McCain.

Desde el otro lado del pasillo se le acercó al general el senador Lindsay Graham —un hombre de estatura baja, de copete castaño.

—General, tu reporte es perfecto, pero sólo mencionas una vez la palabra "Al Qaeda". El mensaje debe ser: "Al Qaeda, Al Qaeda, Al Qaeda". El público estadounidense está preocupado por otro ataque de Al Qaeda —se volvió hacia John McCain.

Por detrás de los senadores, el secretario de la Defensa, el imponente Robert Gates —ex director de la CIA—, se acercó hacia el general McChrystal. Le susurró por la espalda:

—Stanley... —lo tomó por el hombro—, tendrás tus 40 000 soldados. Tendrás tus tanques. El campo de esta guerra no es allá. Es aquí, en Washington —miró hacia la lejanía, hacia la Casa Blanca.

85

—La guerra que estamos viviendo se está librando en un solo lugar del mundo: dentro del cerebro del presidente de los Estados Unidos, Barack Obama.

Esto lo dijo un hombre de largas barbas grises, con una gabardina de estrellas de la NASA, a una chica rubia, de cabellos largos. Tenía una camiseta rosa apretada, con el ícono de "amor y paz". En sus brazos tenía muchos brazaletes y pulseras. Decían: "NASA".

—Breanne —le dijo suavemente—, el presidente Obama no podrá tomar ninguna decisión en su gobierno. Lo tienen rodeado. La Casa Blanca es un nido de serpientes desde los tiempos de Andrew Jackson. Theodore Roosevelt lo dijo: "Detrás del gobierno visible reina un gobierno invisible, que no le debe ninguna lealtad al pueblo". Nada de esto ha terminado. Los hombres del poder tienen comprados a todos los que conviven con el presidente. Cada palabra que él escucha proviene de alguien que recibe dinero de la Intraestructura, de la Corporación R.

Breanne acarició una de las pulseras de colores. En realidad se le veían muy bien en las delgadas muñecas donde terminaban sus brazos.

—Hay un poder oculto —le dijo el hombre—. Te voy a contar una historia —suavemente la tomó por el brazo. Comenzó a pasearla por encima del piso de mármol negro. Con nácar estaba grabado en formato grande el logotipo de la NASA—: la primera edad de la civilización humana fue agrícola, esto incluye a todas las culturas de la Antigüedad y también a la Edad Media.

Breanne K lo miró con mucha atención. El hombre continuó:

—La primera edad se define porque el mundo vivió de la agricultura. El poder absoluto lo tuvieron los monarcas. Otorgaban y quitaban las tierras. La segunda etapa fue el mercantilismo. Unos hombres se lanzaron a los confines del mundo para comprar mercancías y luego las vendieron en otros continentes. Fue el comercio. El dinero provino de las transacciones. Vendieron más caro, a otros, lo que habían adquirido barato en los lugares remotos. De este mercantilismo surgieron las primeras fortunas familiares de la especie humana, como los Sforza, los Medicis, los Wettin, los Rothschild y los Rockefeller.

—¿Esa era abarca hasta ahora? —se extrañó Breanne.

—Ahora el poder no lo tienen los monarcas sino las corporaciones bancarias y comerciales; las familias. La tercera etapa es la de las fusiones. Es la que está terminando ahora. Las corporaciones familiares que datan de hace cinco a siete siglos comenzaron una guerra parecida a las del reino biológico, como las bacterias: están comenzando a destruirse unas a otras, o a fusionarse para integrar metaorganismos, inmensas multinacionales que abarcan al mundo mismo. Bajo esta fórmula, estas empresas controlan a los países, no los presidentes de dichos países. ¿Me comprendes? Pero estas corporaciones están en guerra.

—¿Ésta es la tercera etapa?

—Lo que estamos viviendo es el final de la tercera edad del hombre. La fusión de corporaciones se detuvo momentáneamente con la creación del Acta Sherman contra los monopolios.

—¿Acta Sherman?

—Surgió en 1911 para desintegrar el monopolio de petróleo de John Rockefeller, que ya tenía el City Bank. La cuarta etapa es aquella que comienza con la desaparición del Acta Sherman, y esto ocurrió el 4 de noviembre de 1999.

—Diablos. ¿Hace pocos años en realidad?

—En la cuarta edad del hombre las fusiones dan lugar a una sola corporación global planetaria, gobernada por un individuo, un hombre que desciende de la sangre real sajona de los duques Wittekind y Wettin de Sajonia. Todos ellos descienden del legendario Wotan, rey de los godos, los sajones.

—Diablos, ¿es verdad todo esto? —se onduló el cabello, que era lacio y dorado. Le brillaron los ojos de color miel.

—Breanne, la importancia de un plan sajón es que nunca sea visible. El mundo puede ser controlado sin que la gente lo sepa. Ésta fue la visión de Bodo.

—Esto suena a una fantástica teoría de conspiración.

—Lo es —le sonrió Ion Spear—. Pero sucede que esta teoría de conspiración es cierta. Ni siquiera los mismos estadounidenses saben lo que trama la Intraestructura, su propio gobierno. Ni siquiera el mismo presidente Obama sabe lo que sus hombres de la CIA están moviendo en Siria. Ni siquiera ellos mismos saben quién les está dando las órdenes —Breanne era una chica inteligente, pensó Spear, pero a lo largo de los años ser inteligente no había bastado para detener a los discípulos de Wotan—. En la cúpula no necesitan del presidente. Lo presionan, lo manipulan, lo engañan. Lo controlan para que haga las cosas que ellos quieren. No importa si gana un republicano o un demócrata. Él debe obedecerlos. O lo desaparecen como a tu tío abuelo.

—Esto parece un poquito exagerado.

Ion Spear la tomó por las muñecas:

—Breanne Kennedy, en la cuarta edad del hombre, que es la fusión final, que ya comenzó cuando entró al poder George Bush, una especie de 7 000 millones de individuos, la humana, obedece los designios de un solo individuo, la cabeza de la red global R.

—Diablos, ¿y quién autorizó que se quitara esa Acta Sherman? ¿Bush?

—Cuando tengas la respuesta a esta pregunta, tendrás la respuesta de todo. Bush no es el final de la cadena. Hay alguien más arriba. La remoción del Acta Sherman es lo que detonó la crisis financiera global que estamos viviendo.

—No.

—Breanne, la crisis financiera que estamos viviendo no ocurre por primera vez en la historia —miró hacia el fondo del pasillo, hacia donde decía: "Sala de incubación metabólica"—. Esto ya ha pasado antes. La recesión de 1869 fue perfectamente planificada, el Viernes Negro. Duró 30 años. De ella surgió la fortuna de Jay Gould y su imperio Union Pacific que se extiende hasta hoy a través de Edward Harriman, que adquirió Union Pacific; de su hijo William Harriman, que fundó Brown Brothers Harriman, y de sus protegidos Prescott Bush y George H. W. Bush. Las presidencias de ambos "George Bush" no es un azar en la historia del mundo. La remoción del Acta Sherman ocurrió sólo 25 meses antes de que el último George Bush entrara a la Casa Blanca. Fue él quien consumó las fusiones.

—Diablos.

—La Corporación R tiene un sindicato. Es un sindicato invisible. Se extiende hacia todos los países, con muchas ramificaciones: una económica, que es el G30. Otra política, que es la Conferencia de Bilderberg, la Comisión Trilateral y el Consejo de Relaciones Exteriores. Otra es subterránea, que es la CIA. Otra es intelectual y científica, que es la RAND Corporation. ¿Te sorprendería si te dijera que todas estas ramas las controla una familia, una persona?

—Sí, me sorprendería. La verdad es que no lo creo.

—Breanne, algún día conocerás la verdad, y la verdad te hará libre —Spear le mostró a la chica el anillo que tenía en su dedo: la Gran Logia de Albión—. Todas estas organizaciones fueron creadas por una familia. Es la fortuna familiar más grande que ha existido en todos los tiempos. Esta fortuna sigue moviendo al mundo. Ellos compraron la ONU. El edificio donde está la ONU se lo donaron ellos. Estas personas provienen de la sangre real de Bodo de Sajonia. Son la sangre de Wotan.

—Diablos —se rascó la cabeza Breanne—. Lo cuentas muy interesante, pero… ¿De veras es cierto?

—Breanne, vas a conocer la telaraña. Vas a conocer los "Nueve Anillos de la Intraestructura". Son la telaraña. Son la red. Es un sindicato, un sindicato secreto del tamaño del mundo. Son los voxes.

—¿Voxes?

—Son las voces, los emisarios de la Intraestructura. Son altavoces, repetidores, voceros. Hablan en sus países lo que la Intraestructura quiere que ellos digan. Los educan en Yale, en Harvard, y los envían de regreso a sus países, para que ellos allá convenzan a las personas impresionables de sus gobiernos, para que aparezcan en los medios, como intelectuales, adoctrinando a la población de la que provienen. Ésta es la forma como se dominaba a las provincias en la antigua Roma. Son como los siervos de un señor feudal en la Edad Media.

—No te creo.

—Breanne, alguien tiene que romper las cadenas de predestinación. Tú eres la voz que clama en el desierto. Prepárale el camino. Ellos se llevaron a Axel. La transformación se ha detonado. Axel tiene las contraseñas para entrar a la isla, las contraseñas de su padre. Ellos van a iniciar la reacción en cadena. Ve y dirígelos hacia el camino, pero antes debes encontrarlo. Axel es la llave.

—Diablos, ¿cuál es "nuestro juego"?

Ion Spear comenzó a persignarla, en su frente, en su pecho y en sus hombros:

—*Societas Jesu, Redentor Mundi* —besó una cruz que hizo con sus dedos—. Traerás el Reino Futuro a la Tierra. Nuestro juego es detonar la quinta etapa.

86

En Nueva York, Alak Bin Laden se internó en la oficina de cristales que decía: "3603. Gondul Salman. Holding de Abogados Internacionales Off-Shore".

La seguimos. Me quedé pasmado. Detrás de los vidrios había un muro muy alto, de madera, con timones, con redes náuticas. Las claraboyas mostraban paisajes marinos, incluso animales. Parecía el interior de un barco. El lujo se notaba en los pasillos, en las paredes, en pequeñas decoraciones. Me pregunté si alguna vez tendría el dinero suficiente para ese lujo. Con mis padres no había habido escasez, pero tampoco abundancia. Aún recordaba el día cuando finalmente me enteré del tipo de trabajo al que se dedicaban… La Gran Logia de Albión…

—Señorita —le dijo Alak a la chica delgada que estaba en el recibidor, detrás de un mostrador de granito—, tengo cita con el señor Salem.

La joven delgada, anoréxica, de cara afilada y puntiaguda, la miró sin pestañear. Se notaba aburrida, pero insolente al mismo tiempo.

—Los está esperando.

"Sólo Dios sabe en qué demonios me estoy metiendo."

Alak me apretó del brazo y me jaló hacia adentro, detrás de la mujer del mostrador, a través de un pasillo oscuro, también de madera, con cuerdas náuticas, con fotografías de personas en embarcaciones. Detrás de nosotros nos siguieron nuestros compañeros de mantenimiento: Rob Troll y Tim Dim, murmurando, mirándome.

Se abrió una puerta. Entramos a un despacho inmenso con paredes y pisos de madera, podía percibirse en realidad el aroma de aquella madera fina, como si estuviera recién cortada. La oficina semejaba el camarote real de un barco. Tenía dos peces espada, apuntándose el uno al otro desde direcciones opuestas. Objetos africanos se esparcían sobre mesitas y cómodas, figuras demoniacas, tazones, instrumentos musicales. Algunas estatuas de madera, con cabellos, con lanzas semejaban una guardia inmóvil. Había máscaras de magia negra.

—ExCub es un exiliado cubano —me dijo Alak—. Estudió los misterios de la brujería yoruba. Magia negra. Todo esto proviene de África.

—Feorror. Todo esto es feorrible —detrás de mí, Tim Dim comenzó a gritar, imitándome:

—¡Todo esto es feorrible! ¡Todo esto es feorrible!

Más adelante encontré una estatua de madera, pintada en oro. Era una mujer con alas, con un brazo levantado, con una pierna levantada por detrás, como emprendiendo el vuelo. Debajo decía: "TIUNNA".

—Tiunna… —iba a preguntar y fue Alak quien me respondió:

—Los dioses tainos del Caribe se llaman Zemi. Representan a las fuerzas del universo —avanzó hacia la estatua que estaba adelante. Era un animal; un antropoide con un cráneo—. Éste es el Zemi Maketaori Guayaba.

—¿Guayaba? ¿Como la fruta?

—Guayaba es el país de los muertos. También se llamaba Coabey. Maketaori Guayaba es el rey de los muertos.

—Válgame —había fotografías de un sujeto gordo estrujando a otras personas, casi dañándolas con sus brazos.

—Para los tainos —me dijo Alak—, las almas de los muertos, las jupias, son murciélagos comiendo guayabas en la noche —me sonrió—: Así es la vida en Coabey.

—Okay. ¿Y quién es ella? —apunté hacia Tiunna.

Alak no me respondió. Me jaló hacia adelante. Había más fotografías. En todas aparecía el mismo sujeto gordo, muy alto, imponente, siempre abrazando a otras personas como si fueran trapos.

—¿Este hombre es "ExCub"? ¿Él es "Salem"?

Tenía el cabello gris, muy largo, recogido en una coleta. Lo mismo adelante, con su barba, prensada con abrazaderas. Sus dedos estaban siempre llenos de anillos. En una foto aparecía con un traje verde militar, con una boina verde, con una ametralladora en cada mano, con sus amigos, también militares, africanos, aborígenes, siempre en algún lugar selvático.

—Bueno, este hombre se ve que sí ha vivido.

—Ha vivido escondido —me dijo Alak—. ¿Qué libertad tienes cuando no puedes librarte de tu pasado?

En otra fotografía aparecía saludando al presidente de Honduras. En otra estaba sosteniendo la cabeza de un hombre. En otra abrazaba a su protector, el ex presidente George H. W. Bush.

—Un momento —le dije a Alak. Señalé otra fotografía—. ¿Qué es este lugar?

La imagen era la de un faro al borde del mar, destartalado, con la parte superior despedazada. Estaba en el filo de un acantilado. Arriba decía "EYE OF LIGHT" —Ojo de Luz—.

Lentamente comencé a llevar mi mano hacia mi bolsillo.

—Diablos —me volví hacia los dos chicos de mantenimiento—: ¿Quién de ustedes me robó la cartera?

Tim Dim me gritó:

—¡Ya no tienes cartera! ¡Eres un limpiacacas!

Miré hacia Rob Troll.

—Dame un dólar. Necesito un billete de un dólar.

—Sé a lo que te refieres —me dijo Rob. Con mucho cuidado comenzó a buscar en sus bolsillos. En su cinturón de herramientas tenía amarradas dos bolsas de plástico, transparentes. En una de ellas vi dos huevos cocidos. En la otra tenía un bolillo, un frasco de salsa Tabasco y un salero. Su cartera era un bulto gordo, lleno de papeles y tarjetas. Sacó un condón.

—Esto no —le dije y lo regresé.

Empecé a extender el billete. Lo observamos. En la parte izquierda, dentro del óvalo donde se encuentra la pirámide masónica, cuya parte superior dice "ANNUIT COEPTIS" y cuya parte inferior dice "Novus Ordo Seclorum", vimos el ojo, dentro de un triángulo de luz.

—Ojo de luz… —me murmuró Rob Troll. Nos metimos dentro del óvalo. Era un espacio sombrío, enigmático. Detrás de la pirámide sin terminar caminamos sobre un suelo de rocas, desolado. Se proyectaba en la niebla hacia lo desconocido.

Rob se encontraba inquieto.

—El ojo de luz es Wotan —me dijo y colocó su gordo dedo sobre la fotografía, sobre la cúpula rota del faro—. Lo dijo tu padre. Wotan es Hoárr. En sajón antiguo significa "el de un solo ojo". Wotan arrojó su ojo arrancado al abismo, a las raíces del universo, para ver los secretos de Yggdrasil, el destino del universo. Ése es el ojo que está en el dólar.

Alak Bin Laden me tomó por el antebrazo:

—Cuando estuviste en suspensión metabólica lo repetiste muchas veces: "El secreto está en el origen mismo de los Estados Unidos, en las ruinas de Salem, en la isla". Son las palabras de tu padre —miró hacia la fotografía del faro. En la parte de abajo decía "El Placer de los Roques"—. "El secreto está en la sangre de Wotan. Secreto R es un hombre. Secreto R es la sangre de Wotan."

Nos volvimos hacia la derecha. Vimos la siguiente fotografía. ExCub estaba abrazando al entonces vicepresidente de los Estados Unidos. Debajo decía: "Con afecto siempre, George H. W. Bush". A un lado había una mano arrancada.

—¿En qué puedo servirles? —nos preguntó una voz muy ronca, vibrante—. Traigan los garfios. Encadénenlos.

87

En México, mi prima Magdala despertó. Abrió sus grandes ojos. Todo estaba oscuro. Sintió un ardor caliente alrededor de sus muñecas. Estaba amarrada con cinta. Intentó situar cuánto tiempo llevaba en esas condiciones, pero no pudo saberlo. Al parecer tenía mucho tiempo, no supo si casi un día o dos. Todo estaba confuso. Le dolían las articulaciones de los pies, una sed terrible le abrasaba la garganta y la boca.

—No... —susurró. Miró hacia todas direcciones—. ¡¿Qué está pasando?!

Escuchó su eco. Al fondo había un sonido lejano, vibratorio. Un motor. Los muros chorreaban agua.

—¿Estoy dentro de una cañería? —El olor le respondió: un pesado aroma de alcantarilla la inundó, la rodeó.

Trató de distinguir alguna forma en la oscuridad. Vio manchas brillantes cada vez que parpadeó. Era su propia retina.

—Diablos. ¡¿Dónde estoy?! —comenzó a patear la silla donde la tenían.

Escuchó un crujido en el suelo.

—Tenemos a tu primo, muñequita —le susurró una voz en el oído—. Y también tenemos aquí también a tus otros primos: Claudio, Ariel, Pedro, Valentino. Los famosos Barrón están en nuestro poder. Los tenemos aquí encadenados. Al padre Moctezuma lo tenemos en una cajuela —le acercó la boca a la oreja—. ¿Querías buscar algo aquí, en la embajada? El aliento del hombre olía a podrido, a saliva reseca, confusa con cientos de comidas mal masticadas, amontonadas entre las encías. Una podredumbre.

Magdala miró hacia arriba.

—¿Quién es usted?

Magdala sintió dos dedos fríos en sus quijadas.

—Mi nombre es Nadie. Mi jefe es el Agente Negro.

En la oscuridad, Magdala alcanzó a distinguir el rostro de una calavera.

88

No supe cuánto tiempo permanecimos en aquella oficina, pero fueron muchas horas. ¿Un día? ¿Dos? ExCub nos apresó y nos tapó los rostros. Era parte de la tortura: el tiempo que no se reconoce. Las horas fueron muchas. No las pude contar, pero aquel tiempo me sirvió para que mi cuerpo que aún estaba algo entumecido finalmente despertara, aunque movido por el dolor. Tim Dim y Rob Troll no hacían más cómoda la situación. A veces despertaban y se quejaban, se burlaban de quienes nos tenían presos.

Nos quitaron las capuchas y apenas recibimos la luz, ésta nos molestó. Mis dos compañeros limpiacacas se quejaron, pero Alak no lo hizo. Detrás de nosotros había siete sujetos rapados. Al lado de ExCub estaba de pie un hombre muy musculoso, con los brazos cruzados, también rapado. En su rostro no había ni una pizca de alegría. Tenía tatuada una gigantesca "R" doble, que apuntaba hacia ambos lados, la "R" vikinga.

ExCub se nos acercó por encima del escritorio:

—Sólo un cuarteto de idiotas se atreve a meterse a mi oficina diciendo en la recepción del edificio la palabra "Amadeus".

Tragamos saliva. Detrás de su cabeza había una fotografía de George H. W. Bush. Tim Dim le dijo:

—Yo no hice nada. Yo sólo quiero la recompensa —me miró.

ExCub abrió el cajón de su escritorio. Con gran cuidado, moviendo sus dedos llenos de anillos, sacó y colocó sobre el escritorio una larga charola de plata, ornamentada. Encima de ella había caracoles vivos. Estaban avanzando sobre el metal.

—Se metieron a la cueva equivocada. De aquí no van a salir completos.

Detrás de él estaba una fotografía del narcotraficante Alberto Sicilia Falcón, abrazando al mismo ExCub, ambos cargaban explosivos. Estaban en una playa. Debajo decía: "El Placer de los Roques". Al fondo se veía un faro. A un lado estaba el escudo de la CIA, en metal. Decía "Medalla al Mérito". Debajo leí: "HT-LITEMPO". A la izquierda estaba el escudo de la Universidad de Yale. Era un libro abierto. Decía: "Lux et Veritas" —Verdad y Luz—. ExCub me dijo:

—¿Vienes a espiarme? —de su cajón extrajo un delgado y largo tenedor de plata. Con la otra mano, en la que tenía brillantes azules, rojos y blancos, delicadamente tomó un caracol que aún se encontraba en el caparazón. El animal instantáneamente se retrajo dentro de su concha.

—¿Te envió alguien a espiarme? —me insistió el hombre. Comenzó a meter los picos de su tenedor dentro de la concha del caracol. El animal comenzó a chorrear mucha baba—. Si me mientes te voy a sacar la verdad —empezó a hundir el tenedor dentro de la masa viscosa y húmeda del molusco. El animal soltó un líquido amarillo, muy espeso. Se chorreó por el utensilio, hasta los dedos de ExCub, hasta uno de sus anillos que tenía una calaca negra con dos huesos. Decía: "322". El molusco comenzó a contorsionarse dentro de la concha. ExCub empezó a romperle los tejidos.

—He hecho confesar a muchas personas antes de matarlas. Si este tiempo encapuchado no te dicen nada, es que eres un imbécil —me dijo el hombre—. No explores en la estrella.

Tenía un traje gris de seda, brillante, corbata azul con rayas blancas; un sujetador de corbata dorado; mancuernillas de plata, con cráneos y huesos. En las orejas tenía aretes negros, de roca, de calaveras.

Miré hacia Alak Bin Laden:

—Diablos, ¿me trajiste para esto?

Alak se impulsó hacia adelante.

—Señor, Axel Barrón es el hijo de Juan Manuel Barrón, de la fraternidad de Albión —volteó a verme—. Los amigos de su padre lo están buscando para que ahora ocupe la posición que tuvo su padre —me acarició en la mano el anillo masónico que acababa de ponerme. El hombre se dio cuenta—. Ellos saben lo que ocurrió realmente en las Torres Gemelas el 11 de septiembre de 2001 —se volvió hacia la fotografía del faro que estaba al borde del mar—. Ellos saben lo que usted hizo. Saben lo que hizo su jefe —subió los ojos hacia la fotografía detrás de ExCub, la de George H. W. Bush.

ExCub permaneció inmóvil, con su tenedor de plata y con su caracol despanzurrado suspendidos en el aire.

Alak continuó:

—Ellos saben lo que usted ha hecho. Saben que usted es un agente encubierto de la CIA. Saben que usted ha desestabilizado naciones. Saben que usted ha sembrado guerrillas; que usted ha iniciado revoluciones; que usted ha sembrado armas; que usted ha asesinado presidentes; que usted es el enlace entre la CIA y los narcotraficantes de tres continentes para envenenar a su propio país, para generar la fortuna más grande del mundo con la muerte de su propio pueblo, el de los Estados Unidos —se le acercó—. La hipocresía ha terminado. Se va a descubrir la verdad. Los hombres de la Gran Logia saben quién es la verdadera cabeza detrás de todo —lo miró a los ojos—. En 12 horas la historia completa se va a difundir a través de Fox News, de ABC News, de la BBC, de *Russia Today*, de otras 60 cadenas mundiales de televisión. Ya está organizado —se recargó sobre el respaldo de su asiento—. La comunidad masónica ya permitió esta pesadilla por demasiado tiempo. Ahora van a apretar el botón.

El señor ExCub comenzó a hacerse hacia atrás. Sus ojos buscaron a su hombre de confianza —el hombre musculoso que tenía tatuada la "R" en la cara. Seguía cruzado de brazos. Se volvió hacia Alak:

—¿Qué quieres?

—Quiero cinco millones de dólares para cada uno de nosotros, dividido en estas siete cuentas —le pasó un pequeño papel con números y rayas que tenía escondido entre sus ropas.

El hombre la miró por un momento.

—¿Y tú quién eres?

Alak Bin Laden le dijo:

—Yo sólo soy un eslabón en una cadena. A cambio de esta inversión, Axel va a hablar con su superior, el Instructor Supremo. Va a decirle que detenga la difusión de todo esto, que espere. Le va a decir que él tiene más para darle cuerpo a la historia, que está reuniendo más piezas, que está trabajando con usted.

ExCub le sonrió:

—Estás mal de la cabeza —nos miró a nosotros—. ¿Por qué tienes a estos sujetos disfrazados como conserjes?

Tim Dim comenzó a gritarle:

—¡Nadie sospecha de un plomero sanitario! ¡Orgullosamente limpiacacas! ¡Nuestro trabajo es limpiar tus cacas!

El hombre comenzó a reír. Nos sentimos felices. Por un momento todo fue perfecto. ExCub les sonrió a sus hombres:

—¡Nunca había conocido a unos idiotas como estos!

89

En México, 20 metros por debajo de la calle, dentro de una intersección de las cañerías, mi prima Magdala miró hacia arriba, hacia la pálida luz azul que bajaba como velo desde una coladera.

Oyó gritos desde la parte superior:

"¡Si hay imposición, habrá revolución!" ¿Era la misma marcha? ¿Era otra?

—Dios... —susurró—. ¿Son los de la marcha? —miró hacia los lados—. ¿Estoy debajo del Ángel de la Independencia?

En la oscuridad distinguió los cimientos subterráneos: un poderoso cilindro de cuatro pisos de altura. Estaba anclado al piso con cinco postes de hierro.

Detrás de su cabeza un hombre le preguntó:

—¿Qué tienes que ver con los infiltrados de la Ibero? ¿Lo organizó el padre Moctezuma?

—¿Perdón? —buscó al hombre en la oscuridad.

—Sabemos que este movimiento es sembrado. ¿Es López Obrador? ¿Lo está ayudando Chávez? ¿Qué te dijo tu primo Axel?

Magdala comenzó a temblar.

—Dios, Dios, Dios —susurró para sí misma—. Esto no está pasando. ¿Dónde estoy?

La voz le dijo:

—¿Quién está detrás del movimiento? ¿Quién está detrás de lo que está pasando en la Ibero? ¿Quién les dijo cómo hacer ese video?¿Cuál es el plan de los jesuitas?

Magdala miró hacia el frente, hacia las luces rojas que se movían en la oscuridad. Observó las bases de concreto y hierro de la Columna de la Independencia.

—Quiero irme a mi casa.

—¿Qué te dijo tu primo Axel? ¿Te habló sobre los sótanos de la embajada?

Magdala buscó algo en la oscuridad. En algún lugar de la negrura debía comenzar el edificio de la embajada de los Estados Unidos.

—¡Déjenme ir! —empezó a forcejear contra sus amarras. El hombre la tomó por el cabello. Comenzó a bajarla por el cabello.

—Tráiganle a sus primos.

90

En un helicóptero TPH-PUMA XC-UHO —de color blanco, de cuatro toneladas—, sobrevolando el Mar Caribe, en curso hacia Bridgetown, Barbados, el presidente de México, Felipe Calderón, observó el reporte de la marcha en una pequeña pantalla acoplada al techo.

—Señor presidente —le dijo su asesor militar—, esto está comenzando a crecer.

El presidente se acercó hacia el monitor. El militar le susurró:

—Me informan que su sobrino está en la manifestación.

—¿Cómo dices?

El militar revisó su aparato celular.

—Bernardo Hinojosa Polo, ex delegado de la Profeco en Puebla. Está repartiendo volantes en el Ángel de la Independencia. Lo están entrevistando en la CNN. Está diciendo: "Preferiría votar por López Obrador, antes que por el PRI".

El presidente abrió los ojos.

—Dice que él apoya a Josefina.

91

Trescientos kilómetros hacia el norte, en San Francisco del Rincón, Guanajuato, dentro del ultramoderno Centro Fox —un edificio blanco de cristales en medio de un rancho—, el ex presidente de México, Vicente Fox Quesada —alto y de bigotes rancheros—, se acercó hacia el micrófono:

—Yo no creo en la generación espontánea —les sonrió a los periodistas—. Yo no creo posible que 100 jóvenes, 500 jóvenes, o 1 000 jóvenes se pongan de acuerdo de la noche a la mañana en un tema a seguir.

El auditorio se llenó de murmullos. El ex presidente les dijo:

—Simple y sencillamente alguien armó esto por detrás.

A su lado, otro periodista le dijo en voz baja:

—Están usando a los jóvenes para hacer las nuevas revoluciones.

—¿Estás loco? ¿Estos estudiantes?

—Escucha —lo tomó por el antebrazo—. Los están entrenando en Boston. Sólo una estructura en el mundo tiene la capacidad para hacer esto.

92

Nosotros permanecimos sentados frente al poderoso hombre de la CIA, el agente ExCub.

Su figura era imponente: gordo, alto, con un traje de seda, con su corbata ceñida con un torque dorado, con su cabellera gris recogida por detrás en una coleta; con sus aretes negros de calaveras. Colocó sus dedos llenos de anillos de gemas sobre el escritorio.

—Si realmente es cierto todo lo que tu amiga dice de ti —volvió a verme con cierta ironía—, si realmente eres tan importante para las cabezas de la masonería, entonces respóndeme la siguiente pregunta —caminó hacia mí, por detrás del escritorio. Olía a una fragancia ácida. Se colocó a mi espalda y comenzó a acariciarme los hombros con sus dedos anillados. Observé en la pared las fotografías del sujeto, con su uniforme de paramilitar, rodeado de jóvenes.

—¿Cómo se llama el Instructor Supremo de la Gran Logia? —me miró desde arriba—. ¿Cuál es su nombre?

Permanecí callado por un segundo.

—Eso no debo decirlo —miré hacia Alak Bin Laden.

El hombre comenzó a subir sus dedos por la base de mi cuello. Me dijo:

—Cualquiera sabe quién es el Instructor Supremo de la Gran Logia de Albión. No te lo pregunto porque yo no lo sepa. Te lo pregunto porque quiero saber si tú lo sabes. Y si tú no lo sabes, entonces todo esto es una mentira, y voy a colgarlos a todos ustedes de estos maderos —los señaló—, y con este tenedor de caracoles voy a sacarles los pulmones por las costillas.

Tragué saliva.

En mi mente vi la imagen de un hombre de largas barbas grises, acercándose a mí entre las llamaradas, entre las explosiones. Se le ondeaba en el aire una larga gabardina azul, con las estrellas de la NASA.

—Ion Spear —le dije—. Su nombre es Ion Spear. Él es el Instructor Supremo. Fue el mejor amigo de mi padre. Se conocieron en los sesenta. Dirigió la Agencia Griega de Noticias. Trabajaron juntos en el Laboratorio de Propulsión a Chorro de la NASA, después de la muerte de John Kennedy.

ExCub me miró fijamente.

—Eres un idiota —le sonrió a Alak Bin Laden—: Hiciste un buen trabajo. Llevo 10 años tratando de desmantelar la Gran Logia —levantó el teléfono—. En cinco minutos traicionaste al mejor amigo de tu padre —gritó al auricular—: Busquen a Ionnides Spiro. Él es el Mago Blanco. ¡Búsquenlo, empáquenlo, tráiganmelo!

Se me acercó con un gesto sardónico.

Alak Bin Laden se levantó. Caminó hacia ExCub. Lo abrazó. Comenzó a besarlo.

—Ya puedes hacerles lo que quieras.

Rob Troll y Tim Dim se quedaron perplejos.

—¿Nos engañaste? —le preguntó Tim Dim.

Rob Troll miró hacia abajo:

—Las mujeres son como los frijoles. Pueden saber bien, pero son funestas sus consecuencias.

—Diablos —le dije a Alak—. ¿Trabajas para la CIA? ¿Trabajas para este hombre?

—Mi verdadero nombre es Cyclone.

ExCub se dirigió hacia sus ayudantes:

—¡Quítenles la ropa! ¡Amárrenlos a las columnas! ¡Tráiganme los ganchos! ¡Vamos a convertirlos en águilas de sangre! ¡Tráiganme tres jeringas con agente naranja!

Treinta y seis pisos abajo, en la recepción de edificio, la rubia Breanne K —con su camiseta rosa que tenía el logotipo de "amor y paz"—, se acercó a la chica del registro. Habían pasado ya algunas horas.

—Vengo a ver al señor Gondul Salman.

La recepcionista estiró el cuello.

—¿Tiene cita?

—Vengo con las personas que están con él.

La chica, sin dejar de prestarle atención, tomó el teléfono y marcó los dígitos 3603.

En su pequeño audífono, que tenía insertado dentro de la oreja, Breanne K escuchó la voz suave de Ion Spear:

—Recuerda el entrenamiento. Te van a revisar. No te van a permitir entrar con armas.

La mujer de la recepción le dijo:

—La van a recibir. La están esperando arriba. Quieren que suba. Me indican que debe ir acompañada por estos policías —por detrás de Breanne se le aproximaron cuatro hombres. Estaban armados con equipos MGL-37.

En su audífono, Breanne escuchó a Ion Spear:

—Breanne, tu arma es tu cerebro. Cuando llegues al área de ataque observa el lugar. Vas a tener cinco segundos para ubicar lo que hay, para encontrar ahí mismo tu arma y tu salida. Dios ya te lo puso todo ahí. Siempre vas a estar armada. Es Cristo mismo el que te acompaña.

Breanne se dejó conducir por los hombres.

Arriba, ExCub nos preguntó:

—¿Quién es la idiota rubia que dice que viene con ustedes? —señaló hacia una pantalla. Breanne K estaba en el elevador, rodeada por cuatro hombres. Miraba desafiante hacia la cámara—. ¿Viene con ustedes?

Interrogué a mis compañeros que aún no salían del shock de saberse traicionados por la exótica oriental. Alak Bin Laden le respondió a ExCub.

—Trabaja para Ion Spear. Debe haberme seguido o tal vez a éste le incrustaron un GPS.

ExCub infló su gordo pecho. Tomó de una charola que le había acercado un ayudante una jeringa que estaba llena de un líquido de color naranja.

—Ésta la inventaron para nosotros en la RAND Corporation —comenzó a acercarme la aguja al cuello—. Había muchos árboles en Vietnam. Los changos se escondían ahí. No podíamos matarlos. La corporación química Monsanto y la RAND Corporation nos regalaron esto —observó la punta de la aguja—. Se llama dioxina, agente naranja. Son tres anillos pegados. Se caen las hojas de los árboles. Se secan los bosques. Secamos 10 millones de hectáreas —ExCub parecía divertirse con cada frase que agregaba, con el recuerdo de esos muertos—. En los humanos produce cáncer —comenzó a empujar la piel de mi cuello con la aguja—. Deformamos a medio millón de niños. Sarcoma, leucemia, linfoma, cáncer de pulmones. Depende de tu cuerpo lo que vas a desarrollar. Puede ser fulminante o lento, cada organismo lo decide.

Miré hacia Rob Troll. Comenzó a forcejear con los otros hombres. Les gritó:

—¡Tómenme a mí, miserables hijos de puta! ¡Yo no fui a la escuela! ¡Yo me crié en un orfanato! ¡Yo soy un defecto de la sociedad! ¡Soy un engendro! ¡Soy un psicópata! ¡Soy un limpiacacas! —se sacudía cada vez más, movía a los sujetos como si éstos fueran costales—. ¡Todo esto es por ti, Axel!

—Va a doler —me sonrió el Agente Negro—. A veces basta sólo una gota —comencé a sentir la perforación—. Lo vas a desarrollar en cinco días.

En la pared vi un diploma. Decía: "MONSANTO CORPORATION". En la parte inferior decía: "RAND CORPORATION-MEMORANDUM 5446-ISA/ ARPA".

"Todo esto es tan feorrible", pensé.

Cerré los ojos.

Escuché una frase confusa en mi pensamiento: "No te dejes matar. ¡Pelea!"

Lentamente se formó el rostro de mi padre enfrente de mí. Me gritó: "¡Ten huevos! ¡Hazlo por tu madre!"

Se abrió una puerta. Comenzaron los balazos.

93

En el drenaje de la ciudad de México, debajo de la Columna de la Independencia, mi prima Magdala permaneció sentada, amarrada a su silla.

—¿Tienes miedo? —le dijo una voz.

Escuchó rechinidos. Oyó gemidos, semejantes a los de una pandilla de gatos.

—¡¿Son mis primos?!

La voz le dijo:

—Tu familia ha tratado de liberar a este país desde febrero de 1913. Después de 100 años, ya deberías saber que eso nunca va a suceder. Puedes luchar. Puedes morir, como hoy, como tantos de tus ancestros, y tu país no va a cambiar —se le acercó—. Es tu propia gente, el pueblo de México, el que desea vivir como un esclavo.

Se alejó en la oscuridad. Magdala trató de encontrar a sus primos, pero sólo escuchó gemidos.

La voz le dijo:

—Son tus propios primos los que te traicionaron. Te traicionaron a ti y a Axel. Fue uno de ellos, al que más quieres, el que hace tres meses vino conmigo a la embajada. Aceptó un cheque. Me dijo la ubicación exacta de Axel. ¿Y con estos hombres quieres triunfar?

Caminó dos pasos en la oscuridad.

—Hay tantos jóvenes de tu edad en este país… Hay tantas chicas… Tantas estudiantes. ¿Qué tanto puede importar que se extravíe una más, que no vuelva a aparecer? ¿Sabes cuántas personas secuestramos cada día en este país?

Magdala miró hacia arriba. Escuchó los gritos de la manifestación.

—¿Estamos en avenida Reforma?

El hombre encendió una linterna. La apuntó hacia el basamento. Había un enorme letrero de hierro, fijado con tornillos. El hombre se lo leyó a Magdala. Estaba en letras mayúsculas:

—"DISEÑO ORIGINAL: CLUZZ AND SHULTZE, 1886, WASHINGTON" —soltó entonces una carcajada—. ¿No te parece increíble? El monumento a la independencia de tu país lo diseñaron en otro. ¿Por qué no pusiste ahí una serpiente de fuego, un águila serpiente de la era tolteca; un guerrero gigante como los de Tula, que se levantara de la ciudad como un atlante, mirando hacia las estrellas, creando para ti la visión de un nuevo futuro, un destino donde puedes volver a ser un imperio?

¿Por qué no pusiste ahí una columna maya, como las de Uxmal y Palenque, que tienen en sus símbolos codificadas las puertas mismas del universo? ¿Por qué la columna de la independencia de tu país es "afrancesada"? —le susurró—. ¿Ahora me entiendes? Tuviste la grandeza y ahora quieres la muerte. Y eso de allá arriba —señaló hacia la coladera—; esos gritos que estás escuchando, estas protestas de los manifestantes, no son la voz del pueblo. Son, una vez más en tu historia, las fuerzas de infiltración de otro país que quiere destruirte desde adentro. Los líderes lo saben.

En Berlín, un hombre se aproximó hacia la plazuela circular Grosser Stern —"Gran Estrella"—, de la avenida Strasse des 17 Juni. De la rotonda se proyectaba hacia el cielo una columna de 70 metros de altura, de estilo corintio. En lo alto tenía una estatua metálica dorada: una mujer con alas. Estaba levantando un brazo en el aire, como si estuviera emprendiendo el vuelo.

—Se llama Siegessäule —le dijo el guía de turistas—, la Columna de la Victoria. La diseñó Moritz Schultz. Su casco tiene el águila de Wotan —señaló hacia arriba—. Es Tiunna. Es una de las valkirias de Wotan.

94

Bajo el enorme ángel, virtualmente idéntico en estructura, ubicado en el centro de México se empezaba a reunir la manifestación. A sus pies, en la base de la columna, en medio de los gritos de la gente, un hombre de canas, vestido con un traje negro semejante al de un sacerdote, avanzó rápidamente entre la gente. En su hombro venía cargando una pesada maleta de lona.

Se ubicó en una de las esquinas que apuntan hacia el Ángel, bajo la mirada del mismo. Desde la base del monumento lo miró la estatua de mármol del iniciador de la Independencia, el sacerdote jesuita Miguel Hidalgo.

Daniel Ceballos buscó abajo la lámina metálica entre las losas del piso. Estaba rodeada por tres rejillas de acero. Decía: "63-22". Debajo decía: "26-27".

—¿Noviembre 22...? ¿1963...? ¿Kennedy...?

Tenía grabada una columna con alas.

—Irminsul… —buscó de nuevo algo con la mirada en la Columna de la Independencia. Entre los árboles se sintió espiado desde la embajada de los Estados Unidos. A un lado vio el edificio de cristales del Hotel Sheraton María Isabel.

Las chicas a su lado comenzaron a gritar:

—¡Televisa coludida! ¡Televisa coludida! —lo golpearon en la espalda—. ¡Tú también grita amigo! ¡Manipulación! ¡Manipulación!

El sonorense observó, a los pies del Hotel Sheraton, el letrero rojo del restaurante Sanborns. Se dijo: "Qué ganas de unos molletes".

Se acuclilló sobre el suelo. Encajó las manos en las agarraderas de la tapa del pozo del drenaje, llamada "registro". Comenzó a levantarla. Las chicas se extrañaron.

—¡Diablos! ¿Qué estás haciendo, amigo?

Daniel Ceballos les sonrió:

—No hagan esto en sus casas. Con permisito.

Se metió. Bajó hacia los drenajes. Una de las chicas se quedó pegada a las rejillas, mirándolo desde arriba:

—¿A dónde vas, amigo? ¡La acción está aquí arriba!

Daniel Ceballos se murmuró a sí mismo:

"La acción está aquí abajo", se llevó su teléfono celular hacia la oreja. Oprimió un botón. Caminó dentro de un delgado ducto colector, un delgado pasaje de tubos y bombas que rodea la glorieta. De los canales de la parte alta caían al piso alambres sueltos, con telarañas. Daniel Ceballos se agachó.

—Esto realmente huele a caca —avanzó en la oscuridad hacia la luz azul borrosa que brillaba en el fondo.

Al otro lado de las cañerías, veinte metros por debajo de la tierra, mi prima Magdala comenzó a forcejear contra sus amarras.

—¿Usted quién es? —le preguntó al hombre.

—Mi nombre es Telaraña. Mi nombre es Vacío. Vas a buscar el origen. Vas a buscar la causa. En el centro de la telaraña no hay nada. El centro de la telaraña es el Vacío.

Magdala trató de distinguirle las facciones. Era sólo una silueta negra. El hombre comenzó a acariciarle las mejillas.

—¡Suélteme! —le gritó—. ¡Déjeme irme a mi casa!

—Siéntete orgullosa de tus primos —el hombre violentamente destapó una cubierta de lona—. ¡Enciendan la planta!

Magdala escuchó un tronido. El suelo comenzó a vibrar. Las paredes de tubos y las rejas se iluminaron desde abajo, desde todos lados, de color rojo. Había un altar, una gigantesca estatua: un esqueleto metálico cubierto con una manta negra, también metálica. El esqueleto sostenía en sus brazos una enorme cuchilla, una navaja curva segadora.

—Dios… —susurró Magdala.

Treinta hombres armados caminaron hacia ella desde los muros. Tenían bigotes gruesos, botas de puntas metálicas.

—¿Quiénes son ellos? —le preguntó Magdala al sujeto.

—Son sacerdotes de la Santa Muerte.

Magdala les distinguió las caras a mis otros primos. Estaban amarrados igual que ella, a sillas. Claudio, "El joven", tenía el ojo abultado, la boca sangrando. Ariel, "El Cabezón", tenía la frente abierta. Pedro el Gordo —también llamado "Rey Gogo", o "Puerquedro", o "Grancerdo" —estaba atado por el cuello, gimiendo. El espigado Valentino, "El Guapo", —un sujeto alto, delgado hasta los huesos, hiper reactivo y violento— estaba apretando los dientes y lloraba.

Mi prima Magdala comenzó a moverse con más fuerza para zafarse:

—¡Qué diablos está haciendo usted con mi familia, pedazo de mierda!

El hombre comenzó a reír.

—Amo la familia mexicana. Siempre tan unidos.

—¿Qué es lo que quiere? —le insistió Magdala.

El sujeto se le acercó:

—El 11 de septiembre no debe ser investigado. Deberías decírselo a Axel. En el centro de la telaraña sólo va a encontrar un vacío —se echó hacia atrás—. Lo poco que tú sepas hasta ahora va a morir aquí contigo.

En la penumbra rojiza, Magdala alcanzó a ver un conjunto de letreros antiguos. Eran una entrada con rejas, la entrada de un túnel. El letrero principal decía: "Embajada de los Estados Unidos".

Al otro lado de la oscuridad, con un traje negro semejante al de un sacerdote, un hombre alto y delgado llamado Dios Edward colocó un largo megáfono en el suelo. Le conectó un dispositivo USB. Se arrodilló. Comenzó a santiguar el aparato:

—Yo te bendigo en el nombre del Padre, y del Hijo, y del Espíritu Santo. *Societas Jesu, Redentor Mundi.*

Comenzó a extender en el piso un largo cordel hecho de cables eléctricos de colores, con pequeñas bolas incrustadas, de plasta dura. Conectó el cable también al megáfono.

Se echó una pesada bolsa de lona al hombro. Comenzó a caminar hacia la base de la Columna de la Independencia. Se llevó el teléfono celular hacia la oreja.

—Mago Blanco, soy la voz que clama en el desierto. Preparando el camino para la llegada del Señor.

Daniel Ceballos abrió su propia bolsa de lona. Se llevó su celular a la boca:

—El adviento va a ser en la Lumbrera 17. Que todo salga bien, hermanos. *Societas Jesu, Redentor Mundi.*

—¿Quién está organizando este movimiento de la Ibero? —le preguntó el hombre a mi prima—. ¿Lo está operando Andrés Manuel López Obrador? ¿Lo está pagando Hugo Chávez?

Ella no le respondió. El hombre extendió la mano hacia un lado.

—Si no me respondes te voy a golpear.

Mi prima lo miró entre la penumbra.

—Usted está inventando su propia mentira. Ustedes no pueden aceptar el poder de la gente. Nadie está financiando este movimiento. Este movimiento es real. México no quiere otra vez la dictadura.

El hombre la miró fijamente. Con mucha fuerza le azotó la cara:

—¡Toma esto, ramera! ¡Desde hoy vas a tener que obedecerme! ¿Sabes lo que hay en juego en estas elecciones? ¿Sabes lo que ya está negociado? —comenzó a estirar uno a uno los dedos en el aire—. El candidato Enrique Peña Nieto tiene 70% de la preferencia en las encuestas. Eso no va a cambiar. ¡La elección ya está ganada! ¿Crees que vamos a dejar que ahora lo derrote una rebelión de jóvenes, que está siendo sembrada desde Venezuela?

Magdala no quería observarlo, pero aun así lo enfrentó.

—Estas encuestas. Esto lo hicieron las televisoras —recordó al padre López Moctezuma, en su escritorio. Recordó las manos del sacerdote, la cicatriz de la quemadura en su rostro—. Todo esto lo pactaron en una cabaña. 2 de febrero de 2006. Valle de Bravo. Hotel Rodavento. Esto lo investigó un periodista de la revista *Proceso*. Jenaro Villamil. Hubo en esa reunión un ex director general de la CIA.

El hombre que se llamó a sí mismo "Telaraña" caminó por un costado de Magdala.

—¿Estás contra el candidato Peña Nieto?

Magdala miró hacia sus primos.

—Estoy contra el sistema.

El hombre soltó una carcajada y comenzó a acariciarle el rostro.

—Yo no trabajo para el señor Peña. Él ni siquiera sabe que existo. Yo trabajo para los que quieren asegurarse de que el candidato Enrique Peña Nieto llegue a la presidencia.

—Esto verdaderamente huele a caca —se dijo a sí mismo el sonorense Daniel Ceballos. Avanzó sobre sus rodillas y sus palmas. Estaba gateando al ras del techo, sobre un puente de tuberías. Se asomó hacia abajo. Vio a Magdala y a mis primos amarrados. Contó a los hombres de "Telaraña".

—Ratas a la vista —le dijo a su celular. Lo tenía sujeto con el hombro.

Abajo, Magdala le preguntó al hombre:

—¿Usted para quién trabaja? ¿Quién está detrás de todo?

El sujeto negó con la cabeza y se llevó un dedo a los labios, obligando a mi prima a que guardara silencio:

—Eso seguro ya lo sabes. Debe habértelo dicho el padre López Moctezuma. ¿No te lo dijo?

—No se lo diré.

El hombre se acercó a mi primo Valentino y le soltó un golpe que lo dejó inconsciente. El movimiento fue tan rápido. Tan certero. No alcanzó a defenderse, ni a quejarse. Sólo se desplomó sobre la silla, como si lo hubieran matado. Mi prima Magdala gritó:

—Me dijo: "Averigua quiénes son los verdaderos dueños de Televisa". Me habló sobre la "RAND Corporation". Insistió: "Busca el Tentáculo Madre. Busca al enviado con el que están controlando el destino de México". Debe ser un enviado de la RAND Corporation, ¿no es así?

El hombre le sonrió.

—Qué triste generación la de ustedes —miró hacia mis otros primos—. Por un golpe y acabas de descubrir el juego del hombre que confió en ti. Ya me diste todo.

De su bolsillo sacó su teléfono celular. Digitó dos teclas. Se lo llevó al oído.

—Quiero que hablen con Salem. Díganle que el jesuita está investigando a Omega.

Magdala le gritó a mi primo para ver si éste respondía a su voz. Inútil.

—¿Usted es un agente de la CIA? —escuchó una estruendosa alarma. En las paredes se activaron las sirenas. Los tubos comenzaron a llenarse de sombras.

—¡Éste es el operativo E-7! ¡Marina Armada de México! ¡Arrojen sus armas!

—¿El ejército…?

"Telaraña" miró hacia los lados.

—¿La maldita Defensa…? ¡¿Avisaste a alguien que venías?!

Desde arriba le cayeron, con cuerdas, dos individuos vestidos de negro, como sacerdotes. Lo golpearon con un tubo en la cara:

—¡No le grites a una dama!

Desde los muros comenzaron a llover disparos. Los hombres de "Telaraña" instantáneamente se volvieron hacia las tuberías, con sus ametralladoras. Empezaron a disparar contra las sombras, gritando.

95

En Nueva York, dentro de la oficina 3603, la puerta estalló. La explosión me catapultó como un mazo hacia la pared de madera; me estrelló contra la estatua de Tiunna. Se despedazó. Vi sus trozos de madera, pintados en dorado, flotando en el aire. Comencé a caer hacia el suelo. Volaron hacia mí pedazos de fuego, como lenguas, con cataratas de chispas.

Miré hacia los lados. Rob Troll me gritó:

—¡Carajo! ¡¿Qué está pasando?! —se cubrió la cara con los codos.

Hubo una segunda explosión: una masa de luz amarilla, seguida por llamaradas.

—¡Esto es el infierno! —comencé a gritar—. ¡Todo esto es feorrible!

Detrás de la ola de fuego apareció una mujer: una chica rubia con una camiseta rosa apretada, con el logotipo de "amor y paz". Había usado a sus guardias como protectores del fuego. Me quedé pasmado. Su cabello dorado le estaba cayendo como cascada por los lados. Tenía muchos brazaletes y pulseras. Sus ojos eran grandes, negros. Me miró con la rapacidad con la que un águila observa a su presa.

Avanzó hacia mí entre las flamas, empuñando en cada mano un lanzagranadas MGL-37. Lentamente me sonrió. Sentí su voz:

—Axel Barrón, tu camino ha comenzado.

En el fuego, la charola de jeringas de la RAND Corporation se incendió en una llamarada. Las jeringas estallaron en las caras de ExCub y de Alak Bin Laden. La sustancia de color naranja implosionó y se expandió como un chorro. Los empapó. Alak violentamente se llevó las manos a las mejillas:

—¡Es la dioxina! —comenzó a gritar, a sacudirse como si tuviera convulsiones. ExCub también empezó a quejarse. Observé cuando Alak comenzó a deformarse. La dioxina ya se había metido por sus poros, por sus capilares. El agente naranja ya estaba comenzando a modificar sus genes. ExCub fue con ella, trató de quitarle la dioxina con un pañuelo, se veía mortificado, asustado, temía por la vida de la chica.

Breanne K levantó los dos lanzagranadas en el aire, hacia mí. Me gritó:

—¡Yo soy la voz que clama en el desierto! ¡Construiremos un camino para la llegada del Señor! —me disparó. Dos incandescentes misiles MGL de 37 milímetros me pasaron por los costados, como cuchillos. Estallaron detrás de mí, a mis espaldas. Escuché el muro volar en pedazos. Comenzaron a caer los cristales.

—Esto está de terror.

En el elevador, Breanne dejó a cuatro policías intoxicados. Estaba sonriendo.

96

En México, debajo del Ángel de la Independencia, el hombre que se llamó a sí mismo "Telaraña" recibió un golpe directo en los dientes, con una barra metálica:

—¡Lo siento, amigo! —le gritó el sonorense Daniel Ceballos. El otro sujeto vestido de negro, Dios Edward, con su cuchillo en forma de crucifijo comenzó a cortar las amarras de mis primos. Les gritó:

—¡Conocerán la verdad, y la verdad los hará libres! ¡Hoy comienza la Resurrección!

El otro hombre de negro sujetó violentamente a Magdala:

—¡Corre conmigo! —la hizo trotar entre los estallidos—. ¡El flujo los va a arrastrar hasta el Colector Acueducto del Drenaje Profundo; por debajo de la avenida Chapultepec!

—¡¿Perdón?! —le preguntó ella—. ¡¿Drenaje profundo?!

Detrás de ella vino corriendo Dios Edward, con mis primos, incluso con Valentino, que parecía haber vuelto en sí. Disparó hacia atrás, hacia "Telaraña". Sus hombres estaban lanzando fuego hacia las tuberías, hacia dos megáfonos que estaban en el suelo y hacia dos baratos proyectores de luces para discotecas.

—¡Corran, corran, corran! —les gritó a mis primos—. ¡En el Colector Acueducto el afluente los va a sumergir 40 metros! ¡Los va a arrastrar hasta el Interceptor Poniente!

Al fondo comenzaron a estallar las cargas de explosivos que él mismo había colocado al pie de las tuberías.

—¡Prepárense para bucear, hijos de la chingada! —les gritó hacia atrás a los hombres de "Telaraña"—. ¡Éste es el día de la Resurrección! —oprimió un botón en su teléfono celular—. ¡La respuesta está en el Centro Fox!

Arriba, en la parte superior del tubo de drenaje, se rompió una bisagra. La esclusa decía: "Alta presión, aguas negras". La compuerta estalló en pedazos. Comenzó a caer un diluvio de excremento. Dios Edward se encontraba eufórico:

—¡Les advertí que amaran a Cristo, hijos de perra! ¡Les quedan 40 segundos para arrepentirse, para volver a la vida!

Daniel Ceballos se arrancó su maleta. Violentamente jaló una cuerda. El objeto comenzó a inflarse.

—Es una lancha —les dijo a mis primos—. ¡Súbanse! ¡Vayan a Guanajuato, al rancho San Cristóbal! —con mucha fuerza sujetó a Magdala por el brazo—. El interceptor es ácido sulfhídrico. No lo respiren, no traguen esa agua.

Magdala miró hacia arriba.

—¿Es caca?

El mar de desechos comenzó a caer como catarata, a inundar el suelo. Olía a huevo descompuesto. Daniel le dijo:

—Te va a arrastrar por debajo del Periférico —la aventó a la lancha—. ¡En la lumbrera 14 hay una bomba, dos sifones! ¡Que no los vuelque! —se volteó hacia el muro de agua negra que se le estaba aproximando—. ¡Manténganse siempre dentro del tubo izquierdo, hacia la Rampa de Dolores!

El agua cargada de residuos humanos sepultó la escultura del esqueleto de hierro. Comenzó a doblarse sobre sí misma. Rechinó por la presión. Sus partes metálicas empezaron a reventarse, a dispararse como resortes contra los muros. Los reflectores empezaron a hundirse, a estallar en corto circuito. El agua con excrementos se le metió a un hombre por la boca. Le llenó los pulmones. Se los rompió desde adentro.

El agua fecal comenzó a empujar a Daniel Ceballos por las piernas, como un torrente. Mi primo Ariel le gritó:

—¡Dios mío! ¡¿Te vas a morir ahogado en esta caca?!

El excremento golpeó a los hombres de "Telaraña". Los arrastró como muñecos, rodeando el basamento de la Columna de la Independencia, hacia la entrada del túnel de Florencia, hacia el Colector Acueducto. Los chupó hacia abajo, como si fuera un escusado. La lancha de Magdala comenzó a dirigirse hacia ese mismo respiradero.

—¡No, Dios mío! —comenzó a gritar mi primo Ariel, *el Cabezón*—. ¡Nos está llevando la calaca!

Desde atrás Daniel Ceballos les gritó por última vez a mis primos:

—¡En la lumbrera 17 les dejamos las escaleras! ¡Busquen la Intraestructura! ¡Busquen la respuesta! ¡Está en el Centro Fox, en Guanajuato! ¡Busquen el factor omega!

97

En Nueva York, Breanne K corrió hacia mí. Me tacleó. Me abrazó. Me jaló hacia detrás con mucha fuerza.

—Tu camino ha comenzado.

Detrás de mí ya no había muro.

—¡Salten! ¡Salten hacia la malla! —nos gritó a todos.

Detrás de nosotros corrieron Rob Troll y su acompañante Tim Dim, quien gritó:

—¡Sólo somos dos humildes limpiacacas!

Saltamos. Brincamos por el hueco del muro hacia la atmósfera, hacia un abismo de 36 pisos. Comenzamos a caer frente a las ventanas del edificio. Frente a nosotros estaban las torres más altas de la catedral de San Patricio. Pude distinguir la forma del techo afilado de la catedral: una enorme cruz blanca. Debajo estaban los gigantescos aros metálicos de la estatua de Atlas. Vi que comenzaban a girar, con sus símbolos de las constelaciones. Sentí la voz de mi padre: "No vas a morir hoy. Aún no has hecho nada útil con tu vida. ¡Hazlo por tu madre!"

Seguí descendiendo, de la mano de la chica rubia. Sus dedos estaban calientes. Me sonrió en el aire.

"Estás exquisita", pensé. "Te conocí y ahora estoy cayendo de un edificio."

Escuché unas poderosas aspas cortantes por encima de mi cabeza. Me aproximé a los anillos de Atlas.

Apareció una estructura, una red como de circo, por debajo. Estaba anclada a unos tubos, a un anillo. Por arriba de nosotros la sujetaba un helicóptero, con cuerdas. Lo vi desde abajo. Era negro, muy ancho: tan poderoso e inmóvil. Caí a la red, que se estiró hacia abajo como una dura membrana. Los nudos se me comenzaron a clavar en la espalda. Miré hacia arriba, hacia el helicóptero. Decía: "UH-ID IROQUOIS. U. S. ARMY".

Comenzó a elevarse.

Nos tenía en su poder.

98

A 330 kilómetros de ahí, en Washington, unos labios se aproximaron al micrófono:

—Por mi autoridad, conferida a mí por la Constitución y por las leyes de nuestra gran nación, yo, Barack Obama, presidente de los Estados Unidos de América, con el objetivo de fortalecer los esfuerzos del Departamento de Justicia y de las agencias federales, estatales, territoriales y locales, expido en este acto, para su entrada en vigor inmediata, la Orden Ejecutiva 13519: la creación de la Fuerza de Acción e Investigación contra Fraudes Financieros para investigar y perseguir los crímenes financieros y otras violaciones vinculadas con la actual crisis financiera global.

Un pesado sello de bronce cayó sobre el apocalíptico documento.

—Señor Obama —le susurró una voz en su pequeño audífono, que tenía oculto en la oreja—. Acaban de encontrar muerto a David Kellermann.

Cinco kilómetros hacia el oeste, al otro lado del río Potomac, en el suburbio de Fairfax, Virginia, dentro de una casa de tejas, un periodista de chaleco naranja se introdujo con su micrófono al cubo de las escaleras, hacia el sótano. Lo siguieron dos cámaras.

—Aquí es donde la policía del condado acaba de encontrar muerto, colgando de su aparato de ejercicio, al que fuera presidente financiero de Freddie Mac, el gigante de los préstamos para vivienda implicado en el estallido de la crisis financiera global —detrás del hombre se encendieron las luces de la policía. El periodista vio el piso. La cámara grabó documentos. Estaban esparcidos en el suelo.

—Dentro de dos días David Kellerman, joven de 41 años, iba a presentar al Congreso de los Estados Unidos el reporte trimestral —avanzó en la oscuridad, alumbrando con la luz de las cámaras—. Los vecinos reportan que David Kellerman actuó de manera extraña desde que el presidente Obama lo nombró para ocupar esta posición, donde debía investigar las decisiones que condujeron a la crisis. Hace 15 días David Kellerman contrató servicios de guardaespaldas, que permanecieron en una patrulla afuera de la casa. Reportó que recibió llamadas de amenaza. Incluso renunció a su cargo en Freddie Mac, pero la renuncia no le fue aceptada.

La linterna de la cámara iluminó la pared del sótano; iluminó el techo. Siguió girando un ventilador. Iluminó hacia el aparato de ejercicio. Por un instante apareció un cadáver.

—Con este evento ya suman dos las muertes de alto nivel relacionadas con la crisis financiera global, siendo la otra la del magnate de los préstamos para vivienda Roland Arnall, llamado el "Padre de los Préstamos Subprime", dueño de Ameriquest y amigo personal del ex presidente George W. Bush, quien lo nombró embajador de los Estados Unidos en Holanda el 8 de febrero de 2006. Su compañía fue acusada e investigada por fraude por 30 estados. En febrero de 2008 se le detonó un cáncer de esófago. Regresó a los Estados Unidos. Murió al cabo de 20 días.

La cámara iluminó hacia el piso, hacia un documento que estaba abierto. En la parte superior estaba una fotografía sostenida por un clip oxidado. Era un joven chino, de anteojos de armazón grueso.

—Éste es David X. Li, el inventor de la fórmula matemática que desencadenó la crisis financiera global. David X. Li desarrolló esta ecuación mientras trabajó en la empresa RiskMetrics, filial del banco JP Morgan. La fórmula establece que una combinación adecuada de inversiones de alto riesgo, si se combinan correctamente, en forma diversificada, disminuye el riesgo total de perder dinero a apenas el 0.88% —y apuntó la cámara hacia la fórmula:

$$\Pr[T_A<1, T_B<1] = F_2(F^{-1}(F_A(1)), F^{-1}(F_B(1)), \text{`}[g])$$

—En septiembre de 1999 RiskMetrics publicó la fórmula de David X. Li en la revista *Journal of Fixed Income*. La publicación le dio la vuelta al mundo y disparó a nivel mundial la ola de inversiones globales llamadas "derivados financieros", que son el hoyo negro en esta crisis. En opinión de expertos, el sistema bancario usó deliberadamente a David X. Li y a su fórmula como gancho para engañar a los inversionistas en todo el mundo, incluyendo a gobiernos de otros países. En entrevista, David X. Li confesó que su fórmula estaba siendo mal interpretada, que se basó en un modelo matemático previo, creado por los científicos Myron Scholes y Fischer Black, de la RAND Corporation.

La cámara enfocó hacia una fracción específica de la fórmula:

$$[=F]_2$$

"La ecuación de David X. Li operó como un sello de garantía, como ariete en lo que se convirtió en una gran campaña mundial para irradiar la venta de los 'derivados financieros'. Aunque muy pocos la comprendieron matemáticamente, miles de corporaciones globales y de gobiernos nacionales creyeron en ella como protección contra pérdidas e invirtieron sus ahorros, sus reservas e incluso los fondos para el retiro de sus ciudadanos en estos 'derivados financieros', que no son inversiones en empresas ni en industria productiva sino en eventos matemáticos 'futuros' o 'derivados', que consisten únicamente en movimientos virtuales de dinero. Esta nueva especie financiera, impulsada por el modelo Black-Scholes, inspirado a su vez en el sistema Monte Carlo de John Von Newmann, también de la RAND Corporation, a pesar de que no producen ninguna riqueza real en el mundo, ni material ni financiera, sino que mayormente se basan en préstamos impagables de vivienda llamados 'subprime', recomprados bajo pérdida por Fannie Mae y por Freddie Mac, succionaron del mundo la espectacular cifra de 68 billones de dólares, monto que es superior al producto interno bruto del planeta entero."

Miró hacia la cámara y dijo:

—En el momento presente David X. Li no tiene contacto con la prensa. Se le ha visto en las inmediaciones del banco China International Capital Corporation, en Beijing. Este banco es una copropiedad del banco Morgan Stanley, que a su vez es una ramificación del banco estadounidense JP Morgan.

99

En el interior del poderoso helicóptero militar UH-ID IROQUOIS, el gordo y alto limpiacacas Rob Troll observó cuidadosamente a los hombres que nos habían rescatado. Pero yo me adelanté a su pregunta. El hombre que nos había rescatado no se perdía de una noticia que podía ver en un televisor puesto en el helicótero, era apenas una pantalla adherida a la pared metálica, la fotografía del joven chino David X. Li.

—Los convenciste a todos con estos pinches símbolos —le dijo al chino—. Pero a mí no me convences —miró de nuevo la ecuación, la cual no entendió.

$$\Pr[TA<1, TB<1] = F2(F\text{-}1(FA(1)), F^{-1}(F_B(1)), [g])$$

—¿Qué significa? —le preguntó Breanne K al hombre barbado que estaba frente a nosotros. Tenía una capucha de estrellas. Era parte de su gabardina de la NASA. Estaba sentado en la amplia cápsula de pasajeros.

—Es largo de explicar —nos dijo. Me le quedé observando. Ya conocía a ese hombre. Su figura espigada, la barba: ¡Era Ion Spear, el hombre en la junta en la Torre Norte. ¡Amigo de mi padre! El hombre que nos había rescatado era el Gran Mago Blanco, el líder de la Logia de Albión. No parecía darse cuenta de mi sorpresa al reconocerlo. Miró hacia la ventana, hacia la Bahía de Nueva York, hacia la verdosa Estatua de la Libertad—. Lo importante es que sepan que nada de esto fue casualidad. En septiembre de 1999 se publicó la fórmula. En noviembre de 1999 se echó abajo la Ley Sherman contra monopolios. Se aprobó la ley Gramm-Leach-Bliley, que permite a los bancos volver a hacer cosas que durante siete décadas tuvieron prohibidas, como vender las deudas de vivienda a otros inversionistas en el mundo. Esto fue lo que detonó la crisis de 1929. En 2005 el gobierno obligó a Freddie Mac y a Fannie Mae a comprar, de los bancos, con dinero de los ciudadanos, los préstamos de vivienda que no iban a ser pagados nunca, los "subprime", pues habían sido otorgados a personas NINJA, que no tenían trabajo, ni ingreso, ni ahorros. Nunca iban a pagar.

—Diablos… —susurró Rob Troll—. Yo que creía que trabajaba con caca. ¿Por qué los banqueros les prestaron dinero a personas que nunca iban a poder pagar?

El señor, que en ese momento ya se presentó como Ion Spear, le respondió:

—Existió una cláusula. Cuando todo estalló, los bancos sabían que ellos mismos no iban a perder dinero. Lo que los desempleados no pagaran lo iba a acabar pagando el gobierno, o sea, nuestros impuestos. En 2001 el presidente de la Reserva Federal de los Estados Unidos, Alan Greenspan, decretó bajar las tasas de interés sobre todos los préstamos. La tasa pasó de 6% en enero de 2001 a 1% en diciembre de 2002. Esto fue lo que desató la locura. Todo el mundo pidió préstamos. El país se endeudó; específicamente las personas que no tenían trabajo, ni ahorros, ni sueldo. Por primera vez podían comprar una casa, a crédito. El gobierno mismo y los bancos los estaban empujando.

—Eso es muy bueno para las causas sociales —le dijo Tim Dim, y le ofreció la mano sucia—. Hay cosas que se limpian con caca.

Ion Spear ni se inmutó.

—Una vez que 16 millones de desempleados estuvieron metidos en estos créditos para sus casas, los bancos revendieron estas deudas en Wall Street, como derivados financieros. Las empaquetaron, las etiquetaron con estampas triple "A" de la Standard and Poors y con la fórmula de David X. Li. Se les ofrecieron a las grandes compañías de todo el mundo, para que invirtieran en ellas su dinero, y también a los gobiernos. Las deudas, que originalmente valían 1.3 billones de dólares, si hubieran sido pagadas, se revendieron hasta que se convirtieron en 70 billones de dólares; esto es más de lo que produce toda la economía de la Tierra. En ese instante, en junio de 2004, Alan Greenspan decretó ahora comenzar a subir las tasas de interés. Esto es lo mismo que sucedió en 1929. La tasa subió de 1 a 5.25%. Los que debían su casa ya no pudieron pagar la nueva mensualidad. Se declararon en bancarrota. Los bancos comenzaron a quedarse sin pagos, sin reservas. Comenzó el dominó que estamos viviendo. Los "derivados financieros", donde el mundo mismo había invertido 70 billones, quebraron. Se perdió la mitad de este dinero. Doce billones según el Fondo Monetario Internacional; 14 billones según la Reserva Federal de Dallas; 22 billones según la Government Accountability Office.

—Feorror. ¿Dónde quedó todo ese dinero?

—Ese dinero un día fue invertido. Alguien tuvo que invertirlo. Alguien tuvo que meterlo en estos bancos. Hablo de corporaciones, de gobiernos de países, los que confiaron.

—¿Y todo esto lo tramó Alan Greenspan?

El hombre me miró fijo:

—Escucha, Axel, Alan Greenspan pertenece a una red más grande, de la cual el público no sabe nada.

Nos miramos unos a otros.

—¿Qué red? ¿A dónde nos llevan? ¿Qué acaba de ocurrir?

—Vamos ahora a una isla.

—¿La isla? —miré hacia Breanne.

El hombre se inclinó hacia mí. Me habló en voz muy baja:

—Tus papás supieron esto todo el tiempo. Alan Greenspan fue parte de un banco muy poderoso, Brown Brothers Harriman. Éste es el meollo del secreto del mundo. Ésta es la clave más profunda. Quién es el que ahora está controlando todas las cosas. El socio mayoritario de Brown Brothers Harriman fue Prescott Bush, el padre de George H. W. Bush. En esa isla está el destino. Tus padres murieron porque lo sabían. El mundo no sabe qué pasó realmente. El mundo nunca sabe qué es lo que se mueve por debajo de estas olas —el sol entró por la ventana, formando muchos prismas de colores—. Los manejan con este velo de mentiras, con esta realidad prefabricada. Los entretienen con los ídolos de la cueva, con los voxes, y los envuelven como larvas en la telaraña. Y nadie verá jamás lo que está detrás de la compuerta, a la araña, a la Intraestructura. Existe un núcleo. Existe una cabeza —miró hacia abajo, hacia el mar. Desde hace minutos nos movíamos sobre el océano—. ¿Quién es este núcleo donde se decide la política del mundo, incluyendo tu propio futuro? ¿Quién es esta sombra, la Intraestructura? ¿Quién es la Corporación R? ¿Quién es el verdadero hombre al que se llama "Secreto R"? ¿Quién es el heredero, la sangre real de Wotan?

Le pregunté:

—Usted dijo "isla". ¿De qué isla habla? ¿Cuál es la isla?

Ion Spear me auscultó:

—He estado en esta isla —miró hacia el fondo, hacia el océano—. Es una instalación secreta de la CIA. Fue una estación de la Operación Mangosta, en el borde sudoeste del Triángulo de las Bermudas. Es un búnker subterráneo, un complejo, un laberinto. No conozco las partes más profundas. No tengo acceso. Tu padre tampoco lo tuvo. Hay compuertas. Para pasar cada sección se necesita una contraseña.

—¡¿Qué isla, diablos?!

El hombre me miró fijamente:

—La isla donde está la respuesta de todo es la misma isla donde está el faro abandonado, el faro que viste en la oficina del agente de la CIA. El Ojo de la Reina.

—Diablos… —cerré los ojos. En mi mente vi la imagen de un faro despostillado, con la parte superior destartalada. Me volví hacia Rob Troll. Le dije—: ¿"Eye of ligth"?

Rob con los dedos escribió en el aire:

—"El Placer de los Roques."

—La utilizó como base de operaciones George H. W. Bush, para su compañía de petróleo Zapata Off-Shore Corporation. Su plataforma de perforación Scorpio fue un disfraz. La isla encubre un secreto.

—Diablos. Y usted dice que hay compuertas, que se necesitan contraseñas.

—Así es —miró hacia el océano.

—¿Y ya tiene las contraseñas? Hace un minuto nos dijo: "yo no tengo acceso".

—No las tengo —miré hacia Breanne K. El señor Ion Spear me dijo—: Las tienes —había en su rostro una mezcla de incredulidad—. Acabas de estar en la oficina del hombre que operó personalmente esta isla; el agente negro de George H. W. Bush; uno de los funcionarios más altos de la CIA que han existido en todos los tiempos.

—¡¿ExCub?!

—Él me conoce. Conoció a tu padre. Yo nunca habría podido entrar a su oficina. Me odia.

—Diablos —le contesté—. ¿Usted me envió a esa maldita oficina?

—Todo lo que necesitas es recordar lo que viste ahí. Todo te lo puso Dios mismo a tu alrededor, desde el principio de los tiempos. Sólo tienes que observarlo todo, recordarlo todo, y con tu cerebro sacar las conclusiones. ¿Qué viste en esa oficina?

100

En México, en la casa de campaña del Partido Acción Nacional, un hombre con una pequeña grabadora metálica en la mano se le aproximó a Josefina Vázquez Mota.

—Esto es lo que grabaron. Grabaron tu voz. Grabaron lo que le estabas diciendo a Gustavo Madero por teléfono. Te grabaron y lo difundieron a los medios —oprimió el botón.

La voz de Josefina comenzó a sonar:

"Este cuate nada más lo está utilizando para golpear de manera rastrera", y siguió un tramo inaudible, al cual continuó lo siguiente:

"cuando el cuate me agredió, cuando fue un patán…" y el hombre delicadamente apagó la grabadora.

—Están grabando tus llamadas.

Josefina miró hacia un lado.

—Están grabando tus llamadas —le insistió el hombre. Miró hacia arriba, hacia las lámparas en el techo, hacia las esquinas—. Puede ser que todo esto ya esté en los micrófonos. Van a grabar lo que digas. Van a difundir todas tus conversaciones privadas hacia la prensa.

Josefina miró hacia arriba, hacia las paredes.

—Dios… ¿Quién se metió a poner todo esto? ¿A qué horas pudieron hacerlo?

—Sólo hay alguien que puede hacer esto —la miró a los ojos—. Tú sabes quién.

Josefina desvió la mirada hacia un retrato en la pared: el oscuro retrato del presidente de la República, Felipe Calderón Hinojosa.

—No… —comenzó a fruncir las cejas—. Esto no es posible…

Su asistente suavemente la tomó por los antebrazos:

—Josefina, es el propio gobierno. Es el gobierno panista. Es el hombre que fue tu jefe.

—Esto no puede estar pasando —permaneció en silencio por varios segundos—. ¿Me están espiando? ¿Mi propia gente me está espiando?

—La instrucción la dio Alejandra Sota, su vocera personal. Se la dio al secretario de Seguridad Pública, Genaro García Luna. Él ordenó la colocación de los sistemas.

Josefina comenzó a caminar dentro de la habitación oscura.

—No entiendo —empezó a alejarse en la negrura—. ¿Por qué me están haciendo esto?

El hombre bajó la mirada.

—Josefina, es posible que tengamos que afrontar una nueva perspectiva en este juego. Ellos no quieren que ganemos. No quieren que ganes. Todo esto es una simulación. Ya decidieron que gane Enrique Peña Nieto.

Josefina regresó desde la oscuridad.

—Negociaron que ganara otro partido… ¿Por qué no me lo dicen?

—Si la presidencia ya decidió esto, cualquiera de los que nos rodean puede estar jugando ya en nuestra contra. Lo que sigue va a ser cuesta arriba, contra una avalancha.

Josefina miró hacia un lado.

—¿Qué negociación hicieron?

Su asistente le extendió un recorte de periódico. Decía: "presidente Calderón pactó con los Estados Unidos".

Josefina comenzó a negar con la cabeza:

—Lamento no solamente que haya una guerra sucia. Intervenir llamadas telefónicas es un delito. Esto me parece muy grave. Lo lamento. Creo que esto es justamente lo contrario al espíritu democrático de la libertad, de la ciudadanía, de lo que siempre había caracterizado a nuestro partido.

Josefina comenzó a caminar hacia la fotografía del presidente.

—Yo no he lastimado a nadie —le dijo a la imagen del presidente—. Yo no he agraviado a nadie. Alguien está cometiendo aquí un delito grave. Hoy cambia la perspectiva de este juego. Yo no me voy a detener.

101

En el drenaje profundo de la ciudad de México, sobre una violenta marejada de excrementos cuyos gases ácidos y sus salpicaduras descompuestas le estaban quemando la cara, mi primo Claudio Barrón comenzó a quedarse sin oxígeno.

Con sus manos fuertemente se aferró de las empapadas cuerdas de la lancha. Comenzó a gritarle a Magdala. Miró hacia arriba, hacia los surcos redondos del techo. Pasaban velozmente sobre su cabeza. Estaban viajando dentro de un cilindro de cuatro metros de diámetro. Cada 10 metros había reflectores de luz negra. Emitían un resplandor morado, fluorescente. Se desvanecía hacia atrás como un fantasma. De la corriente estaban saliendo vapores luminosos. Se iluminaban de color verde fosforescente por la luz negra. En las paredes se encendían manchas rojas, graffitis. Decían: "Reina de México, salva nuestra patria y protege nuestra fe".

Claudio cerró los ojos. Vio a un hombre barbado, en medio de esa poderosa luz morada, cubierto con una manta de estrellas que proyectaban haces de radiación hacia todas direcciones.

—Serás otro —le dijo a Claudio—. Nacerás de nuevo. Tu estructura interna emergerá. Alguien que nunca ha nacido, que es otra forma de ti mismo, ocupará esta noche tu lugar y volverás a quien eres —por los lados, desde el universo, aparecieron dos gigantescas serpientes de fuego, ambas con alas. Rugieron como monstruos.

178

Claudio vio un millón de estrellas. Las fuerzas del cosmos. Sintió un punzón eléctrico en sus tejidos.

Desde atrás, mi prima Magdala lo jaló por el cuello de la playera:

—¡Aquí está lo que nos dijo ese hombre, el "factor omega"!

—¿Qué dices?

Mi prima Magdala estaba viendo Google en la pantalla de su celular.

—¡¿Estás viendo internet mientras estamos haciendo rafting en esta maldita caca?!

—¡Escucha! —le gritó Magdala—. ¡Aquí dice: "Existe un centro de operaciones. Se llama 'omega' "! ¡Y aquí dice que un artículo de Felipe Moreno revela que "Omega" tuvo como principal contacto en el gobierno de los Estados Unidos al senador Ernest Fritz Hollings, "quien en marzo de 1997 se pronunció por provocar una crisis en México"!

—¡Agárrate de las cuerdas, demonios! —la lancha se curvó en el torrente, en la intersección de dos túneles.

—¡Aquí dice: "Jorge Castañeda anunciaba 'es hora de la gran explosión'; el senador Hollings estableció que la única forma de encontrar los caminos correctos en México, era deshaciéndose del PRI"! ¡¿Sabes lo que esto significa?!

—¡No! —se tapó la cara. Se le aproximó a la cabeza una rama que estaba chorreando líquidos.

—¡Se refieren a cuando hicieron que llegara Vicente Fox a Los Pinos, que ganara el PAN! ¡Fue con el apoyo de los gringos!

Mi primo Claudio recibió un salpicón de caca en la cara.

—¡Diablos! ¡Esto es una maldita pesadilla!

Magdala le gritó:

—¡Aquí dice: "El mismo Juan Bustillos de *Ovaciones* hace referencia a que Jorge Castañeda fue reclutado por la Agencia Central de Inteligencia, la CIA"! Según América Latina en Movimiento, "en los setenta, Jorge Castañeda ingresó al Partido Comunista Mexicano; se convirtió en colaborador de guerrillas centroamericanas, como el Frente Sandinista de Liberación Nacional, el Frente Farabundo Martí de Liberación Nacional!"

—¡¿Eso es el "factor omega?! ¡¿El "Tentáculo Madre"?! ¡¿Qué tiene que ver todo esto con lo de "ir a Guanajuato, al Centro Fox?!"

—¡Escucha esto! ¡"El año 2000, el periodista mexicano Raymundo Riva Palacio publicó que Jorge Castañeda Gutman, en su juventud, fue un agente de la Central de Inteligencia Americana de los Estados Unidos, la CIA"! Y agrega: según Miguel Anguiano, "Jorge Castañeda

Gutman fue quien aconsejó al presidente Vicente Fox para que contratara los servicios de la empresa neoyorkina Zemi Comunications, propiedad de Alan Stoga". ¡Y aquí dice: "Alan Stoga es el hombre que le hizo la estrategia a Vicente Fox para llegar a la presidencia", y "Alan Stoga trabaja para uno de los doce cerebros de la RAND Corporation"!

102

En el helicóptero militar UH-ID IROQUOIS, 70 metros por encima del Océano Atlántico, la hermosa rubia de playera rosa Breanne K suavemente me puso la mano sobre la cabeza. Me dijo:

—Tomaré a este ratón y habré de transformarlo en tigre.

—¿Perdón?

Ion Spear nos aventó a todos unas bolsas de plástico. Dentro tenían unos dispositivos con cables, semejantes a unos sujetadores para teléfonos celulares. Decían: "4D Amplifier".

—Esto es lo primero —nos dijo. El viaje había durado horas en las que habíamos hablado mucho, pero en el que también nos habíamos sumergido en largos intervalos de silencio—. Acóplenselos a sus celulares. Son amplificadores de señal. A donde vamos no hay *roaming*. Hay formaciones magnéticas. Vamos a tener que bajar la señal de los satélites, y amplificarla. Nos estamos aproximando a la frontera, al límite occidental del Triángulo de las Bermudas. ¿Lo ven? —señaló hacia el horizonte—. Aquí se perdieron navíos por 200 años. El *Friendship of Salem*, el *USS Cyclops*, el *SS Cotopaxi*, el *USS Proteus*, el *USS Nereus*, el Vuelo 19. Por debajo de toda esta masa de agua está la fractura Midatlántica —se asomó hacia abajo—, el único lugar de la tierra donde la corteza terrestre está abierta, donde está expuesto el manto magnético, el manto de magma, el dínamo del planeta; el punto donde se crean los continentes, el punto donde se crea la materia. Bienvenidos al misterioso Mar Caribe —nos sonrió.

Me asomé por la ventana. El mar se extendió hasta el horizonte. Ion Spear nos dijo:

—Aquí fue la guerra de las eras. Aquí pelearon por siglos los barcos de Inglaterra contra los galeones de España. La reina Elizabeth de Inglaterra organizó una horda de criminales. Imaginen cuántas toneladas de oro y plata fueron robadas. Jaime Martínez Veloz menciona 200 toneladas de oro, sólo de México. Este oro, este robo atlántico es la base financiera sobre la que se creó el actual poderío militar de los Estados Unidos.

Miré hacia el océano. Por un instante vi las velas negras de los barcos piratas. Sentí la presencia de un ser momificado. Se irguió por encima del océano, cubierto con una manta de seda, de rayas rojas y estrellas. Emergió como una montaña, como una cima. Abrió sus alas. Estalló un relámpago. De su cabeza de águila brotó un triángulo de luz, con un ojo.

—Diablos... ¿Arnhöfdi...?

—Ésta es la fundación de imperio final de los sajones —nos dijo Ion Spear—. Saxum Ragnarök. El pueblo de Wotan.

—Tú y Wotan —le dijo Breanne K. Subió las piernas al asiento. Se colocó en posición "flor de loto".

Ion Spear le sonrió.

—Breanne, la isla a la que vamos fue un campo de operación de la Intraestructura: una base de operaciones y entrenamiento para paramilitares de la CIA, exiliados cubanos seleccionados por la Agencia. La Operación Mangosta —con un botón activó la pantalla que estaba acoplada a la pared metálica. Apareció una imagen satelital: una isla. En la parte superior decía "Cay Sal, El Placer de los Roques".

—¿"Placer de los Roques"? —le pregunté.

—¿Quiénes son los "Roques"? —le preguntó Tim Dim—. ¿De verdad sentían placer?

—Actualmente se llama Cay Sal —Ion Spear colocó el dedo sobre la pantalla—. Cayo de Sal. Cuarenta millas al norte de Cuba. Es una de las más diminutas "perlas" del archipiélago de las Bahamas, al suroeste del Triángulo de las Bermudas. Cien kilómetros de ancho, 60 de norte a sur. La isla está desierta. Sólo hay unas cuantas aves, insectos, moluscos del tamaño de perros, semejantes a armadillos. Hay una pequeña pista de aterrizaje. Desde los sesenta la utilizaron como área de carga y descarga para los narcotraficantes. Un depósito de armas.

—Diablos. ¿Narcotraficantes?

—Los primeros narcotraficantes de gran escala surgieron de la Operación Mangosta, Axel. La Operación Zapata. Fueron sujetos de la CIA. En opinión de muchos, los sigue manejando la CIA. En 1985 la CIA explícitamente hizo un pacto secreto con los cárteles de México, de Honduras, de Colombia. Los apoyó en la venta de sus drogas dentro de los Estados Unidos, a cambio de que ellos le ayudaran a sembrar sus armas dentro de Nicaragua, para provocar ahí un estallido, un golpe social, un derrocamiento.

—Feorror —le dije—. ¿Usted participó en todo esto?

Ion Spear miró hacia la ventana.

—Nada es más negro y oscuro que un gobierno que envenena y mata a su propio pueblo —se volvió hacia nosotros—. En 1959, según lo afirman Reinaldo Taladrid y Lázaro Baredo, George H. W. Bush recibió un llamado de la CIA. Le pidieron armar fondos para crear grupos para invadir Cuba. Para auxiliarlo le asignaron un agente exiliado cubano de alto entrenamiento, Félix Rodríguez. Según el agente de la CIA Robert Crowley, el director Allen Dulles convenció a Bush diciéndole que así ayudaría al país, que la Agencia lo ayudaría en sus actividades de petróleo en el océano. Según John Sherwood, también de la CIA, Bush primero fue una parte pequeña de la Operación Mangosta. Sus plataformas de petróleo eran perfectas para entrenar a los cubanos exiliados. Estaban lejos de la supervisión de las autoridades, en medio de la nada.

"La empresa Zapata Oil de Bush tenía una ramificación en México, Zapata-Pemargo, con un socio en la política de México, Jorge Díaz Serrano, después director de Petróleos Mexicanos. Esto se llamó la 'Conexión México' o 'Conexión Pemargo'. Según el agente cubano Fabián Escalante, del gobierno de Castro, los empresarios Jack Crichton y George H. W. Bush obtuvieron los fondos para la Operación 40 de la CIA para entrenar a estos exiliados. La dirigió David Atlee Phillips, a quien enviaron a México para vigilar de cerca al jefe de la estación de la CIA en la ciudad de México, Winston Scott.

"El padre de George H. W. Bush era un hombre importante, el senador que impulsó el desarrollo de los misiles nucleares Polaris: Prescott Bush, el hombre que le dijo a Eisenhower que nombrara a Nixon como vicepresidente. En 1953 George H. W. Bush creó Zapata Petroleum con un socio llamado Thomas J. Devine. Thomas J. Devine era un agente de la CIA. Mientras tanto, otro amigo de George H. W. Bush, colaborador de su padre en la CBS, probablemente desde 1942, el geólogo petrolero George de Mohrenschildt, viajó a México en secreto para espiar las reservas. El gobierno de México lo expulsó.

"George de Mohrenschildt era yerno de un hombre poderoso de la CIA, Walter Samuel Washington —se nos aproximó—. En mayo de 1963, George de Mohrenschildt recibió un préstamo por 300 000 dólares, por parte del banco Brown Brothers Harriman, cuyos dueños eran

William Averell Harriman y el propio Prescott Bush. ¿Para qué usó este dinero?"

Me señalé el pecho.

—¿Me está preguntando?

—¿Para qué usarías 300 000 dólares en 1963, que actualmente equivaldrían a 2.2 millones de dólares?

—No tengo la menor idea. ¿Para comprar un pasaporte que me sacara inmediatamente de aquí?

—Nadie sabe para qué usó este dinero, Axel. Pero ese mismo mayo, De Mohrenschildt visitó dos veces al vicepresidente Lyndon B. Johnson. ¿Los estoy aburriendo?

Nos miramos.

—A mí "más o menos" —le dije. Le sonreí a Breanne.

—En septiembre de 1962, George de Mohrenschildt contactó a dos agentes de la CIA, Max Clark y J. Walton Moore. Ellos le presentaron a un ex soldado que había sido fanático de la Unión Soviética, Lee Harvey Oswald.

—Diablos —le respondí—. ¿El que mató al presidente Kennedy?

—Ya estás usando el cerebro —se señaló un lado de la cabeza con un dedo y se la tocó con él un par de veces—. George de Mohrenschildt adoptó a Oswald, como si fuera su hijo. Lo presentó con sus amigos. Las conexiones se han perdido. El ejército destruyó el expediente militar de Oswald en 1973. Estos amigos de George de Mohrenschildt le consiguieron a Oswald un empleo en un edificio de Texas, que era propiedad de esa misma red de amigos, el petrolero y constructor de aviones de guerra David Byrd. Ese edificio se llama Depósito de Libros Escolares de Texas. Lo pusieron a trabajar en el sexto piso.

—Diantres —me dije. Recordé la fotografía de Lee Harvey Oswald en la oficina de ExCub. "Ese imbécil debió haber hecho bien su trabajo." Recordé a ExCub mirando la fotografía: "En cambio te dedicaste a escribir mensajes".

—Ya tengo una de las contraseñas —le dije a Ion Spear.

—¿Qué dices?

—Para abrir las compuertas, en la isla. Ya tengo una de las contraseñas.

—No lo interrumpas —me dijo Tim Dim—. Quiero que nos termine de contar la historia.

Breanne K le dijo a Ion Spear:

—Es verdad, queremos que nos termines de contar la historia.

—Nada. El día que mataron a Kennedy, Lee Harvey Oswald ni siquiera estuvo en el sexto piso del edificio, como nos han hecho creer desde hace 50 años. Ellos querían que estuviera ahí, en esa ventana, para culparlo de los disparos. Los tiros se hicieron desde otras locaciones; desde la cerca de maderos frente al vehículo, desde el edificio Federal Building Annex, y desde una coladera. Lee Harvey Oswald estaba en el segundo piso, en el pasillo rumbo al comedor de los empleados. Estaba en una máquina de refrescos. Fue a tomarse una Coca-Cola. Fue ahí donde dos oficiales le informaron que el presidente acababa de ser asesinado, que permaneciera en el edificio. Fue en ese instante cuando supo que lo iban a culpar a él.

—Me gusta la Coca-Cola —le sonrió Tim Dim—. Los limpiacacas usamos la Coca-Cola para despegar las cacas en los escusados.

—Apenas ocurrió el asesinato, el geólogo George de Mohrenschildt viajó hacia Nueva York, hacia una empresa de inversiones que se llamó Train Cabot. Su nombre código en la CIA era "Saline".

—¿Saline? —le pregunté—. ¿Como Cay Sal?

—El hombre a quien George de Mohrenschildt se encontró en esta empresa Saline fue Thomas Devine, el socio de George H. W. Bush en Zapata Oil —miró hacia el Mar Caribe—. El propio George H. W. Bush, según memorándums del FBI, recientemente desclasificados, estuvo en Dallas, a 10 cuadras del punto del asesinato, ese día, el 22 de noviembre de 1963, el día que mataron a John Kennedy.

—Diablos —le dije—. Todo esto es feorrible.

—Ahora dime —se me aproximó—. ¿Cuál era la contraseña?

Me quedé pasmado.

—¿Perdón? —le pregunté—. ¿Qué contraseña?

Me abuchearon. Lentamente comencé a levantarme de mi asiento.

—Oh, sí. Deben perdonarme. Tengo ADD —miré a Breanne—. Antes debo hacerle una pregunta —me dirigí hacia Ion Spear—. ¿Es posible que el propio Lee Harvey Oswald, si todo lo que usted dice es cierto, si en verdad fue "adoptado" por ese geólogo y por sus contactos en esta operación de la CIA, que usted llama Mangosta, alguna vez haya visitado personalmente esta isla a la que estamos yendo? —señalé hacia la pantalla, hacia la isla.

El hombre asintió.

—Es posible.

—Muy bien —miré hacia Breanne K—. Si en esta isla hay algo tan importante como usted dice, y Oswald lo hubiera sabido, y si Oswald se hubiera enterado de que lo estaban usando, que lo iban a entregar como chivo expiatorio, ¿no habría dejado un mensaje?

Ion Spear se me aproximó.

—Eso lo supo tu propio padre. Pudo acercarse dos segundos a Oswald en el estacionamiento, antes de que le dispararan. Le dijo estas simples palabras: *"verbum in utre"*. Significa: "mensaje en la botella". Lo que tu padre nunca supo, ni yo, es dónde está ese "mensaje en la botella".

—La respuesta la ha tenido usted todo el tiempo frente a su nariz.

—¿De verdad?

—Sí.

Observé las olas del océano. Brillaron debajo del sol. Todos me miraron. Les dije:

—El mensaje debió colocarlo en un lugar donde pudiera permanecer por mucho tiempo. Un lugar que no iba a ser revisado, hasta que un pequeño grupo de personas, como nosotros, hiciera esta pequeña secuencia lógica. Y está ocurriendo hoy, después de 50 años.

Breanne se volvió hacia Ion Spear. Ion Spear le sonrió. Le dije a ella:

—No soy ningún ratón. No tienes que "convertirme" en un "tigre". Oswald se enteró de que lo iban a acusar y matar cuando estaba tomando su Coca-Cola.

103

En Dallas, dentro de un pub de ancianos, un hombre encorvado, de anteojos verdes, de chaleco de cuadros, comenzó a revolver las fichas del dominó. Estaba con sus amigos. Recibió una llamada:

—¿Tío abuelo? —lo saludó Breanne K.

—¿Chiquita? —pero no dejó de revolver las fichas.

—¿Ves que siempre has querido averiguar quién fue el verdadero asesino de John Kennedy? Te tengo la respuesta: ¡tú mismo vas a descubrirlo, hoy mismo! ¡Tienes 90 minutos!

El hombre, llamado Jakob Clark Angules, estiró el cuello. Tenía cerca a sus amigos *Alzheimer*, *Scrooge* y *Muy Macho*.

—Te escucho.

—Ve al edificio, al Depósito de Libros Escolares.

Al hombre comenzaron a humedecérsele los ojos.

—¿Al sexto piso?

—No. Al segundo —Breanne le susurró en la bocina—. Lee Oswald dejó un mensaje. Nadie lo ha visto.

El hombre colgó. Temblorosamente colocó su celular sobre la mesa. Miró hacia la ventana. Desde su silla pudo ver la parte superior del edificio anaranjado de seis pisos, el Depósito de Libros Escolares de Texas.

—¿Todo bien, Toby? —le preguntó uno de sus amigos. Lo tomó por el antebrazo—. ¿Te tomaste tus nootropinas?

—Muchachos, preparen sus cosas. Tenemos una misión. Este día vamos a jugar a otro dominó.

104

—Hay más mensajes —le dije a Ion Spear. Recordé la oficina de ExCub. Con la mente revisé las estatuas, las vigas en la pared de madera, las claraboyas, las fotografías, las figuras con cabellos de brujería yoruba, los diplomas detrás de la cabeza del agente—. Hay un mensaje en la oficina central de la CIA.

Ion Spear negó con la cabeza.

—¿Estás seguro?

—Sí —volví el rostro hacia Breanne—. Tú también lo viste. En su oficina tiene un escudo de la CIA.

—¿Y eso es un mensaje? ¿Un escudo de la CIA?

—Claramente me dijo: "No explores en la estrella".

Ion Spear miró hacia la ventanilla bajo la cual se extendía el océano.

—La estrella es Polaris, la estrella de los vientos, la rosa náutica. El presidente Truman la adoptó como símbolo de la Agencia en 1950. Está en el vestíbulo principal de la Agencia, en Langley, Virginia. Está en mármol, en el piso. Mide tres metros de diámetro. El vestíbulo es conocido como "la cámara de los secretos" o "cámara de las estrellas". Hay una pared llena de ellas.

Breanne me interrumpió con una pregunta:

—¿"No explores en la estrella"?

—Puede ser metafórico —nos dijo Ion Spear—. No significa que haya que levantar esos mosaicos de mármol.

—Hay algo más. La Universidad de Yale —miré hacia Rob Troll—. Hay una cripta. Alak Bin Laden me habló sobre esta cripta, sobre la Fraternidad de la Calavera. George H. W. Bush tiene el nombre

"Magog" en la Fraternidad de la Calavera. En la oficina está el emblema de la Universidad de Yale: *Lux et Veritas*. Debajo dice: "322".

Ion Spear se apoyó sobre la ventana:

—Trescientos veintidós es el número de los hijos de la Calavera.

Rob Troll muy cautelosamente se le aproximó:

—Discúlpeme, señor. Yo no fui a la escuela. Ni siquiera cursé la secundaria. Me crié en un orfanato. Jugaba con ratas. Pero consulto internet —miró en el dedo de Ion Spear el dorado anillo masónico de la Gran Logia de Albión—. ¿La Fraternidad de la Calavera es de los masones?

Ion Spear le sonrió.

—En internet todo está combinado con todo, ¿me entiendes? Lo hicieron así precisamente para que te hagas bolas. Es una gran vomitada. Así nunca vas a conocer la verdad —colocó sus dedos pulgar e índice alrededor de la frente de Rob Troll—. Conocerás la verdad, y la verdad te hará libre.

Rob cerró los ojos.

—Sí, señor.

—No. No son masones. Los hijos de la Calavera son "elegidos". Son hijos de magnates. Herederos. La Calavera surgió como una reacción contra los masones. La orden nació en 1832. Se llamó originalmente "Hermandad de la Muerte". La administraron socios de Prescott Bush en Brown Brothers Harriman, bajo el nombre de Russell Trust Association. Hoy reporta activos por 4.2 millones de dólares. Las reuniones se realizan dentro de esa cripta. Los acuerdos son "secretos". La Universidad de Yale la fundó un hombre de Salem. Cotton Mather, un reverendo. Su libro *Providences Relating to Witchcraft and Possessions*, de 1689, es la causa de que ahorcaran vivas a 14 mujeres inocentes en Salem.

—¿Las "brujas de Salem"? —le preguntó Breanne.

—No eran brujas —le dijo Ion Spear—. El reverendo Mather escribió la viabilidad legal de algo que él mismo llamó "evidencia sobrenatural". Con ello podías condenar a quien quisieras en un juicio.

—¿Evidencia sobrenatural?

—Si me dices: "Tuve un sueño horrendo. Se me apareció Axel Barrón como un fantasma", eso es evidencia sobrenatural. Puedes acusarlo ante Cotton Mather y él lo lleva a la corte, y lo acusa de posesión satánica y de brujería, y lo condena a la tortura y a la muerte.

—Dios mío... —le dije a Breanne.

—En opinión de Robert Calef, Cotton Mather y su padre, Increase Mather, que también era reverendo puritano, acosaban a mujeres. Es posible que todas estas acusaciones las manipularan para aterrorizar a la sociedad, para vengarse de algunas personas, quizá para ajusticiar a algunas de estas damas. Increase Mather era el presidente de la Universidad de Harvard. Quemó el manuscrito de Robert Calef. Cotton Mather gritó: "este escandaloso libro ha tornado a nuestros valiosos Pastores en odiosos ante una multitud que no tiene guía... Este hombre Calef es un seguidor de Satanás... Éxodo 22:28: 'No habrás de hablar mal sobre el dirigente de tu pueblo' ".

Me incliné hacia atrás, sobre mi asiento.

—Como diría mi tatarabuelo: "Qué pinche horror".

—Tu padre te lo dijo, Axel. Todo esto está sumido en el origen de los Estados Unidos, en los inmigrantes que llegaron a Salem, Massachusetts. Los enviados de la reina. Entre ellos estaba la sangre real de los Wettin de Sajonia. La sangre de Wotan. No es casualidad que la palabra pregermánica *rö*, que significa "destino", esté anidada aquí —colocó su dedo sobre la pantalla, sobre la fotografía de la isla, donde decía "Placer de los Roques"—. Este punto del mundo fue una escala.

Nos asomamos hacia la ventana. Nos dijo:

—Ahí está la isla.

105

A 50 metros de la barda egipcia de la Universidad de Yale, en una tintorería, un joven flaco, con una camiseta sin mangas, rota a la altura del vientre; con una estampa de arcoíris; con googles de natación; un paliacate en la cabeza, parado sobre su patineta, se volvió hacia su amigo, que era un gordito de ojos desorbitados.

—Quiero sexo. Quiero más cerveza.

Sonó su celular.

—¿Sí, bueno?

Tim Dim, el limpiacacas de los dientes de caballo, le dijo:

—Mi amigo Rob Troll quiere hablar contigo.

—¿Quién es Rob Troll?

Rob Troll tomó el teléfono.

—No sé quién eres, y si eres igual que tu amigo, eres un retrasado mental. Pero te voy a dar dinero. Quiero que te metas al campus.

Adentro hay una calle, High street, número 64. Es un edificio viejo, de color gris. Se parece a una tumba. Es una logia, la logia de la Calavera. Busca la palabra "Magog". Donde la veas, busca un documento. Se llama "Orden Ejecutiva para la Creación de la CIA". Dime los nombres clasificados que veas.

En Washington, en un salón de belleza, una mujer de ajustados pantalones de leopardo, con un chicle en la boca, con el cabello rubio esponjado; con enormes zapatos rojos brillantes, con dos perritos puddle amarrados con dos correas doradas, recibió una llamada:

—¿Madrina? —le preguntó el mismo Rob Troll.

—¡Qué gusto escucharte, corazón! Besos.

—¿Te gustaría ir hoy de visita a la CIA?

—¿A Langley, mi amor? —se llevó el cigarro a la boca—. ¿Qué voy a hacer yo a Langley, mi rey?

—Mucho dinero. Hay mucho dinero. Más dinero del que alguna vez te has imaginado. Hay una recompensa. Sólo tienes que buscar debajo de un mármol. Hay un código de siete letras.

La "madrina", Laurie Lamont, soltó una bocanada.

—Sólo dime una cosa, cariño, ¿puedo llevar a mis perritos?

106

—Hay una contraseña más —le dije a Ion Spear—. Estaba en el escudo de la CIA. Decía: "HT-LITEMPO". Debe significar algo.

Ion Spear observó hacia la isla. Comenzaba a aparecer su torre en el horizonte, el "faro".

—Por supuesto. HTKEEPER es la estación de la CIA en la ciudad de México. Fue la estación más grande en el mundo. LITEMPO fue la operación que Winston Scott llevó a cabo en la ciudad de México antes de que apareciera muerto. Contrató para la CIA a los presidentes Adolfo López Mateos, Gustavo Díaz Ordaz y Luis Echevarría. Los tuvo a sueldo de la CIA. Sus nombres en los cheques fueron Litempo, Litempo 2 y Litempo 8.

—¿Esto tiene que ver con la operación Zapata-Pemargo?

—Sin duda. Winston Scott conoció a todos los hombres de la Operación Mangosta. Hay algo que importa en la estación de la CIA en México.

Está en uno de los sótanos de la embajada. Es un documento. En esto ya tenemos a tus primos —me sonrió.

Lentamente comenzó a alzar los brazos.

—¡Muchachos míos! ¡Vamos a armar este maldito rompecabezas! ¡Por primera vez en la maldita historia del mundo alguien va desenredar esta telaraña! ¡Vamos a despedazar el velo de Maya, la gran mentira, el Secreto R! ¡Vamos a despedazar la manipulación televisiva que tiene idiotizados a 5 000 millones de jóvenes desde hace 50 años! Un hombre ha concentrado para sí mismo un poder que nunca antes existió sobre la tierra, el poder para manejar a millones. Éste es el momento para desenmascararlo —se volvió hacia Breanne—. Vamos a detener el Transgen FAO-13. Vamos a precipitar el Ragnarök.

—¿Ragnarök? —le pregunté.

El distante faro brilló, con su cúpula de metales retorcidos debajo del sol.

—Rök es el destino final de los sajones. Es la culminación del proyecto de Bodo de Sajonia, el control final. El plan Transgen FAO-13. Tiene que ver con tus genes. Ragnarök es el destino de los dioses. Ragnarök es la muerte de Wotan.

—Insisto —le sonrió Breanne K—. Tú y Wotan.

107

En México, mis primos Claudio Barrón, Magdala Verónica Barrón Garza-García, Valentino, Ariel y *Puerquedro* emergieron como sombras de una coladera de concreto, rodeada por una cerca de alambre en medio de los árboles.

—¡Diablos! —miró Magdala a su alrededor—. ¿Esto es el Bosque de Chapultepec?

Se tiraron sobre la hierba. Estaban empapados en agua negra. Apestaban como nunca antes en su vida. Mi primo Valentino vomitó y tras él, el resto.

Claudio miró hacia el cielo. Respiró a bocanadas. Un ave pasó por debajo de las nubes.

—¿Por qué nos vendiste, primo?

—¡¿Qué estás diciendo?! —le preguntó Valentino, que era delgado, alto, muy violento. Lo llamaban *el Guapo*.

—¿Por qué nos traicionaste? ¿Por qué traicionaste a tu propia familia? —*Puerquedro* se levantó sobre Valentino:

—¡Te voy a matar, pinche mierda! —comenzó a golpearlo en la cara. Magdala le detuvo la muñeca:

—¡Calma, Gogo! Somos primos. Esta gente quiere dividirnos. Yo no creo nada de lo que ese hombre nos dijo. No podemos dejar que nos dividan. ¿Estás de acuerdo? Hoy sabemos algo que antes no sabíamos. La Intraestructura está incrustada en México. Lo que siempre nos ha dicho el padre Moctezuma es cierto. Lo que siempre nos dijo el tatarabuelo. Todo es verdad. La Intraestructura está en Guanajuato —trató de limpiarse la ropa, pero era imposible—. Está en el Centro Fox.

Claudio miró hacia el horizonte.

—Siempre quise ir a Guanajuato —de manera inconsciente giró su cuerpo hacia el noroeste—. Siempre imaginé que un país entero podía ser controlado y manipulado desde un solo edificio, y que un día yo iba a entrar a ese edificio, para desmantelarlo. Sólo tenemos que tomar un camión. Puede ser esta misma noche —miró a Magdala—. ¿Y quieres que nos llevemos con nosotros a Valentino, cuando acaba de entregarnos a un clan de criminales que trabajan para los Estados Unidos?

Ariel abrió los ojos y le dijo:

—¡Noche de acción! ¡Noche de momias!

Valentino comenzó a levantarse.

—Todos ustedes son unos malditos idiotas. ¡¿Qué les está pasando?! ¡Todo esto es mentira! ¡Todo esto sobre Castañeda, sobre el Centro Fox, son puras mamadas! ¡¿A poco van a creerse todo esto?! ¡Lo dicen para dividirnos! ¡Así es como nos dividen, hablando mal todos estos políticos! ¡Así es como toda la vida han dividido a México!

108

A 20 cuadras de ahí, dentro de un salón lleno de científicos, el médico René Drucker Colín se acercó al micrófono:

—En el régimen que encabezará el licenciado Andrés Manuel López Obrador subiremos gradualmente la inversión de la nación en ciencia y tecnología, hasta ubicarla en 1% del dinero que produce México.

El auditorio le aplaudió. Un reportero gritó desde la parte de atrás:

—Señor López Obrador, ¿qué opina usted del estadio vacío de la licenciada Josefina? ¿Cree usted que alguien le está metiendo mano negra a su campaña?

El candidato del Partido de la Revolución Democrática, que estaba ahí, se giró hacia el micrófono. Murmuró:

—De eso no vamos a hablar —miró hacia el doctor Drucker Colín—. Cada partido tiene su estrategia; eso hay que respetarlo.

—Pero señor López Obrador... —el candidato levantó la voz.

—Lo que sí digo aquí es que aunque somos varios candidatos, en realidad, y lo digo con respeto, sólo somos dos proyectos. Los otros candidatos, todos, significan más de lo mismo. Nosotros representamos un cambio verdadero. No está en venta un proyecto —comenzó a negar con la cabeza—. No es asunto publicitario, sino con propuestas.

Al sur de la ciudad, en la calle de Sacramento número 354, Colonia del Valle, dentro del auditorio principal de la casa de campaña del Partido Acción Nacional, la candidata Josefina Vázquez Mota salió al escenario.

Recorrió el auditorio con la mirada. Los flashes comenzaron a estallar. Acomodó sus papeles. Tragó saliva. Observó los reflectores en el techo. Gritó al auditorio:

—¡Los conflictos internos de nuestro partido han consumido mucha energía política que debimos encauzar para arrancar con más fuerza esta campaña! Perdimos tiempo. Nos distrajimos en cuestiones francamente secundarias —al fondo se encontraba el presidente de su partido: el barbudo Gustavo Madero—. Pero para mí todo esto ha quedado en el pasado. Para mí, para mi equipo, esta historia ha quedado en el pasado.

Le aplaudieron. Muchos se pusieron de pie. Comenzaron a gritarle: "¡Josefina! ¡Josefina! ¡Josefina!" Ella tomó de nuevo el micrófono.

—He tomado decisiones importantes esta mañana. He decidido dar un golpe de timón.

Los aplausos continuaban en cascada.

—¡Que quede claro! ¡No vamos a esperar eternamente a quienes no quieran hacer su trabajo ni defender a las familias mexicanas! ¡México no resiste más autoridades cómplices ni omisas!

Alguien a sus espaldas le murmuró al hombre delgado que estaba a su lado:

—Ellos ya lo decidieron todo. Josefina no sabe lo que le espera.

La ceremonia terminó, pero la candidata se dirigió hacia el centro de la ciudad de México. Entró a otro auditorio. Se dirigió hacia el templete. El escenario blanco decía en letras verdes: "AGENDA MÉXICO 12.18. SEGURIDAD. MÉXICO SOS". En el presídium la recibió el empresario Alejandro

Martí. En medio de aplausos, la organización civil México SOS le entregó el documento llamado "Agenda México 12.18".

El público estaba de pie. Le gritaron "¡Josefina! ¡Josefina!"

Ella tomó del brazo al señor Martí. Una fuerte sensación de náusea la invadió.

—¿Está temblando? —se preguntó.

Comenzó a sentir un mareo. El piso se estaba moviendo. Miró hacia las paredes, hacia el techo.

Alejandro Martí la protegió de la luz de las cámaras.

La candidata, vestida de blanco, comenzó a aproximarse, tambaleándose hacia el podio transparente. Miró hacia el público. Comenzó a ver todo de color blanco.

"Dios... ¿Qué está pasando?", pensó y se aferró al podio. Empezó a desdoblar su discurso.

—Compañeros —el sudor apareció en su frente—: Lo más importante es la seguridad de las familias. Lo más importante es también dignificar el trabajo de la policía —comenzó a sentir que el edificio empezaba a moverse. Se quedó en silencio. Miró hacia arriba, hacia las luces. Comenzaron a distorsionarse.

"Dios mío, ¿qué me está pasando?"

—Yo creo que me voy a sentar —dijo al micrófono. Empezó a desvanecerse—. Alguien en las butacas gritó:

—¡Se va a desmayar!

El señor Alejandro Martí corrió para detenerla.

En lo alto del Hotel Sheraton María Isabel, un hombre de cabellera rojiza la observó en la pantalla de su televisor. Lentamente bajó el whisky que estaba bebiendo.

—Muéstrenla como débil. Pónganlo en todos los medios. Que el título sea: "La venció la presión: se desmaya derrotada".

109

—¡Alguien puso químicos en la comida! —gritó el presidente Hugo Chávez, de Venezuela. Estaba debajo de un cielo nublado, montado sobre el techo de un tanque de guerra, en Fuerte Tiuna, Caracas, Venezuela.

—¡Es muy difícil de explicar, incluso bajo la ley de las probabilidades —les gritó a sus militares—, lo que nos está pasando a algunos de nosotros en América Latina, como a la presidenta de Argentina, Cristina Fernández de Kirchner, como a la presidenta del Brasil, Dilma Rousseff, y a su predecesor Luiz Ignacio Lula Da Silva! ¿Les parece extraño que ellos, los consorcios secretos de los Estados Unidos, inventaron esta tecnología para esparcir el cáncer y que no lo sepamos después de 50 años? ¿Se trata ahora de otra nueva arma del imperio para asesinarnos a los líderes de otras naciones?

En silencio se volvió hacia el horizonte.

—Tengo cáncer. Fidel Castro siempre me lo advirtió —observó la silueta de las nubes—: "Ten cuidado con lo que comes. Estas personas han desarrollado tecnología, y tú eres muy descuidado. Ten cuidado de qué es lo que te dan de comer. Con una pequeña aguja pueden inyectarte algo muy grave".

Su muerte —a decir de sus palabras— había sido programada desde un laboratorio secreto de los Estados Unidos. Ahora sólo faltaba saber cómo reaccionaría su cuerpo, si su muerte sería rápida o muy lenta.

110

Dentro de la Casa Blanca, el presidente Barack Obama se levantó de su asiento y escuchó la cerradura de la puerta.

Cuatro hombres vestidos de negro, con aparatos en las orejas, caminaron hacia él.

—Señor presidente, el Consejo de Seguridad Nacional requiere transmitirle un reporte de emergencia.

Colocaron sobre su escritorio una carpeta negra, de piel. Al centro tenía estampado en dorado el escudo de los Estados Unidos. El águila de alas abiertas. Adentro había un documento de una sola hoja. Decía:

TOP SECRET / CODEWORD PDB260509. Miembros entrenados por Al Qaeda residentes dentro de los Estados Unidos han sido descubiertos involucrados en tácticas para atacar blancos tanto en Canadá como en los Estados Unidos.

El presidente levantó la cabeza. Uno de los agentes lo miró a los ojos.

—¿Quiénes son estos supuestos terroristas? ¿Por qué no dice aquí sus nombres?

El agente no le respondió. El presidente insistió:

—¿Por qué no dice aquí los nombres? ¿Quién es el responsable de este reporte?

El agente continuó sin contestarle.

El presidente se asomó a la ventana y miró hacia el jardín.

—¿Por qué quieren que ahora yo crea que Al Qaeda tiene otra vez agentes terroristas dentro de los Estados Unidos? ¿Por qué lo hacen con este documento que ni siquiera especifica quiénes son estas personas?

El agente le sonrió:

—Señor presidente, el ejército de los Estados Unidos está preparado para combatir a los enemigos de los Estados Unidos. Denos usted la orden.

El presidente suavemente soltó el documento. Caminó hacia afuera de su oficina. Se volvió hacia su secretaria:

—Transfiere a línea cinco todas las llamadas.

Caminó por un pasillo de color naranja, con lámparas. Pasó a un lado de la pintura que tenía dos antiguos galeones que forcejeaban en una tormenta. Se introdujo por una puerta de madera. Al otro lado lo estaba esperando la prensa. Entró saludando con el brazo. Lo recibieron con aplausos. Un hombre le entregó un documento.

Obama trotó hacia el estrado y comenzó a leer ante el micrófono:

—Los Estados Unidos condenamos en los términos más firmes el uso de la fuerza por parte del actual régimen de Siria contra los jóvenes que están ejerciendo su legítimo derecho a la protesta y a la democracia —miró hacia los periodistas—. Este terrible uso de la violencia para suprimir a los que protestan debe terminar ahora. ¡Y sabemos que este régimen de Siria está recibiendo apoyo y armamento del gobierno de Irán!

Un reportero le preguntó:

—Señor presidente, ¿es verdad lo que acaba de publicar el *New York Times* sobre agentes de la CIA que están en la frontera de Turquía sembrando armamento para los rebeldes Sirios por medio de intermediarios fantasmas como la Hermandad Islámica Siria? ¿Esta rebelión la están inoculando los Estados Unidos?

El presidente Obama miró hacia un lado, hacia un general. Se volvió hacia el periodista.

—El Departamento de Estado aprobó un paquete de ayuda médica —se aclaró la garganta— y de equipos de comunicaciones por 15 millones de dólares para los grupos civiles que se oponen al régimen de Siria.

—Señor presidente, ¿es verdad que el secretario de la Defensa, Leon Panetta, autorizó transferir secretamente los 23 000 soldados que estamos movilizando en Afganistán, hacia Siria? ¿Es verdad lo que indica el coronel Jeff Hooks, que gran parte de nuestro armamento en Afganistán está siendo trasladado hacia Arabia Saudita, mientras la CIA está movilizando armamento hacia Jordania, para introducirlo a Siria?

El presidente Obama lo miró a los ojos.

—Nosotros no estamos enviando armamento.

En el borde sur de Turquía, cinco poderosos tractores del ejército turco se frenaron soplando gases que olían a acetileno. Al otro lado estaba Siria. Sus compuertas se derribaron. De las bahías de carga comenzaron a avanzar 10 equipos antitanque Humvee HMMWV, cargados con carriles de misiles TOW M220, con plataformas Stinger M1097. Los misiles decían: "RAYTHEON BGM TOW, MASSACHUSETTS".

Sobre el techo de todos los vehículos había lonas blancas con símbolos rojos: el emblema de la Cruz Roja. El letrero decía: "AYUDA HUMANITARIA".

111

Dos mil doscientos kilómetros al norte, en Rusia, dentro de un rincón oscuro, dentro de una cámara ostentosa que estaba sumida en las sombras, una mano con un anillo con un águila de dos cabezas apresó un descansabrazos de madera recubierta con oro. En el respaldo había un esponjado terciopelo de color rojo.

—Señor Putin… —le susurró un hombre calvo, de gruesos anteojos. Traía consigo un detallado mapa del mundo—, el juego planetario ya está comenzando. Éste es el Día Cero.

—¿Día Cero…?

El hombre calvo colocó su dedo sobre el mapa:

—Los americanos ya están colocando sus ejércitos en los puntos clave del tablero. Irak, Afganistán. Ahora Siria. Ya tienen el control completo sobre la región de la Cuenca de Sistán. Están controlando a los nuevos gobiernos de Túnez, de Libia, de Egipto. Si ahora derriban a Siria van a tener acceso militar a todas las rutas del centro de Asia.

El presidente Putin permaneció en silencio.

—Señor presidente, Siria es el acceso al centro de Asia. Van a avanzar hacia Irán. Si perdemos Irán, ellos tendrán no sólo el Medio Oriente; tendrán el control final total sobre el combustible terrestre. Irán es la tercera reserva más grande del planeta. Quieren Irán. Una vez en Irán, que es el litoral sur de nuestro mar Caspio, nada les puede impedir que movilicen sus barcos y sus tropas hacia nosotros. Invadir Rusia.

La mano con el anillo apretó con fuerza las curvas del dorado descansabrazos.

—Siria es la clave —le susurró Vladimir Putin a su confidente—. Siria es la muralla. No vamos a permitir que caiga Siria. Mi antecesor permitió que perdiéramos Libia y a Gadaffi,; no dejaré que eso vuelva a repetirse.

Dentro de la RAND Corporation, en Arlington, Virginia, un hombre observó la manifestación en una pantalla de video. Suavemente hizo un susurro:

—Goldman Sachs es el operador financiero de las privatizaciones que están por iniciarse en Rusia. Rusia no es propiedad de Vladimir Putin. Vladimir Putin es propiedad nuestra —le sonrió a su acompañante—. Difundan estas protestas en todos los medios del mundo.

112

En Nueva York, Estados Unidos, en el edificio número 207 de la Calle 25 oeste, piso 11, en el foro de televisión de Democracy Now, con el fondo completamente oscuro; con dos potentes reflectores calentándole la cara, el canoso general del ejército estadounidense Wesley Clark, comandante supremo de las Fuerzas Aliadas de Europa en la OTAN hasta el año 2000, comenzó a levantar un papel.

—Éste es el memorándum —le dijo a la periodista de cabello rubio Amy Goodman—. Describe cómo vamos a derribar a siete países en cinco años, comenzando por Irak, y después Siria, Líbano, Libia, Somalia, Sudán y, al final de todo, Irán.

La periodista se movió incómoda en su asiento. Todo el foro permaneció callado.

—¿Irán? —le preguntó ella—. ¿Por qué no es público este plan? ¿Por qué no lo han dado a conocer al pueblo de los Estados Unidos?

El general miró hacia un lado del foro.

—Yo le pregunté al general de los Jefes Militares Conjuntos, en el Pentágono: "¿Esto es clasificado?" Él me dijo: "Sí, esto es clasificado". Yo le dije: "Bueno, entonces no me lo muestre".

La periodista no le contestó. Cautelosamente tomó el pedazo de papel que brilló debajo de los reflectores. Lo tomó en sus manos. El general le dijo:

—Si el Medio Oriente no tuviera petróleo sería como África. No hay duda de que la presencia de petróleo en la región del Medio Oriente ha detonado el involucramiento de todo este poder de guerra —se le aproximó a Amy Goodman—. Nada de esto estuvo nunca en debate en el Congreso de los Estados Unidos, ni en la opinión pública —apretó la mandíbula—. Un pequeño grupo de personas tomó el control de este país con un golpe de Estado político. Ellos quisieron llevar a los Estados Unidos a desestabilizar el Medio Oriente.

—¿Quiénes? —le preguntó la periodista—. ¿Quiénes dieron ese golpe de Estado? ¿Quiénes son ese grupo?

El general permaneció en silencio por un segundo.

—El New American Century.

113

—Se está iniciando una guerra mundial —les dijo mi prima Magdala a Claudio, a Ariel, a Pedro y a Valentino Barrón.

—¿Por qué dices eso? —le preguntó Claudio.

Magdala les enseñó el titular del periódico: "PREPARAN UN NUEVO VIETNAM EN SIRIA; POTENCIAS SE DISPUTAN NUDO ESTRATÉGICO EN EL CENTRO DE ASIA". Habían pasado el resto del día escondiéndose y limpiándose en un hotel de la ciudad de México, ya que habían decidido no volver a casa. Afortunadamente traían consigo tarjetas y dinero, así que, salvo el asco que le produjeron a la despachadora de una tienda de ropa y al recepcionista de un hotel, se encontraban a salvo. Magdala había salido a comprar algo de comer y había regresado con ese periódico.

Ahora estaban en un taxi. Se dirigían por la avenida Insurgentes hacia la terminal de autobuses del Norte. Los automóviles estaban detenidos por el tráfico y muchos conductores sonaban las bocinas de los coches. Claudio tomó en sus manos el periódico. Leyó otro encabezado:

—Esto: "Descubren yacimiento gigante en aguas profundas, 265 millas al sur de Nueva Orleans y a 270 millas al este de Matamoros. La corporación ExxonMobil anuncia este descubrimiento como el primer gran hallazgo en el Golfo de México". "El presidente de ExxonMobil Development Company, Neil Duffin, afirma que: 'El acceso a recursos como este nuevo yacimiento va a contribuir a la seguridad energética de los Estados Unidos por muchos años por venir'. Sin embargo, el presidente ejecutivo de ExxonMobil, Rex Tillerson, acaba de declarar en Nueva York que Exxon no va a invertir en México a menos que el gobierno mexicano le permita ser dueño de algunas reservas, lo cual actualmente violaría la Constitución mexicana. 'Creo que esto va a ser un largo proceso', indicó el poderoso jefe de Exxon. 'México es la cuarta reserva mundial en gas de esquisto. Nos entusiasma la apertura del sector energético mexicano. Ahora sólo estamos propugnando que México dé el siguiente paso.' "

Ariel bajó el periódico. Susurró para sí mismo:

—Diablos... ¿cuál será el siguiente paso?

Magdala le preguntó:

—¿Qué te pasa?

Ariel leyó el final de la nota, donde decía:

—"El candidato a la presidencia de México por el PRI, Enrique Peña Nieto, acaba de declarar, en entrevista para Reuters: 'Se trata, en el caso del Estado mexicano, y de Pemex en particular, de hacerlos eficientes. Primero tenemos que abrir el sector para hacer de Pemex una mayor compañía, y en una segunda etapa, podríamos realizar una emisión de acciones. Nuestro propósito no es construir refinerías, sino volvernos competitivos y asegurar la generación.' En una entrevista de 2011 con el *Financial Times*, declaró que Pemex puede crecer más y lograr más por medio de alianzas con el sector privado. Brasil es el ejemplo. México no puede desperdiciar esta oportunidad.

"El jefe ejecutivo de ExxonMobil, Rex Tillerson, afirmó que: 'México tiene que abrirse a alianzas y colaboraciones y a atraer tecnología'. Rex Tillerson, ejecutivo petrolero, asegura que una enorme aventura conjunta ahora es posible si el candidato en la elección presidencial respalda el relajamiento de las leyes energéticas de México."

—Me lleva la calaca —se dijo Ariel—. Ya salió el peine. ¡Ya salió el peine!

—¿Qué te pasa, loco? —le preguntó Magdala.

—Nada. Nomás digo —bajó el periódico. Se volvió hacia la ventana. Pensó: "A mí nunca me toman en cuenta".

Vio dinero. Petróleo. Vio una gigantesca superestructura de perforación en el Golfo de México. Vio la bandera de los Estados Unidos. Vio un triángulo hecho de tres triángulos entrelazados. Vio una R que apuntaba hacia ambos lados. Escuchó una voz en el tubo de su oreja: "Tú eres Wotan".

—¡¿Diablos, qué te pasa!? —le preguntó Magdala Verónica. Con mucha fuerza le palmeó la cara.

—¡No, nada! —se cruzó de brazos. Se volvió de nuevo hacia afuera, hacia la ventana. "Ni siquiera me dejan dormir." Miró la enorme fachada de la terminal de autobuses del Norte, con brillantes letras rojas, de neón. Le preguntó al taxista—: Disculpe, señor, ¿usted conoce las momias de Guanajuato?

114

Setecientos cincuenta kilómetros al norte, en la frontera con los Estados Unidos, un tráiler Lowboy de 18 llantas se frenó pesadamente sobre las básculas de tierra del punto aduanal McAllen. La carga del transporte, de 25 toneladas, movió los cristales dentro de la cabina del operador aduanal. El semáforo SIAVE se encendió de color verde.

El operador de la aduana soltó su sándwich. Salió y en el costado del tráiler vio un letrero conmovedor: "CON AMOR PARA EL CUIDADO DE TU BEBÉ".

Con su registrador en la mano, cautelosamente se aproximó a la parte posterior del vehículo. Dos individuos con bigotes largos salieron de la puerta trasera.

—¿Cómo estás, vato? —le dijeron.

Le abrieron las puertas para la revisión. Adentro había un cargamento de misiles AT-4 de United Defense Industries; granadas M67 de L-3 Communications & BT Fuze Products; lanzadores de granadas M-203 y Mk 19 de Colt Defense y General Dynamics; ametralladoras AR-15/M16 de Colt Defense y General Motors Hydramatic; revólveres Remington Arms, cuatro toneladas de municiones y proyectiles.

El operador abrió los ojos.

—Ah, bueno —les dijo a los sujetos—. ¿Productos para bebé? —les sonrió.

—¿Cómo ves?

—No, pues sí.

Uno de los hombres le puso enfrente una tabla de códigos de barras para su lector láser. El operador comenzó a anotar en su registrador.

—Que tengas buena tarde, amigo —le sonrió el sujeto. Le metió en el cinturón un paquete.

—Sí, gracias. Siéntanse como en su casa. ¡Disfruten México!

El vehículo se metió a México. Se alejó hacia el desierto.

En Tijuana, Baja California, el jefe de la Oficina de Enlace Internacional de la Policía Estatal Preventiva, Rodolfo Luna Herrera, le susurró al reportero Javier Cruz Aguirre, de sinembargo.com:

—No hay nada oculto. Las armas ilegales no pasan por el cerro o por el aire. Pasan por la aduana.

—¿Quién envía todas estas armas? ¿Son para los narcos?

En Chihuahua la nota del día era que la CIA controlaba a los narcos de México.

115

—Están preparando un ejército encubierto, para un eventual golpe de Estado en México.

—¿De qué estás hablando, demonios?

Se lo dijo Claudio a Magdala. Estaban subiéndose a uno de los camiones. Había caído la noche y en los pasillos de abordaje de la central muchas personas aguardaban la salida de sus autobuses con boleto en mano. Nunca sabían en qué andén se iban a estacionar, así que deambulaban de uno a otro, entorpeciendo el paso de la gente. Mis primos Barrón abordaron el autobús que en la parte alta decía "MÉXICO-TEPOTZOTLÁN-IRAPUATO-GUANAJUATO".

El autobús lo sacó de la ciudad de México. Mis primos iban dormidos. Los sucesos del día habían sido complicados, habían estado a punto de perder la vida varias veces. Ahora iban recorriendo un oscuro espinazo de roca volcánica en el desierto, en el asiento 17 de un camión de segunda clase de Estrella Blanca, mi primo Ariel Barrón recargó su cara contra el cristal de la ventana, hacia las nubes negras.

Dentro de su mente, un hombre con barbas canosas, cubierto debajo de un manto negro donde emitían luces las estrellas de las constelaciones, le dijo:

—Lo que quieren empieza en Julia.

—¿En Julia? ¿Quieres decir, en "julio"?

—No, idiota. En Julia.

—Ah, muy bien. ¿Quién es Julia?

El hombre se inclinó hacia sus ojos.

—Julia es el principio del Día Cero. Julia es México. No dejes que se lleven a Julia.

Se despertó sudando. Magdala le apretó la muñeca:

—¿Estás bien?

Ariel miró hacia la ventana, hacia la negra cordillera debajo de la coraza de nubes.

Claudio y los otros se levantaron asustados.

—¡¿Quién gritó "mamá, estoy solo"?!

—Es verdad —le dijo Valentino—. ¿Quién de ustedes gritó "mamá, estoy solo"? —se volvió hacia sus primos—. Ya me harté del pinche maricón que siempre nos despierta con eso de "mamá, estoy solo".

Pedro, aún en el sueño, murmuró:

—Esto ocurre cada vez que nos quedamos dormidos.

Magdala se rascó la oreja.

—Yo también estaba dormida. No oí ese grito. Me despertó Ariel —se volvió hacia Ariel—. ¿Gritaste "estoy solo"?

116

Mil doscientos kilómetros hacia el Océano Pacífico, en Los Cabos, Baja California, el presidente de México, Felipe Calderón, con la cara empapada en sudor, se volvió hacia el otro extremo de la luminosa pantalla color azul que decía: "ACUERDO MÉXICO-ESTADOS UNIDOS RELATIVO A YACIMIENTOS TRANSFRONTERIZOS DE HIDROCARBUROS EN EL GOLFO DE MÉXICO".

Tragó saliva. Los estallidos de los flashes se detonaron alrededor de la señora Hillary Clinton. Vestía una blusa de color verde militar. La señora, sonriente, se acercó hacia el micrófono:

—Hoy estamos haciendo sólo esto —pestañeó hacia las cámaras—: estamos llegando al fondo de este compromiso, que los presidentes Calderón y Obama iniciaron hace dos años para mejorar la seguridad energética para ambos países, para asegurar la firme, eficiente y responsable exploración de las reservas de gas y petróleo en el Golfo de México.

Se produjo un silencio en el auditorio. Estallaron más flashes.

El presidente Felipe Calderón trató de esconder la mirada. Comenzó a acercarse hacia su micrófono:

—Las ganancias de distribuirán conjunta y equitativamente.

117

En el Caribe, nosotros —Ion Spear, Breanne K, Rob Troll, Tim Dim y yo— arribamos a la isla. Debajo de los rayos del sol, el helicóptero UH-ID IROQUOIS suavemente se posó sobre una antigua pista de aterrizaje. Estaba llena de agujeros. En el calor de las rocas se movieron unos cangrejos. También había mosquitos y la humedad y el aroma a sal inundaba el sitio de aterrizaje. Se abrió la puerta. Nos entró una bolsa de calor. Nos impactó en los párpados. Respiré el olor del mar.

"Delicioso", me dije. Comencé a bajar.

—Una pregunta —le dije a Ion Spear—: ¿cómo consiguió usted este helicóptero? ¿No trabaja usted en la NASA?

—Tengo amigos en el Pentágono —me sonrió. Comenzó a caminar entre las rocas. Señaló hacia arriba, hacia un montículo de piedras—. Vamos, amigos. Es allá.

Encima de esas rocas estaba el faro.

—Otra pregunta —insistí—: siendo este helicóptero propiedad del ejército de los Estados Unidos, ¿no nos están rastreando?

—No, mis amigos —me tomó por el antebrazo—. Y en cualquier caso, ¿eso te asusta? ¿Dónde quedó el valor suicida de tu padre? No me decepciones, hijo. ¿Qué es esta vida sin peligro?

En la cabina del helicóptero, el piloto se llevó el micrófono a la boca:

—Locación veintitrés veintisiete norte, ochenta treinta oeste, Atlántico, Cayo de Sal, Bermuda. Entregando viajeros. Se dirigen hacia faro.

Cambio —soltó el botón. Miró hacia su copiloto. Por la bocina escucharon una voz distorsionada:

—Déjenlos que se metan. Cuando hayan entrado, ustedes dos obturen compuerta. En T menos cincuenta recibirán brigada para captura.

Avanzamos por encima de las piedras. Ion Spear estaba feliz.

—No hay nada como un medio día en el mar.

El viento nos comenzó a golpear por los costados. Todo empezó a oler a sal, a algas descompuestas, a animales podridos. Debajo de nosotros, entre las rocas, había montones de cucarachas de mar, llamadas chitones, de colores muy encendidos. Reptaron entre las grietas, hacia el faro, del tamaño de cabezas humanas.

—¡Mi primer paso sobre esta tierra desconocida! —comenzó a gritarnos Rob Troll. Levantó los brazos hacia el cielo. Miró hacia la luna—. ¡Soy un engendro! ¡Soy un psicópata! ¡Soy un limpiacacas! ¡Pero fui predestinado, fui profetizado, fui enviado a este planeta de puercos para salvarlos! ¡Yo soy el momento cumbre de la creación!

Breanne K caminó sobre las piedras. Se ondeó el cabello. Me dijo un tanto burlona:

—El limpiador de sanitarios demuestra tener una enorme autoestima, procuremos que no la pierda.

—Yo quisiera tener esa autoestima.

—La tienes.

—No, no la tengo.

—El problema del mundo no es que los idiotas tengan tanta autoestima, sino que los inteligentes duden de sí mismos.

—Es verdad. Debiste platicar con mi padre.

—Lo hice.

—¿Perdón?

—Yo conocí a tu padre —continuó caminando hacia el faro. El cuerpo de la construcción era un poderoso cilindro de roca, con el yeso cayéndose a pedazos. La estructura metálica de la cúpula estaba desvencijada. Comenzó a rechinar con el viento.

—¿Conociste a mi padre?

Breanne apretó el ceño. Comenzó a susurrar:

—Yo soy la voz que clama en el desierto. Prepararé en el desierto un camino para la llegada del Señor —levantó hacia el cielo los dedos pulgar e índice. Formó una "J" inclinada.

—¡Diablos! —la detuve por el brazo—. ¿Qué significa ese signo?

—Es el signo de Juan el Bautista, la mano que apunta hacia el cielo —volvió a realizar el signo—. Es la imagen de los hombres que fundaron la primera Gran Logia, en 1717, el día de san Juan el Bautista. En el idioma de signos significa "hermano" —torció hacia mí los otros dedos, que estaban enroscados—. Esta parte de aquí abajo es la que sujeta el tambor de la creación, Damaru.

—¿Damaru?

—En la antigua India estos dedos enroscados representan a Shiva. Shiva tocaba el tambor Damaru para crear el Universo.

Rob comenzó a imitar el signo.

—¿Así? —se lo mostró.

—Así, exactamente —le sonrió Breanne—. Los colocamos con el pulgar y el índice apuntando hacia los confines del universo.

Tim Dim trotó detrás de nosotros.

—¡Se parece al símbolo del hombre araña!

—Repitan conmigo —nos dijo Breanne—: "a donde tú vayas yo iré. Tus enemigos serán mis enemigos. Que mi cuerpo sirva para que tú vivas y completes el camino. Que nada ni nadie nos divida. Seremos uno nuevo en la Llegada del Señor. *Exo Kosmos, Neos Bios, Num Arkeum, Bios Afisiké*. Eres mi hermano en el universo".

Los tres levantamos nuestros dedos hacia el cielo. Rob Troll le gritó feliz a Tim Dim:

—¿Ves? ¡Te dije que hoy iba a ser un día chingón!

—¡Orgullosamente limpiacacas! ¡Orgullosamente limpiacacas!

Breanne K me apartó del grupo. Me susurró en el oído:

—¿Has oído hablar sobre Orfeo?

—¿Perdón?

—"Si pudiera tomar a este hombre, que está destinado ser el transformador del mundo, cuando no sabe ni siquiera quién es, y convertirlo en un héroe…" Yo tengo la herramienta.

¿La herramienta? ¿Por qué nadie me decía en firme, sin tantos rodeos, qué se esperaba de mí, qué deseaban de mí? Hablaban como mi padre, en signos, con secretos, con verdades a medias. ¿Era tan terrible la verdad que preferían no decirla a nadie? ¡Menos a mí, de quien al parecer todo dependía!

Breanne siguió caminando.

—Axel, vas a cambiar en este momento y para siempre. Vas a volver a ser lo que en realidad siempre has sido, lo que nadie te ha dicho que eres. Tu padre es descendiente de un gran luchador de la libertad, alguien que se enfrentó a grandes poderes oscuros; tu madre es descendiente de un viejo linaje europeo que apoyó a María Estuardo.

—Diablos —me rasqué la cabeza—. ¿Estás bromeando? ¿A esto te referiste con lo de "tomaré este ratón y habré de convertirlo en tigre"?

—Una vez cumplida mi misión, yo, la doncella mágica, me sumergiré en el agua, y me transformaré en la constelación del Cisne. Cuando voltees hacia el cielo, y me veas, no lo olvides. Ahí te estaré esperando. Nos volveremos a ver, y seremos uno nuevo.

—Bueno, me queda claro que eres esotérica.

Breanne cerró los ojos e hizo signos hindúes:

—Ommmmm —me miró entreabriendo un ojo—. "No existe caliente ni frío, ni sus causas. Lo que proviene de los sentidos no es real. Son efectos, simples modificaciones, y todo cambio es temporal." Habremos de romper el velo de Maya.

—¿Maya?

—El espejismo. Toda forma es sólo una vibración. Roca, planta, estrella. Mío, tuyo y suyo se disuelven en Brahma: Sutra uno. *Drgdrsyaviveka*.

—Vaya —miré hacia el faro. En la puerta tenía un signo perturbador: una pintura de muchos colores: un ojo dentro de un triángulo—. ¿Quién diablos es "Orfeo"?

—Esta misma noche vas a voltear hacia el cielo. Vas a ver las cuatro estrellas que se parecen a la cruz de Cristo. Son Cygnus, el Cisne. Son Orfeo.

—Okay. ¿Y quién es Orfeo?

—Orfeo, el gran Orfeo de los griegos, tocaba el arpa y atraía a todos los animales, y con él vivían en armonía. Un día fue asesinado por quienes no querían que él cambiara las cosas. ¿Me entiendes? Antes de morir, Orfeo tomó su arpa, llorando por su esposa Eurídice, que había muerto antes que él. Pidió permiso a Hades, el rey de los muertos. Atravesó la puerta hacia *Exo Kosmos*. Cerró los ojos y descendió hacia el abismo, hacia el Inframundo, en búsqueda de su esposa. Hades le dijo: "Si logras encontrar a tu esposa; si puedes atraerla hacia arriba con la dulzura de tu arpa, podrás sacarla de aquí, de nuevo hacia tu mundo, hacia Maya, pero no voltees hacia abajo para ver si ella te está siguiendo. Deberás confiar hasta llegar hasta arriba.

—Diablos —miré hacia el cielo.

—Orfeo falló. No confió en su propia música. En el último momento volteó para verificar que Eurídice estuviera subiendo. Su esposa, en efecto, estaba justo debajo de él, subiendo, pero comenzó a descender de nuevo hacia lo desconocido.

—Demonios.

—Axel Barrón —me tomó por el antebrazo—. Tú nunca deberás dudar más de ti mismo. Yo vengo a transformarte. Te daré lo que vieron tus antepasados.

—Dios… —me detuve. Una de las piedras era un humanoide, un simio. Me estaba mirando. Su cabeza era una calaca. Comencé a rodearlo—. La chica árabe me habló sobre esto —cautelosamente toqué el ídolo, con el dedo—. Éste es un dios de los tainos —miré hacia mi alrededor—. Los tainos del Caribe.

—¿Un dios? —me preguntó Breanne.

—Los llaman "zemis". Estaba en la oficina del hombre de la CIA. Se llama Zemi Maketaori Guayaba.

—¿Guayaba? —se peinó el cabello con la mano.

—Me dijo que los tainos, que probablemente vivieron en esta isla, creían en un dios de la "tierra de los muertos". La llamaban "Coabey", o "Guayaba".

—¿Como la fruta?

—Sí, como la fruta —comencé a caminar alrededor de la piedra—. Maketaori Guayaba gobernaba a los muertos, a las "jupias". Los muertos descansan en las cavernas profundas, bajo la forma de murciélagos, comiendo guayabas en la noche.

Breanne me miró.

—¿Alma se dice "jupia"?

Miré hacia el faro, hacia el ojo que estaba dentro del triángulo.

—Eso me dijo.

—¿Alguna vez has pensado que tienes un alma gemela? —me miró.

Comenzamos a escalar la pared de rocas. Colocamos nuestras suelas en los filos, en las grietas. Al fondo escuchamos la ola espumosa que corrió de un lado al otro de la playa. Saltamos hacia la explanada. Tuvimos frente a nosotros el faro, contra los rayos del sol. Tendría una elevación de aproximadamente 18 metros —cinco pisos—. Sentí una vibración grave en el piso.

Ion Spear nos gritó desde adentro, desde detrás de la entrada resquebrajada del cilindro, a la que se subía escalando cinco escalones:

—Este faro lo construyeron en 1839, enviados de la reina.

Miré hacia arriba. En lo alto, la estructura de la cúpula ya no tenía techo. Estaba sólo el esqueleto de hierro, completamente oxidado.

Parecían los anillos metálicos de una esfera del universo. En mi mente vi por un instante la imagen de Atlas, sosteniendo los aros del cielo.

Breanne suavemente me jaló del brazo.

—Vamos.

Justo a la entrada, justo por encima de la "puerta", estaba el ojo, el ojo dentro del triángulo. Rob Troll me susurró:

—Eye of Light…

Arriba decía en letras despintadas: "ANNUIT COEPTIS".

Rob Troll me dijo:

—Significa "Él nos aprueba". Lo vi en internet. Lo tomaron de la Antigua Roma. ¡Éste puede ser un pequeño pago para un hombre, pero es sin duda un paso irrelevante para mi mamá! ¡Dios mío! ¡No me hiciste licenciado! ¡Me hiciste un limpiacacas! ¡Pero me diste acceso a internet! ¡Estoy aproximándome al nido de la bruja!

Por detrás de nosotros se colocó Ion Spear. Nos tomó por los hombros.

—Todo el origen de los Estados Unidos está basado en la Antigua Roma. Virgilio, *Eneida*, Libro Noveno, Línea 625: "Júpiter omnipotens, audacibus annue coeptis." El Dios Júpiter todopoderoso nos favorece, como a Eneas, en todas nuestras audaces determinaciones. Se refiere al respaldo de Júpiter a Eneas para fundar Roma, para crear el Nuevo Orden del Mundo.

Miré hacia el ojo dentro del triángulo. Escuché la espuma del mar. Chocó contra la orilla de rocas. Las piedras se reacomodaron unas sobre otras con el sonido de un trueno. Lentamente levanté la mano, hacia el ojo.

—Esto lo vi en el billete de un dólar.

Ion Spear me tomó del brazo. Miró hacia arriba. Leyó entre el resplandor del sol:

—*Annuit*. Léelo al revés.

—¿Tiunna?

—*Hit nominantur Valkyrist, quas quovadis adprte-lium Odinus mittit, lite viros morti destinant, et victoriam gubernant. Tiunna, et Rota, et Parcarum minima Stullda; per aera maria equitant semper ad morituros eligendos; et Cecdes in potestate habent. Erasmus Bartholinus.* 1689. La Descendencia de Odín.

—¿Perdón?

Ion Spear miró de frente hacia el ojo.

—Lo escribió uno de los inspiradores de William Shakespeare. Tiunna, Rota y Stullda son Gunna, Rand Grith y Skulda, las tres valkirias de Wotan, las emisarias de Rök, el destino celeste de las naciones del norte, los sajones.

118

En México, en el autobús de Estrella Blanca donde mis primos estaban viajando, los frenos hidráulicos chirriaron en una caseta en medio de la nada.

Mi primo Ariel Barrón se despertó. Miró hacia adentro del camión. Claramente escuchó el siguiente grito:

"¡Mamá! ¡Estoy solo!"

Lentamente se levantó de su asiento. Magdala estaba dormida. Claudio también, con la gorra encima de su cara. El gordo Pedro estaba dormido, chupándose el dedo. Valentino no hacía nada diferente al resto. Ariel comenzó a descender de nuevo sobre su asiento. Se asomó hacia la ventana. Había un enorme cartel con la imagen de una momia. Decía: "BIENVENIDO A GUANAJUATO, CORAZÓN DEL MISTERIO". Debajo decía: "UNA ACCIÓN CULTURAL PATROCINADA POR EL CENTRO FOX".

La enorme fotografía era una persona muerta, sin ropa, con el cuerpo deformado, achicharrado, en posición de pie, en una pose muy desagradable, contorsionada, con los brazos retorcidos, con las manos hechas nudos en su boca. Las piernas las tenía delgadas y retorcidas. Su obesidad formaba una bolsa de membrana colgada, ahora endurecida. Sobre el cráneo le quedaban varios mechones de cabello.

—Es Ignacia Aguilar —dijo una voz—. Enterrada viva en 1811.

Ariel recordó lo que había leído en un libro sobre lo que sabía de las famosas momias de Guanajuato.

—Qué pinche horror… —cerró los ojos. El autobús cruzó la caseta. Por atrás de su cabeza escuchó las voces de sus primos Claudio, Pedro, Magdala y Valentino, habían despertado. Claudio les decía a los otros:

—Carretera León-Cuerámaro, kilómetro 13, San Francisco del Rincón. No estamos tan lejos. Está a sólo 62 kilómetros de la ciudad de Guanajuato. En la central de Guanajuato podemos tomar un camión que nos lleve hacia Silao, y de ahí hacia León, y de ahí hacia San Francisco del Rincón, hacia el "Rancho Fox".

Valentino le contestó a Claudio:

—¡Estás pendejo, pinche primo! ¿Tú crees que nos van a dejar entrar al Centro Fox? ¿A estas horas? ¿A un lugar como ése? ¡El Centro Fox es un área protegida, primo! ¡Va a estar custodiado! ¡Va a haber un chingo de militares! ¡Va a haber gente de la CIA!

Pedro le dijo:

—¿Y tú eres el que nos dice que estamos imaginando cosas?

Ariel sintió el calor de sus párpados. Comenzó a cerrar los ojos. Entró a un corredor oscuro, de paredes engrasadas. Había vitrinas antiguas. Los vidrios estaban temblando. En el suelo comenzó a moverse un largo camino de una tela de encaje. Los vidrios se rompieron. Había personas muertas. Comenzaron a sacudirse.

—No dejes que se lleven a Julia. Julia es México. No busques dentro de la Intraestructura. El secreto está en la boca de la cueva —al fondo la mujer deformada comenzó a contorsionarse.

Ariel se despertó gritando. Se había quedado dormido de nuevo.

—¡Cálmate! —le dijo Magdala—. Ya llegamos.

Los pasajeros comenzaron a bajar sus paquetes de los compartimientos. Ariel se asomó por la ventanilla y encontró el largo andén silencioso de llegada. Casi no había gente, salvo algún empleado de las empresas de transporte que anotaba algo en una libreta, tal vez la llegada de ese autobús en el que venían. Ariel, desesperado, le dijo a Magdala:

—Nos van a matar. ¡Nos van a matar! Ya lo decidieron. ¡Ninguno de nosotros va a sobrevivir!

Valentino le dijo:

—Déjenlo. Este pinche vato está loco.

—La conexión es Julia —comenzó a gritar Ariel Barrón en el camión—. ¡La conexión en México es Julia…! ¡Julia! ¡Julia! ¡Julia!

119

En la isla abandonada de Cay Sal, Rob Troll y yo comenzamos a entrar al misterioso faro. Rob Troll me dijo muy serio:

—Escucha, Axel: lo que vamos a encontrar en este faro nos va a significar más dinero del que alguna vez ha tenido un solo ser humano sobre la faz de la tierra. Vamos a tener más riqueza que toda una nación del planeta, o sea Francia.

Cerré los ojos. Le sonreí. Nunca voy a olvidar la forma en que me lo dijo.

—Vamos —le dije—. Vamos a ver qué es lo que hay dentro de este maldito faro —comencé a introducirme hacia la "planta baja", a través de una estrecha puerta que tenía los pedazos oxidados de una antigua puerta de hierro. Adentro estaban ya Ion Spear, Breanne y Tim Dim.

El lugar era claustrofóbico, lleno de piedras. Olía a orines. En la pared, detrás de un tubo oxidado que subía hasta arriba, y que decía: "Zapata-Pemargo Oil Gulf of Mexico Exploration", vi un graffiti en letras negras:

EASY BEANS & COCONUTS . 6-28-89

—Alguien ya visitó esta isla —le dije a Ion Spear.

—Lo que nos importa está aquí abajo —señaló hacia las rocas, hacia el agujero en la piedra. Era un verdadero hoyo en el suelo. Debajo había otro piso, subterráneo. Una escalerilla de metal, completamente corroída, descendía hacia el subsuelo—. Vamos —nos dijo Ion Spear—. No nos pagan por pararnos como idiotas.

Tim Dim comenzó a bajar:

—Ya solucioné todo. Encontré una salida. No nos pagan por pararnos como idiotas.

Le pregunté a Ion Spear:

—¿Usted ya estuvo aquí?

—Varias veces —comenzó a descender.

—¿Qué es exactamente lo que vamos a encontrar aquí?

—No lo sé. Insisto: nunca he podido descender más abajo de esta escotilla.

—¿Escotilla? ¿Cuál escotilla?

Salté hacia el suelo. Había excremento. Había chitones vivos. Había chitones muertos —sus caparazones—. Había muchas rocas. Había un letrero en graffiti, sumergido en la oscuridad. Decía: "END OF JOURNEY. LAST SIGHT OF LIGHT".

Final de la travesía. Última vista de la luz. Arriba estaba el ojo dentro del triángulo. Debajo había una "R" que apuntaba hacia ambos lados.

En la oscuridad Ion Spear encendió una linterna. Comenzó a apuntarla hacia los muros. El yeso estaba cayéndose a pedazos. La humedad hacía que los ladrillos tuvieran manchas amarillas, moradas, rojas. Diferentes especies de hongos.

—No respiren —nos dijo—. Estas esporas se le metieron a Lord Carnarvon en los pulmones en la tumba de Tutankamón. Dijeron que fue un mosquito.

Como un mastodonte se impulsó hacia atrás y luego se lanzó hacia adelante, hacia la pared. Golpeó el yeso con su puño. El golpe hizo temblar el piso. La pared se despedazó, como si fuera una galleta. Detrás apareció un espacio negro, lleno de tubos, con rejillas metálicas. Era un pasillo gigantesco. Ion Spear dirigió la luz de su linterna hacia adelante.

Había una columna cuadrada, de acero. Decía: "NORTHWOODS LAB-RAND CORPORATION".

120

En México, dentro de una zona carretera sumergida en las tinieblas en medio del desierto, entre las sierras centrales de México, en una pequeña y destartalada camioneta oxidada cuyas portezuelas rechinaron y tronaron, y cuya flecha de transmisión, en la parte de abajo, hizo ruidos de la dirección, rompiéndose, mis primos Barrón vieron por las ventanas hacia afuera, hacia las rocas negras, hacia las nubes negras.

Magdala suavemente acercó sus labios hacia la oreja de Claudio, iba junto a ella:

—Necesito contar contigo para lo que viene.

—¿Cómo dices?

Magdala le susurró:

—Pedro cree que es fuerte, pero es cobarde. Ariel es débil. No tiene cerebro. Valentino es un defecto del universo.

Claudio volteó hacia mi prima. Miró hacia Valentino.

—Me pregunto si es maligno o simplemente no sabe lo que hace.

—No sabe lo que quiere. Ése es el problema, no sólo de Valentino. Valentino es México, ¿me comprendes? Cuando no sabes quién eres, cuando no sabes exactamente lo que quieres, cuando no sabes ni siquiera por qué estás aquí, entonces no sabes cuál es tu destino. Y eso te produce incertidumbre, y miedo, ¿me entiendes? Eso es lo que pasa con México.

Claudio miró a Valentino.

—¿Qué destino puede tener ese güey? Nació enfermo. ¿Cómo puede ser que la sangre de Simón Barrón se haya convertido en esto? Ni siquiera Dios mismo tiene la culpa de los defectos de Valentino. Él no tuvo nada que ver con la creación de Valentino.

—Todo está unido, Claudio. Ahora lo entiendo —Magdala miró hacia los matorrales en el desierto—. Tu origen. Tu destino. Tu rol en el universo. Dios… Es verdad lo que nos dijo el hombre en el calabozo. Tuvimos un pasado de gloria. Todo eso está olvidado. Es como si nunca hubiera pasado. La gloria azteca.

—Es como una cápsula. Todo está encerrado. No tenemos cómo acceder a esa memoria.

Permanecieron callados por unos segundos.

—Tengo una teoría sobre los gritos —le dijo Magdala.

—¿Gritos?

—Los gritos de "mamá, estoy solo".

—Oh. Si vieras que no me importa un carajo. ¿Cuál es tu teoría?

—Son las inseguridades de los hombres. México engendra inseguri-dades en los hombres. Te enseñan a tener miedo de todo. Si no triunfas, si no orinas, si no se te para —se le aproximó—. Aquí hay uno que se chupa el dedo cuando está dormido, y se toca el pene.

—Diablos. ¿De verdad? ¿Quién hace eso?

—Todo esto tiene que ver con el grito de "mamá, estoy solo".

Claudio se frotó los ojos para quitarse las lagañas.

—Ese grito —le dijo a Magdala—. He oído ese grito pero me levan-to y los demás ya están despiertos. Creo que nadie sabe aún quién es el que grita eso.

—La inseguridad masculina es algo mucho más frecuente y profun-do de lo que se dice en los medios. Son tabúes, ¿me entiendes?

—Supongo.

—La mayoría de los hombres tienen demasiados miedos. Miedo a fracasar, miedo a ser impotente, a ser infértil, a ser débil, a no poder sostener una erección, a tener el miembro pequeño o deforme.

—Dios, no sabía que eran tantas.

—La peor inseguridad del hombre es el miedo mismo a ser inseguro.

—¿Cómo?

—Escucha: tu peor miedo, como hombre, es el no serlo. Lo que siem-pre vas a ocultar, tu temor más profundo, es que descubran que eres in-seguro, que vives con miedo, pues en el fondo tienes miedo, que quieres llorar. Quieres ir con mamá. ¿No es cierto?

Claudio miró hacia el horizonte. Tragó saliva.

—No sé si estás hablando de mí.

—Eres inseguro, Claudio. Nunca pidas permiso de nada. Ya no pregun-tes. Haz lo que quieras. Desde este instante eres tú mismo por completo.

213

Una luz verde, que salió en el tablero de la camioneta, le iluminó la grasosa cara cicatrizada al conductor, un hombre de ojos saltones, brillosos, de camisa desfajada en la barriga, saliéndosele por el suéter. Tenía una gorra con la visera volteada hacia atrás. Sus cabellos eran curiosos, como los de un payaso. En la gorra decía: "Don Toby". El hombre apretó el volante. Comenzó a tararear en voz baja la tonada que estaba en la radio: una norteña. Por el espejo observó a Magdala.

Claudio se volvió hacia afuera. Los riscos estaban completamente desiertos. Entre los matorrales vio cráneos de vacas. El letrero oxidado decía: "Barranca Negra". Se inclinó hacia el conductor:

—Disculpe, don Toby. ¿Éste es el camino hacia el Centro Fox? —cautelosamente le mostró la pantalla de su celular—. El mapa dice que tenemos que tomar la carretera que va de León hacia Cuerámaro. El Centro Fox está en el kilómetro 13.

El señor Toby no le respondió. Siguió silbando la tonada. Continuó apretando el volante, conduciendo hacia la apertura oscura entre dos macizos de montaña.

Magdala se volvió hacia Claudio:

—No me gusta esto.

—Don Toby —le insistió Claudio—, nos estamos desviando del camino. ¿Hacia dónde nos está llevando? Mire este mapa —le acercó su teléfono celular.

Don Toby tomó el teléfono celular de Claudio. Lo arrojó por la ventana.

—Me valen madres tus maquinitas —le dijo el hombre—. Y por si no se habían dado cuenta, están secuestrados.

Por los lados subieron tres vehículos, camionetas Estaquita.

—Diablos, no —susurró Magdala—. Se levantó como un tigre. Comenzó a golpear a Don Toby en la cabeza.

Don Toby alzó el brazo y le impactó el codo en la cara. La proyectó hacia atrás, hacia la portezuela. Magdala se golpeó en la cabeza.

—¡Imbécil! —le gritó Claudio. Comenzó a golpearlo.

—¡Calma, cabrón! ¡Calma, cabrón! —le gritó Valentino. Tenía un revólver en la mano—. Bájale de huevos y haz lo que te diga don Toby.

—No otra vez —le dijo Claudio—. ¿Nos volviste a traicionar, pinche puto?

Un metal frío y duro entró por la oreja del enorme *Puerquedro*. Era otra arma de fuego: una pequeña Colt. Entró por la ventana.

Magdala abrió los ojos.

—¿Valentino?

Claudio bajó la cabeza.

—Te dije que no lo trajeras.

El vehículo escaló una pendiente rocosa, pero lo suficientemente plana para pasar por ella, el camino de piedras penetraba como una serpiente dentro de una enorme grieta oscura; una formación geológica llamada Barranca Negra. Detrás venían las camionetas Estaquita. Después comenzaron a descender.

—Ésta es la Cañada de los Desaparecidos —les dijo Valentino a mis primos—. Esto no lo maneja el Cártel de Sinaloa. Tampoco la Familia Michoacana. Esto lo manejan directamente los gringos.

Mis primos permanecieron callados.

—¿A dónde nos estás llevando, primo?

—Ellos bajan las armas desde Ciudad Juárez. Las bajan hasta acá en camiones de pañales. Desde aquí se distribuye todo hacia la guerrilla, hacia los cárteles: el armamento, las municiones, las granadas, los misiles. Ésta fue una base Irán-Contras. Zapata-Pemargo.

Claudio perfiló las orillas del cañón oscuro al que se dirigía la camioneta. Don Toby torció el volante con mucha fuerza. Inició el descenso por la bajada de piedras, hacia la entrada negra.

Valentino comenzó a acariciar a Magdala en la cabeza:

—Oí lo que dijiste de mí, primita. Siempre pensaste que soy una basura, ¿verdad? No soy digno de los genes del tatarabuelo Simón. Pero, ¿sabes?, ahora me pagan bien —le puso la pistola en la cabeza—. Vales más como cuerpo que como mi prima.

—Todos somos unos fracasados —les dijo desde atrás Pedro, el *Puerquedro* o *Grancerdo*—. Claudio se creyó todo lo que siempre nos dijeron sobre nuestro destino, sobre nuestro tatarabuelo. Tal vez hoy acaba todo. Esto nos pasa por mediocres.

La camioneta se metió dentro de la boca de la hondonada. En las paredes Claudio vio símbolos enormes pintados con sangre. Eran ojos con rayos. En el tablero de la camioneta Claudio distinguió algo que lo llenó de miedo: una calcomanía blanca con azul. Decía: "Transporte utilitario. Institución patrocinada por la RAND Corporation".

121

Nosotros —Ion Spear, Rob Troll, Tim Dim, Breanne K y yo— continuamos avanzando por un espacio subterráneo, por un complejo profundo, hecho de plataformas de rejilla que estaban suspendidas sobre el vacío; montadas unas sobre otras por medio de un gran armazón de escaleras y tubos. Olía a productos químicos antiguos.

Ion Spear apuntó hacia abajo la luz de su linterna. La luz n alcanzó a iluminar hasta el fondo. El haz recorrió una telaraña de metal. Sobre el pasillo de rejilla había chitones muertos y vivos. Rob Troll pateó varios de ellos hacia el abismo.

—¡Tomen, cabrones! ¡Soy un engendro! ¡Soy un psicópata! ¡Soy un limpiacacas! ¡Soy lo que ocurre en la sociedad cuando falla el sistema!

En los tubos y escalerillas vimos corales, crecimientos como ramas. Había cangrejos en las escaleras de caracol, mayormente muertos. También los había entre las rampas metálicas. Entre las plataformas había cubículos abandonados, sin puertas, con los cristales rotos.

—Parece un barco abandonado —me susurró en el oído Breanne K.

122

Don Toby frenó el vehículo. Por los costados de la hondonada se encendieron luces. Estaban acomodadas en dos arcos alrededor de la entrada de la gruta, en las paredes.

Claudio distinguió personas acercándose, con trajes militares. Traían armas, máscaras con mallas metálicas. Detrás de ellos se estacionaron jeeps, vehículos militares.

—¿Qué diablos está pasando? —le preguntó a don Toby. El conductor siguió mascando su chicle.

—Ustedes ya hicieron mucho ruido. Ya se supo en todos lados que andan investigando. ¿De veras quieres saber la verdad, chavo? ¿De veras quieres meterte a la telaraña, a bailar con la pinche araña? ¿De veras quieres meterte a danzar con la pinche bruja?

Claudio tragó saliva.

Las paredes de la gruta comenzaron a iluminarse con una luz roja intermitente. Don Toby reinició el avance hacia adelante, hacia la profundidad negra de la caverna.

Ariel comenzó a gritar:

—¡Esto no está pasando! ¡Esto no está pasando! ¡Pinche camote!

Magdala se derrumbó en el asiento de la camioneta. Ahora le parecía muy raro que aquel viejo se hubiera "acomedido" tan pronto para ayudarlos, como si los estuviera esperando ya en la central camionera. Qué pésimos investigadores eran si a cada rato tenían que venir a salvarlos o si se metían de inmediato en las fauces de sus enemigos.

—Tienes razón —empezó a acariciar a Ariel—. Esto no está pasando.

El vehículo se metió por un declive. Se hundió dentro de una cueva secundaria, aún más dentro de la montaña. El aire se volvió denso. Olió a sulfato de cobre, a minerales oxidados. Don Toby encendió las luces altas de la camioneta. Los faros iluminaron hacia adelante una profundidad que se proyectó como un túnel sin fondo.

—Se hicieron demasiadas preguntas, chavos —les dijo a mis primos—. Se preguntaron si alguien desde arriba estaba metiendo las manos en estas elecciones en México; si hay gabachos controlando a Grupo Televisa, para manipular estas elecciones, para poner a nuestro próximo "preciso"; si todo esto tiene que ver con el petróleo.

Mis primos se miraron unos a otros.

—No sabemos de qué nos está hablando —le dijo Magdala—. Nadie aquí está investigado a Grupo Televisa.

—No te hagas —le dijo don Toby

—Es verdad —le dijo Ariel—. Pero no descubrimos nada. Somos unos mediocres.

Las paredes de la gruta comenzaron a abrirse hacia adelante. Los arcos empezaron a volverse más altos, más anchos, como costillares de una ballena. Formaciones geológicas se elevaron, retorcidas, como columnas. Era una catedral subterránea. La camioneta y los vehículos militares que la estaban siguiendo continuaron avanzando. Al fondo, hacia el frente, por adelante de las estalagmitas, siguió palpitando la luz rojiza.

—Se preguntaron por qué nada de esto lo sabe el pueblo de México —comenzó a sonreír por el retrovisor—. ¿Por qué la gente no sabe que el Centro Fox, que está a 60 kilómetros de aquí, es parte de una red del Pentágono, de los Estados Unidos, y que el mismo ex presidente Fox estuvo en esa reunión del Hotel Rodavento, junto con George Tenet, ex director general de la CIA?

Mis primos se miraron.

—Diablos.

—Oh, sí —les sonrió don Toby por el espejo. La camioneta siguió avanzando por encima de las rocas—. ¿No se preguntan por qué el ex presidente Fox de repente sale en los medios y dice cosas que nadie entiende, y que luego esas declaraciones que hace salen en todos los medios; en la televisión, en la radio, y comienzan a repetirlas todos los políticos y comentaristas como pericos? —de nuevo miró hacia Claudio por el retrovisor—. Fox es un resonador. Fox es una bocina. No es el único. Se llaman "voxes". Los entrenan.

El vehículo siguió avanzando dentro de la profundidad siniestra.

—¿Hacia dónde nos está llevando? —le preguntó Magdala—. ¿Qué quiere hacernos?

Don Toby se reacomodó su cachucha.

—Yo no quiero hacerles nada. Yo sólo soy un empleado —volteó su cachucha. Tenía el logotipo de Televisa.

—Dios… ¿Usted trabaja para Grupo Televisa?

Don Toby soltó el pedal del acelerador. Rechinó hasta hacer silencio. Lentamente liberó la palanca de velocidades. El vehículo se detuvo. Luego reclinó su pesado cuerpo sobre el respaldo del asiento. Su suéter olía a grasa de cinco días. Del fondo comenzaron a salir crujidos. Ruidos metálicos.

—¿Qué está pasando? —le preguntó Magdala.

Los primos escucharon un sonido confuso. Provino del fondo rojizo de la gruta. Comenzaron a aparecer estructuras de acero. Los muros comenzaron a encenderse. Eran reflectores de luz roja. Los haces incandescentes formaron un enorme círculo. Marcaron la vasta periferia de la caverna. En la parte superior comenzó a formarse un agujero. Eran compuertas. La abertura alcanzó a medir 20 metros de diámetro. Por arriba entró un poderoso haz de luz, como la luz del día. Debajo había un helicóptero de color azul, con dos filas de ventanas, rodeado de soldados.

—¡Diablos! —le gritó Magdala—. ¿Qué diablos es esto?

Los reflectores comenzaron a rotar hacia abajo, hacia la camioneta. De los muros empezaron a acercarse personas. Estaban armadas. Tenían trajes militares, con caretas de acrílico negro. Eran trajes aislantes.

Don Toby, sin dejar de mirar hacia adelante, les dijo a mis primos:

—Él es el que los controla a todos aquí en México, el que ustedes están buscando.

Magdala abrió los ojos.

—Está en el helicóptero —le dijo don Toby—. Los está esperando.

Magdala tragó saliva.

—¿Perdón? ¿Nos está esperando…?

Don Toby miró hacia el helicóptero.

—Es el cerebro. Es el cerebro por encima de Grupo Televisa.

—¿Es el señor Azcárraga?

—Vayan. Quiere hablar con ustedes. Allá enfrente están sus respuestas.

123

En la ciudad de México, dentro de la Universidad Iberoamericana, en medio de una multitud de estudiantes que estaban gritando, con carteles, la candidata del PAN, Josefina Vázquez Mota, avanzó abriéndose paso hacia el fondo del auditorio blanco que decía: "FORO BUEN CIUDADANO IBERO".

Su camiseta blanca decía: "Yo soy perfecta. Orgullosamente Ibero".

Llegó al podio de madera. Tomó el micrófono:

—Le he pedido a Molinar que se aleje de mi campaña. No voy a permitir que su presencia me aleje de los padres de ABC. Ninguna muerte para mí es un daño colateral.

En el pequeño audífono que tenía en la oreja, escuchó un mensaje perturbador:

—El ex presidente está haciendo un anuncio catastrófico en Guanajuato. Esto va a cambiarlo todo.

124

En el Rancho Fox, dentro de las ultramodernas instalaciones del Centro Fox, el ex presidente, con una camisa negra y una chamarra negra, comenzó a hablar ante unos allegados:

—No hay tal, o sea, eso de que hay cuatro puntos de diferencia. Siguen siendo 15 puntos o 18 puntos de diferencia que lleva Enrique Peña Nieto sobre quienes están en empate técnico, que son Josefina Vázquez Mota y Andrés Manuel López Obrador.

—¿Señor Fox? ¿Está usted atacando a su propia candidata, a la candidata de su propio partido?

—No debemos tener miedo de que con el PRI va a regresar el autoritarismo, eso es una farsa. Hoy hay una auténtica división de poderes. López Obrador se ha inflado artificialmente. Es una propuesta de gobierno del pasado. No va a prosperar en nuestro país, es un engaño. Yo invito al pueblo de México a esta reflexión. Tenemos que alcanzar la unidad. Estamos perdiendo mucho terreno como país, frente a otros países. No podemos seguir así. No debemos de seguir así. Debemos cerrar filas atrás de quien vaya a ganar. No sé quién vaya a ganar, pero es claro que se perfila alguien para ganar.

—¿Se refiere usted al candidato del PRI, a Enrique Peña Nieto?

Fox abrió los ojos.

—Debemos de apoyarlo a él para que pueda resolver los problemas. ¡Sería equivocado que sigamos otros seis años atacándonos unos y otros!

En los informativos estalló la ola de reacciones:

—¡Lo insólito está ocurriendo! ¡El ex presidente del PAN está pidiendo a los mexicanos que voten por el PRI!

En lo alto del hotel Sheraton María Isabel, el hombre de barbas rojizas se levantó de su escritorio. Miró hacia la ventana, hacia el dorado Ángel de la Independencia.

—Esto acaba con Josefina —se acercó el encendedor hacia su puro—. Asegúrate de que esto le dé la vuelta al mundo —comenzó a descender el encendedor—. A los pueblos hay que decirles qué hacer. Para eso tenemos a los ídolos —miró hacia abajo, hacia la embajada de los Estados Unidos. El aire ondeó el escudo, el águila con flechas. Suavemente se volvió hacia su acompañante—. Fox dio bien su discurso. No queremos a una idealista que quiera cambiar a México. Que el encabezado en todos los diarios sea: "FOX DA LA ESPALDA A JOSEFINA: CONVOCA A MÉXICO A VOTAR POR PEÑA".

125

En la cama de un hospital, rodeado de tubos, con una sonda incrustada a la arteria de su brazo; con un tuvo de oxígeno acoplado a su sistema respiratorio, el presidente de Venezuela, Hugo Chávez, miró hacia la ventana, hacia las muchas hojas de un árbol. Se distorsionaron como sombras, como fragmentaciones de un cristal. Apareció una figura, una cabeza.

—General —le dijo el militar—, los americanos están comenzando a infiltrar nuestro propio ejército. Están usando gente nuestra.

—¿Gente nuestra? —le preguntó el pálido presidente. Tenía la piel blanquecina. No tenía cabello. Miró hacia un lado—. ¿Quién lo está haciendo? Averigua con quiénes están haciendo estos contactos.

En la ciudad de Caracas, en el gigantesco complejo color naranja de la embajada de los Estados Unidos, el gran escudo metálico del águila con flechas se partió por en medio, con un estridente rechinido. Salieron velozmente dos vehículos negros.

En las afueras de la ciudad, dentro de una mansión cristalina, con chicas de muchas razas, uno de los más altos generales de la Fuerza Armada Nacional Bolivariana de Venezuela, que estaba sonriendo, en un momento de contemplación, miró el líquido sin color de su Martini. Vio el reflejo distorsionado de las dos chicas exóticas que descendían de un tubo, para él.

—Señor general —le dijo una voz desde atrás—. Han venido dos personas muy importantes a buscarlo. Me pidieron ser discreto. Esto no lo debe saber el presidente Chávez. Vienen de la embajada de los Estados Unidos.

El general entró a una habitación de la residencia. Estaba completamente a oscuras. De pared a pared había un espejo que lo reflejó todo como un laberinto multiplicado. Cautelosamente se quitó su gorro militar. Miró hacia los cuadros distorsionados. Vio su propio reflejo.

—Señor general —le dijo una voz. Venía de detrás de uno de los espejos.

El general se acercó hacia el cristal.

—¿Quién demonios me está llamando? ¡Muéstreme su cara!

Desde detrás del vidrio la voz le dijo:

—Yo no tengo cara. Yo soy una idea. Señor general, su presidente va a estar muerto dentro de unos cuantos días. Tiene cáncer.

—Miserable. Ustedes lo sembraron.

—General, todo este inmenso poder va a estar ahora dentro de un ataúd, enterrado. Todo lo que usted conoce va a haber cambiado.

El general entrecerró los ojos.

—Miserable. ¿Cree usted que yo voy a traicionar a mi propio pueblo? —y cautelosamente se llevó la mano hacia la pistola.

—General, general… No sólo le hablo de convertirse en el jefe supremo del ejército de Venezuela, uno de los hombres más poderosos del mundo. Le hablo de convertirse en el dueño vitalicio de un considerable bloque de acciones en los tres conglomerados industriales más grandes de los Estados Unidos —y lo miró en forma perturbadora, con tres triángulos entrelazados al fondo de cada ojo. Le colocó los dedos sobre la frente. Le susurró suavemente—: *Wotan, Oðni,sialfr sialfom mer, a þeim meiþi, er mangi veit, hvers hann af rótom renn.*

—Quieren que se sepa que ya estás muerto, que estás médicamente vencido —le dijo al presidente Chávez su hombre leal, Nicolás Maduro—. Quieren que se sepa que no vas a poder hacer nada si ellos respaldan un golpe después de las elecciones. Tenemos que investigar a estos agregados militares de la embajada americana, David Delmonaco, Devlin Kostal.

El presidente levantó su brazo. Tomó a Nicolás Maduro por el antebrazo.

—Si yo muero, tú debes ser el presidente —y miró hacia arriba, hacia las bolsas de plástico. Contenían hormonas, suero, norepinefrina—. Nada puede detener ya esto. Gana estas elecciones y después defiende el resultado electoral con las armas del pueblo venezolano. Ellos me hicieron esto. No hay forma de quitarlo. Lo que no pudieron hacer con su ejército. Pusieron a mis propias células contra mi propio cuerpo —miró a Nicolás Maduro—. Gana las elecciones. No permitas que se esparza esta maldad. No permitas que a ti también te venzan.

—Ellos ya están contactando a nuestros militares. Ya están iniciando el golpe de Estado. Los jóvenes se van a levantar. Están siguiendo los protocolos de Boston.

El presidente Chávez observó hacia la ventana, hacia la sombra del pequeño pajarito.

—Es tiempo de llamar a Vladimir Putin.

126

En la mitad del Mar Caribe, una diabólica flota de 20 pesados helicópteros MI-8 y MI-17 —de color tierra, comprados a Rusia para operaciones "encubiertas"—, en una formación delta de dos pisos, se aproximó a la rocosa muralla sur del islote Cay Sal, El Placer de los Roques.

Detrás de las aeronaves venía una más pesada, de 28 toneladas. Debajo decía: "MIL-MOSKOV-MI-26". Adentro, rodeado por 19 militares sudamericanos, entrenados por la CIA, estaba ExCub, con la mitad de la cabeza tapada con un plástico. Ya no tenía cabello. Tenía llagas abiertas en la cara.

—Encuentren y torturen a estos bastardos —les dijo a sus hombres. En sus armas tenían acoplados frascos amarillos, semejantes a burbujas. Tenían un logotipo químico, un hexágono con picos. Decía: "ALTA PRESIÓN-AGENTE NARANJA".

127

Abajo, 40 metros por debajo de la superficie, Breanne se aproximó hacia un oxidado panel semejante a una licuadora antigua. En la parte superior tenía botones. Podían oprimirse. Debajo había una ranura con letras. Cada letra señalaba un botón. A un lado del aparato había una manivela.

Ion Spear le dijo:

—Es para introducir la contraseña —suavemente tomó la manivela. Comenzó a girarla—. ¿Ves? No pasa nada.

Se detuvo. Ahora oprimió el primer botón. Volvió a rodar la manivela. La letra cambió por otra, y por otra, con el sonido de una matraca.

—Son ruedas. Siete ruedas. Cada rueda tiene las 24 letras del alfabeto. Tenemos que colocar aquí las siete letras correctas. Con eso vamos a abrir esta estúpida compuerta.

Miramos la compuerta. Decía: "DIVISIÓN QUÍMICA MONSANTO-DEPÓSITO DE AGENTE NARANJA-RAND CORPORATION". Debajo vimos un gran símbolo químico: un hexágono con dos enlaces dobles.

—Yo no entraría ahí —susurró Tim Dim—. Me da miedo el cáncer.

Más abajo, en la misma compuerta, la lámina de acero estaba oxidada. Había un letrero. Decía: "RAND Corporation. Fundada en 1948 por el general Hap Arnold y Curtis LeMay, Fuerza Aérea de los Estados Unidos, con financiamiento de Douglas Aircraft y de la Fundación Ford. Sector de Propulsión de Hidrógeno Líquido. Unidad de Armamento Nuclear Northwoods. Proyecto de Destrucción Biológica Arpa-Monsanto".

—El general Curtis LeMay fue el mayor enemigo del presidente Kennedy —nos dijo Ion Spear. Con las manos comenzó a palpar los tubos metálicos por detrás. Conectaban el panel con la compuerta—.

Curtis LeMay quería bombardear la Unión Soviética con armas nucleares.

—¿Perdón? —le pregunté—. ¿Con armas nucleares?

—Cinco mil misiles, para ser exactos. Devastación total. Quiso destruir Rusia, sumirla en un mar de radiación. Deformar genéticamente a sus sobrevivientes. La radiación hubiera llegado hasta los Estados Unidos. Su deseo se convirtió en la orden de los Jefes Militares Conjuntos del 20 de julio de 1961. El general Lyman Lemnitzer la presentó a John Kennedy. Kennedy la rechazó. Abandonó la sala de juntas. Gritó: "¿y nos llamamos raza humana?" Un año después, el 2 de febrero de 1962, volvieron a presionar al presidente Kennedy. El general Edward Lansdale, jefe de la Operación Mangosta de la CIA, escribió el memorándum "Acciones Posibles para Provocar y Desmantelar a Cuba". El 13 de marzo de 1962 establecieron el plan. Se llamó Operación Northwoods. La diseñó la RAND Corporation. Deseaban armar un ataque falso de Cuba contra los Estados Unidos, crear el pretexto para lanzar un ataque total contra Cuba, para arrasar Cuba. ¿Les suena conocido?

—Sí —le dijo Breanne K—. Once de septiembre de 2001.

—Exactamente —Ion Spear comenzó a forzar desde atrás la compuerta, con mucho esfuerzo—. Los eventos son nuevos, pero los planes son antiguos. Han sido preparados desde hace mucho tiempo. Esto es tan viejo como la antigua Roma —escuchamos arriba de nuestras cabezas un rechinido. Comenzaron a chocar metales. Todos miramos hacia arriba. Ion Spear nos dijo—: Si queremos encontrar algo, tenemos que abrir esta maldita compuerta.

Desde lo alto, por los pasillos de rejillas, comenzaron a bajar los paramilitares de la CIA.

128

En una oficina gris, de mamparas metálicas con vidrio, un hombre del FBI deslizó un papel sobre el escritorio.

—Esta fórmula es la consecuencia del modelo matemático de Fischer Black, de la RAND Corporation.

$$\Pr[T_A < 1, T_B < 1] = F_2(F^{-1}(F_A(1)), F^{-1}(F_B(1)), [g])$$

"Cuando decodifiquemos el origen de esta fórmula vamos a tener el origen mismo de la crisis financiera global. Alguien dio la orden de diseminarla. Esta fórmula es la causa final del agujero mundial de 22 billones de dólares. Esa riqueza no ha desaparecido. Fue transferida. En algún lugar del mundo tiene que estar ese dinero."

129

En México, mis primos Claudio, Magdala, Ariel, Pedro y Valentino comenzaron a subir por la rampa lateral de un helicóptero azul Dauphin-AS365. En la rampa sintieron la vibración de las turbinas. Se sujetaron de los tubos.

En la parte superior vieron a dos soldados armados.

Avanzaron hacia el interior oscuro. Era una sala. Olía a chocolate con churros. Las ventanillas del helicóptero estaban cerradas con cortinas de encaje. Parecía una casa. Al fondo estaba encendida una televisión. Había un sujeto viendo la pantalla. No podía vérsele la cara. Lo tapaba el respaldo felpudo del sillón.

Magdala abrió los ojos. Alcanzó a distinguir el filo de la pantufla. Era roja, de fibras de seda.

—¿Qué quiere hacernos? —le preguntó Magdala.

El hombre se llevó una taza a la boca. Era chocolate caliente.

—No estoy contra ustedes. Nunca he estado contra ustedes —comenzó a descender la taza—. Ni yo ni la empresa Televisa. Es todo lo contrario —se concentró en lo que aparecía en la pantalla: el ex presidente Fox hablando en su rancho el día anterior—. Ustedes pueden ayudarme a que la empresa vuelva a tener el control sobre sus propias acciones.

Magdala abrió los ojos. Lentamente comenzó a avanzar hacia el sujeto. Los soldados la detuvieron por los hombros.

—¿Usted es el señor Azcárraga?

—La familia Azcárraga posee 40% de las acciones de Grupo Televisa. Existe un 8% que está en poder de otro consorcio. Se llama Cascade Investment.

—¿Cascade Investment…? —Magdala se volvió hacia Claudio.

El hombre volvió a llevarse la taza hacia los labios.

—Los empresarios mexicanos estamos integrados en un grupo. Esta agrupación está decidida a proteger a México. Está comenzando una operación para desestabilizar a nuestro país. Necesito que me ayuden.

Mis primos se quedaron perplejos.

—¿Nosotros? —le preguntó Ariel—. ¡Pero si nosotros somos unos mediocres! ¡Él es un defecto del universo! —violentamente señaló hacia Valentino—. Nos ha vendido cada que ha podido. Nosotros no somos nada, nuestros antepasados sí lo eran… Nosotros no.

—Pero aún así han llegado hasta acá. Busquen el origen. Busquen el día mismo de la fundación. Busquen quién es el poder financiero que está subsidiándolo todo, desde su nacimiento.

—¿Desde su nacimiento? —le preguntó Magdala—. ¡¿De qué nos está hablando?!

—Busquen el origen del Centro Fox. Busquen el Archivo R. Busquen quién es el que está controlándolo todo.

130

Mis primos salieron escoltados por soldados. El helicóptero despegó. Abandonó la gruta a través del agujero en la cúpula. Mis primos caminaron sobre una pequeña explanada y luego los metieron dentro de un vehículo militar Humvee M1151B1. Uno de los militares le extendió la mano a Claudio:

—Vas a necesitar esto para abrir las rejas.

En su guante brilló un cilindro metálico. En un costado le comenzaron a brillar pequeñas líneas de luz de color verde. El vehículo arrancó sobre sus poderosas llantas de 37 pulgadas de diámetro. Se metió, se internó en el desierto. El cielo ya estaba oscuro.

Magdala levantó su teléfono celular.

—¡Aquí lo tengo! Cascade Investment es un fondo de dinero gigantesco. Es dueño de muchas de las empresas más grandes del mundo. Acaba de comprar 73 millones de acciones de Berkshire Hathaway, 9 millones de acciones de McDonalds, 10 millones de acciones de la Coca-Cola; 7 millones de acciones en ExxonMobil, 500 000 acciones de Goldman Sachs, 500 000 acciones de la empresa química Monsanto Company; un millón de acciones ADR de Grupo Televisa. Quince millones de dólares. Emilio Azcárraga sólo posee 43.7% de las acciones de Televisa.

—¿Cascade Investment? —le preguntó Claudio.

—Cascade Investment es uno de los dueños de la Coca-Cola —le mostró la pantalla de su celular—. En el Consejo de Administración de Grupo Televisa aparecen dos gringos. Uno es Michael Larson, administrador de negocios de Cascade Investment. El otro es Herbert Allen, uno de los dueños de la Coca-Cola. Su empresa, Allen and Company, trabaja precisamente para Cascade Investment.

—Ahora entiendo —susurró mi primo Claudio. Miró hacia la ventana—. ¿No fue Vicente Fox el presidente de la Coca-Cola para América Latina?

Magdala se inclinó hacia él:

—Tal vez de ahí lo seleccionaron. Tal vez este grupo es el que ahora está poniendo a los presidentes —con los dedos le dio un golpe a la pantalla—. El ex director general de la CIA, que estuvo en la reunión del Hotel Rodavento, en Valle de Bravo, donde decidieron poner de nuevo al PRI en el gobierno de México, George Tenet, actualmente es empleado de Herbert Allen, en Allen and Company.

—Como diría nuestro tatarabuelo: "qué pinche horror".

—El 2 de febrero de 2006, cuando Vicente Fox acababa de terminar su sexenio, cuando le entregó el poder a Felipe Calderón, tuvieron esta reunión en el Hotel Rodavento. En esa reunión acordaron poner en movimiento la maquinaria de imagen para colocar ahora a Enrique Peña Nieto como presidente, aunque fuera de otro partido. Es lo que estamos viviendo. Se juntaron el propio Herbert Allen, de la Coca-Cola, George Tenet, ex director de la CIA y ahora empleado de Herbert Allen, Vicente Fox, y Emilio Azcárraga, y también el dueño de Cascade Investment. Tal vez forzaron a Azcárraga para hacer todo esto. Aun así nos falta conocer un nombre, un nombre más para saber quién dirige la Intraestructura y el Proyecto R.

—Estás loca. Todo esto viene de un reportaje de Jenaro Villamil. ¿Cómo sabes que es cierto? ¡Tal vez esa reunión nunca ocurrió! ¡Ni siquiera sabemos a ciencia cierta quién es el hombre con el que acabamos de hablar! ¡Tú dices que es Azcárraga! ¿Qué tal si ni siquiera es alguien real de Grupo Televisa? ¿Qué tal si es alguien enviado por el propio Jenaro Villamil?

—El loco eres tú, primo —Magdala le enseñó la pantalla—. Aquí está: Comisión de Valores de los Estados Unidos, SEC. Dice: Allen and Company: Quinta Avenida de Nueva York, número 711. Presidente y CEO: Herbert Allen Junior. Banca de inversión. Magnates de los medios.

—¿Magnates de los medios?

Magdala usó el dedo para correr la pantalla hacia abajo.

—En Hollywood usan la frase: "Si tu trato no lo haces con Allen and Company, tu trato no se hace". Son un banco de los medios de comunicación, una especie de mafia del espectáculo.

—¿"Mafia del espectáculo"?

—Herbert Allen Junior es una de las cabezas en el consejo directivo de Coca-Cola mundial, desde 1982. Éste es el Proxy Statement 2012, "Coca-Cola Company", página 15. Aquí aparece como el candidato preferido para ser el presidente mundial de la Coca-Cola. Allen and Company fue la clave para la estructura actual que tiene la Coca-Cola. Herbert Allen organizó la colocación de la empresa en Wall Street. Ahora posee 1 200 millones de dólares en acciones de la empresa. Es uno de los dueños. Herbert Allen es amigo de Fox.

—Diablos... —Claudio se aproximó hacia la pantalla— y Vicente Fox fue director general de la Coca-Cola para América Latina... —miró hacia la ventana, hacia las estrellas.

—Llegó a ese cargo durante la presidencia de Donald Keough en la Coca-Cola. Se le conoce como Don. Ahora es el presidente del consejo de Allen and Company. Son dos compañías entremezcladas. Eso es claro.

—Vaya...

—En el año 2000, Fox recibió dinero gabacho para su campaña. Cheques de menos de 10 000 dólares, para que no fueran detectados. Todo esto fue documentado por Al Giordano y por *El Universal*. Pero observa esto —abrió otra pantalla—: éste es el Reporte Anual 2006 de la RAND Corporation, páginas 26 y 29. Coca-Cola Company es uno de los financiadores de la RAND Corporation.

—Diablos... —Claudio miró hacia la vastedad negra del desierto—. Lo único que puede quedarnos claro ahora es que la Coca-Cola no es sólo un refresco. La pregunta es: ¿Este hombre, Herbert Allen, es la verdadera cabeza? ¿Él es la cabeza de Cascade Investment?

—Tenemos que esperar a ver qué encontramos en el Centro Fox. Nos lo acaba de decir el hombre: "Busquen el origen. Busquen el día mismo de la fundación del Centro Fox. Busquen quién es el poder financiero que está subsidiándolo todo. Busquen el Archivo R".

Ariel les dijo:

—Me parece completamente injusto que ataquen a un refresco. Yo soy por siempre leal a la Coca-Cola.

En la isla abandonada Cay Sal, debajo de 200 toneladas de roca, había pasado tanto tiempo que con seguridad allá afuera ya era de día. Habíamos deambulado hasta encontrarnos en ese apuro. Breanne, Tim Dim, Rob Troll y yo comenzamos a gritarle a Ion Spear:

—¡Mete ya los siete malditos dígitos que quieras, demonios!

Arriba venían trotando por las escalerillas oxidadas una cantidad incuantificable de hombres armados.

—¡Diablos, nos van a violar! —gritó hacia arriba Tim Dim—. ¡Sólo somos dos humildes limpiacacas! ¡Yo no hice nada!

Miré hacia el panel. En verdad se parecía a una antigua licuadora. Observé la ranura donde tenía las siete letras. Observé la manivela con la que se giraban los discos de cada una de esas letras. Observé las barras metálicas que salían del panel hacia la compuerta, por el muro. Le dije a Ion Spear:

—No puedo creer que usted no sepa siete malditas letras para abrir esta compuerta.

El hombre me sujetó por el cuello del overol.

—Axel Barrón, tú ya no estás aquí para exigirme respuestas, sino para generarlas. Por eso te traje. Hazle honor a la memoria de tu padre. ¡Dime tú las malditas siete letras!

Miré hacia arriba. En la penumbra me deslumbraron las luces de las linternas de los hombres que venían hacia nosotros.

—Ya nos chingaron —le dije a Ion Spear. Breanne K me tomó por el cuello. Con sus uñas comenzó a estrujarme la garganta. Me gritó:

—¡Tienes que despertar, Axel Barrón! ¡Ya no es como antes! ¡Hazlo por tus primos que están en México, y que están arriesgando sus vidas para que tú vivas! —me apretó mucho más duro—: ¡Tomaré este maldito ratón y habré de convertirlo en tigre!

Me quedé perplejo.

"Me exigen bastante", pensé. "Yo sólo soy un inadaptado con ADD que odia el Nuevo Orden Mundial. Qué situación tan feorrible."

Miré hacia el panel. Me volví hacia la compuerta. Leí el letrero oxidado. Decía: "DIVISIÓN QUÍMICA MONSANTO-DEPÓSITO DE AGENTE NARANJA-RAND CORPORATION". Debajo estaba el símbolo químico: el hexágono con dos enlaces dobles.

—Esto no es… —comencé a leer la parte de abajo: "RAND Corporation. Fundada en 1948 por el general Hap Arnold y por el general Curtis

LeMay... Unidad de Armamento Nuclear Northwoods... Proyecto de Destrucción Biológica Arpa-Monsanto".

"Northwoods...", susurré para mí mismo. Miré hacia Breanne, me había oído.

—Ésas no son siete letras, baboso.

—Tienes razón —miré hacia arriba. Me volví hacia Ion Spear—: Usted mencionó a un hombre, Edward Lansdale, jefe de la Operación Mangosta de la CIA.

—Así es.

—Todo esto es de la CIA. Esta isla, la operación de Zapata Corporation.

—¡Piensa rápido, pendejo! —me gritó Tim Dim—. ¡Este tipo es un verdadero imbécil!

—¡No le grites! —le gritó Rob Troll—. ¡Déjalo pensar! ¡Su papá fue Gran Maestro de la Gran Logia de Albión!

Lentamente tomé a Ion Spear por el antebrazo.

—La clave está en el escudo de la CIA —miré hacia arriba—. "No explores la estrella." La clave está en la estrella.

—No explores la estrella... —le brillaron los ojos—. ¿Polaris...?

Introdujimos las letras "POLARIS". La compuerta comenzó a abrirse con los rechinidos metálicos de un submarino.

132

Mis primos fueron aventados a unos matorrales oscuros. El vehículo que los había llevado, el Humvee M1151B1, se alejó en las tinieblas, por debajo de cuatro estrellas que tenían la forma de la Cruz de Cristo.

—Llegamos —se enderezó Magdala entre las hierbas. Lentamente levantó su celular hacia el cielo—. Nos tengo aquí, en el Googlemap. Centro Fox. Carretera León-Cuerámaro, kilómetro 13, San Francisco del Rincón, Guanajuato.

Cautelosamente se asomaron por entre las varas de la maleza, entre los insectos. En la oscuridad se formó una instalación de luz abajo.

—¡Diablos! —les gritó mi primo Ariel—. ¡Esto es como una estación espacial!

Lentamente comenzaron a avanzar. Abajo vieron, entre las luces de 30 poderosos reflectores de color azul, un complejo de muros lisos, de bloques geométricos de color blanco, aplanados.

—Busquen el origen —murmuró Magdala para mis primos—. Busquen el nacimiento del Centro Fox. Busquen quién es el poder financiero que está subsidiándolo todo, desde su nacimiento.

Claudio siguió avanzando entre la maleza. Le dijo:

—Busquen el Archivo R…

Claudio abrió los ojos. Siguió avanzando. El complejo estaba cuesta abajo, La parte superior era un domo de cristales.

—No veo policías —le dijo a Magdala.

—Te necesito, Claudio. Tú no eres como estos tontos. Prométeme una cosa, Claudio —miró hacia adelante—. Todo va a cambiar adentro —lo tomó de la mano—. Volverás a ser quien eres. Tú eres el destino. Tú eres México. Tu destino es el Imperio del Sol.

Claudio observó a Magdala cambiada. Sus piernas se convirtieron en plumas de fuego. Sus ojos fueron dos llamas de agua. Las estrellas comenzaron a expandirse hacia abajo como plasma.

133

Yo entré, siguiendo a Breanne K y a Ion Spear, dentro de una gigantesca nave subterránea. Caminamos por encima de dos pasillos flotantes, de rejillas. Estábamos a 30 o 40 metros por encima del piso de la caverna. Olió como un mar de gasolina vieja. Caminamos por en medio de las cabezas de gajos negros y blancos de una fila de docenas de titánicos misiles nucleares, cada uno de nueve metros de altura —cuatro pisos—, de 13 toneladas. En sus costados decía: "POLARIS/SSBN A-1".

Avanzamos. Nuestros pasos hicieron sonar ecos en la rejilla.

—Esto se está poniendo peor —susurró Tim Dim—. Quiero irme a mi casa.

Al fondo escuchamos un flujo de agua. Estábamos dentro de una gruta de compresión meteorizada del pleistoceno. Miré hacia abajo. Los cuerpos de los misiles eran blancos. En la parte inferior tenían los cohetes, de color negro. Había herrumbre, plantas, lodo, chitones.

Ion Spear nos dijo:

—Tuve los documentos en mis propias manos. El contrato fue firmado el 1º de julio de 1959 para fabricar estos misiles Polaris. Cada uno de éstos podía volar una ciudad como Florida. Archivo 9:617 de los documentos clasificados de Prescott Bush, el principal impulsor del programa. Su hijo George H. W. Bush fue el hombre cuya operación tuvo lugar en torno a esta isla —continuó caminando en la negrura. Iluminó hacia adelante con su linterna—. Jóvenes: nos aproximamos hacia el mayor de todos los misterios.

Miré hacia abajo. El pasillo comenzó a rechinar.

—Los fabricó Electric Boat GD. Uno de sus dueños fue William Averell Harriman, el protector de Prescott Bush —miró hacia la pared de estalactitas—. El presidente Kennedy obligó a Harriman a firmar el desarme nuclear con los soviéticos. Harriman trató de impedirlo. Habría sido el fin de este poder de guerra —suavemente comenzó a acariciar el cuello de uno de los misiles—. Éstos son los monstruos por los que mataron a Kennedy.

Comenzaron a romperse las escalerillas.

Rob Troll susurró:

—No. Otro problema.

Tim Dim empezó a gritar:

—¡No! ¡Otro problema! ¡Dios no quiere que encontremos nada! ¡Dios no quiere que nos den la recompensa! ¡Dios quiere que seamos para siempre limpiacacas!

134

Al otro lado del mar, en la costa norte de los Estados Unidos, en New Heaven, Connecticut, una horda de 180 jóvenes "descarriados" se subieron como simios, cargando cervezas y chicas sin camisetas, a las bardas "egipcias" de la Universidad de Yale.

—¡Vamos, cabrones! ¡La recompensa es de dos billones de dólares, suficientes como para comprar Francia!

A la cabeza de todos estos jóvenes estaba Rupert Hot, el amigo de Facebook de Tim Dim —a quien Tim Dim nunca había conocido en persona.

—¡Vamos todos, palurdos! —les gritó. Levantó en alto su cerveza. Abrazó contra su delgado cuerpo a una rubia de camiseta mojada, llamada Yoao, que también estaba esgrimiendo su cerveza.

Rupert tenía puesto su paliacate en la cabeza, sus goggles de natación en los ojos, su camiseta sin mangas, con un arcoíris en el pecho, sin la parte de abajo. En su ombligo descubierto tenía una argolla que decía: "Fuck You".

Comenzó a gritar hacia la multitud:

"¡Somos la Generación Cero! ¡Somos la progenie donde estalló la maldita mentira; donde estalló el maldito capitalismo y demostró que no va a haber ningún futuro! —alzó muy en alto su cerveza—. ¡Ellos quieren quedarse con todo, cuando son unos pocos! ¡No nos dejaron trabajo! ¡No nos dejaron esperanza! ¡Nos dejaron un mundo en deuda; un mundo en guerra, y se gastaron para sí mismos las últimas reservas de petróleo! ¡Ahora tenemos derecho de reclamar este dinero! —señaló hacia adelante, hacia el tenebroso edificio gris al fondo, con ventanas góticas apagadas—. ¡El señor George H. W. Bush es un miembro de esta secta! ¡Su nombre es Magog! ¡Su nombre es Bestia! ¡Su nombre es la clave del Apocalipsis, dentro de esta maldita tumba secreta, para que nosotros reclamemos hoy nuestra recompensa! ¡Vamos ya por nuestra maldita recompensa!

Comenzó a avanzar sobre las lápidas de las tumbas. Lo siguió la horda de jóvenes embravecidos. Su chica le dijo:

—¿Qué vamos a hacer con dos billones de dólares, asno?

—Vamos a hacer el amor todo el día —y pisó el suelo de la calle High street, frente al número 64. Tuvo frente a sus ojos la cripta de siete metros de altura. Sus seguidores, desde atrás, comenzaron a gritar:

—¡Abajo Wall Street! ¡Ocupemos Wall Street! ¡Abajo Wall Street! ¡Ocupemos Wall Street!

135

Debajo, 12 metros por debajo del Parque Zuccoti, John Kodiak arrancó un pedazo de jamón. Lo había robado. Comenzó a metérselo en la boca a su perro. En la pared tenía restos de animales. Los había cazado por la mañana, en el mismo ducto del metro. Detrás estaba la fórmula de la Cópula Gaussiana:

$$Pr[T_A<1, T_B<1] = F_2(F^{-1}(F_A(1)), F^{-1}(F_B(1)), [g])$$

A un lado, en la oscuridad, estaba la fotografía de David Kellermann. Arriba estaba el retrato de sus padres cargándolo bajo la estatua monumental de Atlas del Rockefeller Center, en el centro de Nueva York.

—Goldman Sachs le pertenece, en parte, al mismo hombre que está detrás de todo aquí en México. Goldman Sachs fue comprada en parte por Cascade Investments. Quinientas mil acciones.

Esto se lo dijo mi prima Magdala a Claudio.

Comenzaron a bajar por una escalerilla metálica. Estaban en la chimenea de ventilación de la poderosa fachada del Centro Fox. Desde arriba les entró la luz de la luna. La pintura aún estaba nueva. Olió el solvente.

Mis otros primos descendieron detrás de ellos. Mi primo Claudio saltó hacia la alfombra. Era oscura, gris azulada.

—La cuarta parte de todo el dinero que recibe el Centro Fox proviene del extranjero —le dijo Magdala.

Claudio aplaudió para quitarse el polvo. Se escupió en las palmas. Comenzó a caminar entre los muebles oscuros. Eran de madera, con metales negros. Se metió dentro de un pasillo que tenía en el techo ranuras. Se veían rebanadas de la luna. En la oscuridad se formaron halos de apariencia infinita.

Comenzó a correr.

—Y si todo esto es cierto —le gritó a Magdala—, ¿por qué la gente de su propio partido no lo dice al pueblo de México? La gente del PAN tiene que saberlo. El presidente Calderón debe saberlo. El señor Gustavo Madero debe saberlo. Josefina debe saberlo.

Magdala corrió detrás de Claudio.

—Tal vez no lo saben.

—Oh, por favor.

—Tal vez no lo saben, Claudio. Al menos no todos.

137

En una sala de tonos rojizos, a altas horas de la noche, el coordinador general adjunto de operación de la campaña de Josefina Vázquez Mota, Octavio Aguilar Valenzuela, se aproximó hacia el reportero de la agencia APRO, Raúl Tortolero.

—Nada de esto es explicable. Estoy muy sorprendido por la inoperancia del presidente de la República y de muchos secretarios de Estado.

—¿Para respaldar a su candidata?

—Deberían estar apoyando a Josefina, al menos no atacarla. ¿Por qué la están atacando? Todos ellos le están dando la espalda.

—¿Es una línea?

—Me refiero al secretario de Gobernación, Alejandro Poiré; al de Desarrollo Social, Heriberto Félix Guerra; al de Economía, Bruno Ferrari; al de Hacienda, José Antonio Meade; al de Comunicaciones y Transportes, Dionisio Pérez-Jácome; a la de Turismo, Gloria Guevara.

—¿Por qué la están traicionando? ¿Alguien les está dando la orden? ¿De dónde viene esto?

El coordinador general adjunto miró hacia un lado.

—¿Quién está dando las órdenes? —le insistió el reportero.

—El presidente, Felipe Calderón, tuvo su candidato original. No era Josefina. Se le murió.

—Pero, ¿cabe en la cabeza de algún gobernante lúcido querer entregar el gobierno a otro partido que no sea el suyo, sólo porque no pudo imponer a su candidato?

El coordinador adjunto bajó la cabeza:

—No lo puedo entender. En términos de estadista, esto es un suicidio… a menos que lo haya pactado.

—¿Pactado?

El reportero Raúl Tortolero comenzó a abrir los ojos.

—Ésta sería la única forma de entenderlo. Quiero pensar que no fue así.

—¿Ves signos de esta entrega? ¿Fue pactado?

—Sí los veo.

—Dios. ¿El coqueteo con Peña Nieto, los acuerdos secretos del Estado de México…?

—Estoy de acuerdo contigo.

138

—La respuesta de este maldito acertijo está aquí, en el Centro Fox —le dijo Magdala a Claudio. Con la mano destapó una pequeña escotilla. Con el pie pateó la rejilla floja hacia adentro—. Éste es el acceso hacia el Salón del Halo. Los archivos deben estar en la terminal del cubo de cristal.

—¿Cómo sabes que esto es un centro de manipulación? ¿Cómo sabes que esto lo usan para dar línea?

Afuera, por debajo de un enorme túnel de arcos de ladrillos, un grupo de hombres uniformados corrió hacia el interior del complejo.

—Están en el conducto de mantenimiento. Son cinco personas.

Adentro, dentro del ducto de ventilación, que en su apretado techo tenía un material caliente de espuma con cables, Magdala le dijo a Claudio:

—Esto comenzó en 1996, en una reunión de petroleros en Texas, en la residencia oficial del gobernador de Texas, George Bush hijo. Fue el 29 de abril de 1996.

—¿Durante el gobierno de Ernesto Zedillo?

—Estuvieron ahí el embajador gringo, Tony Garza, el secretario de Energía de México, Jesús Reyes Heroles hijo, y una comitiva de petroleros. Texaco, Enron, Hunt Oil, Venus Oil. Le pidieron a México que se privatizara el petróleo.

—Ya nada me sorprende.

—Según *Ágora Parlamentaria*, esta reunión duró tres horas. Pasaron unos meses. Jesús Reyes Heroles fue nombrado embajador de México en los Estados Unidos.

—¿Para negociar esto?

—En marzo de 2001, cuando Bush hijo ya fue presidente de los Estados Unidos, Jesús Reyes Heroles firmó un documento que se llama "Nuevos Horizontes". Lo generó un organismo misterioso de Washington, el Center for Strategic and International Studies, csis. Es un brazo de la cia.

—¿Estás segura de eso?

—Lo que se propone en "New Horizons" es la privatización del petróleo de México. El subtítulo es "Recommendations for Policymakers", o sea, "Recomendaciones para hacedores de política". Esto significa los políticos, los gobiernos de los dos países. Esto fue para que se haga —le mostró la pantalla de su celular—. Todos estos empresarios y políticos mexicanos lo firmaron. ¿Tú supiste algo alguna vez sobre esto?

—Para nada.

—Nunca informaron de nada de esto al pueblo de México.

—¿Quiénes lo firmaron?

—Aquí está la lista —le mostró el documento.

—Diablos —Claudio comenzó a leer los nombres—. No puedo creerlo.

—Todo el tiempo estuvo pactado. Lo que ocurrirá cuando Peña Nieto gane las elecciones ya está pactado.

—Diantres.

—Aquí lo dice: hay un edificio en México donde está la matriz de todo esto. Se llama factor omega.

—¿El Tentáculo Madre...?

Por los corredores laterales comenzaron a movilizarse hombres armados, en silencio. Comenzaron a desplegar en el suelo una larga red con ganchos. El oficial miró hacia arriba, hacia el plateado ducto de la ventilación.

—Primero duérmanlos. El jefe quiere llevarlos a los establos.

139

En los Estados Unidos, aún de noche, dentro de un enorme edificio gris en forma de cubo, el presidente de la poderosa petrolera ExxonMobil, Rex Tillerson, se colocó detrás de una mesa que tenía un cartel: Council on Foreign Relations —"Consejo de Relaciones Exteriores"—.

El hombre canoso de cejas pobladas negras, con un traje negro, con una corbata de eléctricos puntos rojos sobre azul, comenzó a extender un papel doblado que tenía en la mano izquierda que le leyó a un hombre cercano:

—La vasta base de recursos, la generación combinada de petróleo de los Estados Unidos, Canadá y México, alcanza los 15 millones de barriles al día, más que Arabia Saudita o Rusia. Esto podría crecer en la próxima década hasta 18 millones.

—Esto sólo puede lograrse si México desnacionaliza el petróleo —le contestó su interlocutor.

140

En la ciudad de México, a una hora inusual para una entrevista, pero en tiempos de campaña las horas del día y de la noche valían lo mismo, en la oficina de la cadena de noticias Reuters, el candidato del PRI para la presidencia de México, Enrique Peña Nieto, se acomodó en su asiento. Le dijo al agente de noticias:

—El éxito de Petrobras en Brasil se ha convertido, indudablemente, en una gran referencia. Creo que hay mucho que aprender de esa experiencia.

—¿Esto implicaría introducir capital privado en la producción de petróleo, en la exploración, en la refinación?

—De lo que se trata —miró hacia el agente de noticias— es de hacer que el Estado mexicano y Pemex, en particular, sean eficientes.

—Eficientes...

—Creo que primero tenemos que abrir el sector: hacer de Pemex una compañía más grande. Después, en una etapa subsecuente, podríamos emitir acciones.

—¿Acciones?

—Pero eso después, no inicialmente. Esto podría ocurrir durante mi gobierno, o tal vez en el siguiente.

—¿Es verdad que México importa más de 40% de su gasolina, y que esto se debe a una falta de capacidad doméstica en la refinación?

—Las plantas de refinación son muy caras. Son muy complicadas de construir. El propósito no es construir refinerías, sino ser competitivos, garantizar la producción.

—¿No van a construir más refinerías?

—Si lo hiciéramos, buscaríamos que lo haga el sector privado. La refinación es una de las ventanas donde podríamos abrirnos al sector privado.

141

En la azotea del Centro Fox, debajo de las estrellas, otros hombres también trabajaban escondidos. Amarraban cuerdas al techo. Uno de ellos continuó amarrando las cuerdas.

—Enrique Peña Nieto le dijo al *Financial Times* en 2011: "podemos conseguir más, crecer más y hacer más a través de alianzas con el sector privado". Les dijo que México ha sido "rehén" de la ideología del petróleo nacionalizado, que esto es lo que ha detenido nuestro crecimiento; que el ejemplo que tenemos que seguir es el de Petrobras, de Brasil.

"Es verdad una cosa: Brasil emitió acciones de Petrobras. Ganó 70 billones de dólares. Esto es lo que aceleró el crecimiento bursátil de Brasil. Ahora está a punto de convertirse en una potencia. ¿Para qué demonios quedarnos con el control total de nuestro petróleo, en manos del Estado, si tenemos que importar gasolina? —El hombre continuó amarrando las cuerdas.

—México pudo hacerse gigante con su petróleo. Pudimos haber sido grandiosos. La historia todavía no ha terminado. Tenemos 130 000 millones de barriles debajo del desierto y del mar del Golfo. El tesoro está aquí.

Comenzó a hacer un nudo. Jaló violentamente de la cuerda. Empezó a amarrarla alrededor de una estructura metálica, una jaula. En la parte alta había una torre de acero, semejante a un crucifijo.

—Si dejamos que estas corporaciones vengan, las utilidades de todo este negocio gigantesco se van a ir a los Estados Unidos. Vamos a hacerlos más ricos. México no va a poder ver nunca nada del tesoro que le dio la geología de la tierra. Vamos a vivir y morir para siempre como una colonia. Y va a llegar un momento en que estas corporaciones, igual que hace un siglo, se van a anclar aquí para asegurarse de la posesión final de las reservas, con su ejército, con la fuerza militar de los Estados Unidos. México va a ser el pulmón de la sobrevivencia de combustible de los Estados Unidos, siendo nosotros los que les estorbamos, antes de que las reservas globales realmente se acaben.

El joven que estaba con él lo observó detenidamente. Le extendió la mano:

—Es un placer conocerlo. Mi nombre es Ramón Cordero, de la plataforma AKAL-J de Pemex.

El hombre le sonrió. Le ofreció la mano.

—El gusto es para mí. Mi nombre es John Saxe-Fernández.

142

Abajo, dentro del tubo de láminas de la ventilación, Magdala golpeó una parrilla llena de pelusas con polvo. La arrojó hacia adentro. Al fondo vio una luz de color azul. Le susurró a Claudio:

—Lo que importa ahora es saber quién es el dueño de todo.

Claudio leyó la pantalla de su celular.

—ExxonMobil es una de las empresas que ahora le pertenecen en parte a Cascade Investment. Tú misma me lo acabas de decir. Al menos siete millones de acciones. También posee parte de Goldman Sachs. Quinientas mil acciones. Un millón de acciones ADR de Grupo Televisa. Quince millones de dólares. Y 500 000 acciones de la empresa química Monsanto Company. Esta compañía hizo los pesticidas DDT. Producen diabetes, muerte tóxica y cáncer. Actualmente está haciendo el maíz transgénico que están metiendo a México.

—La pregunta de oro —le dijo Magdala, y volteó a verlo— es quién es el dueño de Cascade Investment. Ésta va a ser la respuesta de todo.

<h1 style="text-align:center">143</h1>

"MONSANTO CORPORATION", leímos nosotros en la pared oxidada, llena de ácidos. Estaban creciendo corales en los tubos, alrededor de la compuerta. Detrás de nosotros, el pasadizo metálico comenzó a romperse. La humedad de aquella inmensa caverna donde se resguardaban los viejos misiles Polaris era inmensa, además, había tantos objetos: era como entrar a un inmenso tesoro, a la verdadera cueva de Alí Babá.

—Cada vez un nuevo problema —nos dijo Tim Dim.

—Lo cierto es que ya nos quedamos aquí —nos dijo el gordo Rob Troll—. Ya no vamos a poder regresar por donde llegamos.

Tim Dim empezó a gritar. Sus gritos hicieron muchos ecos.

—¡Siempre otro problema! ¡Siempre otro maldito problema!

Ion Spear se aferró a uno de los tubos. Su cara brilló en la oscuridad, completamente engrasada.

—Siempre hay una salida.

Breanne K se le acercó por un lado. Le mostró la pantalla de su celular.

—Uno de los presidentes de Monsanto Corporation fue Earl Harbison, de 1986 a 1990. Se unió a Monsanto en 1967, después de que trabajó por 18 años en la CIA.

—¿En la CIA? —le pregunté.

—Esto no debe sorprenderte —me dijo Ion Spear—. Fue director general delegado de la CIA.

—Diablos —les dije—. ¿Por qué una empresa de químicos tiene como presidente a un hombre que fue director delegado de la CIA?

—Antes trabajó para Searle —nos dijo Ion Spear. Comenzó a desajustar los tubos—. Fue clave en la creación de Nutrasweet, que ahora tomas en tus refrescos. El presidente de Searle en ese momento fue Donald Rumsfeld.

—¿Donald Rumsfeld? ¿El secretario de la Defensa?

—Ahora vas entendiendo. Secretario de la Defensa con George W. Bush y 20 años antes, asesor de su padre, George H. W. Bush —me susurró—: "Magog" —me sonrió—. Donald Rumsfeld fue el secretario de la Defensa de los Estados Unidos durante el ataque del 11 de septiembre de 2001, donde murieron tus padres.

Breanne K lo interrumpió. Leyó de su celular:

—En 1985 Donald Rumsfeld vendió Searle a Monsanto. Ganó por lo menos 12 millones de dólares. En 1997 se convirtió en el presidente del consejo de otra farmacéutica, Gilead Sciences. Permaneció ahí hasta 2001, cuando Bush hijo lo nombró para que fuera su secretario de la Defensa. En Gilead Sciences Rumsfeld desarrolló el Tamiflu, la vacuna para el virus H1N1.

—¿La influenza porcina? —le pregunté a Ion Spear mientras lo ayudaba a remover los tubos.

Breanne siguió leyendo de su pantalla:

—Donald Rumsfeld sigue recibiendo acciones de Gilead por el Tamiflu. Es uno de sus mayores accionistas. Se calculan ventas anuales por 2 000 millones de dólares. Gilead vendió los derechos de comercialización del Tamiflu a Roche. Roche les pasa el 10% sobre las ventas mundiales. Gracias al Tamiflu las acciones de Gilead pasaron de 30 a 50 dólares en 2005. El Pentágono ordenó comprar 58 millones de dólares para vacunar a los soldados. La cepa volvió a atacar en 2009. Estalló en México. Rumsfeld posee probablemente 25 millones de dólares en estas acciones. Monsanto tiene una relación de cinco décadas con la RAND Corporation. Te sorprendes de cosas que deberías saber.

Breanne nos leyó:

—En noviembre de 2005 el presidente Bush urgió al Congreso de los Estados Unidos para que autorizara la compra de emergencia de 1 000 millones de dólares de Tamiflu, ante la posibilidad de un brote. El brote estalló en 2009. Estalló en México. La noticia se difundió en el mundo como una escalada de pánico. El turismo a México se paralizó. El impacto económico derrumbó al país en un 0.7% del producto interno bruto. Sólo murieron 146 personas.

—Diablos.

—Se vendieron 3 200 millones de dólares en 2009; 1 000 millones en 2010, un total de 4 200 millones de dólares —me sonrió—. Éste es el negocio de la propaganda, Axel —me dijo. La luz de su pantalla iluminó sus grandes ojos—: Un año antes de que estallara la epidemia en Veracruz, la empresa japonesa Chugai Pharmaceutical informó a sus accionistas en su reporte anual 2008 que las ventas de Tamiflu se iban a incrementar en 531% en 2009, pero no explicaron por qué.

—¿Qué estás diciendo? ¿Ellos supieron?

—Ellos supieron.

—Diablos, ¿quiénes?

Ion Spear comenzó a forzar la compuerta.

—Estimado Axel, el agente naranja lo fabricó Monsanto para la RAND Corporation. Es una mezcla de 2,4,5-T y 2,4-D. Una alta condensación de dioxina. Contaminó a tres millones de personas en la guerra de Vietnam, incluyendo a estadounidenses. Daños de nacimiento —metió una barra metálica entre los tubos de la compuerta—. Existen memorándums internos de Monsanto. Monsanto sabía sobre los efectos carcinogénicos del agente naranja. El gobierno lo compró sabiendo todos estos efectos. El presidente John Kennedy se había opuesto a la utilización del agente naranja.

Ion Spear quebró la compuerta. La empujó hacia adentro. Desde el interior nos sopló un aire que olía a péptidos. Entramos a un espacio cavernoso. En los muros había tanques enormes, oxidados. El lugar estaba frío. Los tanques tenían el símbolo químico de un hexágono con enlaces dobles.

—Diablos. ¿Eso es el "agente naranja"?

Ion Spear comenzó a avanzar sobre las piedras.

—Aquí es donde deben estar los aviones.

—¿Aviones? —le preguntó Breanne K—. ¿Ahora de qué estás hablando? ¿Algo que ver con Wotan?

—El vuelo 19, el Cotopaxi. El vuelo 77 de American Airlines, que supuestamente se estrelló contra el Pentágono.

Siguió avanzando.

—Esto es caliza magnética —nos dijo—. La van a sentir en sus cuerpos. Energía de campo cero. Energía del programa del espacio cero. Estamos cerca de la fractura Midatlántica. El manto terrestre está expuesto.

Nos miramos unos a otros. Sólo Breanne entendió lo que el hombre estaba diciendo.

Tim Dim comenzó a gritar:

—¡Aquí no hay nada! ¿Cómo saben que abajo de esto hay más cosas?

Rob Troll miró hacia las paredes. Le dijo:

—El secreto está más abajo. Estoy seguro.

—¿Cómo lo sabes?

—Lo sé —caminaba con dificultad, analizando el espacio en el que se encontraba—. Dios no me hizo licenciado. No me permitió ir a la escuela. Ni siquiera me permitió cursar la primaria. Me crió en un orfanato. Me hizo jugar con ratas. Me hizo limpiacacas. Pero consulto internet. Yo sé que existe esta conspiración.

—No hay nada. ¡Nada! ¡Quiero llorar! —gritó Tim Dim.

Rob Troll avanzó sobre las rocas.

—Eres un llorón. Un cobarde. No eres un hombre. Eres un aborto que se filtró al universo. No tienes decisión. No tienes ideas. No aportas nada al mundo. Desde hoy vas a hacer sólo lo que yo te diga. Te adopto como mi esclavo, por responsabilidad para con mi Padre —miró hacia arriba, hacia el techo de la caverna—: Porque Tú lo pusiste en mi vida. Acepto esta carga —golpeó a Tim en la espalda—: ¡Avanza, pinche pendejo! —lo arrojó hacia las piedras.

Al fondo, entre los muros rocosos, vimos una puerta enorme, sumergida en la tiniebla. Tenía pequeñas luces parpadeando.

—Diablos —era espeluznante—. ¿Eso está funcionando?

Ion Spear caminó hacia adelante:

—Hay sistemas en operación en esta isla —me sonrió—. Nunca ha estado abandonada —por un momento se detuvo. Miró hacia la puerta metálica—. Muchachos, esta puerta ha esperado todo este tiempo para que nosotros hoy la abramos. El mejor misterio del mundo está aquí frente a nosotros.

Rob Troll trotó tras él.

—Señor Spear, quiero ser parte de su Logia.

144

En México, mi prima Magdala saltó hacia abajo, hacia una caja de metales negros. De ahí cayó a una alfombra gris, azulada, en medio de un espacio gigantesco.

—Estamos en el Salón del Halo —se volvió hacia mis otros primos—. ¡Estamos en el Salón del Halo!

Por atrás de ella, en las sombras, comenzaron a moverse 40 hombres armados. Sus cascos tenían líneas de luz. Empezaron a avanzar sigilosamente, con las piernas dobladas. Cinco de ellos levantaron del piso una red que tenía ganchos.

Mis primos cautelosamente caminaron hacia una estructura que pendía del techo: un enorme cilindro blanco, de concreto. Por debajo emitió una poderosa luz blanquecina.

—El Halo… —susurró Magdala. Claudio le dijo:

—Es la luz de la luna.

Magdala comenzó a avanzar hacia el halo luminoso. Debajo vio macetas con plantas. Todo estaba rodeado de vidrios.

Mi primo Claudio trotó detrás de ella, con el teléfono celular en su mano, con la pantalla encendida.

—¡Diablos, Magdala! ¡Aquí dice quién es el dueño de todo esto!

—¿De todo esto? —siguió avanzando.

—¡De Monsanto, de Cascade Investment, del 8% de Televisa!

Magdala no se detuvo. Prefirió avanzar hacia el Halo. Continuó trotando hacia la boca del cilindro.

Claudio comenzó a gritarle:

—¡Aquí dice quién es el dueño de Cascade Investment! ¡Es Bill Gates!

Magdala se detuvo. Lentamente se volvió hacia Claudio.

—¡¿Bill Gates?!

—¡Aquí lo dice, mira! —le mostró la pantalla del celular. Se aproximó a ella.

Una siniestra voz, proveniente de detrás de mis primos, les dijo a todos:

—Bill Gates, el creador de Windows y de Microsoft, es el dueño de Cascade Investment, y de 5% de Berkshire Hathaway, y 20% de Coca-Cola Femsa, y de 0.17% de ExxonMobil, y de 0.12% de Química Monsanto, y de 4.5% de Televisa —comenzó a aparecer su cabeza dentro del halo de luz—. Sí, muchachos. Es Bill Gates. Su representante en Cascade Investment, miembro del Consejo de Administración de Televisa, Michael Larson, es amigo de Herbert Allen, el amigo de Fox.

Lentamente comenzó a avanzar hacia ellos. Su cabeza era una piel membranosa, sin cabello. Era un hombre deformado. Tenía la cara quemada. Les dijo:

—El miércoles 16 de junio de 2010 estuvieron juntos. Pueden verlo en las fotografías. Búscalo en internet —se volvió hacia Magdala—. Salieron muy sonrientes, Enrique Peña con un traje negro, con una reluciente corbata roja con diagonales blancas. Bill Gates sin corbata, con una camisa amarilla clara, con un saco café, muy sonriente, muy jovial, con un libro grande y delgado debajo del brazo izquierdo —detrás de él comenzaron a avanzar hacia mis primos los militares—. A espaldas de ambos venía una extraordinaria morena de cabello largo, castaño, de vestido gris oscuro, con un collar de piedras color blanco —se colocó por debajo de la luz de la luna. Miró hacia arriba—. Minutos antes, Bill

Gates y Enrique Peña Nieto estuvieron en un salón de madera, tal vez del propio gobierno del Estado de México, donde el rubio Bill Gates pareció sonreírle, mientras Peña le estaba echando un tipo de discurso.

—No... —susurró Magdala—. ¡Yo admiro a Bill Gates! ¡No puede estar haciendo esto!

El hombre le sonrió.

—El miércoles 25 de enero de este año, a las 15:36, en Davos, Suiza, Enrique Peña Nieto se volvió a encontrar con Bill Gates. Se encontraron en el Foro Económico Mundial. Enrique Peña Nieto repitió su traje oscuro, su corbata roja con diagonales, ahora blancas y negras. Gates se vistió con su gafete sobre una corbata roja con emblemas dorados. ¿Lo dudas? En las fotografías aparece una extraña e impactante aureola sobrenatural detrás de su cabeza. De esta reunión no existe un solo registro público, accesible para la gente. No podemos saber de qué hablaron.

Magdala miró a Claudio.

—Esto no puede ser. Bill Gates hace programas para computadoras.

—No, niña —le dijo el hombre deformado—. Bill Gates programa juegos. Su juego actual es el mundo. Tu país, entre muchos otros, y el alimento del mundo.

—¡¿De qué está usted hablando?! —miró a los militares. Se le comenzaron a acercar por todos lados—. ¡¿Usted quién es?!

—Consulta sobre el programa mundial Transgen FAO-13. No estoy diciendo que tu héroe Bill Gates sea un hombre malo. Simplemente está jugando. Seguramente empezó como todos los que son como él. Primero quiso cambiar al mundo. Lo hizo. Se hizo billonario. Ahora el mundo comenzó a cambiarlo a él —se le acercó por debajo de la luz blanca. Lentamente le adhirió sus membranas de la cara—. ¿Qué pasaría contigo si ganaras todo este dinero, si pudieras cambiarlo todo, si el mundo mismo se convirtiera en tu juguete de plastilina?

—No puedo creerlo. ¡Esto es mentira! —miró hacia Claudio.

—Bill Gates es el hombre que estuvo en la reunión del 2 de febrero de 2006, en el Hotel Rodavento. Él fue el maestro de todo este juego. Todos están jugando para él. El hombre de la CIA, el hombre de la Coca-Cola. El ex presidente Fox. El próximo presidente de México.

—¡Esto no es cierto! —le gritó Magdala. El sujeto la aferró por las muñecas. Mis primos se lanzaron sobre él. Los soldados los golpearon. Los doblaron por los brazos. Los hicieron hincarse en el piso, entre las macetas.

—Hasta aquí llegaron, muchachos —les dijo el sujeto deformado—. Llévenlos a los establos.

Magdala alcanzó a ver un letrero en el piso, entre las macetas. Era una enorme placa de bronce, redonda. Tenía el símbolo de una "R". Decía en letras grandes: "CENTRO FOX. FUNDADO EL JUEVES 2 DE AGOSTO DE 2007 CON FINANCIAMIENTO DE LA RAND CORPORATION. INAUGURADO ESTE DÍA CON LA PRESENCIA DISTINGUIDA DE MICHAEL D. RICH, PRESIDENTE MUNDIAL DE LA RAND CORPORATION."

145

Ion Spear, Breanne y yo trotamos hacia la puerta luminosa al fondo de la caverna. Miré hacia las paredes. Los tambores oxidados de la compañía Monsanto parecieron comenzar a moverse.

—¡No, Dios mío!

Debajo decía: "DIRECTIVA VIETNAM 5446-ISA/ARPA. MONSANTO/RAND CORPORATION. DEFOLIZACIÓN BIOLÓGICA".

—Se aproxima un horror para el mundo —nos dijo Ion Spear. Comenzó a desenvainar de su gabardina azul de estrellas su barra de acero—. El proyecto final no ha comenzado. Nada de lo que está ocurriendo realmente es por el petróleo. La era del petróleo está acabada. Lo que sigue, lo que está empezando es algo biológico.

—¿Biológico? —le pregunté.

—Lo que está por ocurrir es mucho más negro, mucho más oscuro, mucho más profundo. Va a cambiarlo todo. Tiene que ver con tus genes. Transgen FAO-13.

—¡Diablos —le grité—, esto ya me lo han dicho todos! ¡¿Qué demonios es "Transgen FAO-13"?!

—Es lo que eres, Axel. Es lo que comes. Es lo que está en cada uno de tus genes, tus células. Ellos van a cambiarlo todo. Lo están haciendo los hombres de Monsanto. El cerebro es el hombre que controla tu computadora. Breanne me jaló del brazo.

—Mira hacia arriba —me dijo—. ¿Ves esas luces?

—¿Qué luces?

—Son los chitones. Si vieras las estrellas en este momento, verías la constelación del Cisne.

—¿Cisne? ¿Me vas a hablar de esto, ahora?

Me apretó el brazo.

—¿Oyes estos ruiditos? —señaló hacia la pared.

—Me importan un carajo.

—Tú me hablaste de estos murciélagos, Axel, cuando llegamos a esta isla.

—¿Yo te dije? ¿Qué te dije?

—Me dijiste que los aborígenes tainos que vivían en esta isla creían en las almas de los muertos, que vivían en cuevas como ésta, convertidas en murciélagos, comiendo guayabas.

—Diablos. Esto es surrealista. Las "jupias" —le contesté.

—El dios de los muertos, Zemi Maketaori Guayaba.

—Trato de no recordarlo —miré hacia las cavernosidades negras—. Me recuerda a un hombre que se come los caracoles vivos con un tenedor.

—Los tainos deben estar aquí, Axel —miró a la redonda—. Deben ser todas estas vibras —respiró profundamente—. Deben estar aquí, viéndonos.

—Imaginas demasiado. ¿Fumas mota?

Escuché pequeños ruidos semejantes a los de un ratón. Breanne volvió a apretarme el brazo. Me pegó los labios al oído. Me dijo:

—Tal vez algún día tú y yo vamos a estar en esta cueva, convertidos en murciélagos, y vamos a estar para siempre aquí, comiendo guayabas.

—Diablos, de verdad eres fenomenal. ¿Eso va a ser antes o después de que me conviertas en un "tigre"?

Me acarició el brazo.

—Axel, tú eres como una guayaba. Yo sé algo sobre ti que tú mismo no sabes, sobre tu nacimiento —me volteó a ver.

—¿Perdón? ¿Sobre mi nacimiento?

—No estás solo.

—No sé de qué hablas.

—Axel, si algo me pasara, vas a tener que buscarme.

—¿Si algo te pasara?

—Siempre voy a existir, Axel Barrón. Siempre voy a estar contigo; siempre lo he estado —miró hacia arriba—. Nada termina. Somos vibraciones. Tú y yo somos miembros de una misma burbuja cósmica.

—Diablos, ¡no te entiendo! —avancé hacia Ion Spear.

—La vida encuentra un camino, Axel —me apretó el brazo—. Voy a seguir vibrando, en esta caverna, en el universo, en todos lados, y siempre vas a poder sentirme —comenzó a abrir los brazos, incluyendo uno de los míos—. Siempre voy a estar aquí, Axel, esperándote.

247

—¡Dios! ¡¿Estás loca?!

—Nada es materia, Axel. Todo es matemático. Somos un sueño de Brahma. El espacio cero es una telaraña de olas, como la que está en el fondo del dólar. Somos vibraciones de este programa maestro. Lo que ves es sólo una fantasía, una imagen. Este programa está conectado con el universo verdadero. Te veré en el *Exo Cosmos*.

—¿*Exo Cosmos*?

—Búscame como Orfeo buscó a su esposa, en el Inframundo, con el sonido de tu arpa, en la tierra de Maketaori Guayaba, antes de que tú y yo nos convirtamos de nuevo en la constelación del Cisne.

—Diablos, ¿qué es *Exo Cosmos*?

—Aunque no me veas, yo seguiré estando contigo —me dio un beso en la mejilla.

En la puerta metálica con luces vimos un enorme símbolo. Una "R" que apuntaba hacia los dos lados, hacia la izquierda y hacia la derecha.

—Muchachos —nos dijo Ion Spear—. La búsqueda de 50 años ha terminado. Lo que vamos a encontrar en los próximos minutos va a cambiar la estructura del mundo —se volvió hacia Rob Troll—. Hoy seremos hermanos. Hoy va a caer el Secreto R. Hoy va a caer la Intraestructura. La cuarta edad del hombre ha terminado.

146

Al otro lado del mar, en la costa de los Estados Unidos, en New Heaven, Connecticut, ya muy temprano por la mañana, dentro del antiguo campus de la Universidad de Yale, debajo de la mirada de siete gárgolas en lo alto de cuatro oscuros edificios góticos, 300 jóvenes desorbitados corrieron por la calle llamada High street, hacia el número 64. Entre los árboles vieron la *tumba*: un edificio gris, de roca, con una entrada semejante a la de un antiguo templo romano, sumida entre dos oscuras columnas.

—¡Éste es el día del Apocalipsis, cabrones! —les gritó furioso el desempleado y flaco Rupert Hot, amigo de Tim en Facebook. Levantó en alto el brazo de su chica, la rubia de camiseta mojada llamada Yoao, quien a su vez levantó hacia el cielo su propia cerveza.

—¡Desmadre! ¡Hagamos desmadre! —le gritó ella.

Con piedras rompieron los cristales de la cripta. Nunca nadie lo había hecho. En el interior del recinto, los oscuros retratos de los ex presidentes William Howard Taft y George H. W. Bush parecieron abrir los ojos. Una flama de una vela parpadeó. Los chicos golpearon la puerta negra de madera con un poste de hierro que arrancaron de la banqueta. Se abalanzaron entre las dos sombrías columnas hacia el interior del santuario. Se impactaron primero con un pedestal que tenía encima un cráneo humano, que a su vez tenía encima una vela encendida. Debajo estaba el texto "Directions to Fishermen", firmado por un "Thomas Clap, Yalle College, 1752".

—¡Esta mierda no sirve! —arrojaron la calavera con todo y el texto hacia el suelo. Se derramó la brea. Comenzó a propagarse la llama de la vela. Rupert Hot y su novia trotaron por encima de la lápida mortuoria que decía: "Sperry". El enorme salón estaba lleno de platos, vajillas. Los platos tenían calaveras con huesos. Los tenedores y las cucharas decían: "S. B. T." Al fondo había un masivo retrato de Napoleón Bonaparte, mirándolo todo.

—¡Ese tipo es un pinche pendejo! —le gritó Rupert Hot. Le arrojó su cerveza al ojo. El lienzo se rompió. Con ambas manos comenzó a arrojar los platos antiguos hacia los muros—: ¡Cabrones! ¡Degenerados congéneres de nuestra Generación Cero! ¡Estos malparidos nos dejaron sin empleo, sin petróleo, sin futuro! ¿Acaso aún quedó para nosotros por lo menos un apestoso residuo de esperanza? ¡Estamos dentro de la maldita Fraternidad de la Calavera! ¡Estamos dentro de la maldita *tumba* de la Fraternidad Skull & Bones, del señor George H. W. Bush! ¡Desde este salón se han hecho los planes para el dominio del mundo! ¡Hoy comienza la venganza de los degenerados! ¡Amigos! ¡Levanten las insignias de la guerra! ¡Hoy empieza la Revolución Tierra! Afuera, sus cientos de amigos comenzaron a gritar:

—¡Ocupemos Wall Street! ¡Ocupemos Wall Street! —empezaron a arrancar pedazos de la banqueta. Cargaron las losas. Las lanzaron contra los muros de la *tumba*—. ¡Levanten sus insignias de la guerra! ¡Hoy comienza la Revolución Tierra!

Dentro de la *tumba*, Rupert Hot jaló a Yoao por la muñeca —ella no soltó su cerveza, y bebió de la misma—. Subieron por una escalera espiral de piedra. Llegaron al piso de arriba. Era un pasillo oscuro, de roca. Había argollas en los muros. Al distante fondo vieron una caja fuerte.

—¿Es ahí? —le preguntó Yoao a Rupert Hot.

—No —la jaló a través del corredor, hacia la primera puerta, que estaba a la izquierda. Vieron un letrero. Decía: "323"—. Aquí tampoco es —la jaló hacia adelante.

Avanzó hacia la segunda puerta. En la parte alta decía: "322". Debajo había, forjado en metal, un cráneo con dos huesos cruzados.

—Aquí es —con una patada rompió la manija. Afuera comenzaron a sonar las sirenas de las patrullas. De un altavoz salió una advertencia para los jóvenes que estaban gritando:

—¡Todos ustedes están traspasando un perímetro de seguridad nacional y violando el Título 18, Sección 871, del Código de los Estados Unidos! ¡Están bajo arresto por los cargos de conspiración y por intento de asesinato al comandante en jefe de los Estados Unidos!

—Diablos —le dijo Rupert a Yoao—. Ahora sabrá Dios de qué nos están culpando. Ya no saben qué inventar —la jaló hacia el interior del salón 322—. Lo que tenemos que encontrar aquí es cualquier imagen de George H. W. Bush; cualquier cosa que diga la palabra "Magog".

Afuera, sus amigos comenzaron a golpear a los policías con las botellas de cerveza, a lanzarles condones llenos de alcohol.

—¡Tomen esto, pinches putos! —tres de ellos se subieron saltando a una patrulla. Destaparon botellas de cerveza, como si estuvieran orinando. Se las rociaron a los oficiales en las caras.

—¡Esto les pasa por meterse con la Generación Cero!

Adentro, Rupert Hot le dijo a Yoao:

—Todo está en internet. Esto lo investigó Alexandra Robbins, también Ron Rosenbaum. Esta sociedad la fundaron en 1832. Tienen el juramento de secreto. De estos muros salieron los que crearon la CIA —en un muro vio el retrato de un hombre de traje. Debajo decía: "William Averell Harriman. THOR"—. Tienen una red de corporaciones internacionales interconectadas, como estos triángulos —le señaló, hacia el muro, un nudo hecho de triángulos—. Se llama Valknut, el "Nudo de Wotan". El nudo es invisible, oculto para el resto del mundo.

—¿La Intraestructura?

Rupert Hot señaló hacia otro retrato en el muro. Era un hombre viejo. Debajo decía: "WILLIAM HUNTINGTON RUSSELL 1809-1885".

—Éste es el que creó todo. Se hizo millonario comprando opio en la India, vendiéndolo ilegalmente en China, envenenando a la gente.

—¿Como un narcotraficante?

—La mitad de la población de China se volvió adicta. El país se paralizó. Este hombre lo hizo. Fue entonces cuando los sajones invadieron China. Desde 1978 su asociación, Russell Trust Association, la maneja el banco Brown Brothers Harriman. El operador fue Prescott Bush —en el muro observó el retrato de Prescott Bush—. Su hijo y su nieto han estado aquí —escucharon un chasquido detrás de ellos—. Hoy controlan una organización que se llama narcotráfico del mundo —en la pared vio el letrero "AMADEUS".

Yoao levantó dos frascos que estaban en la pared, en un nicho. Eran dos cabezas humanas. Estaban cada una dentro de un líquido amarillo. Debajo decía en etiquetas: "CABEZA DE PANCHO VILLA. Comprada a Emil Holmdahl por $5,000 dólares en Chicago". La otra decía: "CABEZA DEL REBELDE INDIO GERÓNIMO. Adquirida en Fort Sill, 1918, por Prescott Bush".

—¡Qué pinche asco! —gritó Yoao. Arrojó la cabeza de Pancho Villa hacia la ventana. El vitral de alargado estilo gótico se rompió en pedazos. Los trozos de vidrio volaron hacia afuera, por los aires. El frasco descendió hacia la calle. Se impactó sobre el techo de una patrulla. Los vidrios y el líquido amarillo se esparcieron en el espacio. Mojaron a los oficiales en las caras. Se activó la sirena.

—¡Evítenos emplear el uso de la fuerza! —gritó uno de los policías por el altavoz. Desde lo alto le cayó el otro frasco en la cabeza.

Rupert Hot se acercó a una pequeña fotografía. Era el retrato de un joven delgado, de anteojos. Debajo decía: "Ernesto Zedillo Ponce de León, Presidente de México. Introducido a Yale por Leopoldo Solís, miembro del International Food Policy Research Institute. Miembro de Yale".

Rupert Hot miró hacia arriba. Había un enorme documento muy antiguo. Decía: "FUNDACIÓN DE YALE. Prefundación como Collegiate School of Connecticut, 1701. Con el auspicio de Elihu Yale y del reverendo de Salem, Massachusetts, Cotton Mather".

Debajo estaba el retrato de Cotton Mather. Era un viejo arrugado, sumido en la oscuridad, con ojos vidriosos. Atrás de él, en una penumbra de relámpagos, había 14 mujeres colgadas, muertas.

Abajo decía: "Evidencia Sobrenatural. El Demonio aparece frecuentemente transformado como un ángel de luz". A un lado, en la pared estaba colgado un libro abierto, con la imagen de una calaca con huesos, con un ojo tapado. Debajo decía: "Providences Relating to Witchcraft and Possessions. 1689".

Debajo había un antiguo texto. Decía: "La persona que denuncie a otra ante este reverendo por aparecérsele en los sueños o mentalmente como fantasma o como demonio, podrá presentar estos hechos y serán aceptados como probatorios, como evidencia sobrenatural. La mujer así acusada de brujería será castigada, y si es necesario, con la muerte. Salem, Massachusetts, 1689".

A un lado había un recorte: "Reverendo Samuel Parris inicia persecución contra 19 mujeres. Se desata histeria y miedo en Salem. El reverendo calvinista Increase Mather, padre del reverendo Cotton Mather y presidente de la Universidad de Harvard, respalda la actuación en Salem del ex alumno de Harvard Samuel Parris. Robert Calef acusa a padre e hijo Increase y Cotton Mather por seducir y manipular mentalmente a mujeres para que confiesen acciones de brujería e iniciar procesos contra ellas. Una de ellas, documentada por Robert Calef, tiene el nombre de Margaret Rule. Robert Calef acusa a padre e hijo de influir en los acontecimientos de Salem y de crear la base cultural para iniciar la persecución de mujeres en Salem. Increase Mather públicamente asegura que Robert Calef es un seguidor de Satanás. Cotton Mather, de gran influencia en la colonia de Massachusetts, ordena el arresto de Robert Calef. Cotton Mather acusa a su propia esposa de caer bajo la influencia de demonios".

A un lado estaba una carta escrita de puño y letra del reverendo Cotton Mather: "March 28, 1693. I had great Reason to suspect a Witchcraft, in the preternatural Accident; because my wife, a few weeks before her Deliverance, was affrighted with an horrible Spectre, in our Porch, which Fright caused her Bowels to turn within her; and the Spectres which, both before and after, tormented a young Woman in our Neighbourhood".

Debajo había otra nota: "octubre 1692. El gobernador William Phips prohíbe el uso de evidencia espectral para acusar mujeres; se pronuncia por detener esta ola de terror; impide al juez Stoughton decretar la ejecución de las mujeres pendientes de sentencia por acusaciones de brujería; en mayo de 1693 perdona a todas las personas pendientes de ejecución por acusaciones de brujería y posesión satánica, son más de 150 mujeres. El reverendo Cotton Mather se opone: denuncia que en su camino de regreso a Salem varios demonios le han robado sus notas para el discurso. El gobernador William Phips y su esposa son acusados de brujería y de posesión satánica".

Rupert Hot y Yoao permanecieron callados. Lentamente se volvieron hacia la cabeza que los estaba observando desde lo alto, en la oscuridad. Era una cabeza de piedra. Era un hombre de mediana edad, con las cejas anchas, de mármol. Debajo decía: "GEORGE H. W. BUSH. PRESIDENTE DE LOS ESTADOS UNIDOS. MAGOG".

147

—¿Una Coca-Cola? —preguntó un anciano.

Con los primeros rayos del sol aparecieron los cuatro ancianos con gorras, en Dallas, Texas, avanzaron sobre sus bastones; se aproximaron hacia el edificio anaranjado del Depósito de Libros Escolares de Texas. Miraron hacia arriba, hacia el sexto piso.

—¿Entonces Lee Oswald no estaba allá arriba cuando sonaron los disparos?

—No, diablos —le dijo el sargento retirado Jakob Clark Angules, tío abuelo de Breanne K—. Lee Oswald estaba en el segundo piso, afuera del comedor de los empleados, frente a una máquina de refrescos. ¡Estaba tomándose una maldita Coca-Cola!

Sus amigos *Alzheimer*, *Scrooge* y *Muy Macho* avanzaron arrastrando los pies. El sargento, con anteojos verdes, les dijo:

—Aquí mismo en Dallas, donde siempre he vivido, donde he visitado más de cien veces este maldito edificio, aquí mismo, en el segundo piso, el puto Oswald dejó un mensaje y hasta ahora me entero por mi sobrina nieta. ¡Está detrás de la máquina de los refrescos!

—Me gusta tu sobrina nieta.

—Pensé que me iba a morir sin haber descubierto nunca nada, sepultado en un basurero de gusanos, de cadáveres sin personalidad, como ustedes, mis difuntos amigos —por un segundo se detuvo en el umbral mismo del edificio, entre dos altos policías, vestidos de azul. Arriba leyó: "MUSEO DEL SEXTO PISO. DALLAS". Debajo decía: "En Memoria del Presidente John Fitzgerald Kennedy, asesinado el 22 de noviembre de 1963". El sargento Angules cerró los ojos.

—Dios... —comenzó a orar en hebreo.

En las cercanías de Washington, en un apartado bosque de Langley, Virginia, una mujer de apariencia despampanante, se acercó con sus dos perritos poddle hacia un colosal edificio blanco de cristales, dominado por un enorme arco de vidrios. Una catedral del futuro. En la parte alta decía: "Central Intelligence Agency". La mujer vio el enorme escudo de la CIA: una estrella de 16 picos, debajo de la cabeza blanca de un águila que estaba mirando hacia la izquierda.

Con sus altos zapatos rojos brillantes avanzó haciendo "chanclazos" sobre el andador de roca.

—Vamos, vamos, tarados —les dijo a sus perros. Los jaló de sus correas doradas. Venía vestida como una tigresa, con sus ajustados pantalones de leopardo sujetos con una cadena de plata.

—Señora, no puede pasar con estas mascotas.

La mujer se ajustó sus gafas oscuras de armazón rojo. Continuó mascando su chicle.

—Tú no eres nadie —le respondió al oficial de la entrada—. Mis adorados van a donde yo vaya. No vas a impedirlo.

—Señora, lo siento. No pueden pasar. El recorrido para visitantes no puede realizarse con mascotas. Ésta es una instalación de seguridad nacional y... —uno de los poddle comenzó a defecar sobre la losa.

La mujer, madrina de Rob Troll, se sacó el chicle de la boca.

—Mira, prepotente —le adhirió el chicle en la camisa—, yo tengo influencias. ¿Quieres que le hable a tu jefe? ¡Déjame pasar, pendejo! Vamos, bellezas —arrastró a sus perros hacia adentro—. ¡¿Dónde pago la entrada?!

—¡Señora, usted tiene que limpiar esto!

El oficial se llevó el intercomunicador hacia la boca.

—May day. May day. Tenemos incidente aquí, en acceso principal.

149

En Dallas, el sargento Angules pagó 14 dólares por cada uno de sus amigos.

—Esto debería ser gratuito —le susurró *Scrooge*—. ¡Somos de la tercera edad!

El tío abuelo de Breanne no esperó al guía del recorrido. Miró hacia arriba, hacia la escalera.

—¡Yo quiero ir al segundo piso! ¡Yo quiero ir al maldito segundo piso!

Lo siguieron sus amigos, corriendo.

—¡¿Qué te pasa, Toby?! ¿Cuál es tu prisa? ¡Aquí está el elevador!

El sargento Angules no se frenó.

—¡Esperé 50 años para este momento! ¡En cinco minutos vamos a saber más que cualquier otro idiota sobre este planeta! ¡Quiero ir a la maldita máquina de refrescos!

Desde abajo un oficial le gritó:

—¡Caballero, el área de sodas está aquí en la planta baja!

—¡Chinga tu madre! —le gritó el sargento—. ¡No me vas a frenar a mí como detuviste al fiscal Jim Garrison! —continuó subiendo—. ¡Lee Harvey Oswald dejó aquí un mensaje, y yo, Jakob Clark Angules, lo voy a encontrar!

Alzheimer le gritó:

—¡Maldito! ¡Estás llamando la atención! ¡Nos van a llevar a todos a la cárcel!

Un grupo de otros ancianos se les acercó:

—¿Qué ocurre? ¿Podemos ayudarlos?

El tío abuelo Jakob les gritó:

—¡Oswald nunca estuvo en el sexto piso! ¡Síganme! ¡Fue una mentira del gobierno! ¡Tres testigos vieron a Oswald, exactamente a las 12:30 horas, en el segundo piso —señaló hacia arriba—, cuando fueron los disparos: el policía Marrion L. Baker; los señores Junior Jarman y Harold Norman! ¡Los suprimieron del Informe Warren! —siguió subiendo, aferrándose del barandal de acero—. ¡A Gary Underhill, a Jim Koethe, a Tom Howard, a todos ellos los asesinaron porque fueron testigos! ¡Gary Underhill había sido también un agente de la CIA! ¡Él mismo lo dijo! "¡Yo sé quiénes son, ellos saben que yo sé! ¡No puedo estar más en Nueva York!", y saltó hacia el segundo piso. ¡Hemos vivido en una maldita mentira que creó el gobierno! —con su grito asustó a todos los turistas que estaban en el segundo piso—. ¡Hoy es el día del juicio! —comenzó a avanzar hacia el pasillo, hacia el área que decía: "ANTIGUO COMEDOR DE LOS EMPLEADOS"—. ¡Hoy es el maldito día del Juicio!

150

En Langley, Virginia, dentro del vestíbulo principal de la CIA, la madrina de Rob Troll, Laure Damond, velozmente trotó sobre sus tacones rojos brillantes, con sus perritos tirados del cuello, seguida por seis policías que venían trotando tras ella. En la inmensa pared blanca de mármol leyó en letras enormes: "CONOCERÁN LA VERDAD Y LA VERDAD OS HARÁ LIBRES. JUAN, VIII-XXXII".

Se volvió hacia el muro norte. Vio 107 estrellas. Estaban alineadas en cinco filas.

—La cueva de estrellas... —se dijo.

Arriba leyó un texto. Decía: "En honor de aquellos miembros de la Agencia Central de Inteligencia que dieron sus vidas en el servicio de su país".

—¡¿Eso es lo que quieren hacerme, pendejos?! —miró hacia atrás, hacia los agentes—. ¡¿Quieren matarme?!

Miró hacia el piso. En el centro, en medio de las enormes columnas cuadradas de mármol de Vermont, en el piso, vio el enorme escudo de la CIA, de cinco metros de diámetro. Vio el águila, la cabeza blanca, que estaba mirando hacia la izquierda. Debajo, en el centro del escudo, estaba la estrella misma, la estrella marítima de 16 picos.

—"No explores la estrella..."

151

En Cuba, en las afueras de La Habana, al oeste, a un kilómetro de la casa de Fidel Castro, tras un vuelo angustiante, ya dentro del poderoso Centro de Investigaciones Médico Quirúrgicas —un edificio de techo blanco sumergido entre los árboles—, el presidente de Venezuela, Hugo Chávez, suavemente acarició la mano de su vicepresidente, Nicolás Maduro.

El presidente Chávez estaba en la cama, con tubos conectados a todo su cuerpo. Había perdido ya todo el cabello. Sus ojos estaban comenzando a hundirse.

—Mi cuerpo ya no es mío —le dijo el comandante a su vicepresidente—. Ellos desequilibraron mis sistemas hormonales. Esta cosa quiere crecer. Está buscando nuevos tejidos. Quiere comérselo todo. Piensa que es indestructible.

—Señor comandante —llegó un oficial uniformado, hablando con acento cubano—, pide permiso para entrar a visitarlo a usted un enviado personal del presidente de Rusia, Vladimir Putin. Es el camarada Igor Sechin, presidente general de la Institución de Petróleo del Estado Ruso, Rosneft.

Hugo Chávez sonrió. Lentamente intentó levantarse. Nicolás Maduro lo ayudó a enderezarse. Por la puerta entró un hombre muy robusto, muy ancho, parcialmente rapado, con las cejas alzadas por los lados, como un gavilán. Extendió los brazos en el aire.

—Tengo una carta para ti, escrita por mi presidente, Vladimir Putin.

Estimado Señor Presidente, querido amigo Hugo:
A lo largo de los muchos años de nuestra amistad, más de una vez me he convencido de que eres un verdadero combatiente, un valiente, un hombre de firme voluntad. Estoy seguro de que lograrás vencer esta enfermedad y regresar a las filas para continuar con la noble causa comenzada: la formación de una Venezuela próspera y fuerte. Estamos dispuestos a continuar nuestro armonioso trabajo conjunto, inclusive un aprovechamiento todavía más eficiente del potencial de la Comisión Ruso-Venezolana de Alto Nivel.

152

En la oscura *tumba* de la Fraternidad de la Calavera, Rupert Hot y su rubia amiga Yoao se aproximaron hacia la estatua de mármol de George H. W. Bush. El hombre en la escultura, de mirada siniestra, los miró a ellos desde lo alto, con la quijada apretada. Pareció amplificar sus ojos de piedra.

Afuera, en la calle, la policía comenzó a rociar gas mostaza sobre los manifestantes que gritaban: "¡Ocupemos Wall Street!"

Rupert Hot y Yoao observaron la placa dorada que estaba al pie de la estatua. Caminaron hacia ella. Decía: "GEORGE H. W. BUSH. PRESIDENTE DE LOS ESTADOS UNIDOS. MAGOG".

Miraron hacia arriba, hacia los ojos de la estatua. En el ojo derecho Rupert Hot distinguió unas pequeñas letras.

—¿Alcanzas a ver esto? —acercó a la escultura la pantalla luminosa de su teléfono celular. Yoao comenzó a aproximarse.

—¿Qué dice?

Bajo la luz de color azul alcanzaron a leer cuatro palabras dentro de la esclerótica del ojo: "CÓDIGO MADRE: ELISHA HUTCHINSON".

153

En la caverna de la isla Cay Sal, frente a la enorme compuerta metálica donde estábamos, el teléfono celular de Tim Dim comenzó a sonar. El pitido se reflejó en las paredes, hasta las más distantes. Tim Dim se llevó la pantalla a los ojos. Se rascó la cabeza.

—Tengo un nuevo mensaje. Me lo envía mi amigo de Facebook.

Ion Spear acarició el panel de códigos que estaba en la compuerta. En el metal había una letra "R" que apuntaba hacia ambos lados.

Tim Dim nos sonrió. Lentamente volvió a meter su celular dentro del bolsillo.

—¿Qué dice el mensaje? —le preguntó Breanne.

—No le entendí. Ya lo borré.

Rob Troll comenzó a caminar hacia él.

—¿Lo borraste?

Violentamente sujetó a Tim Dim por el cuello. Con mucha fuerza metió su mano al bolsillo de Tim. Le sacó el teléfono del bolsillo. Se lo llevó a los ojos.

—El código madre es "Elisha Hutchinson".

Ion Spear abrió los ojos.

—¿Elisha Hutchinson? —se volvió hacia Rob Troll. Rob comenzó a asentir con la cabeza.

Breanne se le aproximó a Ion Spear.

—¿Quién es Elisha Hutchinson?

Ion miró hacia un lado. Frunció los ojos.

—Diablos. Elisha Hutchinson es un antepasado de George H. W. Bush. Fue uno de los hombres que condenó a personas durante los juicios de Salem. Elisha Hutchinson fue un mercader de sal en Salem, en Massachusetts. En 1691 dirigió una expedición contra los indios, para matarlos, porque los indios habían asesinado a su padre. El 2 de mayo de 1692 testificó contra un enemigo del reverendo Cotton Mather.

Breanne levantó la luz de la pantalla de su celular.

—Aquí lo tengo —comenzó a leer de la pantalla—: "Yo, Elisha Hutchinson, ejecuto la orden de aprehender al señor George Buroughs, de momento predicador en Wells, para ser enviado a Salem para ser examinado, siendo sospechoso de tener confederación con el demonio".

—Diantres —le dije a Ion Spear—. ¿Y este hombre es antepasado de George H. W. Bush?

Ion Spear comenzó a caminar hacia mí.

—Padre, en 1672, de Hanna Hutchinson; madre de Hanna Ruck, madre de John Lillie, padre de Anna Lillie, madre de Harriet Howard, madre de Samuel Howard, padre de Harriet Eleanor Fay, madre de Samuel Prescott Bush, padre de Prescott Sheldon Bush, padre de George Herbert Walker Bush —Ion se detuvo—. Once generaciones. George Buroughs era inocente. Estos hombres lo llevaron a la horca por las mismas razones por las que hace 50 años asesinaron a John Kennedy.

Breanne le dijo:

—Ion, no sabemos si ellos hicieron lo de Kennedy. No tenemos ninguna prueba. Estás acusando a personas que tal vez sólo han servido al gobierno de los Estados Unidos. ¿Por qué dices las cosas como si fueran totalmente verdad?

—Es una misma familia, Breanne. Estamos buscando la sangre de Wotan.

—¡Tú y Wotan! —se llevó las manos a la cabeza—. ¡¿Qué tal si nada de esto es cierto?!

—Yo tengo prisa —le dijo Rob Troll. Se colocó frente al panel. Comenzó a escribir en la pantalla. Deletreó en voz alta y escribió: "ELISHA HUTCHINSON".

Un mecanismo detrás de la puerta comenzó a crujir. Escuchamos pitidos eléctricos, ruidos mecánicos. Lentamente el metal comenzó a deslizarse, con rechinidos dentro del muro de piedra. Al otro lado quedó un agujero de oscuridad. Comenzamos a ver, debajo de una luz azul, los restos de un enorme barco, inclinado sobre las rocas, con el mástil quebrado. Era un barco destruido, de madera negra, despedazada. Un enorme galeón antiguo.

Comenzamos a avanzar. Nos miramos unos a otros.

Ion Spear comenzó a temblar.

—Pensé que te habías perdido —miró hacia el navío—. ¡Pensé que te habías extraviado en el cinturón magnético Midatlántico!

En el frente, el galeón tenía una mujer pintada de dorado, con las alas abiertas. Estaba levantando un brazo hacia el cielo. Su cara estaba rota. Un pie lo tenía hacia adelante, como si estuviera a punto de volar. Lentamente nos dirigimos hacia el artefacto gigantesco. Por el costado estaba escurriendo brea. En las ventanas tenía corales. En la parte alta del navío, bajo las escotillas de los cañones, leí las enormes letras de color dorado: FRIENDSHIP OF SALEM. 1797. MASSACHUSETTS

154

—El secreto está dentro de un barco. ¡El secreto está dentro de un maldito barco!

Esto se lo dijo el joven Ramón Cordero, trabajador de la plataforma AKAL-J de Pemex, al periodista e investigador John Saxe-Fernández. Lentamente bajó su teléfono celular. Estaban en la azotea principal del Centro Fox, junto a un enorme agujero circular.

Ramón Cordero —llamado Moncho— miró hacia las estrellas. Vio cuatro estrellas, acomodadas como una cruz. Con los dedos hizo el símbolo de Cristo. Lo besó. Lo envió hacia las estrellas.

—Yo soy la voz que clama en el desierto —le sonrió al periodista—. Construiré un camino para la llegada del Señor.

John Saxe-Fernández terminó de anudar la cuerda elástica de un bongee, por sus dos largos extremos, a la argolla superior de una jaula metálica de un metro y medio de alto, construida con materiales de antenas que estaban ahí mismo, en la azotea. Juntos, él y Moncho trasladaron las dos partes de la cuerda, que estaba formando un gran collar, hacia lo alto de dos postes ubicados en los extremos opuestos de la azotea —los postes de telecomunicaciones—. Esto lo hicieron por medio de dos escaleras. Tensaron la cuerda desde abajo. Entre los postes quedó estirada como un resorte, como una línea de electricidad, como una cuerda de guitarra.

Saltaron hacia abajo.

Moncho miró por último hacia el horizonte, hacia un pequeño punto luz que se aproximaba. Era un avión.

—Ahora sí. Acción.

Se lanzaron gritando.

Abajo estaban mis primos.

El hombre deformado tomó a Magdala por la mejilla.

—Te metiste al laberinto de Luzbel —con sus membranas faciales le sonrió—. Tus compatriotas nunca han sabido quién los controla. No tienen por qué saberlo ahora —dulcemente le dijo—: Tú y tus primos no van a cambiar las cosas. Éste es el día en el que tú y yo vamos a morir.

—¡Sólo tú, pendejo! —le gritó Moncho Cordero. Le pateó la cara. Lo arrojó hacia las macetas. Se quebraron. Abrazó a Magdala, sin soltarse de la cuerda. Con el mismo brazo que sujetó a Magdala comenzó a disparar su ametralladora. Gritó—: ¡Yo soy la voz que clama en el desierto! ¡Construiremos juntos un camino para la llegada del Reino de Dios!

Las ráfagas de su ametralladora comenzaron a perforar los pulmones, las tráqueas de los soldados. Los hombres uniformados, cuyo logotipo decía Centro Fox, comenzaron a volar en el aire, bajo el espectral resplandor blanco del Halo.

El otro hombre, el periodista, sujetó a mis otros primos con arneses.

—¡Lo que están a punto de hacer ustedes va a cambiar el futuro! —los ancló a las dos largas cuerdas blancas que tenían ganchos—. ¡Van a cambiar a México y al mundo! —apretó dos tensores que estaban acoplados a las cuerdas. El mecanismo comenzó a enredarse—. La telaraña está interconectada. Abarca al mundo. Puede ser destruida desde cualquiera de sus fibras.

Les dio un empujón en las espaldas a mis primos.

—Buen viaje hacia el infinito —miró hacia arriba. Los vio irse hacia la luna—. ¡El secreto no está en este edificio! ¡Métanse a la jaula! ¡Ciérrenla desde adentro y sujétense con fuerza! ¡Sigan la conexión de Alan Stoga! ¡El secreto está en la torre Omega! ¡Ésa es la fibra de la telaraña!

Moncho sujetó a Magdala de la otra cuerda.

—Me gustaría haberte invitado un café en Córdoba, Veracruz, mi tierra —le dio un beso en la boca—. Nos veremos en Num Arkeum. Nos veremos en el principio de todo. Nos veremos en la otra vida.

Oprimió el tensor. Empujó a Magdala hacia adelante. Magdala comenzó a subir. Miró hacia abajo, hacia las macetas donde continuaba la balacera. En medio de las macetas vio la placa redonda de bronce, que decía: "RAND Corporation". Resplandeció bajo la luna.

Claudio la jaló desde arriba:

—¡Sube, sube, sube! —la jaló por la azotea. Los primos se estaban metiendo dentro de una jaula.

—¡¿Qué está pasando?! —le gritó Magdala.

—¡Tú métete! ¡Ya te vi besándote con un extraño! —la arrojó dentro de la jaula—. ¡No pensé que fueras tan fácil! —luego les gritó a los otros primos—: ¡Sujétense fuerte! ¡Sujeten a Magdala!

Violentamente cerró la puerta. Por los lados comenzaron a aproximarse hombres armados, apuntándoles con ametralladoras de luz roja. Tres brigadas comenzaron a subir por los costados del complejo, por las escaleras.

—¡Dos veinte! ¡Dos veinte! —les gritó uno de los soldados—. ¡Los tenemos completamente rodeados! —trotó por encima del enorme logotipo del Centro Fox.

Una pesada avioneta, que en un costado decía: "ARQUIDIÓCESIS DE GUANAJUATO", pasó como un trueno, a ras de la azotea, levantando el polvo como si fuera una lluvia de clavos. En los dos patines de sus llantas se ensartó con una cuerda horizontal, de bongee, que estaba sujeta de dos postes de telecomunicaciones. Sin frenarse, lo arrastró todo. Se quebraron los postes. Lo subió todo en el aire: el anillo de cuerda y la jaula.

156

—Ahora sí nos puedes explicar todo —le dijo Breanne K a Ion Spear. Nos detuvimos en la mitad de un enorme pasillo ladeado. Estaba hecho de madera, de color negro, con resina escurriéndole por las vigas. Olía a viejo. Los barandales eran de diseño isabelino. Tenían cabezas de ángeles, con los ojos sucios, hechos de esferas rojas de vidrio.

—El coronel Elisha Hutchinson, antepasado en 11 generaciones de George H. W. Bush, pudo haber traficado su sal en este barco —miró hacia arriba, hacia el grabado dorado que decía: "COMPAÑÍA REAL DE EXPORTACIONES DE LA BAHÍA DE MASSACHUSETTS"—. Es probable que hayan usado esta isla, esta misma caverna, como bodega para sus cargamentos.

Comencé a recordar algo. La voz de mi padre. Sus anteojos. Su nariz.

—El secreto está en el origen mismo de los Estados Unidos, en las ruinas de Salem, en la isla —lo vi alejándose entre llamaradas, entre cristales rotos, entre los pedazos enormes de una turbina rodeada de fuego—. El secreto está en la sangre de Wotan. Secreto R es un hombre. Secreto R es la sangre de Wotan.

Miré hacia arriba, hacia el fondo del pasillo. En el silencio comencé a ver una figura anormal. Un ser envuelto en una manta. Se me aproximó por el corredor, curvando su cuerpo. Su manta fue azul, con líneas rojas. En la cabeza tenía 13 estrellas. Tenía una antigua corona de cobre, con joyas. En su cara desfigurada sólo tenía un ojo.

—¿Wotan…? ¡¿Eres Wotan…?!

—¡Qué te pasa! —me sacudió Breanne. Me abofeteó la cara. Abrí los ojos. En la pared vi un retrato roto de la reina Elizabeth de Inglaterra. Era una mujer pelirroja, con una telaraña detrás de la cabeza. Era parte de su estrafalario vestido. La tela de color naranja tenía pintados muchos ojos, muchas orejas. Era su vestido. A su lado estaban las palabras "Non sine sole iris". La reina Elizabeth me sonrió desde el retrato. "No volverás vivo."

—La sangre de los antiguos sajones corre por estas vigas de madera —me susurró Ion Spear. Comenzó a avanzar hacia el fondo del pasillo, sujetándose de las argollas que tenían diablos—. Se parece al barco en el que llegaron hacia Inglaterra hace 1 700 años, cuando no se llamaba Inglaterra, sino Albión, y era de los celtas, la raza que hoy está en Irlanda, en Escocia, en Gales, y en gran parte de los actuales Estados Unidos —avanzó hacia el fondo del corredor ladeado—. En ese barco, el adivino de Hengist, tataranieto de Wotan y primer rey de los sajones que llegaron a Inglaterra, dijo: "Invadirás el país hacia el que navegas, lo traicionarás con tu cuchillo y en 15 décadas lo habrás arrasado hasta que no quede nada".

Caminó aferrándose de las redes que estaban colgando de las argollas.

—Así comenzó la invasión final del mundo —nos dijo—. Ni siquiera los romanos tuvieron una visión de tan largo plazo —miró hacia arriba, hacia los dibujos de águilas que estaban en el techo—. El proyecto de los sajones se inició en las oscuridades del tiempo, cuando su rey fue un jefe de tribus en Sachsen, Sajonia, la zona fría del mundo que los romanos llamaron "Barbarie".

Me sujeté de las cuerdas. Llegamos a un tramo donde el barandal estaba roto. Ion Spear comenzó a bajar por las escaleras de madera, que estaban inclinadas. Nos dijo:

—Ese rey, del que la historia no conserva hoy nada más que su nombre y fechas confusas de su nacimiento, alrededor del año 300 de nuestra era, se llamó Bodo —tortuosamente descendió, apoyándose del muro que escurría brea—. Es la forma latina para decir una palabra germánica que se pronuncia de muchas maneras. Odin, Wodan, Gotham, Wotan. Es un mismo fonema. Todas estas pronunciaciones proceden de un solo significado protogermánico: la furia cósmica con la que Wotan controla al mundo.

Breanne le gritó:

—¡Insisto! ¡Tú y tu Wotan! ¿Cómo puede ser que un hombre que fue rey en la Antigüedad también sea el dios que controla al universo para ese mismo pueblo? ¿Eran tontos? ¡Estás mal!

—No, Breanne. Estoy seguro de que el rey Bodo se puso ese nombre precisamente para honrar al dios Wotan. En ese momento eran claramente distintos. Pasó el tiempo y los sajones de siglos futuros perdieron la línea divisoria entre cuál había sido el dios y cuál había sido el hombre, puesto que este hombre les dio algo que sólo podría habérselos dado un dios. Su destino.

Descendimos hacia un espacio empaquetado entre maderos torcidos. Era la "sentina", el área de cargo. Debajo de nosotros vimos un suelo de tablas. En los maderos vimos manchas secas de sangre, mezcladas con una pasta de brea que se extendió hacia abajo, con aceite endurecido. De la pasta sobresalieron argollas de hierro.

—Esclavos —susurró Ion Spear—. Aquí transportaron esclavos.

—Muy bien —le dije—. Fantástico. Qué locación tan feorrible.

Ion Spear comenzó a caminar sobre los tablones, adhiriendo su pie con la brea. Se sujetó por arriba de las cuerdas.

—Esto solía llenarse de reflujos de la cisterna —nos dijo—. Los desechos de las cubiertas superiores se mezclaban con las fugas de agua salada. Aquí tenían a los presos.

—Hay algo que no entiendo —le dijo Breanne—. ¿Qué hace un maldito barco como este dentro de una maldita isla?

Ion caminó entre las columnas de madera. Tenían caras grabadas. Sus ojos eran transparentes.

—Este barco transporta algo que aún no hemos visto; algo que tenía que ser guardado —miró hacia Breanne—. Por eso está aquí. No se hundió. No se perdió. Alguien lo trajo hasta aquí deliberadamente.

Breanne avanzó sobre un travesaño del piso. Se tropezó.

—Estás loco —le gritó a Ion—. ¡Estás totalmente loco! ¡¿Quién y por qué habría traído hasta aquí, hasta esta maldita gruta, un barco para "guardarlo", cuando podrían tenerlo en cualquier muelle, en cualquier astillero?!

Ion Spear se aproximó hacia el muro del fondo. Había un triángulo pintado en la madera. Tenía un ojo, con una ceja. Del ojo se disparaban hacia afuera rayos de luz de color dorado, con rojo, azul y blanco. Con el dedo suavemente comenzó a acariciarle la pupila.

—Lo lograste. Lograste lo imposible. Tu raza hoy tiene el dominio de la tierra —se volvió hacia Breanne. Comenzó a caminar hacia ella. Breanne se apoyó contra el ancho basamento cilíndrico del mástil. El hierro del poste tenía grabados símbolos sajones antiguos. El mayor de todos era una "R". Apuntaba hacia los dos lados.

—Te pareces a tu madre —le dijo Ion. Comenzó a acariciarle la cara. Breanne se volvió hacia el otro lado.

—Ya no me hables como si fuera una niña.

—Lo eres —me miró—. Todos ustedes son unos niños. Hablan como niños, piensan como niños. Tú dices la palabra "feorrible". Eso es realmente —me sonrió— "feorrible". ¿No vas a madurar en algún momento? —miró su reloj—. Ustedes aún ven las cosas como en un mal espejo. Cuando se hagan adultos van a ver las cosas cara a cara —se volvió hacia Rob Troll—: ¿Qué traería hacia este continente nuevo un barco proveniente de Inglaterra? —se volvió hacia Tim Dim—: ¿Qué secreto podría haber traído consigo el padre de Elisha Hutchinson, el antepasado en 11 generaciones de George H. W. Bush? —observó las paredes llenas de brea—. ¿Qué secreto podría haber guardado aquí el coronel Elisha Hutchinson, con su amigo, el capitán asesino de indios James Morgan de Salem? ¿Qué podrían traer, de tan enorme valor, desde Inglaterra, para el pasado y para el futuro del mundo, que prefirieron meterlo aquí, dentro de esta isla, dentro de esta caverna desconectada de la población humana, para guardarlo, para ocultarlo? Hay un descendiente de la sangre real de Sajonia, de la línea consanguínea de los duques Wettin y Saxe que hizo la reforma protestante en Europa en los años 1500, la llamada "Arnblod" o "Gothblod", la sangre del "águila". Este hombre, este heredero, es el cerebro que hoy está controlando la mayor red de corporaciones que ha existido en el mundo. Se llama "Red R".

157

El reportero avanzó hacia el pasillo de prensa. En la parte alta del salón vio un gigantesco letrero. Tenía las letras "AGRA". Debajo decía: "Alliance for a Green Revolution in Africa" —Alianza para una Revolución Verde en África—. Más abajo estaban las letras "GAVI", y debajo decía: "Global Alliance for Vaccines and Immunization" —Alianza Global para Vacunas e Inmunización—. En el escenario estaban dos hombres: el ex jefe de la ONU, Kofi Annan, y el dueño global de Cascade Investment, Bill Gates.

Entre los aplausos, el rubio y sonriente creador de Windows y de Microsoft se levantó de su asiento. Con la mano saludó a las luces de los reflectores.

Se llevó el micrófono a la boca.

—Primero tenemos el problema de la población. El mundo hoy tiene 6 800 millones de personas. Esto apunta hacia 9 000 millones. Ahora, si nosotros hacemos verdaderamente un buen trabajo, con nuevas vacunas, con cuidados de salud, con servicios de salud reproductiva, vamos a bajar eso tal vez en un 10 o 15 por ciento.

Estallaron los aplausos.

El reportero le preguntó a otro:

—¿Cómo diablos reduces el crecimiento poblacional con una vacuna? ¿De qué es esa vacuna?

Su colega lo miró en la oscuridad.

—Van a esterilizar personas. Van a volver infértiles a las mujeres del Tercer Mundo.

En el escenario, el creador de Windows miró hacia la audiencia:

—Hoy ningún país, de ningún tamaño, ha sido capaz de sostener una transición para salir de la pobreza sin aumentar sustancialmente su productividad en el sector de la agricultura —observó un reflector—. Esto puede tener un impacto transformativo.

Por un costado del escenario entraron tres personas cargando un gigantesco cheque. Decía: "100 millones de dólares. Fundación Gates". Una voz comenzó a explicar en los altavoces del enorme auditorio:

—Esta generosa aportación de la Fundación Gates continuará el financiamiento de la investigación para crear semillas resistentes a enfermedades. La primera semilla agrícola genéticamente modificada fue creada en 1992 por la biotecnológica Calgene. El tomate pudo mantenerse con larga vida en los almacenes. El maíz comenzó a ser modificado en 1995, con genes de bacterias que resisten ataques de insectos. Química Monsanto desarrolló el frijol soya de alta resistencia a herbicidas de amplio espectro. En 1998 Química Monsanto desarrolló el genoma de maíz transgénico Roundup Ready, resistente a un amplio espectro de enfermedades. Hoy 88% del maíz, y 94% de todo el maíz que está creciendo en los Estados Unidos es transgénico.

Estallaron los aplausos. El hombre del altavoz continuó:

—Hoy 29 países del mundo permiten el cultivo, en sus territorios, de semillas transgénicas modificadas. Alrededor de tres cuartas partes del frijol soya que se cultiva en el mundo, la mitad del algodón y la cuarta parte de todo el maíz que está creciendo en el mundo son semillas transgénicas modificadas.

—Fabricadas genéticamente en la Química Monsanto —le dijo el reportero al otro—. Esto es el principio de Transgen FAO-13.

—¡¿De qué estás hablando?!

El reportero tomó a su colega por la solapa. Le dijo:

—¡Estos alimentos transgénicos, como estas semillas que van a inundar ahora África, son genéticamente inestables! ¿Entiendes lo que esto significa? —miró hacia el escenario—. En su ADN insertaron cromosomas de Bacillus Thuringiensis, una bacteria. Van a obligar a usar pesticidas con glifosfato de la Monsanto Corporation. Dañan el cordón umbilical, las células de la placenta, los tejidos embrionarios.

—Dios… ¿Cómo sabes tú todo eso?

El reportero le contestó:

—He visto invernaderos y hablado con personas informadas. Hay invernaderos llenos de plantas de maíz transgénico. Generan anticuerpos contra los espermatozoides. Ellos han tomado genes de mujeres con la rara enfermedad llamada "fertilidad inmune". Aislaron estos genes que regulan la manufactura de los anticuerpos de la infertilidad. Esencialmente, estos anticuerpos son atraídos a los receptores en la superficie del espermatozoide. Lo paralizan. Europa no quiere aceptar estas semillas transgénicas —volvió a tomarlo por la solapa—. ¿Por qué crees que no quieren estas mutaciones? Consulta la investigación de Nana Ama Amamoo, directora del departamento de investigación de Food Sovereignty Ghana. El gobierno de los Estados Unidos está amenazando militarmente a los países que no aceptan importar las semillas transgénicas de la Química Monsanto. La Fundación Gates es una de las mayores accionistas de la Química Monsanto. ¿Ahora me comprendes? —miró hacia el escenario—. Cuando estos países plantan estas semillas en sus territorios, dejan de sembrar sus propias semillas. Las parcelas se vuelven territorio de Monsanto.

—¿Qué tiene esto de grave?

—Los países no pueden volver a plantar las semillas. Tienen que volver a comprarlas a Monsanto. Nunca más van a poder volver a alimentarse sin pagárselo a la Red R, a la Química Monsanto.

—¡Estás mal de la cabeza!

El reportero volvió a tomar al otro por el cuello:

—¡¿Qué, no lo entiendes?! ¡En 1985 la Corte Suprema de los Estados Unidos decretó a favor de patentar genomas de semillas. El granjero que ahora siembre las semillas de estas mazorcas sin el permiso de Monsanto va a ser encarcelado. Mira —le mostró la pantalla de su celular. Era la página misma de la Monsanto Corporation—: "Monsanto demanda a granjeros que ilegalmente están guardando nuestra semilla genéticamente modificada y patentada. Nos interesa asegurarnos que nos paguen por el uso de nuestros productos".

En el evento de la Alianza para la Revolución Verde de África, la voz del megáfono arengó a los concurrentes:

—Demos las gracias al miembro de la Fundación Gates que es el responsable científico de este programa AGRA, el doctor Robert Horsh, quien durante 25 años ha trabajado en el área de Organismos Genéticamente Modificados y Transgénicos de la Monsanto Corporation.

Estallaron de nuevo los aplausos. En la pantalla se formó un enorme plano del mundo.

158

En México, el presidente Felipe Calderón Hinojosa, dentro de un imponente salón de columnas de caoba, con candelabros, tragó saliva. Se acomodó los delgados anteojos. Se acercó al micrófono. Se aclaró la garganta:

—Al margen del sello del Escudo Nacional, y en ejercicio de la facultad que me confiere el artículo 89, fracción primera de la Constitución Política de los Estados Unidos Mexicanos, y con fundamento en los artículos 13 y 35 de la Ley Orgánica de la Administración Pública Federal, y 5, 28, 36, y demás relativos a la Ley Federal de Producción, Certificación y Comercio de Semillas, he tenido a bien expedir el siguiente Reglamento de la Ley Federal de Producción, Certificación y Comercio de Semillas.

Lentamente comenzó a levantar el documento.

—Artículo 59: Las actividades de producción, calificación, beneficio, almacenamiento, distribución, exportación, importación y comercio de semillas, estarán sujetas al cumplimiento de los siguientes requisitos: Primero: En el caso de variedades vegetales protegidas conforme a la Ley Federal de Variedades Vegetales, comprobar el consentimiento por escrito del titular del derecho de obtentor, que se pretendan explotar, producir, propagar, comercializar.

—Ha muerto la independencia alimentaria de México —susurró en el salón un congresista—. Fuimos nosotros los que llevamos el maíz al mundo.

Lentamente miró hacia arriba, hacia el techo. En la cúpula del salón, en el punto donde todas las vigas convergían, vio un triángulo. Dentro del triángulo vio un ojo.

—El moratorium que había prohibido la entrada de maíz transgénico a México desde 1998 lo suprimió Felipe Calderón dos meses después de que se encontró en Davos, Suiza, con el presidente de la Química Monsanto, Hugh Grant.

—Diablos… ¿De qué hablaron?

El hombre le sonrió:

—¿De vender a México?

159

En el aire, sobrevolando la negra cordillera neovolcánica de México, dos pilotos de avioneta, Charlie García Peláez y Joseff Lupert, miraron hacia abajo, a través de los filos de las montañas.

—Ahí está. La ciudad de México.

En la oscuridad, casi a punto de desaparecer por la llegada del nuevo día, vieron un mar de luces, de colores plata y dorado. Los puntos luminosos llegaron hasta los extremos del horizonte.

Charlie García le pasó a Joseff Lupert una pequeña botella de tequila.

—Cuando tomes no manejes.

Charlie comenzó a beber. Por detrás de ambos aparecieron dos figuras: el sonorense Daniel Ceballos y el joven Dios Edward.

—Nosotros también tenemos esófago.

Charlie les pasó la botella.

—Lo que me preocupa es cómo vamos a aterrizar en el DF con esa maldita jaula que tenemos colgando aquí abajo.

Abajo, dentro de la jaula, mis primos Magdala, Claudio, Ariel, *Puerquedro* y Valentino se aferraron muy duro a los barrotes. Ariel comenzó a gritar:

—¡Odio esta pesadilla! ¡Ve dónde nos tienes! —se volvió hacia Magdala. Lo golpeó en la cara la ráfaga interminable de viento helado—. ¡Me voy a morir! ¡Me voy a asfixiar aquí mismo, en esta maldita jaula, sin saber nunca ni siquiera por qué estoy aquí! —le gritó a Claudio—: ¡¿Por qué les hice caso?! ¡Pendejos! ¡Los odio! —se volvió hacia mis otros primos—. ¡Todo lo que nos está pasando es porque siempre hacemos todo lo que estos dos pendejos nos dicen!

Puerquedro le dijo:

—Es verdad —miró hacia Claudio y hacia Magdala—: Ustedes abusan de nuestros cerebros. Como siempre han creído que nosotros tres somos más pendejos que ustedes, y no digo que no sea verdad, hemos sido funcionalmente sus pinches gatos. Esto se acabó.

Claudio y Magdala se miraron. Al fondo estaba Valentino, observaba hacia afuera a través de los barrotes. Al fin Magdala dijo:

—Ustedes, y yo, somos la deshonra de la Malinche, de Quetzalcóatl, de Hernán Cortés, de la Virgen de Guadalupe —miró hacia Claudio—. Somos la deshonra de nuestro tatarabuelo Simón Barrón Moyotl y de su general Bernardo Reyes Ogazón. Debimos habernos asociado, en vez de pelearnos entre nosotros, y crear corporaciones, como en los Estados Unidos —de nuevo miró hacia afuera, hacia las luces de la ciudad de México—. ¿Qué diría de nosotros, de nuestra generación, el general Bernardo Reyes? ¿Qué queda de su sangre y de su sueño, y de su fuerza en ustedes, en mí, generación de inútiles?

Claudio miró hacia el cielo oscuro.

—Ya déjalos, Magdala. No los traumatices, ya tienen un futuro bastante jodido.

—Ahora el destino nos está llevando hacia un lugar, hacia un edificio donde alguien que aún no conocemos está controlando a México. ¿Cómo vamos a poder hacerle frente a eso cuando estamos así de desunidos?

160

En las profundidades por debajo del mar, en una gruta subterránea, de caliza magnética, en el Mar Caribe, en el borde suroeste del

Triángulo de las Bermudas; dentro de un antiguo barco derrumbado, Ion Spear se colocó sobre su cabeza la capucha de su oscura gabardina de estrellas.

—Elisha Hutchinson, el antepasado en 11 generaciones del ex presidente George H. W. Bush, debe haber conocido mucho tiempo antes al comisionado de indios, el encargado de matarlos, el capitán James Morgan. Ambos eran de Salem. Los dos tenían casi la misma edad. Sus padres, Edward Hutchinson y James Morgan I, llegaron casi al mismo tiempo desde Inglaterra, de Lincolnshire uno, y de Llandaff, Glamorgan, el otro.

Caminó sobre el inclinado y oscuro piso de madera y brea. Todos los demás lo observamos. Se detuvo, mirando hacia el suelo. Al fondo estaba la pintura de colores del triángulo con el ojo.

Le dije:

—Lo siento, señor Spear. Me parece que esto ya comenzó a parecerse a un callejón sin salida. ¿Esto es todo? ¿Este sótano de carga para esclavos es todo lo que íbamos a encontrar en esta maldita isla? —miré hacia el ojo—. Qué situación tan feorrible.

El hombre me miró de reojo. En la penumbra su barba gris resplandeció bajo la capucha azul de su larga gabardina de estrellas. Lentamente comenzó a levantar los brazos. Miró hacia arriba.

—Hermano Juan Manuel.

En el aire, con la mano derecha, comenzó a levantar sus dedos índice y pulgar, apuntando con ellos hacia el cielo, formando una "J" inclinada. Comenzó a decir:

—Que sea él la voz que clame en el desierto. Que construya él un camino para la nueva llegada del Señor.

Vi a mi padre. Lo vi como en un sueño. Entró una luz muy poderosa al salón de juntas en el piso 92 de la Torre Norte, en el World Trade Center. Los rayos de sol entraron por las ventanas, como rebanadas de radiaciones.

—Te amamos, hijo —abrazó desde detrás a mi madre—. El secreto está en el origen mismo de los Estados Unidos, en las ruinas de Salem, en la isla. El secreto está en la sangre de Wotan. Secreto R es un hombre. Secreto R es la sangre de Wotan —sus ojos comenzaron a convertirse en luz—. El mapa del futuro lo tienes en tu dólar.

Recordé la pintura en la pared de la sala. Comencé a avanzar hacia la montaña, hacia la noche. La montaña surgía de una inmensa telaraña que lo abarcaba todo, hasta los horizontes. De la montaña emergió una gigantesca águila con las alas abiertas. Su cabeza se convirtió en un triángulo con un ojo.

—¿Arnhöfdi…?

Arriba leí las letras *ANNUIT COEPTIS* y *NOVUS ORDO SECLORUM*. Debajo vi una "R" sajona. Apuntaba hacia ambos lados.

Detrás de mí sentí la presencia de un ser alto, momificado, moviéndose por mi espalda, arrastrando su antigua manta de seda, con anillos de gemas, con una corona de Sajonia en la cabeza. Con un solo ojo.

—El secreto está en el dólar… —pensé. Lentamente me llevé la mano hacia el bolsillo. Me volví hacia Rob Troll y hacia Tim Dim—: Uno de ustedes se llevó mi maldita cartera.

El gordo y enorme Rob Troll pesadamente caminó hacia mí. De su bolsillo comenzó a sacar su enorme cartera. Era un bulto masivo, con cientos de tarjetas. Lentamente lo abrió mientras se aproximó a mí, por encima de la brea. Extrajo dos pequeños sobres de salsa tabasco, un arillo de un llavero, un condón.

—Esto no —lo regresó a su cartera. Sacó un billete de un dólar. Vi el ojo dentro del triángulo, emitiendo luz como un faro del universo. Estaba flotando por encima de una pirámide inacabada, hecha de 13 pisos, de 72 bloques, en un espacio sombrío, de horizontes infinitos.

—Tú y yo ya hemos estado aquí —le dije. Tomé el billete.

—Lo sé —me sonrió Rob—. Hoy volveremos a entrar.

Extendí el billete por debajo de mis ojos. Todos se reunieron a mi alrededor. Comencé a inspeccionar el mapa. Lentamente observé la cuidadosa telaraña que recorría todo el billete por el fondo; por detrás del círculo de la pirámide; por detrás del círculo del águila con flechas; por detrás del letrero que decía "ONE" e "IN GOD WE TRUST".

—Wotan… —susurré. Miré hacia el fondo del sótano de carga, hacia la pintura de colores del triángulo con el ojo.

Tim Dim me jaló por el overol:

—Apúrate. Tenemos prisa —se volvió hacia Rob Troll—: Este tipo es un verdadero imbécil.

Comencé a caminar hacia el dibujo del ojo.

—El secreto está en el origen mismo de los Estados Unidos… —susurré. Comencé a acariciar el dibujo—, en las ruinas de Salem… en la isla… —con el dedo comencé a recorrer la pupila azul del ojo—. El secreto está en la sangre de Wotan. Secreto R es un hombre… —me volví hacia Ion Spear—. Secreto R es la sangre de Wotan…

Todos me miraron. Breanne me preguntó:

—¿Y?

Permanecieron inmóviles, con los ojos totalmente azorados, observándome. Tim Dim me miró con los ojos de un pequeño ratón, con sus dientes hacia afuera. Me aproximé hacia una barra de hierro. Estaba colgando del techo. La jalé violentamente hacia abajo. La arranqué. Me coloqué en el piso con las piernas abiertas, frente a Tim Dim.

—El secreto no está dentro de este barco —les dije—. El secreto está en la isla. Está más abajo.

Levanté el tubo hacia el cielo. Lo dejé caer hacia el suelo. Lo estrellé contra los tablones de madera.

—Debajo de esto construyeron la maldita cueva de Wotan.

161

En México, dentro de la jaula que estaba colgando de una avioneta, mi primo Valentino le dijo a mi primo Claudio:

—Ya deja de poner a Magdala contra mí, pinche primo mamón. ¿Te gusta Magdala?

—Magdala es nuestra prima. Yo no tengo fantasías sexuales de que un día voy a acostarme con ella, o siquiera darle un beso.

—Pinche primo —le dijo Valentino. Miró hacia el horizonte, a través de los barrotes de la jaula—. Desde que nací ya te estaban esperando. Desde que nací yo ya valía madres. Crecí oyendo que todos los demás teníamos que cuidarte a ti; al pendejo de Claudio y al puto de Axel, que estaba en el extranjero. ¿Qué hicieron ustedes, par de pendejos, aparte de simplemente nacer, para merecerse este trato tan diferente? —le gritó—. ¡Gracias a ti mi vida no vale una chingada! ¡Nunca he valido ni madres para nadie! ¡No me dejaste ser! ¡Nunca me dejaste saber quién soy en realidad! —volvió a mirar hacia afuera—. Y hoy la realidad es que no soy nada. Soy un aborto.

Claudio no le respondió. Miró hacia afuera. Valentino le acercó la mandíbula:

—Yo sé que quieres fornicarte a Magdala. Quieres acariciarla, quieres darle un beso —miró a Claudio—. ¿Por qué tiene que estar prohibida, verdad? —la miró. Magdala estaba mirando hacia afuera—. Te gusta su cuello, ¿no es cierto? Te gusta su quijada, sus mejillas, sus lunares, sus labios. ¿Por qué justo a ella no vas a poder besarla nunca?

—Degenerados —les dijo *Puerquedro*—. Están estropeando más nuestra especie, nuestra familia, nuestro México.

—Te gusta a ti, primo —le dijo Claudio—. No te hagas. Se lo voy a decir, ahorita.

—No le vas a decir nada —lo golpeó Valentino en la cara—. Se lo voy a decir yo, ¡que te masturbas gritando "Magdala"!

Comenzaron a golpearse todos. Magdala siguió mirando hacia afuera, entre los barrotes. Claudio comenzó a gritar:

—¡Yo lo encontré en tus cosas, Valentino! ¡No ocultes más lo que no puedes ocultar! ¡Puedes engañarnos a todos mientras estás despierto, con esas grandiosidades que dices que haces, pero cuando te duermes no puedes controlar todas las aberraciones que salen de tu maldita mente, de tu maldito inconsciente!

Valentino lo golpeó en la mandíbula:

—¡Eres tú el que dice frases de mierda cuando se duerme! ¡Todo lo que dices cuando estás dormido me da pinches ñáñaras! ¡Estás pinche enfermo! ¡Todos van a oírte! ¡Los reto a todos a que se queden despiertos esta noche! ¡Hoy vamos a saber por fin quién es el que tiene esta maldita fuga de mierda cerebral desde su subconsciente!

Claudio lo sujetó por las patillas. Comenzó a jalarle la piel.

—¿Qué crees que no sabemos que te dormías con tu mamá hasta avanzada edad; que mojabas los pantalones, que aún ahora usas pañales? —miró hacia Magdala—. ¡No es Pedro! ¡Eres tú, pinche inseguro! —le gritó a Valentino—. ¡Vives con tus papás! ¡Vives de los ahorros de tus pobres padres, a tus 30 años! ¡Desde hoy estás bajo la vigilancia de todos cuando te duermas! ¡Tú eres el que se agarra el pene! ¡Tú eres el que grita "mamá, estoy solo"! ¡Tú eres el que tiene en su cartera fotografías de hombres desnudos!

Magdala miró hacia afuera. Susurró:

—Pobre México… ¿y con estos hombres tienes que triunfar?

162

En el Atlántico, dentro del cuadrante suroeste del Triángulo de las Bermudas, el fornido Rob Troll me ayudó a arrancar los últimos tablones. Descubrimos que debajo de la brea había una argolla y bisagras para abrir la compuerta. Comenzamos a descender todos dentro del pozo de rocas, por la escalera de maderos. Vimos chitones muertos entre los huecos, y colillas de cigarros.

—Alguien ha estado aquí recientemente —nos dijo Rob Troll. Con su pesado brazo levantó una de las colillas.

Continuamos bajando. En los escalones vimos cáscaras de pequeños caracoles de jardín. Las delgadas conchas estaban huecas.

—Alguien recientemente comió caracoles aquí —me dijo Rob. Levantó uno de los caparazones. Tenía las marcas de un instrumento de acero. Me miró a los ojos.

Continuamos bajando. Rob me detuvo del brazo.

—Espera. Déjalos bajar —comenzó a hablarme en voz muy baja—. La chica saudita, Alak Bin Laden, ¿la recuerdas?

—Diablos, ¿ahora qué?

—La chica saudita me dijo que te están tendiendo una trampa.

—¿Una trampa?

—Todo esto es por ti, Axel.

—¿Cómo dices?

—Todo esto es por ti. Te tuvieron 13 años en esa tina de metabolitos. Te quieren vivo. Si no fuera así te habrían matado como a los otros testigos del 9-11.

—Maldita sea. ¿Por qué me quieren vivo?

—Te quieren por lo que pueden hacer contigo, con tu cerebro.

—Esto no puede ser cierto —miré hacia arriba—. Mamá, ¿esto es un sueño?

—Escúchame, Axel —violentamente me sujetó por los antebrazos—. Te quieren no porque seas el hijo de un masón de la Gran Fraternidad de Albión. Te quieren por algo más que hay en tus genes, en tu sangre.

—¿En mi sangre? ¡Háblame claro, carajo!

Me miró a los ojos:

—Axel. Yo estoy contigo. Estuve contigo desde que te vi en esa junta. Supe que íbamos a hacer esto juntos. Hoy es el día. Es importante. Esto va a cambiarlo todo.

Miré hacia un lado, hacia las piedras. Estaban chorreando agua desde arriba, de un color intensamente azul. Olía a sulfato de cobre.

—¿Qué es lo que hay en mi sangre?

Rob miró hacia abajo, hacia la espalda de Ion Spear, hacia su gabardina de estrellas.

—Ese hombre conoció a tu padre en los sesenta. Los dos estaban en dos cadenas de noticias, una de México y otra de Atenas. Se conocieron

275

en Washington. Los asignaron de sus países para cubrir la Casa Blanca. Acompañaron al presidente Kennedy en sus giras. Estuvieron en el hospital naval Bethesda cuando lo asesinaron. Tu padre logró pasar el cerco. Logró hablar dos segundos con la familia del presidente. El pase se lo dio Ion Spear, jefe de la Agencia Griega de Noticias en Washington.

—Y Comendador de la Gran Fraternidad de Albión... —miré el anillo que tenía en mi propia mano, después a Rob Troll, quien me dijo:

—Tu padre recibió un encargo por parte del jefe de la Logia. Cuidar a una niña de 13 años —se volvió hacia Ion Spear.

—Dios. ¿Mi madre?

Rob Troll miró hacia Breanne K.

—La Logia ayudó a cambiar los nombres. Le quitaron el apellido Kennedy. A otros descendientes del presidente los mataron. Su hijo John se estrelló en una avioneta, en este mismo océano, en 1999. Dijeron que fue un accidente. La picada fue súbita, de 80 grados. Ocurrió cuando John dijo que iba a participar en la política, como su padre.

—Dios. ¿El apellido Kodiak es "Kennedy"?

—Tu madre es María Patricia Kennedy Stuart. Eres descendiente de María Estuardo de Escocia. Te quieren para transformarte, Axel, por lo que pueden hacer contigo.

—¿Qué pueden hacer conmigo?

—Quieren usarte. Quieren que seas un vox.

—¿Un "vox"?

—Vas a hacer para ellos algo que ellos mismos no pueden hacer. Quieren usarte para manipular al público del mundo. Vas a ser un ídolo de la cueva.

—¿"Ídolo de la cueva"?

—Francis Bacon. 1620. Filósofo favorito de la reina Elizabeth I de Inglaterra. Los ídolos son cuatro: *Idola Tribi, Idola Fori, Idola Theatri, Idola Specum*. Ídolos de la tribu, ídolos del foro, ídolos del teatro, ídolos de la cueva. Con éstos puedes controlar la mente del mundo, la mente débil de la gente. Vas a ser parte del espectáculo. Van a lavarte el cerebro. Van a ponerte en la televisión, para que digas lo que ellos te programen. Van a programarte en la RAND Corporation. Vas a ser parte de la máquina mundial de manipulación. Vas ser una mosca en la telaraña, en los cables de la Intraestructura.

—Diablos —lo miré—. Sabes mucho para ser un...

—¿Un limpiacacas? —miró hacia un lado—. Verás, amigo mío. Yo no fui a la escuela. Ni siquiera cursé la primaria —de su ancho cinturón comenzó a desenredar su bolsa de plástico transparente—. Me crié en un orfanato —con sus gordos dedos empezó a sacar un huevo cocido—. Jugaba con ratas —comenzó a morder el huevo—. Dios no me hizo licenciado. Dios me hizo limpiacacas. Pero consulto internet.

En la oscuridad, entre las vigas rotas de mineros, distinguí un sólido bloque de acero oxidado, sulfatado. Le estaba escurriendo por encima un agua azulada. Decía: "OPERACIÓN PEMARGO MÉXICO. ZAPATA OIL CORPORATION".

Debajo estaba la letra griega omega.

Me volví hacia Rob Troll:

—¿Y hasta ahora me dices todo esto?

Rob suavemente me tomó por las manos. En mi mano izquierda me colocó el otro huevo.

—Te quieren como publicidad porque tienes la sangre de John Kennedy. Y esa mujer que estás viendo ahí abajo —señaló hacia Breanne K—, ella es tu hermana.

163

En México, por encima de las luces de la ciudad de México, dentro de la jaula que estaba colgando de una avioneta, mi primo Claudio Barrón cerró los ojos. Corrió hacia el fondo de un corredor blanco, de arcos de roca. Respirando, se vio a sí mismo en un espejo del manantial, en la oscuridad.

—¿Quién soy? ¿Quién eres tú, tatarabuelo Simón Barrón?

Sintió una palma suave y delgada en su espalda.

—¿Qué te pasa, niño?

Miró hacia arriba. Vio una cabellera negra, brillante. Se proyectaba hacia el piso. Arriba había un ojo, un rostro con pecas. Era Magdala. Claudio se volteó. Vio su propia cara contra el resplandor de la luz. Mi prima Magdala le dijo:

—Yo sé quién es el que grita "mamá, estoy solo". Eres tú, Claudio. Nunca pudiste hacer tu vida. No culpes a los otros.

Claudio sintió mucha vergüenza. Magdala le sonrió.

—No estés triste, niño. La sangre de Simón Barrón va a volver a nacer. Tiene que volver —desde atrás lo abrazó—. ¿Por qué eres tan inseguro, niño? Lo que te aplasta hoy y siempre son tus infinitas inseguridades. ¿Quién te enseñó a vivir con tanto miedo?

Claudio sintió en su cachete la mejilla de Magdala. Estaba caliente. Tenía en la piel una suave capa de vellos. Los brazos de Magdala tenían vellos. Claudio los sintió en sus propios brazos.

—¿Magdala? —miró hacia atrás.

—¿Sí, primo?

Claudio se volvió hacia ella. Le dio un beso. Sintió la fuerza elástica de los labios duros y eléctricos de su prima. Ella, entre los besos, le susurró:

—Nunca debiste tener miedo de ti mismo. Tu miedo es tu propio miedo. Vuelve al comienzo.

Se creó una tiniebla. Lo llenó todo. Claudio sintió el abrazo de la oscuridad.

—Así te quería ver, pinche maricón, en el mero incesto, contra la Biblia, contra la ley —le gritó Valentino—. ¿Y andabas predicando, pinche hipócrita?

Claudio miró hacia su alrededor. Estaba en la jaula. Estaba apoyado contra los cuerpos de Ariel y de Pedro. Todos lo estaban mirando. Pedro le dijo:

—Acabas de gritar "mamá, estoy solo".

—Diablos, no —miró hacia Magdala. Miró hacia abajo. Tenía su mano en su pene—. No. Esto no puede ser.

Magdala suavemente lo tomó del brazo. Colocó su mano del otro lado.

—No le hagas caso a Valentino. Así es. Ni siquiera Dios mismo tiene la culpa de sus defectos. Valentino es un defecto del universo. Un error del código, del programa del espacio cero —le sonrió a Claudio. Comenzó a acariciarle la cara—. Todo va a cambiar adentro —le colocó su mano sobre el pecho—. Volverás a ser quien eres. Tú eres México. Tu destino es el Imperio del Sol.

Magdala les dijo:

—He conocido este edificio desde toda la vida —miró hacia abajo. Estaban sobrevolando el Bosque de Chapultepec. Debajo estaba corriendo el enorme río de automóviles, de dos pisos de altura: el Periférico. Hacia adelante Valentino vio el monumento de piedra llamado la Fuente de Petróleos Mexicanos, monumento a la nacionalización del petróleo de México, llevada a cabo el 18 de marzo de 1938. Poco más adelante, emergiendo de los árboles, mis primos vieron un edificio alto, de color naranja, iluminado desde abajo, con reflectores. En la parte superior tenía una enorme letra griega: la letra omega.

—Desde aquí se controla todo —les dijo Magdala. Observó fijamente la torre—. Éste es el Tentáculo Madre. Nadie en México lo sabe. Aquí es donde trabaja el jefe de Alan Stoga, el hombre que en el 2000 ayudó a Vicente Fox a llegar a la presidencia; el hombre que el 10 de febrero de 2008 desayunó con Felipe Calderón en el hotel Waldorf Astoria de Nueva York; el hombre a quien George W. Bush designó para la comisión oficial para investigar los atentados del 11 de septiembre. Todo es parte de la Intraestructura. El jefe de Alan Stoga es una de las 12 cabezas mundiales de la RAND Corporation —se volvió hacia Claudio—: Vas a entrar a este edificio, a esta torre Omega, y cuando sean las 10 de la noche, ninguno de nosotros va a estar vivo.

Vieron un enorme helicóptero de color oscuro descendiendo sobre la azotea del edificio. En su costado decía: "RAND Corporation".

164

Al pie del edificio, un hombre ancho, de canas, observó las letras curvadas en el concreto. Decían: "Campos Elíseos 345". Miró hacia arriba, hacia la imponente letra omega. Comenzó a alejarse hacia atrás. Escuchó un trueno. Un helicóptero comenzó a tocar el piso de la azotea. El hombre se dio vuelta hacia el bosque, hacia la pequeña barda, hacia la negra y profunda floresta. Comenzó a trotar. Con cuidado escaló la pequeña barda. Las cámaras de vigilancia, entre las ramas, comenzaron a girar hacia él. El hombre se llevó el celular a la boca.

—La entrada está despejada —miró hacia el cielo, hacia las copas de los árboles, hacia la avioneta de mis primos. Al fondo estaba un gigantesco agujero en la tierra, una excavación. Vio máquinas de 400 toneladas. Estaban perforando con gigantescos taladros el entorno de la Torre de Petróleos, construyendo un paso vehicular subterráneo. El ruido era infernal. En las profundidades, 20 poderosos reflectores proyectaron hacia el cielo un ardiente halo de luz, hacia las estrellas.

—En esta torre coexisten dos fuerzas mundiales —dijo el hombre a su celular—. Están confrontadas por el destino del mundo.

Continuó trotando hacia la excavación de la Fuente de Petróleos, hacia la gigantesca estructura de andamios metálicos. Por detrás de él se irguió la torre Omega. Escuchó otro relámpago. Debajo de las ramas, las cámaras de video comenzaron a rotar hacia él, con crujidos. Dijo a su celular:

—Ésta es una guerra que se inició hace 200 años, cuando nacieron los Estados Unidos —sintió algo desconcertante en sus pulmones. Comenzó a faltarle el aire—. La sangre de Wotan abandonó sus antiguas sedes europeas. Se transfirieron a Massachusetts, a Nueva York —miró hacia una jauría de perros que venía corriendo hacia él, con los ojos reflejando la luz roja de las cámaras de video—. La orden de la reina fue crear en los Estados Unidos la sociedad blanca sajona perfecta, Saxum, el Imperio del Mundo. La sociedad de Wotan. ¿Estás ahí todavía?

—¿El Nuevo Orden de los Siglos? —le preguntó su contacto en el teléfono, en la avioneta.

—La sangre de Wotan hoy controla al mundo. A México lo controlan desde esta torre —comenzó a voltear hacia atrás, hacia la torre Omega—. Aquí está el Tentáculo Madre. Aquí está el vox, el controlador oculto de las cosas.

—¿Cuál es la otra fuerza? ¿Cuál es la otra sangre, que coexiste en esa misma torre?

—Hay familias muy poderosas —el hombre ancho de canas comenzó a caer sobre sus rodillas. Se volvió hacia los perros—. Esas familias no son sajonas, no son germánicas. Quieren impedir la destrucción sajona del mundo, el plan FAO-13. No es sólo la comida. No son sólo las semillas. Están patentando partes enteras del genoma humano. Están comprando los cromosomas; los genes contra la diabetes, los genes contra el sida; los genes detonadores del cerebro. El ADN humano. Lo están patentando. Están comenzando la nueva era. La otra fuerza son familias poderosas; herederos de los más poderosos banqueros de los siglos pasados. Ellos no son parte de la Intraestructura. Quieren impedir que todo esto suceda. Son las familias poderosas de Europa.

—¿Este hombre, Alan Stoga, trabaja en esta torre?

El hombre ancho de canas miró a los perros que se aproximaron hacia él, ladrando, mostrándole sus dientes. Detrás de ellos se acercaron corriendo 15 hombres con armas, con caretas oscuras en las cabezas. El hombre dijo a su celular:

—El Consejo de Relaciones Exteriores de los Estados Unidos colocó aquí su filial en México, en esta torre. Se llama Mexican Council on Foreign Relations, Consejo Mexicano de Asuntos Internacionales. Es el tentáculo. Los mexicanos no lo saben. En español la llaman COMEXI. Alan Stoga fue traído a México por Jorge Castañeda. Jorge Castañeda fue un agente de la CIA. Jorge Castañeda tiene sus oficinas centrales en el piso 10 de esta torre Omega —miró hacia atrás, hacia la torre. Estaba iluminada desde abajo, con luces que parecieron fuego. En lo alto estaba moviendo sus pesadas hélices el helicóptero—. ¡Jorge Castañeda es hombre del millonario George Soros, el magnate detrás de los levantamientos de jóvenes en todo el mundo, incluyendo Siria! —atrás estaban los perros—. ¡Lo acaba de escribir Federico Arreola, del periódico *Milenio*! ¡La fundación Soros va a abrir su oficina en México! ¡Su cabeza va a ser Jorge Castañeda! ¡Los mexicanos no lo saben!

En los Estados Unidos, en el enorme estudio televisivo HLW de la cadena Fox News, dentro del Rockefeller Center, el joven y energético conductor de cabello canoso Glenn Beck abrió los brazos frente a las cámaras.

—Ayer por la noche casi tres millones de personas vieron este programa para averiguar quién es George Soros. ¡Ayer por la noche conocimos al manejador de los títeres, al billonario financiero George Soros, notable por derrumbar las economías y los regímenes alrededor del mundo! —se volvió hacia la otra cámara—. Se le conoce como el hombre que quebró al Banco de Inglaterra. En Tailandia lo llaman "criminal económico de guerra". En 1994, George Soros dijo textualmente: "Justo eso que era el Imperio Soviético ahora se llama el Imperio de Soros". Soros se ha descrito a sí mismo una y otra vez como una especie de dios, incluso como la conciencia del mundo.

Con una señal de su mano los productores corrieron un video, en cadena mundial. El hombre de avanzada edad George Soros apareció en la pantalla, diciendo:

—Sí, yo dije esto, y me mantengo en ello. Pienso que el mundo necesita una conciencia. Quiero que mi red de fundaciones sea la conciencia del mundo.

Debajo de su cara apareció el letrero "GEORGE SOROS".

En México, en la Fuente de Petróleos, una multitud de jóvenes comenzó a gritar: "¡Si hay imposición, habrá revolución! ¡Si hay imposición, habrá revolución!" En algún lugar a la redonda se encontraba el ex canciller Jorge Castañeda.

165

En el oscuro poblado agrícola de Ghouta, Siria, en el vecindario de Zamalka, un joven arrojó una botella con explosivos hacia un distante tanque del ejército del gobierno sirio. Desde el cielo, una lluvia de cohetes de 140 milímetros cayó sobre las calles de Al-Mahariq y Naher Al-Tahoun, arrancándole un brazo al joven. Las ojivas estallaron. Soltaron una densa y expansiva nube de gas incandescente. Se metió dentro de las casas. En sus camas, la gente dormida comenzó a vomitar, a sentir náuseas, a escupir espuma por la boca. Sus pupilas comenzaron a contraerse. Mil personas entraron en pocos minutos en una crisis del sistema nervioso.

En Washington, el presidente Barack Obama salió por las puertas de cristal de la Casa Blanca, con su traje azul, con su corbata azul clara, acompañado por el vicepresidente canoso Joe Biden. Salieron al Jardín de Rosas.

—Ya está lista la prensa. Lo dice el vicepresidente.

Comenzaron a estallar los flashes. El presidente se ubicó detrás del podio de madera, detrás del sello del águila. Miró hacia arriba, hacia el cielo. Se aproximó hacia el micrófono doble.

—El mundo acaba de presenciar con horror cómo hombres, mujeres y niños están siendo masacrados en Siria, en el peor ataque de armas químicas del siglo xxi. Los Estados Unidos estamos presentando un poderoso caso al mundo, en el que el gobierno actual de Siria es responsable por este ataque contra su propio pueblo. Ahora, después de una cuidadosa deliberación, he decidido que los Estados Unidos debemos tomar acción militar contra puntos del régimen de Siria. Nuestro ejército está tomando posiciones para sus elementos en la región. El comandante de los mandos militares conjuntos me está informando que estamos preparados —miró hacia la cámara— para atacar en cuanto elijamos. Estoy preparado para dar esta orden. No espero que todas las naciones acepten esta decisión que hemos tomado. Hoy estoy pidiendo a nuestro Congreso que envíe un mensaje al mundo, que estamos listos para movernos juntos como nación.

En Moscú, Rusia, el presidente Vladimir Putin recibió la noticia:

—Señor presidente, el presidente de los Estados Unidos acaba de hacer el anuncio. En las próximas horas los estadounidenses van a iniciar la invasión de Siria. Sólo falta que lo autorice su Congreso.

El rubio jefe de la Federación Rusa se levantó de su asiento.

—Éste es el momento. Vamos a saber quiénes son los hombres que están presionando al presidente Obama.

166

En Venezuela, con una camisa blanca, sin corbata, delante de una mampara blanca con banderas de Venezuela, en cadena nacional, el vicepresidente Nicolás Maduro comenzó a gritar hacia las cámaras:

—Éstas son las horas más difíciles desde la operación del 11 de diciembre. Hay una infección en nuestro presidente Hugo Chávez, que está siendo tratada, pero es muy severa —se llevó la mano hacia uno de sus ojos—. Hay complicaciones en su situación respiratoria. El equipo de médicos está muy concentrado, atendiendo, y nuestro pueblo y nosotros estamos orando y dando energía de Dios para que pase por este momento tan difícil. Nosotros no tenemos ninguna duda de que el comandante Chávez es atacado por enemigos históricos. Lo han hecho antes —miró hacia la cámara—. No tenemos ninguna duda de que llegará el momento indicado de la historia en que se pueda conformar una comisión científica, y se corroborará que el comandante Chávez fue atacado. ¡Ya tenemos bastantes pistas! ¡Es un tema muy serio desde el punto de vista histórico! ¡El militar estadounidense tiene 24 horas para abandonar nuestro país! —miró hacia el canciller de Venezuela, Elías Jaua—. ¡Anuncio también la expulsión del asistente del agente Delmonaco: el señor Devlin Kostal! ¡Los dos tienen 24 horas para abandonar el territorio soberano e independiente de la República Bolivariana de Venezuela! ¡Los que nos quieren destruir como nación y como sociedad y como pueblo no han ahorrado ningún recurso para hacernos daño en la economía! ¡Han arreciado los ataques con el acaparamiento de productos! ¡En los próximos días vamos a reforzar nuestra economía! ¡Nosotros vamos a arreciar el contraataque! ¡Viva el presidente Hugo Chávez!

En su cama de hospital, el presidente Hugo Chávez, rodeado de máquinas de respiración, con tubos insertados a sus arterias, con una aspiradora electrónica conectada a su tórax, extrayéndole un plasma continuo de color naranja, sorbiéndolo con el sonido de un popote, dirigió sus ojos mojados hacia la ventana, hacia los cristales de mosaicos de prisma. Alcanzó a ver una luz blanca. Vio una sombra negra moviéndose contra las ramas. Un pajarito.

El doctor estaba susurrando en silencio:

—Al principio se trató de un cáncer de próstata. Se expandió hacia el colon. Lo último que detectamos fue una nueva presencia en la zona pélvica, del tamaño de una bola de beisbol. La operación duró seis horas. Se presentó mucha hemorragia, con una grave infección en los pulmones —en sus ojos brilló el reflejo de la radiografía—. Perdimos su pulso. Tres o cuatro veces. Pensamos lo peor. Se utilizó resucitación.

—¿Resucitación?

—Para administrarle el antibiótico. Tuvimos que cortarle la garganta. Tuvimos que intubarlo.

El guardia personal del presidente, el general José Ornella, se acercó. El presidente, aún mirando hacia la ventana, sacó de la sábana de color azul una de sus manos, que estaba convertida en huesos. Fuertemente lo tomó del brazo. Lo miró por unos segundos. Respiró dentro de su careta plástica de oxígeno. Todo había iniciado con alguna sustancia en su comida… como en la época medieval.

—No quiero morir —comenzaron a mojársele los ojos—. No dejes que me muera. ¡No dejes que me muera!

El doctor salió de la habitación. Arrastró los zapatos. Recorrió el oscuro pasillo lleno de soldados. Se llevó las manos a los ojos. Miró hacia abajo, hacia los reflejos de los tubos de neón de los plafones del techo. Presionó hacia adelante las puertas de madera del corredor. Afuera lo estaba esperando la prensa. Los miró.

—Ya murió. El presidente Chávez está muerto.

167

En los Estados Unidos, dentro de su oficina oval, el presidente Barack Obama miró hacia afuera, hacia la oscuridad.

—Señor presidente —lo interrumpió una voz—. El presidente Hugo Chávez acaba de morir en Caracas.

Lentamente, el presidente Obama se volvió hacia el hombre. Lo miró entre las sombras. Le brillaron los ojos, en una forma "muy extraña".

—El presidente Barack Obama ya no es el hombre que llegó a la Casa Blanca. La guerra se libró dentro de su cerebro. Su mente ya no es suya. Su mente ahora es parte de la Intraestructura.

Esto lo dijo un hombre en el corredor. Caminó hacia la oficina del asesor de Seguridad Nacional.

—Lo importante ahora es ¿quién es el que está detrás de todo esto?

168

Afuera de la Casa Blanca, en el Jardín de Rosas, los senadores John McCain y Lindsey Graham se dirigieron con mucha energía hacia los micrófonos de los medios. El senador McCain, rubio canoso, con un traje gris claro, con una corbata de color oro, habló hacia la prensa:

—Amigos —suavemente ajustó la altura de los micrófonos—, hemos estado hablando con el presidente Obama por más de una hora sobre la gravedad de la situación en Siria. Urgimos al Congreso de los Estados Unidos para que apoye esta medida del presidente Obama —les sonrió a los periodistas—. Pero no podemos, en buena conciencia, apoyar sólo ataques aislados, que no sean parte de una estrategia más amplia, que realmente cambie el momentum en el campo de guerra, y conseguir el objetivo declarado del presidente, que es el derribar del poder al presidente Assad y traer a su final este conflicto, que es una amenaza creciente contra los intereses de nuestra seguridad nacional —se volvió hacia Lindsey Graham—. Tenemos que dejar claro aquí que un voto negativo en el Congreso sería, en sus consecuencias —susurró en el micrófono—, algo… catastrófico. Debemos asegurarnos de que esto sea diferente a los dos últimos años de negligencia.

—Está atacando al presidente Obama —le dijo un reportero a otro—. McCain ha estado manipulando a Obama desde hace un año para que se lleve a cabo esta invasión de Siria.

—¿Quiénes sembraron la maldita revuelta?

El periodista miró fijamente hacia John McCain. El senador, sin conocerlo, le devolvió la mirada.

—Son el New American Century. Son el Nuevo Siglo Americano. John McCain, Donald Rumsfeld. Wolfowitz. *Novus Ordo Seclorum* —miró hacia su compañero—. La Antigua Roma. Virgilio. Égloga Cuatro. "Vendrá un niño a restablecer los siglos de oro, el Nuevo Orden de los Siglos" —miró hacia arriba, hacia la inscripción "MDCCLXXVI"—. Los hombres del Nuevo Siglo Americano son miembros del CFR, el Consejo de Relaciones Exteriores de los Estados Unidos. Todo esto está respaldado por empresarios. Gente oculta. Viene algo más grande.

169

A 30 cuadras de distancia, en una oficina sombría de Washington —Kissinger Associates—, el periodista Romesh Ratnesar, de *Time*, se aproximó hacia un hombre anciano, encorvado, ensanchado, con la cabeza caída como un búho agonizando. Estaba detrás de un escritorio.

—Señor Kissinger —le preguntó—, ¿cómo explica usted la gran diferencia de cómo es considerado el presidente Vladimir Putin por algunos en el Occidente, es decir, como un hombre agresivo, autoritario, antidemocrático y, por el otro lado, el apoyo que tiene en la propia Rusia?

Con una voz muy gentil, muy ronca, muy profunda, hizo vibrar algunas vajillas. Le respondió:

—En Rusia Putin es popular porque él se hizo presidente en lo que los rusos consideran un punto muy bajo de su historia —le sonrió al reportero—. Putin se hizo presidente durante un periodo cuando el Imperio Soviético se había desintegrado, y con él, 300 años de la historia rusa —y desvió la mirada hacia la pared de color cremoso—. Económicamente el rublo, la moneda rusa, colapsó. También lo aprecian porque él restauró Rusia, en la mente de ellos, a un lugar respetado dentro del sistema internacional. Él es extremadamente inteligente. Es una combinación de inteligencia, estrategia y nacionalismo ruso.

170

En México, mis primos se aproximaron, entre los oscuros árboles del Bosque de Chapultepec, hacia la sede "tentáculo" del Consejo de Relaciones Exteriores. El edificio Omega. Miraron hacia lo alto la enorme torre anaranjada. En la cúspide tenía la letra griega omega. La avioneta en la que los llevaban finalmente había hecho un vuelo rasante sobre un gran campo y soltado la caja sobre una construcción que parecía estar ahí para recibirlos. Todo había funcionado gracias al padre López Moctezuma. Aturdidos, pero no sin menos ánimos, rápido se dirigieron hacia la poderosa torre. Habían salido apenas la noche anterior rumbo al Centro Fox y ahora estaban de vuelta en la ciudad con más preguntas abiertas, pero ya con varias respuestas.

Corrieron en la oscuridad, entre los troncos, entre las ramas, sobre las hojas secas. Vieron ropa esparcida en la tierra, pedazos de camisa. Avanzaron trotando. Por detrás los siguieron, también trotando, Daniel Ceballos, Dios Edward, Charlie García y *el Creativo* Joseff Lupert.

—¡La Primavera Árabe fue sembrada! —les gritó Daniel Ceballos. En su mano apretó un revólver—. El cerebro original de todo esto fue Thomas Shelling, de la RAND Corporation. Él respaldó a Gene Sharp para hacer su manual para iniciar revoluciones. Trabajó para el señor William Averell Harriman. Sembraron el manual para derrocamientos en El Cairo. Lo distribuyeron en la plaza Tahrir, en Egipto.

En la distancia, en la avenida Reforma, alrededor de las excavaciones de la Fuente de Petróleos, una multitud de jóvenes comenzó a gritar con mucha fuerza: "¡Atenco no se olvida! ¡Asesino! ¡Abajo Televisa! ¡Si hay imposición, habrá revolución!"

En la azotea, mis primos vieron al helicóptero abandonando el edificio. Con unos binoculares leyeron la frase en el costado del aparato: "RAND Corporation".

—¡El hombre al que estamos buscando está adentro! —les gritó Daniel Ceballos—. ¡Consulten el reporte de Tom Gjelten, en NPR!: "PLAN DE LA RAND CORPORATION PARA REEMPLAZAR A HOSNI MUBARAK POSIBLEMENTE EN DESARROLLO". Lo escribió el 31 de enero de 2011, sólo seis días después de que empezaron los levantamientos en Egipto. ¡Stephen Cohen pertenece a la RAND Corporation! ¡Le dijo a Gjelten: "El plan requiere que Mubarak renuncie a su oficina"! ¡Stephen Cohen es parte del CFR! ¡Fue asesor personal de George H. W. Bush! ¡Todo esto lo está moviendo la RAND Corporation!

171

En las negras profundidades de la isla Cay Sal, corrí desesperado hacia abajo. Con el brazo traté de alcanzar a Breanne K.

—¡Breanne! —le grité. Me detuvo violentamente Rob Troll. Me empujó contra el muro de rocas.

—Si vamos a hacer esto, tenemos que hacerlo juntos. Lo que vamos a encontrar aquí abajo se va a difundir. Lo vamos a hacer dar vueltas alrededor del mundo. ¡Esto va a derrumbar a muchas redes financieras! ¡¿Lo comprendes?! ¡Vamos a derrocar a los tiranos! —me susurró en el oído—. Esto va a cambiar significativamente la estructura del mundo.

Lo miré a los ojos.

—Me parece que no eres un simple limpiacacas. ¿Quién demonios eres?

Rob Troll miró hacia abajo, hacia Ion Spear, hacia mi hermana Breanne, hacia el idiota Tim Dim. Ya se habían metido dentro de una oquedad, una caverna.

—¿Cómo sabes qué vamos a encontrar aquí abajo? —le pregunté.

—Verás. Yo no estudié en la escuela.

—Lo sé. Tú consultas tu puto internet. ¡¿Quién demonios eres?! —lo sujeté por el cuello. Lo empujé hacia abajo, por las quebradizas escalinatas de madera. Se golpeó en la espalda con el filo de una roca. Rodó dos metros hacia abajo, tronando los peldaños de maderos.

—¡Estás mal, Axel Barrón! ¡Yo estoy de tu lado! —comenzó a levantarse como una bestia—. ¡Son ellos los que quieren venderte a la RAND Corporation!

—¿Quiénes?

Rob Troll empezó a enderezar su espalda.

—¡Quieren entregarte a Magog! —respiró como un monstruo—. ¡Quieren arrancarte la cabeza, Axel! ¡Quieren ponerla en un frasco de la Fraternidad de la Calavera!

—¡Estás demente! —volví a sujetarlo por el cuello—. ¡¿Quién eres realmente?!

Rob Troll me sujetó a mí por el overol. Comenzó a levantarme en el aire.

—¡Te voy a arrojar, Axel Barrón! ¡Te voy a romper la espina dorsal en estas malditas piedras! —comenzó a gritar como una abominación—: ¡Soy un engendro! ¡Soy un psicópata! ¡Soy un limpiacacas! ¡Soy Rob Troll! ¡Soy lo que ocurre en la sociedad, cuando la sociedad falla! Pero no lo voy a hacer —comenzó a descenderme—. Yo conocí a tu padre. Él me pidió estar en la ventilación, el día 11 de septiembre. Me pidió presenciar la reunión. Me pidió cuidarte —se volvió hacia abajo, hacia Tim Dim—. Ese idiota nunca ha sabido nada sobre de qué se trata todo esto. No tiene funciones cerebrales. No tiene mente. Es como todos. Por eso es mi esclavo. Tú eres diferente.

Me descansó sobre uno de los endebles escalones. Con mucha suavidad me aplanó la tela de mi overol, donde decía: "Clean and Shine". Me dijo:

—Yo soy fiel a mi misión de san Juan el Bautista —comenzó a formar con sus dedos el símbolo de la "J", con el pulgar y con el índice apuntando hacia el cielo—. Yo soy la voz que clama en el desierto. Estoy construyendo un camino. El camino eres tú, Axel. Tú eres el camino para la llegada del Señor.

—Diablos —miré hacia abajo—. Esto es tan grande... Me siento ¿honrado? ¡¿De qué demonios me estás hablando?! —volví a sujetarlo por el cuello.

—¡Axel! —colocó su pesada mano encima de mi pecho. Comenzó a susurrar para mí—: A donde tú vayas yo iré. Tus enemigos serán mis enemigos. Que mi cuerpo sirva para que tú vivas y completes el camino —abrió los ojos—. Que nada ni nadie nos divida. Somos uno en la Llegada de Cristo. *Exo Kosmos, Neos Bios, Num Arkeum, Bios Afisiké*. Desde este instante, y para siempre, tú eres mi hermano en el universo.

Me quedé pasmado. Rob comenzó a inclinarse. Se postró sobre una de sus anchas rodillas. Comenzó a bajar la cabeza, hacia mis pies.

—Todo esto es por ti, Axel. Haré esto por ti. Esto y más. Voy a matar o morir por ti. Estoy preparado. Matar a quien sea; morir ante quien sea. Mi vida no importa. Es un suceso. Lo que importa es tu vida.

—Diablos. ¿Mi vida? —miré hacia un lado—. Sólo soy un inadaptado. Tengo ADD. ¿Estás bromeando?

—Tu vida es un suceso alfa del cosmos. Eres una línea alfa del código de Arkeum. Tú eres un requisito hacia el evento R-T.

—¿Evento "R-T"? ¡¿Qué demonios es el "evento R-T"?!

—Lo que tu padre me pidió que tú hicieras. La Revolución Tierra. La trasformación del mundo.

—¡Soy un estiércol de la sociedad! ¡Soy un estiércol de la sociedad! —comenzó a gritar Tim Dim. Empezó a saltar por el magnificente espacio al que entramos. Ion Spear encendió sus dos poderosas linternas. Alumbró hacia los muros, hacia las paredes pintadas con una interminable telaraña, idéntica a la del diseño de un billete de un dólar.

Estábamos dentro de un gigantesco cilindro. En una parte del muro estaba un óvalo con la imagen de George Washington. A un lado estaba el óvalo de Thomas Jefferson, en color verde opaco, con el yeso resquebrajado. La luz hacía parecer todo morado. A un lado estaba el óvalo de Andrew Jackson.

Ion Spear iluminó hacia arriba. En la parte alta había una nube, un emblema geométrico con 13 estrellas.

—Las 13 colonias… —susurró Ion. Comenzó a caminar hacia abajo. El andador era circular; era un anillo alrededor del cilindro. En medio había un abismo, un gigantesco pozo. Por encima del precipicio corría una red de pasadizos de madera, una telaraña de pasillos colgantes, con barandales de un diseño antiguo. Estaban ensamblados con clavos, con apuntalamientos de madera. La red flotante se curvaba hacia abajo, por el peso de la estructura.

Escuchamos nuestro propio eco, el de nuestros pasos, el de nuestra respiración.

Ion Spear iluminó hacia el frente. El inmenso muro frente a nosotros, al otro lado del abismo, tenía pintada en verde oscuro, aunque la luz hiciera verlo morado, una siniestra montaña, hecha de 13 terrazas. Debajo decía: "MDCCLXXVI". En la parte alta se erigía hacia el cielo una gigantesca águila, con las alas abiertas hacia los dos lados del horizonte, con flechas sangrientas en sus garras. En su cabeza tenía un triángulo de luz, con un ojo humano, que tenía una ceja y pestañas.

—Arnhöfdi… —susurré. Comencé a caminar por el andador de piedra, el anillo alrededor del precipicio—. Ésta es la caverna —les dije—. Ésta es la maldita caverna de Wotan. Ese de ahí es el maldito Wotan —señalé hacia el águila—. ¡El águila de los Estados Unidos es el dios primigenio de su raza, de los sajones! ¡Siempre lo fue! ¡Lo codificaron sus creadores! ¡Por eso está en el billete de un dólar! Es Wotan —me volví hacia Breanne—. El cristianismo de los sajones es un encubrimiento de su religión original. La religión de Wotan. El dominio del mundo. El racismo. Por eso creen que son elegidos. Eso no proviene de Jesucristo. Cristo dijo que todos somos sus hijos. No hay elegidos.

Ion Spear permaneció en silencio. Abrió la boca.

—Nunca pensé que iba a llegar a ver algo como esto. Éste es un día especial en mi vida —me sonrió.

Iluminó hacia arriba, hacia el triángulo que tenía el ojo. El ojo tenía su ceja igual que la del billete. Arriba había dos palabras curvadas hacia abajo, una a cada lado: "ANNUIT" y "COEPTIS".

—Él nos aprueba… —susurró Ion Spear.

—¿Dónde está la recompensa? —le preguntó Tim Dim—. ¿Dónde está la prueba del fraude, la prueba para que cobremos nuestra recompensa en la ONU? Quiero comprarme la república de Francia.

Ion Spear caminó por detrás de él. Expuso el cuerpo de Tim Dim hacia el abismo, hacia la telaraña de andadores de madera. Suavemente colocó su mano por detrás de la espalda de Tim. Comenzó a empujarlo hacia el precipicio.

—Me caes bien —le susurró en el oído—. Pudiste haber sido mi mascota —lo dejó en paz.

Tim Dim comenzó a sudar.

—Aquí debe haber algo codificado —nos dijo Ion—. Tenemos que descifrar esta cueva. Esta cueva está llena de significados —con la linterna siguió alumbrando hacia los muros. Iluminó caracteres germánicos, sajones, muy antiguos.

—¡No, ni madres! —le gritó mi hermana Breanne—. ¡Ya no quiero más códigos ni más contraseñas, ni más decodificaciones! ¡Esto nunca va a terminar! ¡¿Dónde está lo que estamos buscando?!

Por arriba de nuestras cabezas escuchamos un crujido. Abrimos los ojos. Ion levantó la luz. En lo alto, la bóveda de estrellas comenzó a romperse.

—Dios… —le susurró Breanne—, ¡¿qué está pasando?!

Los pedazos de la cúpula de roca empezaron a caer. Se estrellaron contra los pasadizos de madera. Les quebraron los barandales.

—¡¿Qué está pasando!? —le gritó Breanne.

Tim Dim comenzó a gritar:

—¡Siempre otro problema! ¡Siempre otro problema!

Ion Spear le susurró:

—Tienes razón. Siempre otro maldito problema.

Por los agujeros de la cúpula destrozada comenzaron a bajar individuos suspendidos con cuerdas. Tenían uniformes de plástico rígido. Tenían en sus brazos armas con cápsulas de líquido, de color naranja.

De lo alto se asomó un hombre desfigurado, de gran corpulencia, muy imponente. Tenía los tramos de su barba gris anudados por adelante. Era ExCub.

—No, Dios… —susurré. Miré hacia Ion Spear—. Qué situación tan feorrible.

ExCub se llevó un megáfono a la boca. Comenzó a gritarnos:

—Tengo en estas armas 40 litros de agente naranja. Voy a rociarles todo esto para causarles cáncer. Van a morir muy lentamente, convertidos en una masa de tejidos con venas, porque eso es exactamente lo que le hicieron a quien yo más amaba. ¡Bajen sobre estos malditos imbéciles! ¡Rocíenles las caras! ¡Métanles los tubos por la garganta!

—Creo que se enojó —le dije a Ion.

Comenzaron a descender por sus cuerdas. Ion Spear tragó saliva. Bajó la linterna.

—Fin de la historia.

El haz iluminó algo inesperado. Por debajo de la Montaña de Wotan había dos enormes placas metálicas, recargadas sobre la pared. En la parte alta decían: "ARNBLOD-GOTHBLOD".

Ion abrió la boca.

—Dios…

Comenzó a acercarse.

—¿A dónde vas? —le gritó Breanne. Ion comenzó a gritar como un demente:

—¡Wotan, yo sé dónde está oculto tu ojo! ¡Voluspa, Stanza Veintiocho, antigua crónica sajona! ¡Yo sé dónde está escondido el ojo de Wotan! ¡Profundo en el maldito pozo de Mimir! ¡En el maldito abismo! —empezó a trotar sobre los endebles pasillos flotantes de maderos, hacia el otro lado del precipicio, hacia las enormes placas de acero—. ¡Audiencia pido yo de las razas superiores! ¡Quiero ver a Wotan!

No le importó el peligro. Las vigas comenzaron a tronar, a romperse, debajo de sus pies. Se destrozaron. Se aferró de los tablones colgantes.

—¡Ion! —le gritó Breanne—. ¡Te vas a matar! ¡¿Qué demonios estás haciendo?!

Ion no se detuvo. Por encima de él comenzaron a caer los hombres de ExCub. Apuntaron hacia él con sus tubos de dioxina. Ion se balanceó con sus pies. Se tronó el barandal. Giró por un clavo hacia el otro lado. Ion se sujetó del otro madero. Saltó hacia arriba. Comenzó a trotar hacia el otro lado.

Tim Dim, despavorido, comenzó a correr hacia la oquedad por la que habíamos entrado.

—¡Ya solucioné todo! ¡Encontré una salida! ¡Encontré una salida!

Un proyectil lanzado desde arriba destrozó esa entrada. Tim Dim tuvo que lanzarse al piso. Los pedazos de muro lo golpearon en la cara, con la fuerza de un viento de llamas.

—¡No, Diosito! ¡Yo no hice nada! ¡Yo sólo soy el limpiacacas!

Arriba, ExCub nos gritó con su megáfono:

—¡Ninguno de ustedes va a salir ahora! ¡Están en mi jaula! ¡Esta jaula pertenece a la CIA! ¡Esta jaula pertenece a mi jefe! ¡Voy a enfermarlos aquí mismo! ¡Voy a contaminar sus tejidos!

Desde el otro lado de la telaraña, donde los barandales comenzaron a resquebrajarse, a caer como fragmentos sobre el abismo, Ion Spear nos gritó:

—¡Muchachos! ¡Vengan ahora! ¡Esto es algo nunca van a volver a ver en sus vidas! ¡Arnblod es "sangre del águila"! ¡Gothblod es la sangre de Wotan!

172

En Rusia, un chico delgado, con una camisa de cuadros azules, con el cabello desarreglado semejante al del actor del hombre araña, tímidamente se acercó caminando de puntitas a través de un callejón oscuro de Moscú. Miró hacia todos lados. Cuidadosamente se ajustó en su cabeza una peluca rubia. Parecía colocada por su peor enemigo.

De su pantalón sacó un celular. De la parte de abajo bajaba un cable hacia un raro dispositivo que el hombre tenía en su cinturón. La conexión era un micrófono.

—Perdón, un segundo —se reacomodó el aparato y la peluca. Miró hacia todos lados. Cautelosamente sacó una carta. Lentamente comenzó a desdoblarla. Le dijo al hombre uniformado que tenía enfrente, sin dejar de mirar hacia su micrófono—: Aquí tengo para entregarle a usted 100 000 dólares —de su cinturón nerviosamente extrajo un ancho paquete de billetes. Le sonrió al hombre, que era el responsable de contraterrorismo en la Cuenca Petrolífera del Cáucaso, del Servicio Federal de Seguridad de Rusia (FSB)—. Ahora usted trabaja para la CIA, y para mi jefe —le sonrió.

En Vólgoda, distrito del Volga, para un enlace en vivo de la cadena de televisión Russia Today, el presidente rubio Vladimir Putin —con un oscuro traje gris, con una corbata oscura de celosía— se inclinó hacia la cámara:

En su pequeño audífono, que tenía insertado en la oreja, comenzó a escuchar una interferencia.

—Señor presidente —le dijo una voz desde el cuartel subterráneo de control de espionaje de la KGB—, estamos detectando la incursión de nuevos agentes de la CIA. Están en Moscú. Uno de ellos se llama Ryan Christopher Fogle. Su puesto es el de primer secretario en la oficina política de la embajada de los Estados Unidos. Oficialmente no es un espía. En realidad es un agente de la CIA.

El presidente Putin miró hacia la cámara. Con sus manos comenzó a apretar los brazos de su silla. La voz le dijo:

—Fogle está contactando a nuestros militares, a funcionarios cercanos a usted. Les está ofreciendo paquetes de 100 000 dólares. Al parecer estos agentes están introduciendo cápsulas con dioxina. Por favor tenga absoluto cuidado con lo que coma.

En los Estados Unidos, dentro del Departamento de Estado, el vocero de complexión redonda, de gran frente y de cabello de niño Patrick Ventrell iba a hablar por delante de una gran cortina azul que tenía el escudo del águila con flechas.

Un reportero violentamente lo interrumpió. Comenzó a gritarle:

—¿Los Estados Unidos inoculamos de alguna forma agentes cancerígenos en algunos presidentes de otras naciones?

El vocero se aproximó al micrófono:

—Cualquier afirmación de que los Estados Unidos de alguna manera están involucrados en causar la enfermedad de presidentes es absurda, y definitivamente la rechazamos.

Por detrás de él, por detrás de la cortina azul, por detrás del águila, resplandeció en la oscuridad una placa de acero. Decía:

No admitan nada
Niéguenlo todo
Formulen contraacusaciones
Porter Goss, director general de la CIA.

Saliendo de Casa Blanca, el senador republicano Lindsay Graham le sonrió al senador John McCain. Les dijo apresuradamente a los periodistas:

—Hay un plan sólido en la administración del presidente Obama, para aumentar la oposición.

—¿Aumentar la oposición? ¿En Venezuela? ¿En Siria?

173

—No puedes creer que algo tan perverso como todo esto lo hayan planeado, lo estén planeando en este momento, los científicos en la RAND Corporation, pagados por el heredero "R" de la sangre de Wotan.

Esto nos lo dijo Ion Spear. Saltó de los endebles y quebradizos pasillos de barandales en forma de telaraña, hacia el otro lado del gigante pozo negro, hacia las dos gigantescas placas metálicas de acero que estaban recargadas contra el muro de la caverna, por debajo de la montaña, del águila de Wotan.

Saltamos detrás de él. Trotamos por los mortíferos andadores de madera podrida, con tablones putrefactos y rotos; con los barandales despedazados. Los maderos se comenzaron a romper por detrás de nosotros. Empezaron a caerse hacia el abismo. Por los lados nos siguieron, con sus armas en los brazos, los malditos hombres armados de ExCub.

—¡Rocíenlos con el agente naranja! —les gritó el propio ExCub—. ¡Mójenlos con la dioxina! ¡Inícienles la carcinogénesis, la metabolización de la leucina!

Comenzó a bajar muy rápido, por la cuerda con poleas, con una careta de plástico en la cabeza. Pude verle sus tejidos deformados, con la carne membranosa, líquida.

Salté hacia el andador de roca, hacia las dos titánicas placas de acero. Ion ya estaba ahí. Eran dos inmensas listas. Ion Spear señaló hacia arriba:

—¡Aquí está todo, maldita sea! —con mucha violencia me jaló del brazo—. ¡El origen de la maldita Red Wotan! ¡Está aquí! ¡El control de los nueve anillos de la Intraestructura! ¡La CIA! ¡El CFR! ¡La junta de los 300 en Bilderberg! ¡El G30! ¡La Comisión Trilateral! ¡La RAND Corporation! ¡Todo esto estuvo todo el tiempo bajo el dominio de una sola persona! ¡Desde el principio!

En la parte alta vi una gigantesca "R" doble. Apuntaba hacia ambos lados. Por detrás de mí vinieron corriendo tres hombres con sus armas de tubos con líquido, con sifones.

—¡Es "Rök"! —me gritó Ion Spear—. ¡El destino final, el "Ragnarök"! ¡Por eso estamos aquí! ¡Esta isla es "El Placer de los Roques"! —señaló hacia arriba, hacia el primer nombre en la lista—: ¡Aquí lo dice! ¡"Bodo, rey de Westfalia, Sajonia", llamado "Wotan", nacido en 329 después de Cristo! —con el dedo recorrió la lista hacia abajo—. ¡Siguen sus hijos, sus malditos nietos! ¡Ésta es la maldita lista de descendencia de Wotan de Sajonia!

Comencé a aproximarme. Por detrás de mí comenzaron a gritarme los hombres de la CIA. Debajo de la luz resplandeció un nombre: "BODO-WODEN".

—¿Arnhöfdi...? —miré hacia arriba, hacia el monstruoso cuerpo del águila; hacia su ojo de luz, dentro de un triángulo que estaba hecho de una extraña red de líneas interconectadas.

Empecé a acercarme a la lista. Resplandeció ante mí, como la plata. Recordé a mi padre. Me dijo en mi cara:

—Wotan se arrancó un ojo. Lo arrojó hacia el abismo, hacia las raíces del universo, hacia el pozo de Mimir —miré hacia abajo, hacia el precipicio.

—El ojo lo ve todo. Wotan es Hoárr, "El de un solo ojo". Estamos en el ojo de Wotan.

Escuché a Ion Spear gritándome en el oído:

—¡Yo sé dónde está oculto tu ojo, Wotan! ¡Audiencia pido yo de las razas superiores! ¡Los hermanos pelearán! ¡Se asesinarán unos a otros en el día del Ragnarök! ¡El mundo será caos, era de espadas! ¡Voluspa Cuatro Tres! ¡Y el monstruo Jörmundgander, la serpiente de Írmin, comenzará a envenenar el cielo!

Me volví hacia la lista. Eran padres e hijos; nietos, bisnietos, tataranietos. Cincuenta y cinco generaciones, 1 600 años de genética. Comencé a leer los nombres: desde Bodo-Woden, rey de Sajonia, nacido en 329 y muerto en 388, hasta Matilda de Escocia. Me detuve por un instante. Recordé a Alak Bin Laden. Vi su cabello negro. Olí su piel morena. Vi el sudor en su cuello. Vi sus ojos almendrados, sus enormes iris negros.

—Satanás escapará de su prisión, Axel. Vendrá a engañar a las naciones de la tierra, Gog y Magog, para llevarlas a la guerra. Libro del Apocalipsis, apóstol Juan, versículo 20-8. Gog y Magog personifican a las fuerzas del demonio. Hijo del Hombre, dirige tu cara contra Gog, de la tierra de Magog, príncipe de Meshech y de Tubal. Ezequiel 38 y 39. Meshech es Rosh Meshek, que era Mushki, Moschoi, Moscú, la actual Rusia. Tubal era la actual Georgia, al sur de Rusia. De ahí emigraron hacia Europa. Eran hombres altos, rubios, de raza aria, los indoeuropeos, los actuales sajones. Arrasaron todo, Axel. Mataron a los celtas. Para ellos tú y yo, y los judíos, y los asiáticos, y los latinos, somos las razas inferiores. Van a exterminarnos. Gog es Gothus, el rey de los Godos. La palabra es "Bodo", "Bodus"; es Bodo de Sajonia, el ancestro de la actual sangre real sajona, la sangre del hombre que se llama "Secreto R". ¡Ni siquiera los mismos Estados Unidos lo saben! ¡Magog es el hijo de Wotan!

—Diablos, esto no puede ser.

Seguimos revisando la lista.

Tim Dim me interrumpió. Comenzó a jalarme por detrás, por mi overol. Ahí estaban desde Enrique I hasta Elizabeth. Tim Dim me gritó:

—¡¿Esto nos va a dar la recompensa?! ¡¿Esto nos va a dar los dos billones de dólares?! ¡Quiero comprar Francia! ¡¿Aquí está la evidencia?!

Ion Spear le dijo:

—Esto te va a dar la recompensa —miró hacia arriba. Desde lo alto comenzaron a descender más hombres, con cuerdas.

El gordo y corpulento Rob Troll comenzó a gritarles:

—¡Hoy no voy a morir de cáncer, pinches putos! —con su pesada pierna comenzó a patear los tramos que quedaban del pasadizo de madera—. ¡Yo soy un engendro! ¡Soy un psicópata! —el puente se tronó por la alcayata—. ¡Soy un limpiacacas, pendejos! ¡Voy a convertirlos en mierda!

Los pedazos de la telaraña comenzaron a desprenderse hacia el abismo, quedando sólo las vigas claves, y los hombres colgando de las cuerdas.

Breanne comenzó a lanzarles pedazos del muro. Los arrancó de los trozos de la pintura, que estaban aflojados por la humedad de la isla.

—¡Cómanse esto, idiotas! ¡Aprendan algo de muralismo anglosajón!

Ion siguió leyendo la lista.

—¡Esto te va a explicar todo! —le gritó a Tim—. ¡Todo lo que ha pasado! ¡Todo lo que ha estado pasando todo este tiempo, en el mundo! ¡Quién ha estado detrás de todas las cosas! —con su dedo siguió recorriendo hacia abajo los nombres de la lista, que brillaron como la plata—. ¡Aquí vas a encontrar los nueve anillos de la Intraestructura, la Red Wotan! ¡El hijo de Wotan está vivo! —violentamente se detuvo. Me miró a los ojos—: Diablos… ¿Elisha Hutchinson…?

Ahí estaba el nombre, desde Bodo hasta el coronel Elisha Hutchinson, 1641-1717, Salem. No teníamos que leer hasta el fin de la lista para saber quién era el heredero de Wotan, de Bodo, de toda esa estirpe. Fue Breanne quien lo dijo por todos:

—No. Esto es cierto. ¡¿George H. W. Bush es descendiente del maldito Wotan?!

Ion le susurró:

—Es un genoma.

174

En Rusia, el agente de la CIA Ryan Christopher Fogle, disfrazado con una peluca rubia, le dijo al jefe de contraterrorismo de la Cuenca Petrolífera del Cáucaso, del FSB:

—Éste es sólo un primer pago —le sonrió. Se reacomodó la peluca—, un adelanto por parte de alguien que está muy, muy impresionado por su profesionalismo. Valoraríamos mucho trabajar con usted en el futuro.

El jefe de contraterrorismo ruso frunció los ojos.

—¿Esto es una broma? —miró hacia un lado, hacia los otros oficiales. El joven de la embajada de los Estados Unidos le empujó el paquete con 100 000 dólares contra el pecho.

—Para nosotros la seguridad de usted es lo más importante —se volvió a arreglar la peluca. Comenzó a caérsele—. Por eso escogimos esta ruta, para contactar con usted aquí, en secreto.

—Esto debe ser una broma.

—Continuaremos dando estos pasos —le dijo el joven—. Podríamos conservar nuestra correspondencia en secreto. Si usted abre una cuenta nueva en Gmail, si nos escribe desde un cibercafé con Wifi —le sonrió de nuevo.

—Éste es el peor espía que he conocido en mi vida. ¿Será una broma? ¿Me están filmando para un show? —miró hacia arriba. El espía estadounidense tortuosamente sacó otro papel de su bolsillo. Comenzó a sostenerlo, sin soltar su celular, que estaba conectado a su dispositivo del cinto; sin soltar tampoco el paquete de dinero.

—Este… Yo, Wotan… me sacrifico en ofrenda hacia mí mismo en este árbol —miró hacia todos lados, hacia las paredes del reducido callejón— cuyas raíces se extienden desde lo desconocido —se le cayó el papel al agua— o algo así.

En su oficina, el presidente Vladimir Putin escuchó a un hombre en su audífono:

—El agente se llama Ryan Christopher Fogle. Lo tenemos rodeado.

—Muy bien. Avancen.

175

En el norte frío de los Estados Unidos, en el remoto estado de Maine, en la locación costera de Kennebunkport, en un jardín en el borde del inmenso Océano Atlántico, George H. W. Bush, de casi 90 años, sobre una silla de ruedas con doble llanta de cada lado, miró hacia el negro océano, bajo las estrellas.

Tenía una chamarra negra, con dos bandas azules por los lados. En el pecho tenía estampado el escudo de los Estados Unidos; el águila con flechas. A sus espaldas se movió el pequeño muelle, de maderos, de piedras; el desvencijado puente colgante de tablones blancos. Los cables rechinaron.

Su cabeza estaba completamente rapada. Se la había rapado en apoyo al hijo de uno de sus agentes de seguridad —estaba siendo atendido por leucemia.

El hombre miró hacia el negro mar, hacia el muy distante Mar Caribe. Por un instante estalló en su mente el sol de Dallas, el 22 de noviembre de 1963. Escuchó cuatro disparos. Escuchó las olas estrellándose contra las piedras.

Su teléfono comenzó a vibrar. Lentamente lo extrajo de su chamarra. Con un movimiento cuidadoso se lo llevó al oído.

—¿Sí?

—Señor —le dijo una voz distorsionada—, alguien está desmantelando la operación.

El ex presidente y ex director general de la CIA observó el horizonte.

—No quiero que se acerquen más a mi hijo. No voy a aceptar más llamadas de amenaza como ésta. Yo no tengo nada que ver con lo que está pasando.

176

—No es George H. W. Bush —le dijo un hombre a otro. Corrieron hacia el amotinamiento que estaba en la acera, debajo del edificio del *New York Times*. Un individuo de traje oscuro estaba en el quicio de una ventana, a punto de saltar. Estaba con un megáfono en la boca, gritándoles a las docenas de agentes de la prensa.

—¡El poder oculto lo están controlando a través de la Conferencia Anual de Bilderberg! ¡Son personas que no han dado la cara! ¡Bilderberg es el anillo central de la Intraestructura, no el G30, ni la Comisión Trilateral!

177

En México, mis primos comenzaron a correr en la oscuridad, en el frío de la noche, entre los árboles retorcidos, hacia la entrada principal del edificio Omega, a 300 metros de la Fuente de Petróleos. Por delante de ellos comenzaron a cerrárseles 40 guardias armados, con caretas negras en la cabeza. Liberaron a sus perros negros. Eran rotweilers. Por detrás, en la avenida Reforma, hacia la columna del Ángel de la Independencia, cientos de jóvenes empezaron a gritar: "¡Si hay imposición, habrá revolución!" y "¡Hoy comienza la Revolución Tierra!"

Detrás de mis primos corrió Daniel Ceballos junto con Dios Edward, con Charlie García y con *el Creativo* Joseff Lupert:

—¡Hay alguien más detrás de todo esto! —les gritó Daniel—. ¡El secreto de la reforma energética que quieren imponer ahora en México; de lo que está anunciando en los Estados Unidos el presidente mundial de ExxonMobil, el señor Rex Tillerson; de estas elecciones aquí en México; de todo lo que está ocurriendo en el mundo; de quién está detrás de todo, todo está aquí enfrente, en esta torre Omega —miró hacia arriba, hacia el helicóptero, que se estaba yendo. La aeronave comenzó a perderse arriba, dentro de la negrura del espacio—. ¡Todo esto lo está investigando el señor Alfredo Jalife; tal vez está aquí mismo esta noche! Él escribió: "A mi juicio, Pedro Aspe, el polémico ex secretario de Hacienda, representa la pieza fundamental bidireccional 'norteamericana' de la privatización de Pemex y de su siguiente paso: la absorción del 'México neoliberal itamita' al esquema geopolítico del NorthCom/ NORAD, dominado militarmente por el Pentágono" —Daniel trotó por encima de las ramas quebradas. Vio sangre en las hojas. Vio unos anteojos—. ¡Pedro Aspe es el cerebro detrás de su ex alumno Luis Videgaray! ¡Videgaray es el cerebro de la campaña de Peña Nieto; es el que maneja las negociaciones!

178

Dentro del edificio Omega, en la oscuridad, en una pantalla enorme, comenzó a correr una serie de encabezados:

Videgaray es el cerebro detrás de Peña Nieto: Tejemaneje-Noticias. terra.com.mx Pedro Aspe, titiritero de Videgaray: Senderodefecal1. blogspot.com Videgaray, el hombre detrás de Peña: *Wall Street Journal*
El hombre detrás de Peña Nieto. Luis Videgaray es el "cerebro" detrás de Peña Nieto y al igual que comentan detrás de él está Pedro Aspe: *Negociosreforma.com*

Una voz ronca susurró dentro del oscuro salón:
—Están comenzando a destapar la lata.

179

Abajo, en el negro bosque, Daniel Ceballos continuó gritándoles a mis primos:
—¡El coordinador de esta campaña, Luis Videgaray, hizo su tesis sobre esto, sobre el petróleo! ¡Lean a Eduardo Esquivel! "La tesis doctoral que presentó Luis Videgaray en el Massachusetts Institute of Technology en 1998, de nombre 'The Fiscal Response to Oil Shocks', La respuesta Fiscal a las Crisis Petroleras, nos da una idea de a dónde van las propuestas de reformas energéticas." Esa tesis dice que "entre más autocrático es un gobierno, menos gasto habrá cuando haya un golpe al petróleo; y por el contrario, las democracias bien constituidas tienden a gastar más de lo necesario ante los mismos eventos".
Mi primo Ariel le gritó:
—¡No entiendo! ¿Qué es "autocrático"? ¿Un coche?
Mi primo Pedro le gritó:

—No, idiota.

Detrás de ambos, mi primo Valentino comenzó a desenvainar su largo cuchillo.

Daniel Ceballos les gritó a todos:

—¡Según Alfredo Jalife, Pedro Aspe y los hombres de esta torre Omega —miró hacia arriba, hacia la letra omega en el edificio— escribieron el reporte "superestratégico" de la "fuerza especial", o *task force*, del muy influyente Consejo de Relaciones Exteriores de los Estados Unidos, el CFR!; ¡se llama: "Por la Construcción de la Comunidad de Norteamérica", en mayo de 2005! ¡Es la hoja de ruta que quieren que desemboque en la privatización de Pemex, y proseguirá con la incrustación del "México neoliberal itamita" al NorthCom/NORAD! Vamos a ser parte del dominio militar de los Estados Unidos.

Daniel les gritó a mis primos:

—¡Este edificio es el Tentáculo Madre! ¡La fibra México de la Intraestructura! ¡Ésta es la fibra de la telaraña! ¡El hombre que preside esta sucursal del CFR de los Estados Unidos en México, que se llama aquí COMEXI, es Andrés Rozental Gutman! ¡Es el hermano de Jorge Castañeda Gutman! ¡Son hermanos! ¡Los dos trabajan para la sangre real sajona de Wotan! ¡El plan fue todo el tiempo convertir a México en una plantación petrolífera para la Intraestructura, para el heredero de la sangre germánica de Gothius!

Estaban acercándose al edificio Omega, a punto de colisionar contra los hombres armados que tenían cubrecaras negros en las cabezas, Daniel Ceballos les gritó a mis primos:

—¡Lo que importa es que desde hace años son personas extranjeras las que han estado diseñando todo esto: lo que hoy está a punto de ocurrir en nuestro México; lo que está ocurriendo en Siria; lo que está ocurriendo en el Banco Mundial! —con una barra de hierro duramente golpeó a uno de los hombres armados, en la cara—. ¡El Consejo de Asuntos Exteriores de los Estados Unidos no es un instrumento del propio gobierno de los Estados Unidos! ¡Nadie en la población de los Estados Unidos votó jamás por ninguna de las personas que integran ese consejo, y que deciden las políticas mundiales! ¡Los dirige una junta secreta de empresarios! ¡Y estos empresarios dirigen así la política del gobierno de los Estados Unidos, por medio de este consejo externo, por el que no votan los ciudadanos, y que entrega reportes con mandatos para el gobierno de los Estados Unidos! ¡Este consejo gobierna al presidente Barack Obama, igual que el G30, igual que la CIA, igual que la Comisión Trilateral! ¡Son los nueve malditos anillos de la Intraestructura; todos creados bajo el imperio de una sola maldita persona!

Magdala violentamente lo jaló por la camisa:

—¡Ya dinos claro, demonios! ¡Si no es el señor George H. W. Bush el que está detrás de todo, ¿quién es, maldita sea?!

180

En lo profundo de la isla abandonada Cay Sal, en el Caribe, frente a las gigantescas listas de acero, recargadas contra el muro de la caverna de Wotan, Ion Spear comenzó a acariciar la segunda de las enormes placas:

—No es Magog... Es otra persona... —miró hacia arriba de la segunda placa, hacia donde decía "GOTHBLOD"—. Ésta es la línea secundaria. La Genealogía R.

Por detrás, caminando sobre las quebradizas vigas de tablones que quedaban de la "telaraña", sobre el abismo, comenzaron a aproximársenos los hombres de la CIA, comandados por ExCub, aún colgando de largas y tensas cuerdas negras.

—¡Alcen sus brazos, idiotas! —nos gritó ExCub—. ¡Están bajo arresto por violar el título 18, sección 871, del Código de los Estados Unidos! ¡Están bajo caución por los cargos de conspiración e intento de asesinato contra el presidente de los Estados Unidos!

Tim Dim abrió los ojos.

—¡¿Todo eso hicimos?!

Nos apuntaron con sus armas. Sus tanques eran transparentes, con un líquido anaranjado brillante. En un costado decía: "RAND Corporation-Química Monsanto. Agente Naranja. Cancerígeno". Tenían un símbolo químico: un hexágono con dos enlaces dobles. Empuñaron los mangos. Con sus manos jalaron los obturadores. Los cañones de gas comenzaron a llenarse de agente naranja. ExCub apuntó directamente hacia mí, hacia mi cara.

—Te voy a deformar, amigo. Dile adiós a tu rostro. Mañana tu piel va a estar cayéndose en tus manos.

Su rostro me asustó. En verdad él ya no tenía piel. Le dije:

—¿Me regalas un segundo, mano? Estoy leyendo —Ion y yo comenzamos a leer la línea secundaria de la lista, cuando el señor ExCub me colocó su pesada mano sobre el hombro.

—¿Quieres saber quién es el verdadero heredero viviente de la sangre de Wotan?

303

La lista tenía muchos nombres que iban desde Wotan hasta Emma de Normandía… pronto sabríamos el último heredero y el secreto de quién estaba detrás del Proyecto R y la Intraestructura.

181

En los Estados Unidos, en el estado de Virginia, en Chantilly, en el condado de Fairfax, a sólo 13 kilómetros del vecindario donde fue encontrado muerto el presidente financiero de Freddie Mac, David Kellermann, dos hombres poderosos comenzaron a bajar de una escalinata, a los pies de un enorme edificio antiguo de ladrillos. Estaban en medio de un bosque profundo. En la parte alta decía en letras doradas: "CONFERENCIA ANUAL DE BILDERBERG".

Era el billonario Bill Gates, el rubio creador del sistema Windows, constructor de la titánica empresa global de software Microsoft.

Suavemente le tomó el antebrazo a un hombre anciano, encorvado, de cuerpo redondo, de cabello blanco. Le sonrió. El hombre encorvado le devolvió la sonrisa. En su gafete tenía un letrero. Decía: "HENRY KISSINGER. EX ASESOR DE SEGURIDAD NACIONAL DE LOS ESTADOS UNIDOS. PRESIDENTE MUNDIAL DE KISSINGER ASSOCIATES".

Por los costados, desde la profundidad del bosque, docenas de jóvenes se les aproximaron, corriendo, enloquecidos, gritando. Llegaron exclamando insultos, gritándole al anciano: "¡Usted planificó el maldito ataque del 11 de septiembre! ¡Hipócrita! ¡Malnacido!", y violentamente comenzaron a levantar carteles que decían: "KISSINGER, CRIMINAL DE GUERRA", "KISSINGER, ASESINO" y "OCUPEMOS WALL STREET".

Los policías comenzaron a apartar a los jóvenes, con barras de acero:

—¡Aléjense, malditos! ¡Aléjense! ¡Desalojen el área!

Uno de los jóvenes, Luke Rudkowsky, de We Are Change, comenzó a gritarle al anciano encorvado que parecía un pingüino —venía vestido con un oscuro traje negro que lo hacía asemejarse aún más a un pingüino:

—¡Lo que haces en la oscuridad un día va a salir a la luz! —lo señaló con el dedo—. ¡Estamos cubriendo todo esto con YouTube! ¡Los medios alternativos se van a convertir en la corriente central de los medios! ¡Éste es el inicio de la Revolución Tierra!

182

A cinco kilómetros de distancia, en el exterior del Congreso, el joven candidato del Partido Verde de los Estados Unidos, Joseph Diaferia, con bigote, con el cabello revuelto, con un altavoz, comenzó a gritarle a la gente:

—¡Las reuniones de Bilderberg deben ser hechas públicas! —se volvió hacia los policías que vinieron corriendo hacia él, entre la gente, con armas de gas mostaza—. ¡Bilderberg no es una organización! ¡Sería impreciso llamarlo "organización"! ¡Cada año se reúnen los señores Henry Kissinger, David Rockefeller, Robert Rubin, Vernon Jordan, Richard Holbrooke, Etiene D'Avignon! ¡Ellos no tienen oficinas! ¡No tienen una locación exacta!

183

—Hay un gran poder oculto detrás de todo eso —me dijo Ion Spear—. El verdadero corazón secreto de la Intraestructura, de la red suprema Kalipsum —volvió hacia la lista de acero—. La Red Wotan. Ellos van a hacer todo para suprimir la Revolución Tierra.

Con el dedo siguió recorriendo a gran velocidad la placa metálica, hacia abajo, la lista, hasta que encontró un nombre: Capt. James Morgan of Salem-Margery Hill of Essex, 1644-1711.

—¿James Morgan? —le pregunté a Ion Spear.

ExCub estaba tan cerca que aproveché para golpearlo con mi codo en la cara, en los dientes. Se le rompieron en la parte inferior de la mandíbula. Se tambaleó hacia atrás. Cayó sobre el piso.

—¡Rocíenlo! ¡Mójenlo con cáncer! ¡Mójenlo con mi dioxina!

Ion Spear me jaló del brazo:

—Esto lleva hacia una persona que está viva… Axel, esto es lo más importante que vamos a hacer en nuestra vida. Tenemos que seguir esta lista hasta abajo.

184

En su oficina en Washington, D. C., el jovial y robusto editor del *Washington Post* Bob Woodward —el famoso reportero que junto con

Carl Bernstein derrumbó al presidente Nixon en 1974, al revelar el escándalo de *Watergate*— dejó caer su vaso de whiskey sobre su escritorio.

Escuchó en la televisión, que estaba sonando en el otro cuarto, un reporte de última hora:

"En su reciente libro *State of Denial*, el controvertido periodista del *Washington Post* Bob Woodward acaba de revelar las verdaderas interferencias políticas que movieron secretamente al ex presidente George W. Bush para detonar la guerra sobre Irak y sobre Afganistán, a raíz de los ataques terroristas del 11 de septiembre de 2001."

Bob Woodward comenzó a aproximarse hacia el televisor, con la cabeza inclinada para oír. Empezó a entrecerrar los ojos. Escuchó un crujido en la puerta, en la cocina. Se detuvo por un segundo. Miró hacia la puerta de la cocina. El reportaje continuó en el televisor:

"Según la investigación de Bob Woodward, y según lo que, como lo asienta en su libro, a él le confesó directamente, en entrevista, el ex vicepresidente de los Estados Unidos y miembro de la sociedad probélica llamada 'New American Century', Dick Cheney, que, y lo leo textualmente: 'Henry Kissinger es de las personas externas con las que hablo en este trabajo, tal vez hablo más con Henry Kissinger que con cualquier otra persona'. Así, queda claro ahora, si lo que Bob Woodward dice es correcto, para los ciudadanos de este país y para los del mundo, que la influencia oculta más frecuente en el sistema Bush-Cheney, con quienes se reunió en privado cada dos meses y quien fue uno de sus factores para continuar la guerra en Irak, fue el ex asesor de Seguridad Nacional Henry Kissinger, a quien la mayoría de los ciudadanos de este país consideraba hasta hoy un hombre retirado."

En la pantalla, Bob Woodward se vio a sí mismo. Proyectaron una entrevista que él había dado recientemente a la prensa para promover su libro:

—Kissinger les estuvo diciendo a Bush y a Cheney: "en Irak la única estrategia de salida que tiene sentido es la victoria". Esto es fascinante —le sonrió Bob Woodward a la entrevistadora—: Kissinger está volviendo a pelear la Guerra de Vietnam, porque en su perspectiva perdimos Vietnam, por falta de voluntad. Él quiere la guerra.

Apareció un cable de Associated Press del 29 de septiembre de 2006. Decía: "Durante la reunión de la OTAN en Eslovenia, el ex vicepresidente del régimen de Bush, Dick Cheney, ha declinado opinar sobre el libro de Bob Woodward".

En la distancia sonó el teléfono. Bob Woodward se volvió hacia el pasillo. La puerta hizo un chirrido. Comenzó a caminar hacia el aparato telefónico. Empezó a trotar.

Levantó la bocina. Escuchó una voz muy ronca.

—¿Bob Woodward?

—¿Sí? Soy yo. ¿Quién habla?

Se hizo un silencio. La voz le susurró:

—¿Por qué estás poniendo esto ahora en la prensa?

—¿Perdón? ¿Quién habla?

—¿Por qué diablos estás poniendo lo de la injerencia de Kissinger? ¿Por qué estás poniendo eso en la prensa?

El reportero permaneció callado.

—¿Quién habla?

La voz le dijo:

—Soy Dick Cheney. Soy el ex vicepresidente.

—¡¿Señor Cheney?! —se volvió hacia la pantalla del televisor—. ¿Consiguió el número de mi casa?

—¿Por qué mencionaste mis reuniones con Kissinger?

—Señor Cheney, usted me lo mencionó en la entrevista. Usted me dijo esta información. Me la dio *on the record*. Eso significa que yo puedo publicarla. *on the record* es *on the record*.

El ex vicepresidente le susurró:

—Estás haciendo una m-i-e-r-d-a —le deletreó la palabra—, una mierda —le colgó.

Bob Woodward permaneció inmóvil, con el teléfono en su mano. Tragó saliva. Comenzó a escuchar un crujido en su cocina.

—Diablos, otra vez la cafetera.

185

En México, mis primos siguieron corriendo hacia la fachada de la torre Omega, eludiendo a los perros y a los hombres con caretas. Charlie García, Josef Lupert y Dios Edward comenzaron a azotar sus varas de acero contra los hombres uniformados, contra los perros, en las quijadas. Los huesos de los animales se quebraron; salpicaron sangre espesa hacia el aire, hacia las ramas. En lo alto apareció un helicóptero de la policía de la ciudad de México. A un lado apareció un helicóptero azul de Televisa, un DAUPHIN AS365. El artefacto arrojó el poderoso haz de luz blanca de un reflector sobre el bosque, sobre mis primos.

—¡Tírense al piso! ¡Acuéstense boca abajo, con las manos en la espalda para ser esposados!

Magdala alcanzó a ver la marquesina del edificio. Vio un letrero de letras doradas. Decía: "KISSINGER ASSOCIATES MEXICO".

—No... ¿Kissinger...?

Un hombre por detrás de mis primos, de mediana edad, ancho, de canas, comenzó a correr, a emparejárseles. Violentamente los agarró de los brazos. Les gritó:

—¡Tengan cuidado, jóvenes! ¡La oficina del COMEXI, el brazo mexicano del CFR de los Estados Unidos, el piso seis de esta torre...! —miró hacia arriba, hacia los helicópteros—. ¡Jorge Castañeda opera en esta torre, en el piso 10! ¡Jorge Castañeda es el hermano de la cabeza del COMEXI! ¡Son los representantes en México de Henry Kissinger! ¡Estas oficinas son el centro de poder, en México, de Henry Kissinger! ¡Kissinger Associates! ¡No es una empresa! ¡Es una estación de control de la Intraestructura! ¡Es la Red Wotan! ¡Henry Kissinger es el operador político mundial de Wotan!

Dios Edward lanzó un duro golpe de acero contra la cabeza de un hombre armado. La careta se le rompió. Los huesos de la cara se le fracturaron. Los músculos faciales se desgarraron. Las arterias estallaron. Un ojo salió volando hacia el cielo, hacia los helicópteros. El sujeto estaba a punto de matar al investigador de mediana edad, el hombre ancho de canas.

—¡Me agrada que no nos estén disparando! —les sonrió Edward a mis primos—. ¡Estos cabrones no nos pueden disparar! ¡Mañana estaríamos en todas las noticias! ¡Nadie va a saber nunca nada de lo que hoy estamos viviendo aquí! ¡Estamos en las vísperas de las malditas elecciones!

El investigador ancho de canas les gritó a mis primos:

—¡Este edificio es la sede de Kissinger Associates en México! ¡Ésta es la fibra México de la Intraestructura, el tentáculo de Wotan!

Mi primo Claudio comenzó a gritarle:

—¡¿Éste es el maldito tentáculo?! ¡¿Éste es el maldito túnel hacia la Intraestructura?! ¡¿Cómo diablos vamos a entrar con todos estos pinches guardias?! ¡¿Trajo usted algún tipo de tanque?!

—¡Kissinger es el hombre que estuvo con Felipe Calderón, muchachos, y con Alan Stoga, en el hotel Waldorf Astoria, el 10 de febrero de 2008, cuando Calderón tuvo su primera visita oficial a los Estados Unidos! ¡Fue Kissinger! ¡Kissinger es el jefe de Alan Stoga, el hombre que asesoró a Vicente Fox, del PAN, para que llegara a la presidencia, cuando México había sido una propiedad del PRI por 70 años! ¡Todo lo armaron! ¡Fue un proyecto diseñado, con inversiones multimillonarias en los costados! ¡Se negoció desde antes de que Fox siquiera se postulara; se negoció con el último presidente del PRI, con el presidente Ernesto Zedillo, que es una creatura latinoamericana de la Fraternidad de la Calavera! ¡Stoga trabajó para Kissinger; fue su management director en Kissinger Associates entre 1984 y 1996! ¡El presidente George W. Bush lo colocó en la Comisión del 11 de septiembre para investigar los atentados, o para taparlos! ¡Son el mismo círculo! ¡Kissinger tiene a su propio hermano, Walter B. Kissinger, dentro de Allen and Company, la compañía de Herbert Allen; la firma de medios detrás de la Coca-Cola! ¡Walter Kissinger fue el presidente del consejo directivo de Allen and Company por 20 años!

—Dios... —le susurró mi prima Magdala—. Yo que siempre he amado la Coca-Cola... ¿Los hombres de la reunión del Hotel Rodavento en febrero de 2006, con el señor Enrique Peña Nieto... son personas del señor Henry Kissinger? ¿Él los controla? —miró hacia arriba, hacia los helicópteros. Se encendió una segunda luz en lo alto, mucho más potente; un reflector de luz negra. El resplandor ultravioleta comenzó a llenarlo todo, a volver la tierra fosforescente, incluyendo los troncos, los dientes de Magdala, la parte blanca de sus ojos; su camiseta.

El hombre le gritó:

—¡Henry Kissinger se opuso a las medidas de John Kennedy de 1963, cuando Kennedy quiso impedir la guerra en Vietnam, cuando Kennedy quiso terminar con la era nuclear; con la fabricación de misiles; firmar la paz con los soviéticos! ¡Kissinger fue adoptado por los descendientes de la sangre real sajona, la sangre real germánica de Wotan! ¡Lo hicieron el obrero del control negro del mundo! ¡Henry Kissinger es una de las 12 cabezas mundiales de la RAND Corporation! ¡Está en el reporte 2011, en el consejo de asesores!

En Rusia, el presidente Vladimir Putin observó en sus monitores un acontecimiento en vivo. Un oficial del Servicio Federal de Seguridad de la propia Rusia, con la cara cubierta, mostró al empleado de la embajada de los Estados Unidos Ryan Christopher Fogle, arrestado. Dijo ante las cámaras, en transmisión mundial:

—Por los últimos dos años hemos visto persistentes intentos de la CIA para comprar y corromper a miembros de nuestras agencias de justicia. Hemos pedido a nuestros colegas estadounidenses que no continúen con actos de esta clase con lo que respecta a ciudadanos de Rusia. A pesar de esto, ellos no nos han escuchado.

En su silla de bordes dorados, el rubio presidente Putin comenzó a esbozar una sonrisa.

—Ahora investíguenme quiénes son estos hombres que están presionando al presidente Obama dentro de la Casa Blanca para iniciar esta estúpida guerra en Siria.

187

En Manhattan, Nueva York, dentro del glamoroso hotel Saint Regis, el poderoso senador de cabello blanco John McCain se subió al podio. Desde lo alto les sonrió al general David Petraeus y al ex secretario de la Defensa Donald Rumsfeld. Miró hacia abajo a la señora Hillary Clinton, a la señora Condoleezza Rice, al secretario de Estado de los Estados Unidos, John Kerry. Les dijo:

—Para hacer justicia a la vida, a los logros de un gran hombre, deberíamos tomar, como Henry mismo habría sido el primero en concordar, un vehículo mucho más grande que estas pequeñas notas que yo estoy haciendo. Una biografía de un solo volumen no podría en realidad manejar esta tarea completamente, ¿podría hacerlo, Henry? Así que me voy a limitar a mis notas, a recordar una anécdota que ilumina el carácter de mi amigo —miró hacia el auditorio. En la parte alta había un letrero. Decía: "FIESTA DE NOVENTA ANIVERSARIO HENRY KISSINGER"—. Cuando Henry vino a Hainoi, Vietnam, para concluir el tratado que iba a poner fin a la guerra en Vietnam, los vietnamitas le dijeron que me enviarían a casa junto con él. Él se rehusó a esta oferta. Les dijo: "El comandante McCain habrá de retornar de la misma forma que los otros". Él sabía que liberarme antes habría sido visto como favoritismo hacia mi padre, como una violación a nuestro código de conducta. ¡Al rechazar esta oferta, Henry salvó mi reputación, mi honor, mi vida! Y le he estado por siempre en deuda desde entonces. Así, ¡hoy saludo a mi amigo, a mi benefactor, Henry Kissinger, el hombre clásico y realista que hizo tanto para hacer este mundo más seguro para los intereses de América!

Estallaron los aplausos.

—John McCain es hombre de Henry Kissinger —le dijo un hombre a otro dentro de un salón oscuro—. Cuando ocurrieron los ataques del 11 de septiembre, ese mismo día de los ataques, Henry Kissinger escribió un reporte para el *Washington Post*: "Destroy the Network". Dijo que este ataque sólo se debía contestar "con un ataque al sistema que lo produce, y ese sistema es una red de organizaciones terroristas distribuidas en capitales de varios países". Significaba invadirlos. Lo primero que hizo George W. Bush, tal vez en contra de los consejos de su padre, fue nombrar a Henry Kissinger para presidir la comisión que iba a investigar los atentados.

—¿Igual que cuando Lyndon Johnson nombró a Allen Dulles para investigar el asesinato de Kennedy?

—Integras a los mismos. Ésta es la clave en cualquier complot. Todo está planeado desde antes. Los que investigan son parte del grupo. Lo nombraron presidente de la Comisión 9-11. El resultado que quisieron obtener fue el de decretar oficialmente la invasión total de Irak, de Afganistán; usar este terror para comenzar a invadir país por país, hasta tomar la posesión completa de todo el Medio Oriente, del petróleo de la cuenca de Tetis. Es la zona estratégica uno del Nuevo Orden del Mundo. Los congresistas demócratas exigieron que Kissinger, si quería tomar este puesto, tenía que revelar primero, públicamente, quiénes son sus clientes secretos en Kissinger Associates, que en gran parte son las mismas empresas de armamento y de petróleo que se beneficiaron con el 9-11. La guerra significó 1.7 billones de dólares, según reporte del Congreso RL33110. Esto es casi lo mismo que produce la Gran Bretaña con todo su comercio. Kissinger no quiso revelar estos datos. El presidente Bush y el propio Kissinger dijeron al público que esto no era necesario. Se burlaron. La presión fue tan fuerte que Kissinger declinó el nombramiento. En vez de tomar él mismo la posición, colocó a uno de sus hombres, Alan Stoga. Fue integrado a la comisión.

—Kissinger forzó al presidente de Pakistán, Zulfikar Bhutto, para que comprara aviones caza F-5 hechos en los Estados Unidos. Bhutto no aceptó comprarlos. El propio presidente Zulfícar Bhutto lo dijo ante la Corte Suprema de Lahore: "En agosto de 1979, el doctor Henry Kissinger, secretario de Estado de los Estados Unidos, me dijo: 'Si tú, Bhutto, no cancelas, modificas o pospones el Acuerdo de Plantas de Reprocesamiento, voy a hacer un ejemplo horrible de ti' ". Y Bhutto le dijo: "Por el bien de mi país, por el bien de la gente de Pakistán, yo no sucumbo a estas amenazas". Lo mataron. El propio fiscal general de los Estados Unidos, Ramsey Clark, lo dijo ante los medios: "Los Estados Unidos están detrás de la caída de Bhutto. Bhutto fue falsamente acusado, brutalizado por meses antes de ser asesinado y colgado". En 1988, su hija, Benazir Bhutto, dijo: "Mi padre fue enviado a la horca por la superpotencia que nos quiere impedir alcanzar la capacidad nuclear". Su padre se había opuesto al crecimiento del ISI, la sucursal de la CIA en Pakistán. Tras matar a Zulfikar Bhutto convirtieron al ISI en el monstruo que es actualmente, y que acabó matando a la hija, a la propia Benazir Bhutto. El ISI es el tejido madre. De ahí surgieron los Talibanes. Entre 1994 y 1999 el ISI sembró en Afganistán entre 80 000 y 100 000 soldados Talibanes. Éste es el origen de Al Qaeda. El impulso originario de Al Qaeda está ligado a Henry Kissinger.

—Dios…

—Kissinger enredó a los Estados Unidos para que provocaran una guerra entre la India y Pakistán, la "Guerra de Liberación de Bangladesh" de 1971. En 1973 dijo que los judíos son unos bastardos, que no se puede confiar en los judíos. Dijo: "Si los soviéticos meten a judíos en cámaras de gas eso no es importante para los Estados Unidos". Henry Kissinger trabaja para la Corporación R. Pertenece a los sajones, a Wotan.

En una oficina metálica, el historiador Simon Shama acercó la grabadora hacia el anciano encorvado y redondo Henry Kissinger.

—Feliz cumpleaños.

El señor Kissinger miró hacia la mesa metálica.

—Yo avizoro una nueva guerra, entre la India y Pakistán. Una guerra entre la India y Pakistán se ha vuelto más probable. Si se deja que las cosas naufraguen, esto puede convertirse en los Balcanes de la próxima guerra mundial —le sonrió de nuevo.

—Lee a Alfredo Jalife. Kissinger escribió en 1974 el Memorándum 200 del Consejo de Seguridad Nacional de los Estados Unidos: "aniquilar de hambre, mediante el control alimentario global, al subcontinente indio, que es India, Pakistán y Bangladesh, que ostenta la mayor densidad poblacional del planeta". Quieren usar las vacunas y el cáncer, los alimentos modificados. Todo esto es Transgen FAO-13. Van a reducir la población humana. Éste es el proyecto de Wotan.

188

En la India, millones de indios miraron absortos las pantallas de sus televisores. Vieron a una mujer india en la pantalla, una líder. Tenía un punto negro entre las cejas y una manta de color verde: era la joven Vandana Shiva. Ella estaba en Oaxaca, México, rodeada por miles de indígenas mexicanos. Violentamente levantó un gigantesco letrero que decía: "MONSANTO ES MUERTE. MÉXICO DICE NO A MONSANTO". Comenzó a avanzar en medio de la multitud. Todos la ovacionaron. Ella levantó su brazo hacia el cielo:

—¡Ya iniciamos juntos, en todo el mundo, este movimiento contra la compra de patentes sobre las semillas de la vida, de las que se alimenta la tierra! ¡Ya lo empezamos en la India! ¡Vamos a guardar nuestras semillas! ¡No vamos a obedecer las leyes que hacen ilegal que nosotros guardemos nuestras propias semillas! ¡¿Cuándo las leyes matan a la justicia, a la sociedad?! ¡Cuando las leyes mismas nos están siendo plantadas desde afuera! ¡¿Por qué ahora quieren que las tiremos, por ley, cuando son nuestras?! ¡¿Por qué ahora quieren que sólo podamos comprarles a ellos sus semillas modificadas en la Corporación Monsanto, y que esas semillas tampoco podamos guardarlas, ni tampoco volverlas a sembrar, porque los genes de esas malditas semillas les pertenecen a ellos; para que ahora se las tengamos que comprar a ellos cada año, por siempre?!

Los miles de oaxaqueños comenzaron a gritar. Levantaron sus velas y sus antorchas hacia las estrellas. Ella los arengó:

—¡Hermanos mexicanos y del mundo! ¡En este bello México la violencia ha matado ya a 150 000 personas! ¡En la India, 270 000 indios campesinos han cometido suicidio por la violencia de la organización mundial criminal que se llama Corporación Monsanto!

En 50 países del mundo comenzó la rebelión contra Monsanto. En Nueva York, ante el fotógrafo Mike Fleshman, cientos de jóvenes violentamente levantaron docenas de letreros negros, con letras blancas. Decían: "END MONSANTO", "MONSANTO KILLS", "RECLAIM FOOD", "PROTECT OUR EARTH", "BEWARE GENETIC ENGINEERING", "DECONSTRUCT THE TRUTH", "WE KNOW THE TRUTH". Una de las chicas, completamente pintada de verde, tanto en su piel como en su cabello, comenzó a gritar:

—¡Monsanto es cómplice de la RAND Corporation! ¿Cuánta gente están matado hoy con el agente naranja? ¿Cuántos millones? ¡¿Quién empezó esta era del cáncer?! ¡¿Cuántos productos químicos, cuántos alimentos procesados están inoculando para dar cáncer?!

Un chico de cabellos naranjas empezó a gritar:

—¡Éste es el día del Juicio! ¡Ocupemos Wall Street! ¡Ocupemos Monsanto! ¡Somos siete mil millones! ¡Hoy comienza la Revolución Tierra!

En Oaxaca, México, el organizador Neftalí Reyes Méndez comenzó a gritar: "¡Sin maíz no hay país! ¡Sin maíz no hay país!", y tomó del brazo a Vandana Shiva. Se lo levantó:

—¡El maíz es la base de la vida! ¡El maíz es la base de México, de nuestra cultura, de nuestro amado México! ¡El maíz es la base de la resistencia de los pueblos de Oaxaca! ¡No nos van a reemplazar nuestra semilla!

Vandana Shiva suavemente tomó el micrófono:

—¡Hermanos mexicanos! —le sonrió a Neftalí Reyes—. ¡No dejen que Monsanto haga con México una economía de suicidios!

En una oficina cercana, el doctor Alejandro Espinosa Calderón miró hacia afuera, hacia la ventana. Tenía enfrente a los periodistas Jen Wilton y Liam Barrington-Bush. Les dijo:

—He dedicado mucho tiempo de mi vida a investigar los alimentos transgénicos, el procesamiento genético. México acaba de aprobar una ley que abre las puertas a este comercio —se volvió hacia los periodistas—. Se llama Acta de Protección a la Compañía Monsanto. Ya ocurrió en otros países. El gobierno de México ya no está defendiendo al pueblo de México. El gobierno de México está defendiendo a la corporación química Monsanto.

189

En Guadalajara, en el escenario del estadio Omnilife, en su discurso de campaña, la candidata del PAN para la presidencia de México, Josefina Vázquez Mota, con un traje azul, comenzó a gritar:

—¡Continúo mi campaña aquí, en Jalisco, más fuerte que nunca, con la convicción de la victoria, diciendo gracias a México, gracias al Partido Acción Nacional, gracias a mi familia, gracias a millones de mexicanos, gracias a Dios, que lo hace todo posible! ¡Salgamos a votar para la victoria! ¡Estoy segura que lo haremos posible!

En lo alto del hotel Sheraton de la ciudad de México, frente al Ángel de la Independencia, el hombre de cabello rojizo observó cuidadosamente, en la negra pared, una enorme pantalla. Lentamente caminó por delante de la gráfica maestra de las preferencias electorales.

—Josefina… —señaló la barra azul—, 24%. Andrés Manuel López Obrador —tocó la barra amarilla—, 28%. Enrique Peña Nieto —señaló la barra roja—, 45% —suavemente acarició las delgadas líneas de colores rojo, amarillo y azul, que estaban abajo—. Como ustedes ven aquí, el derrumbe de Josefina comenzó exactamente desde el primer día, en el Estadio Azul —les sonrió—. Buen trabajo, compañeros —comenzó a aplaudirles—. ¡Destapen las champañas!

Todos le aplaudieron con júbilo.

—Es tan agradable trabajar con un hombre de la CIA.

190

En el Congreso, el senador del PAN Javier Corral, de cabello y bigotes negros anchos, tomó el micrófono. Comenzó a gritar:

—¡Presidente Felipe Calderón! ¡Los resultados de tus políticas están a la vista! ¡El duopolio televisivo, de Televisa y de TV Azteca, es hoy más poderoso que cuando empezaste tu gobierno! ¡No podrás negar que la candidatura de Enrique Peña Nieto fue construida por Televisa desde hace varios años! ¡Tu debilidad ante Televisa se ha visto desde que eras candidato! ¡Este 1° de diciembre vas a entregarle en San Lázaro la banda presidencial a Peña Nieto! ¡Un retorno del PRI! ¡Espérate a que conozcas la condición humana a partir de que dejes el poder!

—No debiste traicionar a tu propio partido —le susurró una voz siniestra al presidente Felipe Calderón. Estaba en la oscuridad de su cuarto, dentro de la vasta y sombría residencia de Los Pinos. Estaba solo. Al fondo del corredor comenzaron a moverse las sombras—. Para los que van a ganar tú no eres uno de ellos. Nunca vas a serlo. Van a despreciarte. Van a marginarte. Cuando lo necesiten, van a sacrificarte. El daño ya está hecho. Ya no hay regreso. Ya lo hiciste. Para los tuyos, para los que confiaron en ti; para los que por ti están perdiendo, eres el que los llevó a la desaparición, a la tumba, a la muerte. ¿En quién confiaste? ¿En quién creíste? ¿A quién escuchaste? ¿De quién es la acción que tú crees que tomaste?

191

En la oscuridad, en un salón metálico de los Estados Unidos, el poderoso anciano Henry Kissinger se inclinó hacia adelante.

—Controla el petróleo y controlarás naciones. Controla el alimento y controlarás personas.

Lentamente sonrió en la penumbra.

Apenas unos meses atrás, en la Casa Blanca, vestido de negro, semejante a un pingüino con un bastón, con la cara colgante, entró a un recinto reflejante, de columnas, de mármoles color crema: era la cena de Estado con la República Popular China, con el presidente Hu Jintao, con el presidente Obama. Habló a la cadena televisiva Fox News:

—Es de nuestro interés lograr la creación de una nueva constitución en Egipto, que sea democrática. Deberíamos estar buscando ahí una evolución democrática. No debería tener la apariencia de un proyecto de los Estados Unidos, no, eso no —suavemente levantó su dedo, como si fuera la uña retorcida de un perico—. Los egipcios son un pueblo orgulloso. Ellos echaron fuera a los británicos, y echaron fuera a los rusos. Que esto no parezca un proyecto hecho en los Estados Unidos.

En ese momento apenas estaban comenzando los levantamientos de los jóvenes en los países árabes.

En un cuarto de cristales, el reportero de *Time Magazine* Simon Shuster se inclinó hacia el diplomático ruso Sergei Ordzhonikidze. Le dijo:

—El gobierno de los Estados Unidos está negando estar involucrado en un conflicto contra Rusia en Siria. ¿Eso es lo que está sucediendo? ¿Es un ataque contra Rusia?

—Se están moviendo con más sutileza.

En la cueva de Wotan, Ion Spear siguió recorriendo hacia abajo la lista, la genealogía. Me dijo:

—¡¿Recuerdas lo que te conté sobre cómo fue detonado el derrumbe financiero del mundo, la crisis financiera global que estalló en 2008?!

Me quedé pasmado. Vi una fórmula en mi cabeza:

$$Pr[T_A<1, T_B<1] = F_2(F^{-1}(F_A(1)), F^{-1}(F_B(1)), [g])$$

—Más o menos —le dije—. Tengo ADD. Me distraigo.

—¡El presidente de la Reserva Federal de Nueva York cuando estalló la crisis, Timothy Geithner, trabajó para Henry Kissinger, en Kissinger Associates, entre 1986 y 1989! ¡El hombre que jugó con la tasa de interés, primero bajándola, para crear una feria de personas contratando préstamos para vivienda, y luego subiéndola, para apretar a todos esos pobres infelices y causar la quiebra masiva del planeta y del sistema bancario, Alan Greenspan, es amigo íntimo de Henry Kissinger!

—Diablos —también seguí recorriendo la lista hacia abajo. Por todos lados se nos aproximaron los hombres de la CIA, los "matones" de ExCub—. ¡¿Y este hombre que usted dice, este "Kissinger", éste es el "hijo de Wotan"?!

—¡En 1977, Alan Greenspan lo invitó a su cumpleaños, junto con sus mejores amigos: Oscar de la Renta, Félix Rohatyn, Brooke Astor, Joe Lauder, David Rockefeller!

—Dios… —en mi mente comenzó a formarse una enorme "R", una "R" sajona. Sus ángulos empezaron a apuntar hacia los dos lados—. Diablos… —le dije a Ion—. Ya tengo la maldita respuesta. Hay demasiadas letras "R" por aquí —en mi cabeza comenzó a formarse en letras rojas la palabra "Rök", el "destino", el "Destino Manifiesto" de los Estados Unidos. En mi mente apareció el mapa de la isla. Arriba decía en letras muy antiguas: "El Placer de los Roques"—. Diablos… el que buscamos no es Kissinger —miré a Ion Spear a los ojos—. No es Kissinger. Kissinger no es la sangre de Wotan. Es otro.

—El verdadero dueño de ExxonMobil no es Bill Gates —le dijo a mi prima Magdala el investigador de la UNAM, el hombre ancho de canas. Estaban parados en medio de una golpiza cataclísmica entre mis primos, con sus "amigos" Daniel, Edward, Charlie y Joseff, *el Creativo*, y los guardias armados de la torre Omega. El combate se dio con tubos, con ramas, con barras de hierro—. ¡ExxonMobil, la petrolera más grande del mundo, que inició todo este proceso en México, está operando bajo la consultoría de Kissinger Associates, que es propiedad de Henry Kissinger! —se volvió hacia el letrero de la marquesina del edificio, que decía: "KISSINGER ASSOCIATES"—. ¡Pero Kissinger es sólo el mayordomo! ¡Desde 1955 trabaja para la familia Rockefeller! ¡ExxonMobil es la continuación de Standard Oil, la petrolera más gigantesca que ha existido en el mundo! ¡La creó el primer patriarca de la familia Rockefeller, John Davison Rockefeller! ¡Le cambiaron de nombre porque el Congreso ordenó romper el monopolio de Rockefeller! ¡Todas las mayores petroleras que existen hoy son los pedazos del imperio de Rockefeller: Chevron, ARCO, ExxonMobil! ¡Crearon el banco Citibank! ¡Compraron el Chase Manhattan! ¡Es la red de corporaciones más enorme y compleja que ha existido en la historia! ¡Hoy llega hasta cualquier rincón del mundo que puedas imaginar! ¡Todo esto lo pagaron con el dinero que salió de vaciar los mantos petrolíferos de nuestro planeta!

El hombre se inclinó hacia el suelo. Eludió un golpe de tubo que le dio a mi primo Daniel en la cara, en la dentadura. El hombre le gritó a Magdala:

—¡La verdad está en Nueva York, en el Rockefeller Center, frente a la estatua magna de Atlas! ¡Suite 5600, Rockefeller Financial Services! ¡Poseen un 1 007 800 acciones en la petrolera mundial Chevron; 7 200 acciones de la Coca-Cola; 36 000 acciones de Disney; 900 000 acciones de General Electric; 10 000 acciones de Goldman Sachs; 150 000 acciones de HSBC; 60 000 acciones de Time Warner; 800 000 acciones de Walmart; 120 000 acciones de JP Morgan; 1 700 000 acciones de Microsoft; 5 000 acciones de la fábrica de misiles Raytheon; 2 700 acciones tipo F de la empresa de armamento General Dynamics; 87 000 acciones de Química Monsanto; 1 300 000 acciones de ExxonMobil!

Magdala le preguntó:

—¿Rockefeller…? ¿Todo esto lo creó John Rockefeller?

194

En Nueva York —1230 York Avenue—, en el auditorio central de la Rockefeller University, debajo de un inmenso letrero que decía "FILANTROPÍA EN EL SIGLO GLOBAL", el rubio presidente de Cascade Investment, Bill Gates, vestido con un saco oscuro, le sonrió a un hombre de avanzada edad, de quijada saliente, con nariz de gancho. Era David Rockefeller, nieto de John D. Rockefeller. También estaba el bisnieto: el joven David Rockefeller Jr. Tenía una barba de candado, semicanosa. Tenía anteojos grandes, cuadrados, cabello ceroso, un traje oscuro con finas líneas verticales. Tenía la apariencia de un científico de la NASA. Era el presidente honorario del Consejo de la Universidad Rockefeller.

Bill Gates, con una gran sonrisa, con sus delgados anteojos, le dijo:

—Tomando nuestra guía, y nuestra inspiración, del trabajo que ha hecho la Fundación Rockefeller, nuestra Fundación Bill y Melinda Gates de hecho inició el proyecto GAVI al asignar 750 millones de dólares a algo llamado Fondo Global para las Vacunas de los Niños, un instrumento del proyecto GAVI, que es la Alianza Global para Vacunas e Inmunización. Hoy parece que en cada esquina a donde nosotros nos asomamos para hacer algo bueno, los Rockefeller ya están ahí, y en algunos casos han estado ahí por mucho, mucho tiempo —le sonrió al joven Rockefeller, quien a su vez le devolvió la sonrisa.

En el escenario, el profesor George Cross mostró una gráfica: la vacuna contra la malaria. El doctor David Ho mostró el proyecto de la vacuna contra el sida.

El joven David Rockefeller, de amplios anteojos cuadrados, suavemente tomó el micrófono. Les sonrió a las personas en el auditorio:

—La misma secuencia de eventos puede ser vista una y otra vez en la historia de los Estados Unidos —observó las intensas y deslumbrantes luces en el techo—. Una institución de ayuda, fortalecida por la riqueza privada estadounidense, colabora con el sector público del gobierno para producir un cambio social positivo. Éste fue el corazón de la Revolución Verde que inició la Fundación Rockefeller en los cincuenta.

—¡La Fundación Bill y Melinda Gates, y la Fundación Rockefeller, se suman ahora en el programa AGRA, en la Alianza por una Revolución Verde en África, para combatir el hambre en el continente de África! Lo van a hacer a través de sus malditas semillas modificadas, las que están fabricando en la Química Monsanto —me dijo en el oído Ion Spear—. No estoy diciendo que esta gente sea mala. No lo es. Ellos creen que están haciendo el bien. ¿Imaginas algo más maligno en el mundo que el hecho de que haya personas que hacen el mal, destruyendo a millones de personas, destruyendo países, destruyendo los genes, creyendo que están haciendo algo bueno?

Recorrimos los últimos renglones que había en la lista, en la genealogía que había procedido de Wotan de Sajonia, nacido en el año 329.

—Axel —me dijo Ion—, el mal está disfrazado de bien. Esto es lo más maligno del mal. Ellos creen que están haciendo el bien.

Leímos con atención la línea secundaria del gran capitán.

Capitán James Morgan of Salem, 1644-1711; William Morgan-Margaret Avery, 1674; Jerusha Morgan-Humphrey Avery, 1704-1763; Solomon Avery-Hannah Punderson, 1729-1798; Miles Avery-Malinda Pixley, 1760-1850; Lucy Avery of Massachusetts; Godfrey Rockefeller, 1786-1867; William Avery Rockefeler-Eliza, 1810-1906; John Davidson Rockefeller, 1839, 1937...

—John D. Rockefeller es el descendiente de Wotan.

195

En México, mis primos continuaron recibiendo golpes de acero en sus caras. Fue un combate sangriento, cuerpo a cuerpo, sobre la hierba del bosque, en la oscuridad, entre los árboles que habían estado ahí desde hacía miles de años, desde tiempos que precedieron a los aztecas.

En la distancia, máquinas gigantescas comenzaron a tronar la corteza de la tierra, destruyendo la base subterránea por debajo de la Fuente de Petróleos, cavaban hacia la parte interna de la tierra. Por la avenida Reforma se frenó de golpe una negra, brillante limusina. Salieron de ella cinco hombres, corriendo. Cuatro de ellos fornidos, vestidos de negro, con anteojos negros, aunque era de noche. El que venía en medio de ellos, era más rubio, de cabello rojizo. Tenía una camisa roja, de rayas. Tenía la nariz de bulbo, brillosa.

Por un segundo mis primos permanecieron paralizados. El hombre se les aproximó trotando. Su mirada era tenebrosa, la de cualquiera que tiene el poder sobre sus víctimas. Esbozó una sonrisa socarrona y les dijo:

—¡El CFR fue creado por Rockefeller! ¡Su sede es lo que fue la casa de la heredera de Standard Oil, Ruth Pratt, heredera de John D. Rockefeller! ¡¿Esto es lo que querían saber?! ¡La ONU fue creada en un terreno que donó John Rockefeller, el hijo de John D. Rockefeller! —comenzó a blandir en el aire una barra de acero con picos—. ¡La Fraternidad de la Calavera, Skull & Bones; la Universidad misma de Yale recibe financiamientos de los Rockefeller, por 50 000 dólares anuales! ¡El grupo Bilderberg es una organización de los Rockefeller! ¡¿Esto es lo que querían saber, idiotas?! ¡Amárrenlos a los árboles! ¡Voy a destrozarlos aquí mismo! ¡Que los perros coman aquí mismo sus intestinos! ¡La Comisión Trilateral la diseñó Zbignew Brzezinsky por encargo de David Rockefeller, que es nieto de John D. Rockefeller! ¡El Grupo de los Treinta, el G30, lo creó Geoffrey Bell por encargo de la Fundación Rockefeller! ¡La CIA fue creada en el Rockefeller Center! ¡¿Esto es lo que querían saber, imbéciles?! —lanzó un violento golpe a mi primo Ariel en el estómago. Con los picos de su barra le abrió el abdomen entre las rajaduras de su camisa.

Magdala comenzó a gritar. Ariel comenzó a vomitar sangre. Los hombres de traje aferraron a Magdala por las muñecas. El hombre comenzó a golpear a Ariel con los picos en la cara. Se le abrió la mejilla hasta la ceja. La sangre brotó con violencia.

—¡Los sindicatos los controlamos con la AFL-CIO, que es de la CIA! ¡La Fundación Rockefeller es uno de los financiadores de la RAND Corporation! ¡¿Esto es lo que querían saber?! ¡Henry Kissinger fue adoptado por Nelson Rockefeller y por su hermano David Rockefeller en 1954, para desarrollar un proyecto de misiles nucleares para el CFR! ¡Lo sembraron dentro de la administración de John Kennedy, para que lo manipulara! ¡Lo integraron al Rockefeller Brothers Fund! ¡Kissinger es el operador político de los Rockefeller! ¡El hombre que creó la CIA, Allen Dulles, trabajó primero para Sullivan and Cromwell, la firma de abogados de la familia Rockefeller! ¡¿Esto es lo que querían saber?! —con la barra de picos le rajó el cuello a mi primo Ariel. La sangre comenzó a saltarle de la garganta, como explosiones con venas. Mis primos gritaron con dolor, hasta Valentino—. ¡El estudio del G30, del 21 de julio de 1993, que detonó la moda mundial de los derivados financieros en el mundo; que les indicó a los gobiernos de la tierra que no les pusieran límites ni reglas a los derivados financieros, lo que es la causa última de la crisis financiera global, este estudio lo patrocinó la Fundación Rockefeller! ¡¿Esto es lo que ustedes, idiotas, querían saber?!

—con la vara le encajó los picos a Ariel en el centro del tórax, por debajo de los pulmones. Le sumió la barra hasta adentro. Comenzó a jalarla hacia afuera, con los tejidos musculares del corazón—. ¡El Consenso de Washington, que son las reglas económicas para penetrar a los países, para privatizarlo todo, para globalizarlos, para sumirlos en olas de productos ligados a la Red Wotan; el Tratado de Libre Comercio, todo esto son ideas y productos diseñados por David Rockefeller, el nieto de John D. Rockefeller! ¡El creador del proyecto Cyclone, del que nació lo que hoy es Al Qaeda, Zbignew Brzezinzky, es un hombre de David Rockefeller! ¡¿Esto es lo que querían saber?! ¡Rockefeller es el dueño de Citibank, de JP Morgan Chase, de ExxonMobil! ¡¿Esto querían saber, idiotas?! ¡Todos ustedes son hijos bastardos de John D. Rockefeller! ¡Todos ustedes son creaciones de la teoría de masas de la RAND Corporation! ¡Todos ustedes son los hijos bastardos de la Intraestructura!

Tomó a Claudio por la cara. Comenzó a meterle la barra en la boca. Le abrió la nariz. Sus hombres encadenaron a mis primos. Los acostaron con la cara contra el suelo, contra las raíces expuestas, contra las ramas en la tierra, incluyendo al hombre ancho de canas. Con sus zapatos los pisaron sobre la tierra.

—¡El heredero de la familia ahora es David Rockefeller Junior! —les gritó el hombre de cabellera rojiza—. ¡Desde 1991 controla a Rockefeller Financial Services, la suite 5600 del edificio GE del Rockefeller Center, frente a la estatua de Atlas! ¡El CFR y el G30 son los centros de toda esta telaraña! ¡Se controla a prácticamente cualquier político en el mundo! —agarró a Claudio por los cabellos—. ¡¿No lo crees, imbécil?! —lo azotó contra el tronco roto de un árbol. Le abrió la cara—. ¡Todos los políticos están a sueldo! ¡Todos los hombres de los medios! ¡Todos los intelectuales! ¡Los tienen comprados con sus malditas becas! ¡Somos los ídolos de la cueva! —golpeó a Claudio en la cara con sus anillos—. Es fácil controlar a un mexicano. David Rockefeller Junior no es un hombre malo. Todo lo contrario. Es un buen hombre. ¿Lo sabías? Quiso ser músico. Es un idealista. Quiere cambiar al mundo. Igual que Bill Gates. Igual que Barack Obama. Igual que Felipe Calderón. Igual que Enrique Peña Nieto. Igual que Fox. Todos empiezan igual —le dio una patada en la cabeza. Lo lanzó y se estrelló contra una enorme piedra en la tierra. Lo pateó en la dentadura—. ¡No es lo que ellos quieran, imbécil! —lo azotó con la otra suela, en la parte de atrás de la cabeza. Lo impactó contra una botella rota de Coca-Cola—. ¡Algo comienza a ocurrir dentro de tu mente, cuando estás adentro, cuando te meten a la red de la Intraestructura! ¡Tú no te controlas! ¡Ellos te controlan! ¡El mal ya existe! ¡El mal ya fue creado! ¡Todo esto es una línea del programa! —miró hacia Magdala—. Es verdad. Todo esto es un error en el programa del universo. Tú no estás aquí para corregirlo.

Por detrás del hombre, en la negrura, entre los árboles, mi prima Magdala comenzó a sentir una presencia: un ser muerto, con la piel momificada. Comenzó a caminar entre los troncos, con la cabeza cubierta con una manta antigua, de rayas azules y rojas, de seda, con una corona de joyas en la cabeza, con 13 estrellas. Se había arrancado un ojo. En su frente de hueso estaba la "R" sajona.

196

En otra parte de nuestro país, a esa hora, un sujeto de traje negro, con anteojos oscuros, muy alto, suavemente tomó al candidato Enrique Peña Nieto por el brazo:

—Señor candidato, Bloomberg News está diciendo que el secretario de Energía "delegado", Enrique Ochoa, está diciendo que usted quiere permitir a las petroleras extranjeras registrar el valor de sus contratos en la Comisión de Valores de los Estados Unidos, la SEC, en los términos de una estimación sobre el petróleo "al que tienen derecho", sobre nuestras reservas, y que ellos van a poder registrar estas "reservas" como "activos" de ellos, en sus libros contables, para que puedan conseguir con esto financiamientos de los inversionistas de Wall Street, en las bolsas mundiales.

El candidato Enrique Peña Nieto permaneció callado por un segundo. Lentamente se le aproximó.

—Un momento —lo señaló hacia los ojos—. Nosotros vamos a permitir que el capital extranjero nos ayude para extraer nuestro petróleo, y estamos dispuestos a compartir con ellos las ganancias, porque esto es lo justo; pero las reservas son y seguirán siendo de México, sólo de México. Esto no va a cambiar. Esto es el acuerdo.

—Señor candidato —suavemente lo presionó en el antebrazo—, ellos quieren las reservas. Quieren que los montos, los volúmenes métricos de nuestras reservas petrolíferas queden asentados en sus libros, como si fueran activos de ellos.

—Repito —miró hacia un lado—: las reservas de México son de México; sólo de México. Sólo van a ser de México. ¿Me entiendes? Esto no va a cambiar.

—Sí, señor candidato —le dijo el hombre—. Pero ellos quieren que nuestras reservas queden en sus libros, registradas. Van a quedar registradas como "activos" de ellos. Si es así, legalmente van a ser de ellos.

—Esto no va a ser así. Esto no va a suceder.

—Señor candidato, ¿cómo vamos a librarnos de que en un futuro próximo, en cinco, en diez años, ellos lleguen con su ejército, con sus aviones no tripulados, y nos digan: "esto siempre ha sido nuestro"? Ellos van a tener la ley de su lado. Las reservas van a estar en sus libros. Ellos quieren poseer las reservas.

—No las van a poseer —respondió al hombre de negro el candidato del PRI Enrique Peña Nieto—. Las reservas de México son de México. ¡Siempre van a ser de México! ¡Esto nunca va a cambiar! ¡Éste es el acuerdo!

—Entonces lo van a atacar a usted, señor candidato. Lo van a destruir. A partir de este momento, aun cuando usted ya sea presidente, la máquina que maneja el dinero del mundo se va a volcar contra usted. Lo han hecho con otros. Los han destruido, y han destruido a México.

El candidato permaneció en silencio. Miró hacia el piso:

—Yo no me voy a rendir. Yo voy a defender a México —miró al hombre a los ojos—. Yo no voy a cambiar. Esta vez es diferente. Yo voy a defender a México.

197

En Nueva York, en la calle de Broadway, en Manhattan, en el número 140 —un imponente edificio negro de vidrio—, debajo de una enorme marquesina negra de letras metálicas doradas, que decían: "BROWN BROTHERS HARRIMAN", el joven director de Estrategia Global de Monedas, Mark Chandler —miembro del Brown Brothers Harriman Currency Strategy Team—, caminó hacia los elevadores.

—Los intentos anteriores, que fueron hechos por los presidentes Zedillo, Fox, Calderón, fueron rechazados.

Las puertas del elevador se abrieron. Les dijo a los reporteros:

—El elemento clave del plan de Peña Nieto en México es que ahora apunta hacia un camino intermedio —con el filo de la mano enfatizó el concepto de "intermedio", entre las puertas del elevador—. Este camino intermedio no garantiza las concesiones que las empresas petroleras globales quisieran. En lugar de ello, Peña está llamando a hacer contratos de ganancias compartidas, de riesgos compartidos. Las compañías de petróleo recibirían pagos en efectivo por estos servicios. No les darían la propiedad de algunos mantos petrolíferos, como en el caso de otros países —se cerró el elevador.

198

En México, en el negro bosque frente al edificio Omega, el hombre de cabellos rojizos les gritó a mis primos:

—¡El programa que obligaron a firmar a John Kennedy cuando entró a la presidencia de los Estados Unidos; el programa para que aumentara el presupuesto para fabricar cada vez más y más misiles nucleares Atlas y Polaris; el programa al que se opuso; el programa del Special Studies Project, Prospect for America, lo concibió Nelson Rockefeller, presidente del Rockefeller Brothers Fund! ¡El hombre a quien puso a cargo de todo esto, fue el estudiante de Harvard Henry Kissinger, junto con el presidente de la RCA, David Sarnoff! ¡Su propuesta fue subir el presupuesto militar nuclear anual de los Estados Unidos en 3 000 millones de dólares, para fabricar estos misiles Atlas y Polaris! ¡Crearon la propaganda de que la Unión Soviética, Rusia, iba a destruir a los Estados Unidos con bombas nucleares! ¡Este reporte está en el Rockefeller Archive Center! ¡Gran parte de este documento está restringida, después de décadas de que fue publicado; después de décadas de que cambió al mundo!

Golpeó a Claudio en la cara. Le gritó:

—¡La compañía que fabricó todos esos misiles Atlas y Polaris, la General Dynamics —volvió a golpear a Claudio en la cabeza—; sus oficinas están en Calle 48 Oeste, número 15, en el edificio General Dynamics, dentro del propio Rockefeller Center! ¡¿Esto querías saber, imbécil?! ¡¿Te parece casualidad que todo esto esté a 300 metros de la estatua de Atlas más grande que existe en el mundo?!

199

En la isla de "El Placer de los Roques", en la oscuridad profunda de la caverna de Wotan, Ion Spear violentamente me aferró por la muñeca:

—¡Esto comenzó hace muchos siglos! —se volvió hacia ExCub. Nos estaba apuntando con su fusil de agente naranja—. ¡Esta noche despertaremos a los otros! ¡Hoy se reinician los milenios! ¡Hoy es la guerra final, la neogénesis del mundo!

Levantó su puño hacia el cielo. En la oscuridad brilló su anillo de la Gran Logia de Albión. Me gritó:

—¡Entrarás a los sótanos de la RAND Corporation! ¡Destruirás el orden actual del mundo, la Intraestructura! ¡Iniciarás la Revolución Tierra! ¡Nacerás de nuevo! ¡Serás otro y cambiarás todas las cosas! ¡Traerás al mundo parte del universo exterior, de la vida futura, de *Exo Cosmos, Num Arkeum*! ¡Para esto vas a tener que morir! —muy fuertemente me jaló del brazo—. ¡Desencadenarás la Neogénesis, el Nuevo Orden del Mundo!

—¡Diablos! —le grité—. ¡¿De qué me está hablando?!

Me jaló hacia él. Breanne estaba lanzando rocas contra los agentes de la CIA.

—¡Vuelve a cuando eras feto! —me gritó Ion—. ¡Sólo cuando estés de nuevo en las entrañas del universo, en el corazón más secreto de tu cerebro, antes de tu razonamiento, en el puente arquiencéfalo, en tu cerebro más primario; cuando hayas regresado al agua del origen matemático, en *Uterox*, en *Num Arkeum*, volverás al programa del espacio cero, a la fábrica del universo!

—¡Diablos! ¡¿Se refiere a mi madre?!

—Volverás al área donde Dios está pensando todo esto —se volvió hacia ExCub. Con un bastón de hierro que sacó de su cinto lo golpeó en la cara, en la dentadura.

—¡Púdrete en el infierno, demonio de Wotan!

Se lanzó hacia los hombres que estaban colgando de los cables.

—¡Éste no es el fin! ¡Éste es el comienzo! ¡Soy la voz que clama en el desierto! ¡Prepararé en este desierto un camino para la llegada del Señor!

200

En Washington, dentro de la Casa Blanca, el presidente Barack Obama caminó con mucha prisa hacia el Cuarto de Gabinete. Estaba encendida una pantalla. Los hombres lo estaban esperando, los generales. Se levantaron.

El presidente tomó asiento. En la pantalla apareció su secretario de Estado, el canoso John Kerry. El hombre tenía un saco negro, una corbata rosa. A su lado estaba el ancho ministro de asuntos exteriores de Irak, Hoshyar Zebari. John Kerry tomó el micrófono:

—Tenemos reportes —con la otra mano levantó unos papeles—. Tenemos evidencias. Muchos líderes de Al Qaeda ahora están operando en Siria. Al Qaeda, como hemos visto en el pasado, ha lanzado una horrible serie de ataques contra iraquíes inocentes. Y esta red de Al Qaeda, sabemos, se mueve mucho más allá de las fronteras de Irak. Con muchos líderes de Al Qaeda ahora operando en Siria —enfatizó aferrando el micrófono—, tenemos que acelerar nuestro trabajo, para poner las condiciones para un arreglo diplomático a la crisis de Siria.

El presidente abrió los ojos. Lentamente se volvió hacia su vicepresidente, Joe Biden.

—Ahora "Al Qaeda"… —comenzó a negar con la cabeza.

En la pantalla, en la mano del secretario de Estado John Kerry resplandeció un anillo de hierro: el cráneo de ojos vacíos de la Fraternidad de la Calavera de la Universidad de Yale. El secretario sonrió hacia la cámara.

201

En la Universidad de Yale, dentro de la oscura *tumba* de la Fraternidad de la Calavera, el joven "inadaptado" Rupert Hot, junto con su amiga rubia de camiseta mojada Yoao, arrancó del muro la gigantesca imagen del brillante alumno John Kerry.

—¡Tú no nos vas a llevar a la guerra, carajo! —con toda su fuerza arrojó el retrato hacia la ventana, hacia los delgados y largos cristales de la arquitectura gótica.

Entraron en tropel 30 soldados. Le gritaron:

—¡Tírate al piso, malnacido! ¡Todos ustedes están bajo arresto por traspasar un recinto de seguridad nacional; por violar el título 18, sección 871, del Código de los Estados Unidos! ¡Estás bajo arresto por el cargo de conspiración, por el intento de infiltrar el sistema de seguridad de los Estados Unidos, por conspirar para asesinar al presidente de los Estados Unidos!

—¡Yo no hice nada de esto, puto! —le arrojó una estatua de mármol de un ilustre alumno de Yale, Percy Rockefeller, que estaba junto a la de John Rockefeller Prentice.

Su amiga rubia Yoao recibió un disparo en el pecho. Comenzaron a llover ráfagas de ametralladora. Afuera, los 300 amigos de Rupert empezaron a prenderles fuego a las patrullas. Los rociaron con chorros de gas líquido, de color amarillento y café, de gas mostaza.

202

Mil cuatrocientos kilómetros al sureste, en el centro de Texas, en Dallas, dentro del cúbico edificio del Depósito de Libros Escolares de Texas, el tío abuelo de Breanne K, el sargento retirado Jakob Clark Angules —el hombre encorvado, de anteojos verdes, de chaleco de cuadros—, comenzó a pelear contra los guardias:

—¡A mí no me importa si ya es hora de cerrar este maldito museo! —con un contenedor de extinguidor que estaba en el suelo lo golpeó en la nuca—. ¡En esta maldita pared hubo alguna vez una máquina de refrescos!

Por detrás le gritó su amigo *Alzheimer*:

—¡Tranquilízate, Jakob! ¡Nos van a llevar a la cárcel a todos!

Ya eran 50 los turistas que estaban sumados al "escuadrón de descubrimiento de Jakob Clark Angules". Comenzaron a golpear a los guardias. El sargento se acercó al muro. Comenzó a tocarlo, a manosear los ladrillos, las juntas de yeso, entre los ladrillos.

—¡Debe ser en esta pared! ¡Oswald debió meter su maldito mensaje en algún lugar de esta pared!

Por detrás lo golpeó un policía en las piernas, con su macana de plástico. El sargento Clark Angules comenzó a descender. Con las uñas empezó a rasguñar hacia abajo los ladrillos. El policía lo amarró por el cuello con una cinta de plástico. Lo jalaron con mucha fuerza hacia atrás, estrujándole el cuello. El sargento Jakob Angules vio alejarse el muro de ladrillos del segundo piso del Depósito de Libros. Lo arrastraron por el suelo.

En las afueras de Washington, en el bosque oscuro de Langley, dentro del cuartel general de la CIA, la madrina de Rob Troll, Laure Damond, comenzó a ser arrastrada por el piso, por encima del enorme sello del águila, por encima de la estrella náutica de 16 picos. Pataleó con sus piernas cubiertas de leopardo, como si fuera una araña en el agua, como si estuviera nadando.

—¡Déjenme, idiotas! ¡Suelten a mis perros! —les gritó a los guardias. La estaban jalando por los cabellos hacia una jaula semejante a un tambor para perros—. ¡Yo tengo influencias! ¡Mi ahijado es un limpiacacas!

La arrojaron dentro del contenedor y le cerraron la puerta en los dedos. Laure comenzó a gritar.

—¡Malparidos!

El oficial le gritó:

—¡Por regulación federal, usted va a ser trasladada de inmediato a los sótanos de la prisión militar de Guantánamo, Cuba. Se le acusa por conspiración, por terrorismo, y por planificar el homicidio del presidente de los Estados Unidos! ¡Hasta la vista!

—¡Suéltenme!

203

En Rusia, el presidente Vladimir Putin avanzó por el pasillo. Apretó fuertemente los puños. Sus guardias oficiales le abrieron dos enormes puertas doradas. Lo recibió la prensa. Con ambas manos tomó los micrófonos:

—Esto es realmente sorprendente para mí, y muy desagradable. El señor John Kerry ahora está diciendo que hay unidades de Al Qaeda en Siria. Estas unidades de Al Qaeda son ahora el principal *echelon* militar de los Estados Unidos. Esto me sorprende. Nosotros hablamos con ellos, procedemos con ellos bajo la suposición de que son gente decente. El señor John Kerry está mintiendo, y sabe que está mintiendo. Esto es realmente lamentable.

Permaneció en silencio por un instante. Lentamente se aproximó hacia el micrófono. Miró a los ojos a los reporteros de Associated Press y del Canal 1, la televisión estatal de Rusia:

—El Congreso de los Estados Unidos no tiene derecho alguno para autorizar una invasión a Siria por parte de los Estados Unidos, y menos sin la autorización internacional de la ONU. Si lo hacen, estarán permitiendo una agresión. Todo acto por fuera del marco de trabajo del Consejo de Seguridad de la ONU, a menos que se trate de la autodefensa, es agresión.

A 2 700 kilómetros de distancia, en el mar Mediterráneo, un misil Sparrow fue disparado hacia la atmósfera. Lo detectó un radar de la base militar de Armavir. El operador violentamente presionó el botón del intercomunicador:

—¡Tenemos en vista misil israelí! ¡Israel acaba de disparar un misil Sparrow!

204

En Moscú, el subministro de Defensa Anatoly Antonov caminó, rodeado de militares, hacia la prensa:

—No entiendo cómo alguien está comenzando a jugar con armas y misiles justo ahora en esta región. El Mediterráneo es un barril de pólvora. Un cerillo es suficiente para provocar el estallido y para esparcirlo no sólo a los estados colindantes, sino a otras regiones del mundo.

—Señor Antonov —le gritó uno de los periodistas—. ¿Este misil es una provocación para nosotros? ¿Israel está actuando por influjo de los Estados Unidos? ¿Esto va a iniciar nuestra guerra contra los Estados Unidos?

—Les recuerdo a ustedes que el Mediterráneo es muy cercano a los bordes de nuestra Federación Rusa. Esto es una amenaza a nuestra seguridad.

En Moscú, el presidente Vladimir Putin le susurró al hombre a su lado:

—Yo nunca quise esto. Lanzaron dos misiles. Coloquen al sistema de defensa en alta alerta.

Caminó hacia el salón adjunto, que tenía inmensas paredes rojas, con espejos, con marcos dorados. Se dirigió a toda la audiencia:

—Yo, igual que todos, quise la paz del mundo, pero soy el presidente de Rusia —les gritó—: Si la situación en Siria evoluciona hacia el uso de la fuerza, o algo semejante, nosotros tenemos nuestros propios planes, aunque aún es muy pronto para anunciarlos. Tenemos nuestras propias ideas sobre lo que tendríamos que hacer y sobre cómo lo haríamos.

—¿Presidente Putin? ¿Este plan sería invadir Israel?

En Cay Sal, Ion Spear se colgó de uno de los hombres de ExCub, pero comenzó a patear al agente de la CIA en la cara. En la profundidad del abismo cayeron hacia los lados los costados de su larga gabardina azul de estrellas. En la penumbra de luz morada brilló su barba blanca. Me gritó:

—¡Axel! ¡Escapa de esta cueva! ¡Saca a Breanne con vida! ¡Breanne es tu hermana! ¡Inicien la Neogénesis, la Revolución Tierra!

Me volví hacia todos lados.

—¡¿Por dónde me "escapo"?! ¡Aquí ya no hay salida!

—¡Siempre hay una salida! —señaló hacia las dos gigantescas placas de acero—.¡El secreto es la sangre de Wotan! ¡Quita esas malditas cosas!

Le grité a Breanne:

—¡Ayúdame! ¡Hay que tirar estas listas!

Rob Troll golpeó a un hombre en los ojos, con ambas manos. Saltó hacia nosotros. Con sus fuertes brazos aferró la primera de las dos listas. La abrazó. Comenzó a levantarla.

—Amigo Axel —me sonrió—. Mi vida ya no importa. Lo que importa es tu vida. Tu vida es un suceso alfa del cosmos —comenzó a arrastrar la placa de acero hacia el precipicio—. El camino eres tú. Tú eres el camino para la llegada. Tú eres el anuncio del Nuevo Orden. Tú eres mi hermano en el universo.

Me quedé pasmado. Empujó la enorme placa. Su peso fracturó el borde del precipicio. La placa comenzó a caer hacia el abismo, quebrando las pocas vigas, los maderos. Los 55 nombres de la lista resplandecieron debajo de la luz de color morado, por debajo de los pies de Ion Spear.

En la pared se formó un oscuro túnel de marcos de hierro. Al fondo brilló una luz. Decía: "RAND Corporation". Ion Spear me gritó:

—¡Salva a Breanne! ¡Escápense ahora! —en su mano brilló el anillo de la Logia.

El fornido ExCub le traspasó el pecho con un cuchillo de sierra, de color negro. Decía: "EAGLE".

Lo arrancó violentamente. Del tórax de Ion salió un chorro de sangre con fibras de carne. ExCub empujó a Ion hacia el abismo. Lo vi caer hacia lo profundo. ExCub se volvió hacia mí. Comenzó a sonreírme. Breanne comenzó a gritar. Por los lados de Breanne trotaron hacia nosotros los agentes de la CIA.

ExCub se me aproximó por encima de una de las vigas. Me tenían sujeto por los brazos sus agentes.

—Tú eres Axel, Axe, el Hacha —me sonrió—. No estás aquí por casualidad —me sonrió. Lentamente miró hacia arriba, hacia la bóveda de la cueva. Estaba rota. En lo alto estaban aún los fragmentos de las 13 estrellas. Debajo decía: "ANNUIT COEPTIS" y "Novus Ordo Seclorum".

Mi hermana Breanne comenzó a gritarle:

—¡Bastardo! ¡Malnacido hijo de puta! ¡Tú eres el que está manejando todas las guerrillas en América Latina! ¡Tú eres el que está entrenando todos esos movimientos en México y en Siria!

Los guardias de ExCub la sujetaron muy violentamente de los brazos. ExCub comenzó a caminar por detrás de mí. Me susurró a la oreja:

—Viste estas dos listas —con el dedo suavemente acarició la lista de los nombres en la segunda placa de acero. Su yema pasó por encima del nombre "CAPT. JAMES MORGAN OF SALEM"—. Pasaste por alto un nombre en esta genealogía, en la que acabas de tirar hacia el sumidero —miró hacia abajo, hacia el abismo—. Debiste prestarle atención a ese nombre. Anna Lillie —me sonrió—. ¿Te recuerda algo?

—No entiendo —me volví hacia Breanne.

—Déjame ponértelo claro, Axel. Anna Lillie, madre de Jessica Howard, madre de Peter John Angules, padre de Harriet Angules. ¿Aún no te queda claro?

Me volví de nuevo hacia Breanne. El hombre me dijo:

—Su hijo, Berthold Clark Angules. Su hija, Dora Clark. Su hijo Daniel E. D'Oport, esposo de Julian Kennedy. Su hija, Mary D'Oport Kennedy. ¿Ahora entiendes?

—No —miré a Breanne—. Esto no es cierto.

—Sí, Axel —me sonrió el hombre—. Es cierto. Por eso no puedo matarte. Mi misión nunca ha sido matarte. Yo estoy aquí para cuidarte. Tu madre misma fue producto de la unión que concertamos nosotros, aquí en la RAND Corporation —se volvió hacia el fondo del túnel de marcos de hierro. Al fondo brilló la luz naranja—. Tu madre misma tuvo en su sangre el genoma real de los arios, la sangre de Wittekind de Enger, la sangre del príncipe Federico III de Sajonia. Nosotros lo hicimos. Tú y tu hermana son la sangre viva de Wotan.

206

En México, en la Corte de Distrito número 20 de Asuntos Civiles, el padre católico Miguel Concha le levantó el brazo al juez Jaime Eduardo Verdugo. Comenzó a gritar:

—¡En el nombre de la sociedad Acción Colectiva, y como miembro del Centro de Derechos Humanos Fray Francisco de Vitoria, felicito el valor de este juez mexicano, que tiene más coraje y decisión que muchos otros en el mundo! ¡Hoy es un día que marca un cambio de ruta en la historia del mundo! ¡El juez Jaime Eduardo Verdugo acaba de decretar algo que defiende a México, y a otros países del mundo, y a la vida! ¡El gobierno está obligado a proteger los derechos humanos de los mexicanos contra los intereses económicos de las corporaciones internacionales!

El juez, vestido de negro, comenzó a leer su edicto:

—¡Ordeno a las autoridades mexicanas que detengan inmediatamente la implantación de semillas de maíz genéticamente modificadas dados los daños inminentes que representan para el ecosistema! ¡Ordeno a la SAGARPA que suspenda todas las actividades que tienen que ver con la siembra o plantación de maíz transgénico en el territorio mexicano, y detenga toda concesión de permiso para la siembra experimental o comercial en forma piloto de esta clase de semillas!

Su pesado mazo de acción legal cayó sobre la mesa.

—Éste es el peor revés que ha sufrido la Corporación Química Monsanto en 50 años —le dijo un reportero al sujeto que tenía a su lado—. ¡Alguien tenía que tener los huevos! —violentamente saltó de su asiento—. ¡Los mexicanos somos unos chingones! ¡Los mexicanos somos unos chingones!

Afuera, la multitud de manifestantes comenzó a aventar sus letreros hacia el cielo, debajo de la luna. En la calle comenzaron a sacar sus guitarras los mariachis.

207

—Ahora ya sabes quién está detrás de todo —le dijo el hombre de cabello rojizo a mi primo Claudio—. Pero esto sólo es el comienzo. Tu país es una mierda. Tu país es un territorio lleno de recursos. Tienes petróleo. Tienes millones de especies de frutas, de granos, de maderas, de hongos, de mariscos, de carnes, de flores, de vinos. Tu país es el néctar de la tierra, y por eso nosotros lo queremos, y queremos todos tus lagos y tus praderas, y todos tus nevados y tus cuevas —comenzó a arrancarle la oreja—. Lo único que nos estorba eres tú, mexicano. Quítate de México. Tu país es la bodega mágica de la Intraestructura —lo arrojó hacia los pies de Valentino, que no estaba esposado—. ¡Anda! ¡Peléate con tu propio hermano! ¡Destrúyanse entre ustedes, idiotas! ¡Éste siempre ha sido el Plan Dickson! ¡La destrucción de los mexicanos por los propios mexicanos!

Valentino colocó su bota de víbora sobre la cara de Claudio.

—Lo siento, primo. Siempre te creíste más que yo —con mucha violencia hundió la cabeza de Claudio dentro de la tierra. El hombre de cabello rojizo se acercó hacia Magdala.

—¿Y tú, muñequita? —comenzó a manosearla—. Las mexicanas son picosas, deliciosas. Me gustan tus ojos misteriosos. ¿Qué tanto piensas, idiota? —le agarró la cara, por la quijada—. ¿Quieres saber quién le da todo este financiamiento a tu candidato de la izquierda, a Andrés Manuel López Obrador? ¡¿De verdad quieres saberlo, idiota?!

La miró fijamente. Suavemente le susurró:

—Atrás de tu candidato de la izquierda, de AMLO, de Andrés Manuel López Obrador está Hugo Chávez.

—¿De qué habla, estúpido? —le dijo Magdala—. ¿Hugo Chávez?

—Hablo de que tú nunca vas a saber a quién obedeces, imbécil, porque naciste para obedecer a gente como yo. El 19 de junio de 2006 el mayor opositor de Chávez en Venezuela escribió una carta a México. Les dijo: "El candidato presidencial Andrés Manuel López Obrador pertenece a una organización internacional creada por Fidel Castro", el Foro de São Paulo, "de la cual también forman parte Hugo Chávez, Evo Morales y las Fuerzas Armadas Revolucionarias de Colombia, las FARC. De ganar las elecciones, López Obrador no va a gobernar para lograr el bienestar de los mexicanos, sino para favorecer los intereses del Foro de São Paulo".

—Esto es una mentira. ¡Esto es una mentira! —le escupió en la cara.

El hombre le sonrió. Suavemente la acarició en la mejilla:

—Lo encarceló Hugo Chávez, porque dice la verdad.

—¡Eso es mentira! —le repitió Magdala.

—Muñequita… —le sonrió—. Te voy a explicar con manzanitas, porque no entiendes. Aquí, en tu amado país, existen 19 células que operan en secreto para Hugo Chávez, para desestabilizar a México, ¿lo sabías?

Magdala volteó a ver a Claudio. Valentino estaba pateando a Claudio en la cara.

—Las sembró en México para sembrar la guerrilla, ¿me entiendes? Te doy las direcciones: Xola 181, interior A; Jalapa 213, colonia Roma; Mina 62; Insurgentes Sur 216. Lee a Francisco Reséndiz. Él vio a uno de estos "bolivarianos" llamado "Fernando". Le dieron un paquete de 25 000 pesos en la Facultad de Filosofía y Letras. Se lo dio un enviado de un hombre llamado Vladimir Villegas, ¿te suena conocido el nombre? Es el pinche embajador de Venezuela en México —le sonrió a Magdala.

—Esto no puede ser. ¡No le creo nada, idiota!

—Tranquila, bonita. No te alteres, y le acarició el brazo—. Todos estos infiltrados están aquí para apoyar a Andrés Manuel López Obrador, en una operación secreta, porque AMLO trabaja para ellos.

—¡Mentiroso! ¡Quiere dividirnos!

—Todas estas células las controla Chávez —sonrió en la oscuridad—. Se llama Núcleo Mexicano de Apoyo a las FARC-EP? ¿Sabes qué son las malditas FARC-EP?

Magdala se volvió hacia Claudio. Valentino estaba amarrando a Claudio junto con Ariel, por las espaldas. Comenzó a amarrarlos junto con Pedro. Los otros "amigos" de mis primos estaban en el suelo, tirados de espaldas, atados unos con otros por las muñecas.

—¡Son grupos guerrilleros que matan y secuestran gente! ¡¿Lo sabías?! ¡Viven de secuestrar gente para comprar sus malditas armas! ¡Las siembran en Colombia, en Centroamérica, en México, en tu amado México! ¡Se las dan a los guerrilleros, para que ataquen a tu familia! ¡¿Lo sabías, ignorante?! —con mucha fuerza le dio una bofetada en la cara—. ¡Como nunca sabes nada, por eso te controlan todos los demás países del mundo, idiota, por ignorante, por tu pereza mental! ¡Crece, maldita! ¡Crece, maldita sea! El vicepresidente de Colombia, Francisco Santos Calderón, ya lo dijo claro: las FARC ya están infiltradas en las universidades de México, en nuestros propios grupos políticos en México, controlando a políticos mexicanos. ¡¿Me entiendes ahora, niña idiota?! ¡¿Cómo vas a controlar el futuro de tu país si nunca sabes nada?! ¡Si no estás dispuesta a entender el juego mereces ser esclava!

Le dio otra dura bofetada en la cara. Los uniformados que venían con el hombre comenzaron a arrastrar a mis primos y a sus "amigos" por la tierra, por las cuerdas. Tiraron de ellos hacia una camioneta negra que se estacionó en la banqueta, al pie del edificio Omega.

—¡Llévenselos a la Base Aérea! ¡Me los voy a llevar fuera de México! —se volvió hacia Magdala—. De ti me voy a encargar yo mismo esta noche —comenzó a lamerle la cara—. ¿Sabes lo que voy a hacerles a tus primos? Los voy a juntar con tu amado Axel. Nunca debieron enfrentarse con el poder que maneja al mundo. Ahora voy a jugar con ustedes. ¿Sabes quién es realmente la fuerza que en verdad controlaba al presidente Hugo Chávez?

Magdala comenzó a abrir los ojos.

—¿Quién?

208

En Cay Sal, ExCub se colocó por detrás de mi cabeza. Me susurró:

—Amado Axel, hijo de Wotan —con su mano despellejada y llena de coágulos comenzó a acariciarme la cabeza—. Mi misión es transformarte. Te voy a incrustar algunos dispositivos de la RAND Corporation. Lo hemos hecho con otros. Es la tecnología RE-NET-DARPA del Pentágono. Te los voy a colocar muy dentro de tu cabeza, en los centros de locomoción de tu cerebro. Tecnología Neuroma, Psi-Code. Vas a decir y hacer lo que yo quiera. Vas a ser mi vox. Voy a controlar tus hormonas, tus sensaciones. Tu dolor.

Con mucha violencia me sujetó del brazo.

—¡Tráiganlos! —me jaló hacia el túnel de marcos de hierro. El pasillo estaba frío. Los muros tenían una cubierta de color negro, de tuercas. Al fondo había un cristal oscuro, una compuerta de vidrio. Detrás, al otro lado del cristal, sobre un muro negro, vi un letrero luminoso, de color naranja. Decía: "RAND CORPORATION-UNIDAD DE PENSAMIENTO".

La puerta se deslizó hacia abajo.

—Aquí es donde tú naciste. Tu padre fue un analista nuclear de la RAND Corporation. Ésta es un área operacional.

La pared metálica comenzó a abrirse hacia los lados. Era un ascensor. Se iluminaron códigos verdes en el panel.

209

En México, frente al edificio Omega, el hombre de cabello rojizo le susurró a Magdala en la oreja:

—¿Quieres que te diga quién es el verdadero poder detrás del presidente Hugo Chávez?

Magdala vio hacia la acera, entre los árboles. La camioneta negra donde metieron a mis primos y a sus "amigos" arrancó. Se dio vuelta en la esquina. Se perdió entre las calles de la colonia Polanco.

—¡¿A dónde se está llevando usted a mis primos, imbécil?! —comenzó a patearlo en las espinillas.

—No te enojes, bonita —le sonrió—. Deberías sonreír más, como María Félix. Las mexicanas deben cantar. ¿Quién crees tú que está detrás también de Corea del Norte, de Irán, del Foro de São Paulo, del gobierno de Siria? ¡¿Quién, carajo?! —comenzó a sacudir a Magdala—. ¡Cuando sepas cómo se mueven las cosas vas a poder convertir a tu país en un poder temible, realmente gigante, como pudo serlo en el pasado, cuando fuiste el dominio de Axayácatl! ¡Tú misma vas a comenzar a mover las cosas en los demás países del mundo! ¡Vas a ser el México que siempre trató de crear tu tatarabuelo!

Magdala miró hacia la banqueta, hacia la calle.

—¡¿A dónde se está llevando a mis primos?!

El hombre caminó frente a ella.

—Encontrarás a tus primos cuando hayas descifrado todo lo que yo te estoy preguntando. Yo puedo entrenarte —le sonrió.

—¿Entrenarme? —miró hacia abajo—. ¿De qué me está hablando?

—Niña bonita —le sonrió—. ¿Quién crees tú que está detrás de Chávez?

Magdala lo miró a los ojos.

—¿Y usted me va a llevar con mis primos?

—¿Quién crees que lo llenó de armamento? ¿Quién crees que le dio 100 000 rifles AK-103 y 5 000 AK-104; y 5 000 súper rifles Dragunov SVU; y 200 tanques T-72B1B; y 130 transportes blindados APC BMP-3M y 270 APC BTR-80? ¿Quién crees que le dio 20 morteros calibre 120 milímetros, de tipo 2S12 y 2S23 Sani? ¿Quién crees que le dio 12 brigadas de Gladiadores Gigantes S-300VM, cada uno de 120 millones de dólares, para destruir misiles balísticos; y 1 800 lanzamisiles Igla 9K338 SA24, como los que exportan a Cuba, a Irán, a Siria, a Corea del Norte, y de los cuales les van a dar la mitad o más a las FARC y a las guerrillas que impulsan también en México, para chingar a tu país, para sumirlo en el horror de la violencia? ¿Quién crees que le dio 11 sistemas lanzamisiles móviles S-125 Pechora-2M, como los que exportaron a Corea del Norte, a Siria? ¿Quién crees que le dio tres grupos de estaciones lanzadoras de súper misiles BUK-M2, los mismos que se están llevando a Siria?

—¡¿Quién, maldita sea?!

—Son más de 4 000 millones de dólares en armamento. ¿Me entiendes? En noviembre de 2008 negociaron 46 tratados binacionales de cooperación. Petróleo, provisiones nucleares, tecnología espacial. Chávez les dijo: "el mundo era unipolar con los Estados Unidos. Ahora comienza un mundo multipolar". ¿De quién crees que estoy hablando?

Magdala abrió los ojos.

—Dios…

—En septiembre de 2009 le firmaron un préstamo por 2 000 millones de dólares a Hugo Chávez. En octubre de 2010 le firmaron un acuerdo para plantas nucleares, para petróleo por 1 600 millones de dólares. En octubre de 2011 le firmaron otro préstamo por 4 000 millones de dólares para venderle armamento.

—Diablos. ¿Putin? ¿El presidente de Rusia?

210

En Cay Sal, el pesado ExCub me introdujo dentro de un pasillo metálico, con luces blancas verticales a los lados. Produjeron un zumbido eléctrico. El piso comenzó a generar desde abajo un resplandor morado, de luz negra, ultravioleta. Las losas se hicieron traslúcidas. Por arriba, en el techo, que era hueco, de rejilla, cayó hacia nosotros una luz naranja, un antibiótico infrarrojo.

—Siéntete en tu casa, Axel —me dijo ExCub—. Te voy a presentar con tus verdaderos padres. No son las personas que imaginas. Ellos revisaron tus cromosomas. Te cuidaron desde que fuiste una sola célula, igual que tu hermana —levantó su palma sobre la radiación de color naranja—. No olvides que esta isla fue posesión de Howard Hugues, el millonario que inventó los sistemas satelitales que ahora utilizas cuando llamas con tu celular. Su brazo derecho fue un hombre de la CIA, Robert Maheu, un compañero mío muy entrañable. Robert Maheu fue quien contrató al hombre de la mafia, a Johnny Rosselly. Tú sabes. Había que encargarse de tu tío abuelo, de John F. Kennedy.

Abrió una puerta en el pasillo. Entramos a un corredor secundario.

—Ahora ese sistema de giroscopios está en todos los sistemas de misiles.

Abrió otra compuerta. Salimos a un espacio abrumador: un barandal desde el cual pudimos ver la instalación interna. Parecía un pozo de luz eléctrica, con corredores azules, violetas, oscuros; con líneas brillantes de neón de color naranja. El lugar olía como un marcador, como de tinta de alcohol.

Hasta abajo vimos agua. Del fondo salía una luz, por debajo del agua. Había tubos. Había una manivela. El agua estaba burbujeando.

—Es el generador —me dijo ExCub—. Tres mil megavoltios por segundo. No brinques —me sonrió—. Te freirías como una papa a la francesa. Con esa manivela se despresurizan las esclusas de superficie —miró hacia el domo metálico. Vi siete compuertas redondas, selladas—. Lo abres y nos inundas con todo el maldito Océano Atlántico.

Rob Troll miró hacia abajo.

—¿Con esa manivela se inunda todo esto?

ExCub le dijo:

—Estamos por debajo del océano —nuevamente miró hacia arriba—. Estas cavernas son carbonato de calcio, magnetita; una anormalidad geológica en la corteza terrestre —me sonrió—; éste es un conducto subterráneo por debajo del Mar Caribe.

Rob Troll, con su enorme cuerpo, jalando tras de sí a los hombres que lo tenían sujeto por los brazos, se lanzó por el barandal, hacia el agua, a una altura de 15 pisos. Los tres pesados hombres cayeron rompiendo cables.

—¡Todo es por ti, Axel! —me gritó Rob. Estalló en el agua, con una explosión eléctrica de llamaradas verdes. El agua hirviendo hizo una detonación hacia arriba.

Breanne comenzó a gritar. Hasta ese momento me di cuenta de que el pequeño Tim Dim ya no estaba con nosotros. Nunca supe dónde quedó.

El sistema eléctrico comenzó a hacer corto. Escuché un sonido infernal, una vibración que sacudió el piso, como una máquina.

—¿Qué está pasando?

ExCub se volvió hacia arriba. En la parte de abajo Rob Troll comenzó a flotar.

En México, Magdala se quedó perpleja. Miró hacia los negros árboles del bosque. Miró hacia arriba, hacia la gigantesca letra omega en el edificio Omega.

—No puedo creerlo. ¿El presidente Putin?

El hombre de cabellos rojizos comenzó a amarrarla.

—Te voy a llevar a mi departamento —le sonrió—. Te va a gustar. Siempre quise una sirvienta —le gritó a Valentino—: ¡Métela a la cajuela de mi camioneta! —se volvió suavemente hacia mi prima. Le dijo—: Vas a trabajar para la CIA.

Magdala permaneció callada. Valentino se acercó hacia ella. Traía una barra de fierro en la mano. Violentamente la tomó del brazo. Comenzó a jalarla hacia la camioneta.

—Sé lo que estás pensando sobre mí, pinche prima.

Magdala no le respondió. Siguió mirando hacia el suelo. Valentino le dijo:

—Yo no tuve la culpa de ser como soy. Tú misma me lo has dicho toda la vida. "Ni Dios tiene la culpa de los defectos de Valentino", y "Valentino es un defecto del universo". Ya ves, primita, se te hizo realidad.

Magdala no le dijo nada. Valentino comenzó a romperle las amarras con una navaja.

—¿Qué estás haciendo? —le preguntó ella.

—Dile a Claudio que cada vez que vea el sol va a estar viendo a alguien defectuoso que se sacrificó hoy por ti y por él, para que tú y él puedan existir.

—¡¿Valentino?!

—Nanahuatzin —le sonrió Valentino. Le rompió los últimos pedazos de las amarras—. Corre. Vete por detrás de la camioneta. Métete a las excavaciones —miró hacia el bosque, entre los árboles—. Escóndete entre las máquinas, entre las cimbras para concreto. Luego busca a Claudio y a Axel. Los van a llevar al mismo lugar, fuera de México. Todo va a cambiar adentro. Tú eres México —le sonrió—. Volverás a ser quien eres. Tu destino es el Imperio del Sol —comenzó a cerrar los ojos.

Con el mismo cuchillo que le cortó las cuerdas a Magdala se encajó la punta metálica en el cuello. Se lo hundió hasta la tráquea. Magda escuchó el crujido pastoso.

El hombre de cabello rojizo comenzó a correr hacia Magdala.

—¡¿Qué estás haciendo, niña idiota?!

212

En Cay Sal, Breanne K, mi rubia hermana, de largos y lacios cabellos de oro que caían por los lados como una cascada, con su apretada camiseta rosa que tenía el logotipo hippie de "amor y paz", comenzó a cerrar los ojos.

—Axel… —me susurró entre las ráfagas de chispas—. Siempre hay una salida. Volveremos a ser uno. Tú y yo somos parte de una misma burbuja cósmica. Búscame como Orfeo.

—¡¿De qué me estás hablando?! —traté de zafarme de ExCub. Me sujetó muy fuertemente de los brazos. Comencé a patearlo en las piernas.

Breanne me sonrió. La tenían capturada por los brazos:

—Todo esto comenzó el 9-11 —me dijo ella—. El único átman habita en cada uno de los seres, como la luna se refleja, partida en rayos, en cada uno de los pliegues del agua: *Amrtabindu Upanisad* —miró hacia abajo, hacia el agua—. Vibrarás conmigo, Axel. Vibraremos juntos, en el universo.

—¡¿Qué te pasa?! ¡¿Qué haces?!

—*Exo Cosmos, Num Arkeum.* Busca la Cruz de la Orden de Malta. Perteneció a nuestro tío abuelo, nuestro tío John F. Kennedy. Se la dio su padre. A su padre se la dio el arzobispo Francis Spellman. Antes perteneció a María Estuardo. Se la dio el rey Felipe II de España. A él se la dieron los Caballeros de la Orden de Cristo, de Portugal, de quienes fue soldado Enrique el Navegante. Ellos fueron los verdaderos sobrevivientes cuando Felipe IV de Francia, descendiente de Wotan, exterminó a la Orden de los Caballeros Templarios en 1307. Esa cruz ahora te pertenece. Con esa cruz vas a cambiar al mundo —miró hacia abajo, hacia los estallidos eléctricos de ráfagas naranjas—. Cuando me veas observarás la constelación del Cisne, en el cielo, como Orfeo.

—¡Espera! —le grité—. ¡¿Qué estás haciendo?!

—Que mi cuerpo sirva para que tú vivas, Axel, hermano en el universo. Búscame como Orfeo. Búscame en el Más Allá.

Me pateó en el estómago. Me proyectó dentro de un ducto. Era una puerta abatible en el pasillo. Me sumí dentro de un tubo metálico, lleno de vapor, de gases, de etano. El aire incandescente me quemó la nariz por dentro. Comencé a caer hacia la profundidad, hacia el fondo mecánico del sistema térmico.

A Breanne la sujetaron con correas. ExCub la tomó por los brazos.

—¡Llévenla al laboratorio! ¡Enciérrenla en la cápsula de criogenia! ¡Sáquenle los líquidos linfáticos! ¡Inicien la parálisis metabólica! ¡Comiencen la incubación respiratoria!

213

En Moscú, Rusia, un joven de 30 años, de cabello rojizo, con la barba a medio rasurar, con anteojos delgados, sudando, se entregó en el aeropuerto.

—Necesito el apoyo del gobierno ruso —le dijo a la pelirroja y delgada activista de derechos humanos Tatyana Lokshina—. De otra manera no voy a poder estar seguro aquí en Rusia. Me están buscando. Necesito el apoyo de las organizaciones de derechos humanos aquí en Rusia, para que me ayuden a presentarle esta petición al presidente Vladimir Putin.

En su casa de gobierno, el presidente Vladimir Putin recibió un mensaje:

—Señor presidente, en el aeropuerto de Sheremétievo tenemos a un joven que fue técnico de la CIA. Nos está pidiendo asilo. Se está refugiando de momento en el aeropuerto. Su nombre es Edward Snowden.

214

Yo caí a un profundo pozo. Me vi rodeado de desechos. Floté dentro de un líquido pastoso. Todo fue oscuro. En las tinieblas vi un resplandor verdoso. Chitones.

Traté de levantarme. En lo alto escuché aleteos, pequeños chillidos.

—¿Murciélagos…?

Lentamente comencé a levantarme. Miré hacia los lados. Los murciélagos comenzaron a volar alrededor de mi cabeza.

—Diablos…¿Jupias…? ¿Maketaori Guayaba…?

Me di cuenta de que había llegado a la parte más profunda de la isla. Con mis pies toqué un fondo de rocas. Empecé a ponerme de pie. Miré hacia arriba, hacia la bóveda. En la oscuridad alcancé a ver los pequeños reflejos de una telaraña de tubos. Estaban empapados con una sustancia negra, semejante al petróleo.

—Demonios. Qué situación tan feorrible.

El lugar olía a excremento.

—¿Estoy en la cloaca de la RAND Corporation?

El olor fue inconfundible: gases de la descomposición de las heces.

—Alguien debió hacer toda esta maldita caca.

Sentí una vibración repetitiva en mi bolsillo. Vaya que había sido buena idea de Ion Spear adaptar nuestros celulares con aquellos potenciadores de señal. Comenzó a sonar mi teléfono celular. Me metí la mano. Lentamente saqué el aparato. Estaba mojado, embarrado de una sustancia oscura, pegajosa. La pantalla estaba destellando, con una luz morada.

Había un mensaje. Decía: "AXEL, SOY MAGDALA. ESTOY EN MÉXICO. ESTO NO HA TERMINADO. TENEMOS QUE HACER ESTO JUNTOS".

Me llevé el celular hacia los ojos. Lo limpié contra la manga de mi overol.

Comencé a escribir: "ESTOY VIVO, MAGDALA. VAMOS A HACER ESTO JUNTOS. SIEMPRE HAY UNA SALIDA".

Un inesperado sonido me desconcertó. Mi celular volvió a sonar. La pantalla comenzó a parpadear en color azul. Apareció un nuevo mensaje: "Podemos ayudarte, tú también nos tienes que ayudar. Somos familia. Arthur Rockefeller…"

Éste no es el fin… depende de ti.

Anexo

La genealogía completa de Wotan, la línea directa y la alterna.
Línea directa de Wotan que termina en la familia Bush.

329 - 388   BODO-WODEN, KING OF SAXONY
353 - 481   WECTA VON SAXONY - GEVA EYSTEINDOTTER
381 - 432   WITTA VON DANMARK
411 - 463   WIHGILS VON SAXONY
415 - 488   HENGEST OF KENT, KING OF SAXON ENGLAND
450 - 524   HATWIGATE KING OF SAXONY
600   HULDERICK KING OF SAXONY
625 - 668   BODICUS PRINCEPS OF SAXONY
655 -   BERTHOALD, DUCHESS OF SAXONY
635 - 691   SIGHART KING OF SAXONY
670 - 740   DIETRICK DUKE OF SAXONY
710 - 768   WARNECHIN VON ENGERN, SAXONY
768 - 807   KING WITTEKIND THE GREAT, WETTIN, SAXONY
799 - 827   WIGEBERT DUKE OF SAXONY - ORDRAD OF FRIESSLAND
825 - 891   WALPERT VON RINGELHEIM - ALTBURGIS DE LESMONA
850 - 892   REGINHERT COUNT OF RINGELHEIM - MATHILDA VON SACHSEN
872 - 917   THEUDEBERT VON SAXONY - REGINHILDE VON FRIESLAND
895 - 968   MATHILDA VON WESTPHALIA SAXONY - HEINRICH I VON SAXONY
910 - 965   HEDWIG II VON SAXONY - HUGHE THE GREATE OF PARIS
939 - 996   HUGHE CAPET OF FRANCE - ADELAIDA OF AQUITANIA
972 - 1031   ROBERT II CAPET OF FRANCE - CONSTANZA OF ARLES
1009 - 1063   ADELLE CAPET - COUNT BALDWIN V OF FLANDES
1032 - 1053   MATHILDA OF FLANDES - WILLIAM THE GREAT OF ENGLAND
1068 - 1135   HENRY I KING OF ENGLAND - MATILDA OF SCOTLAND
1095 - 1166   ELIZABETH FITZHENRY OF ENGLAND - FERGUS OF GALLOWAY
1118 - 1174   UCHTRED MACFERGUS OF GALLOWAY - GUNNILDE OF DUNBAR
1152 - 1200   ROLAND LOCHLANN LORD OF GALLOWAY - ELENA DE MORVILLE
1186 - 1234   ALAN MAC LOCHLAN - PRINCESS OF LACY
1196 - 1245   HELEN OF GALLOWAY - ROGER OF QUINCY

1220 - 1282   ELIZABETH QUINCY - ALEXANDER COMYN EARL OF BUCHAN

1248 - 1328   ELIZABETH COMYN COUNTESS OF ANGUS - GILBERT DE UMFREVILLE

1277 - 1325   ROBERT OF UMFRAVILLE EARL OF ANGUS - LUCY OF KYME

1315   ELIZABETH DE UMFREVILLE - GILBERT DE BOROGHDON

1326 - 1381   ELEANOR DE BOROGHDON - HENRY TALBOYS

1350 - 1417   SHERIFF WALTER TALBOYS OF LINCOLNSHIRE - MARGRET TALBOYS

1403 - 1467   SIR JOHN TALBOYS - AGNES COKEFIELD

1423 - 1467   JOHN TALBOYS - KATHRINE CIBTHORPE

1446 - 1491   MARGARET TALBOYS - JOHN AYSCOUGH

1465   ELIZABETH AYSCOUGH - WILLIAM BOOTH

1487 - 1537   JOHN BOOTH - ANNE THIMBLEBY

1510 - 1547   ELEANOR BOOTH - EDWARD HAMBY

1543 - 1613   REVEREND WILLIAM HAMBY - MARGARET BLEWETT

1573 - 1635   ROBERT HAMBY - ELIZABETH ARNOLD

1615 - 1650   CATHERINE HAMBY OF MASSACHUSETTS - EDWARD HUTCHINSON

1641 - 1717   COLONEL ELISHA HUTCHINSON OF SALEM - HANNAH HAWKINS

1672   HANNAH HUTCHINSON OF MASSACHUSETTS - JOHN RÜCK

1702 - 1767   HANNAH RÜCK - THEOPHILUS LILLIE OF BOSTON

1728 - 1765   JOHN LILLIE - ABIGAIL BRECK

1769 - 1804   ANNA LILLIE OF BOSTON - SAMUEL HOWARD

1782 - 1847   HARRIET HOWARD - SAMUEL PRESCOTT PHILLIPS FAY

1804 - 1847   SAMUEL HOWARD FAY - SUSAN SHELLMAN

1829 - 1924   HARRIET ELEANOR FAY - JAMES SMITH BUSH

1863 - 1948   SAMUEL PRESCOTT BUSH - FLORA SHELDON

1894 - 1972   PRESCOTT SHELDON BUSH - DOROTHY WALKER

1924   GEORGE HERBERT WALKER BUSH "MAGOG"

Línea secundaria de Wotan que termina en John Davison Rockefeller.

329 - 388   BODO-WODEN, KING OF SAXONY

353 - 481   WECTA VON SAXONY - GEVA EYSTEINDOTTER

381 - 432   WITTA VON DANMARK

411   ELESA

534   CERDIC OF WESSEX

525 - 560   CYNRIC OF WESSEX

547 - 593   CEAWLIN OF WESSEX

565   CUTHWINE CUTHA OF WESSEX

582   CUTHA CUTHWULF OF WESSEX

622 - 688   CEOLWALD OF WESSEX - FAFERTACH
                CENRED OF WESSEX

680 - 718   INGILD OF WESSEX - NOTHGYTH OF SUSSEX

706   EOPPA INGILDING OF WESSEX

732   EAFA, EABA OF WESSEX

758 - 784   EALHMUND OF KENT - ALBURGA

769 - 839   EGBERT III OF WESSEX, KING OF ENGLAND - REDBURGA REDBURTH

858   AETHELWULF OF WESSEX - OSBURTH

849 - 899   ALFRED THE GREAT OF WESSEX - EALHSWITH

874 - 924   EDWARD THE ELDER OF WESSEX - EADGIFU

921 - 946   EDMUND I OF WESSEX - Y AELFGIFU

943 - 975   EDGAR I THE PEACEFUL - AELFTHRYTH

968 - 1016   AETHELRED II THE UNREADY - EMMA OF NORMANDY

990 - 1052   GODA GODGIFU OF ENGLAND - DREUX WALTER COUNT OF AMIENS

1032 - 1065   ADA OF AMIENS - GUY I COUNT OF PONTHIEU

1060 - 1103   AGNES OF PONTHIEU - ROBERT II DE MONTGOMERY

1099 - 1172   WILLIAM I MONTGOMERY - ALICE ADELAIDE COUNTESS OF BURGUNDY

1115 - 1174   ELA COMET OF ALENCON - PATRICK OF EVEREUX DE SALISBURY

1145 - 1197   WILLIAM FITZPATRICK OF EVEREUX - ELEANOR OF VITRE

1189 - 1261   ELA FITZPATRICK FITZWILLIAM DEVEREUX - WILLIAM LONGESPEE

1208 - 1269   IDA LONGESPEE - WALTER FITZWATER

1248 - 1293   ELA FITZWALTER FITZROBERT - WILLIAM ODDINGSELLS

1270 - 1321   IDA ODDINGSELLS - ROGER DE HERDEBURGH

1286 - 1343   ELA DE HERDEBURGH - WILLIAM OF WEMME BUTLER

1282 - 1376   DENISE LE BOTELER - HUGH OF COKESEY

1326 - 1376   CECELIA OF COKESEY - THOMAS CASSY

1344   AGNES JANE CASSY - WALTER HODDINGTON

1397 - 1497   THOMAS HODDINGTON - JANA THROGRYME

1395 - 1504   JOHANNA HODDINGTON - ROGER WYCHE DE WINTER

1425 - 1506   ROGER WYNTER OF GLOUCEST - ANNE ASHBORNE

1500 - 1546   JOHN WYNTER OF WORCESTER - ALICE TIRREY

1534 - 1589   WILLIAM WINTER - MARIA LANGTON

1564 - 1637 ELIZABETH WINTER OF MONMOUTH - SIR WILLIAM MORGAN

1583 - 1638 ELIZABETH MORGAN - WILLIAM MORGAN

1607 - 1685 JAMES B. MORGAN - MARGERY HILL OF ESSEX

1644 - 1711 CAPT. JAMES MORGAN OF SALEM - MARGERY HILL OF ESSEX

1674   WILLIAM MORGAN - MARGARET AVERY

1704 - 1763 JERUSHA MORGAN - HUMPHREY AVERY

1729 - 1798 SOLOMON AVERY - HANNAH PUNDERSON

1760 - 1850 MILES AVERY - MALINDA PIXLEY

1786 - 1867 LUCY AVERY OF MASSACHUSETTS - GODFREY ROCKEFELLER

1810 - 1906 WILLIAM AVERY ROCKEFELLER - ELIZA DAVISON

1839 - 1937 JOHN DAVISON ROCKEFELLER

Fuentes referenciales específicas

Secreto R reproduce postulados, datos y teorías preexistentes, publicadas y difundidas con anterioridad. Estos datos periodístico-históricos y teorías (algunas aún no confirmadas), cuya veracidad continúa y deberá seguir el debate, son por su naturaleza del máximo interés para la sociedad y es un deber colocarlos en la discusión pública, para su análisis abierto, transparente y democrático; libre de represión, acallamiento y ocultamiento; y para su esclarecimiento en el foro del mundo. Estas son algunas de las fuentes con referencia a los datos y postulados específicos, la mayoría trata de referencias entrecruzadas:

Conexión entre Jorge Castañeda y Alan Stoga:
Anguiano, Miguel, "Crónica Política: Castañeda, por la presidencia", *El Mexicano*, octubre 17, 2002: http://www.el-mexicano.com.mx/informacion/editoriales/3/16/editorial/2002/10/17/4522/cronica-politica.aspx.

Conspiración y fraude detrás de los ataques del 11 de septiembre de 2001 (destacan las siguientes fuentes electrónicas):
"Senior Military, Intelligence, Law Enforcement, and Government Officials Question the 9/11 Commission Report": http://patriotsquestion911.com/.
Political Leaders For 9/11 Truth: http://pl911truth.com/.
911 Truth: http://www.911truth.org/.

Exiliados cubanos empleados por la CIA para operaciones secretas (ExCub), Félix Rodríguez, agente de la CIA, George H. W. Bush (se aclara aquí que el personaje ExCub en *Secreto-R* es completamente ficticio):

Redacción Aristegui Noticias, "Entrevista: Ex agente de la DEA revela más información a Proceso sobre asesinato de Camarena", octubre 21, 2013, 8:48 pm.: http://aristeguinoticias.com/2110/mexico/articulo -el-thriller-de-camarena-de-la-revista-proceso/.

Barredo Medina, Lázaro (director del diario *Granma*, Cuba), "Otra prueba más de la complicidad de Bush con el 'Terrorismo Bueno'", *Granma*, Junio 12, 2005.

CNN en Español, "Esto sale de la inteligencia cubana", dice exagente de CIA sobre acusación del caso Camarena: http://on.cnn.com/19QAbJZ.

Dale Scott, Peter and Jonathan Marshall, *Cocaine Politics: Drugs, Armies and the CIA in Central America*, University of California Press, Berkeley 94720, 1991, p. 26, 27, 35.

Méndez, Alexander, "A [Kiki] Camarena lo mató la CIA", *Diario Extra*: http://www.diarioextra.com/Dnew/noticiaDetalle/216340.

Reed, Terry y John Cummings, *Compromised: Clinton, Bush and the CIA*, S. P. I. Books, de Shapolsky Publishers, Inc, Canada, 1994, p. 174, 184, 186.

Taladrid Herrero, Reinaldo, "Quién es 'el gato' Félix Rodríguez?", *Granma*, Mayo 29, 2006.

de la Osa, José A. y Orfilio Peláez, "El terrorismo anticubano y el asesinato de Kennedy", *Granma*, enero 19, 2006.

Existencia de una firma específica de interés para la trama de *Secreto R* dentro de la "Torre Omega", en Polanco, ciudad de México:

Jiménez de León, Juan Ramón (premio nacional de periodismo 2003), "Las ligas de poder en México", *La Trinchera*, mayo 9, 2005: http://www.latrinchera.org/foros/showthread.php?669-Las-ligas-de-poder-en-Mexico-Mossad-Vaticano-IP-Bush-judios-metidos-y-etc-etc.

Pardo, Gastón, "México: el Edificio Omega; La oligarquía mexicana vela sus armas en los partidos actuantes", enero 21, 2004: http://www.voltairenet.org/article120612.

George H. W. Bush y la "operación Amadeus" de lavado de dinero a nivel global:

Estulin, Daniel, *El imperio invisible*, Editorial Planeta, 2011, p. 135

Jorge G. Castañeda como agente de la CIA y vínculos con George Soros

América Latina en Movimiento (ALAI), "Los 'claroscuros' de Jorge Castañeda", febrero 11, 2008: http://alainet.org/active/22106&lang=es.

Cota Meza, Rubén, "Jorge Castañeda, el hombre del narcolegalizador Soros en México", LaRouchePub.com, 2003: http://www.larouchepub.com/spanish/other_articles/2003/CastanedaSoros.html.

Cota Meza, Rubén, "Los cheques de Soros a Castañeda, ¿dónde están?", LaRouchePub.com, 2004: http://www.larouchepub.com/spanish/other_articles/2004/ChequeSorosCasta.html.

El Universal, "Niega George Soros financiar a Castañeda", enero 25, 2004: http://www.eluniversal.com.mx/notas/199126.html.

Jalife-Rahme, Alfredo, "Castañeda Gutman; ¿de guerrillero a narcolavador?", *Voces del Periodista*, enero 27, 2010: http://benitojuarez-quetzalcoatl.blogspot.mx/2010/01/castaneda-gutman-de-guerrillero.html#sthash.yCzCqQkv.dpuf.

Jalife-Rahme, Alfredo, "¿La CIA abandona al muy nombrable Salinas?", en "La Lupa Política", *Voces del Periodista* (órgano del Club de Periodistas de México, A. C.), marzo 1°, 2006: www2.vocesdelperiodista.com.mx/portadasfull/ants/132.pdf.

Moreno, Felipe, "Después de Álvaro Uribe en Colombia... Castañeda... puede ser": http://www.felipemoreno.com/castanedapuedeser.htm.

Pardo, Gastón (fundador de diario *Libération*), "La reunión secreta de los globalizadores", septiembre 30, 2006: http://www.voltairenet.org/article143684.html.

Kissinger, crímenes de guerra (destaca la siguiente fuente):

Hitchens, Christopher, *El juicio a Henry Kissinger*, Anagrama, Barcelona, 2002.

Luis Videgaray como "cerebro" y sus vínculos con la reforma energética:

Analistas de Tejemaneje, "Videgaray es el cerebro detrás de Peña Nieto", Noticias Terra, junio 25, 2013: http://noticias.terra.com.mx/mexico/videgaray-es-el-cerebro-detras-de-pena-nieto-tejemaneje,e554c83fe 3d7f310VgnVCM10000098cceb0aRCRD.html.

Balderas, Óscar, "Luis Videgaray, de 'cerebro del PRI' a titular de Hacienda", ADNpolítico, noviembre 30, 2012: http://www.adnpolitico. com/2012/2012/09/06/luis-videgaray-el-cerebro-detras-del-regreso-del-pri.

Jalife-Rahmé, Alfredo, "Pedro Aspe: pieza fundamental de EU para la privatización de Pemex", en "Bajo la Lupa", *La Jornada*, enero 8, 2014: http://www.jornada.unam.mx/2014/01/08/opinion/014o1pol

Luhnow, David, "El hombre detrás del candidato líder a la presidencia de México", *The Wall Street Journal*, abril 29, 2012: http://online. wsj.com/news/articles/SB10001424052702303916904577374623970 269042?tesla=y&tesla.

Sin Embargo, "Reforma: Luis Videgaray, el cerebro detrás de Enrique Peña Nieto", abril 30, 2012: http://www.sinembargo. mx/30-04-2012/220678.

Monsanto, compañía química, y su vinculación con productos letales como el agente naranja, así como con el desarrollo de semillas genéticamente modificadas (destacan las siguientes fuentes):

Associated Press, "Protesters march against GMO giant Monsanto in 430 cities", CBC News, Montreal, mayo 25, 2013: http://www.cbc.ca/ news/canada/montreal/protesters-march-against-gmo-giant-monsanto-in-430-cities-1.1341526.

Monique Robin, Marie (ganadora del premio ambientalista noruego Rachel Carzon Prize), *El Mundo según Monsanto*, La Découverte, Francia, marzo 2008.

The Anti-Monsanto Project: www.facebook.com/Anti.Monsanto www.march-against-monsanto.com. http://occupy-monsanto.com/. http://seedsofdeception.com/.

Testimonio de Michael C. Ruppert (autor de *Crossing the Rubicon: The Decline of the American Empire at the End of the Age of Oil*) de 1997 ante el Congreso de los Estados Unidos

Estulin, Daniel, *El imperio invisible*, Editorial Planeta, 2011, p.130

Vinculación de George H. W. Bush con los acontecimientos relativos al asesinato del presidente John F. Kennedy en Dallas, el 22 de noviembre de 1963:

Hooke, Richard y Jim Fetzer), "Did George H. W. Bush Coordinate a JFK Hit Team?", *Veterans Today (Military & Foreign Affairs Journal)*, marzo 30, 2003: http://www.veteranstoday.com/2013/03/30/did-george-h-w-bush-coordinate-a-jfk-hit-team/.

Memorandum del FBI, 22 de noviembre de 1963 [el día del asesinato], firmado por el agente especial del FBI Graham Kitchel.

Memorandum del FBI, "Assassination of President John F. Kennedy", 29 de noviembre de 1963, firmado por el director del FBI, Edgar J. Hoover.

Zedillo y su presunto "pacto" para la derrota del PRI y el ascenso del PAN:

Alemán, Ricardo, "Zedillo, mentiroso; Guerrero, tramposo", *Excélsior*, enero 30, 2011: http://www.excelsior.com.mx/node/709215.

Hernández Haddad, Humberto, "Un Pacto Inconfesable", *El Siglo de Durango*, julio 21, 2003: http://www.elsiglodedurango.com.mx/noticia/6463.un-pacto-inconfesable.html.

Proceso, "Zedillo, el presidente traidor", mayo 13, 2007: http://www.proceso.com.mx/?p=93021.

www.Secreto-R.com

PARTICIPA
en Facebook buscando Secreto 1910, Secreto 1929
y Secreto R
leopoldomendivil@yahoo.com.mx